vre
nal

65 c.

Jules MARY

Le

emon de l'Amour

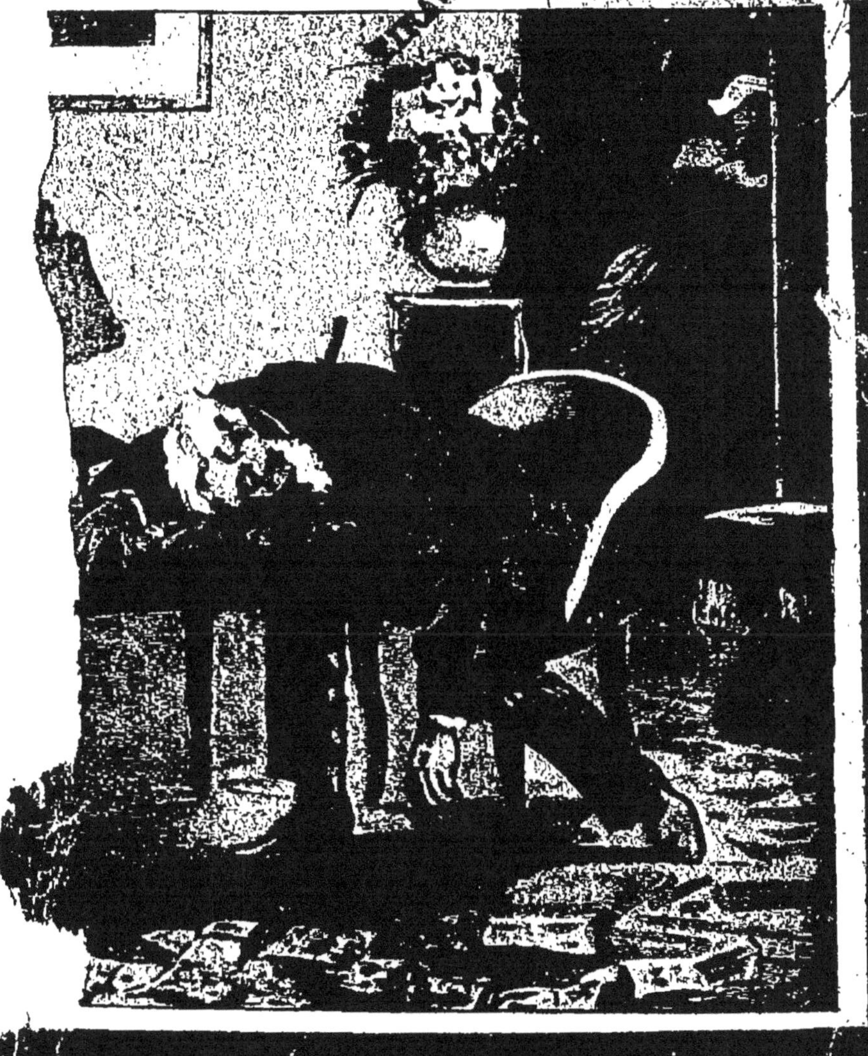

JULES MARY

Le Démon
de l'Amour

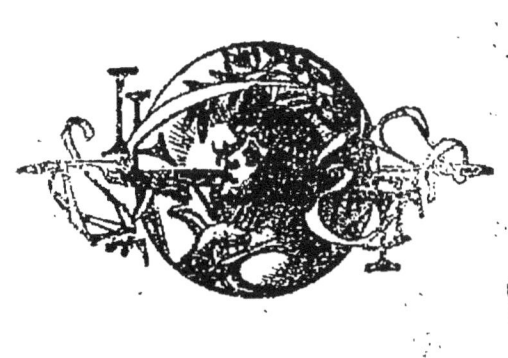

PARIS

Librairie Illustrée Jules TALLANDIER, Éditeur

8, RUE SAINT-JOSEPH (2ᵉ ARRᵗ)

Le Démon de l'Amour

DEUXIÈME PARTIE

LE DÉMON DE L'AMOUR

I

LES DEUX YACHTS

De New-York, le marquis de Vivarez reçut une lettre dans laquelle Horace lui racontait l'étrange poursuite dont il était l'objet.

Il avait été suivi d'escale en escale, à terre comme en mer, et par deux fois, disait-il au marquis, lui était arrivée la menace directe des Girodias :

— A bientôt !...

Horace ne disait point dans sa lettre où il comptait se rendre en quittant New-York. Il lui fallait déjouer tout d'abord les projets et l'espionnage des deux frères acharnés à sa perte.

L'épisode qui précède cet ouvrage a pour titre : LA CHARMEUSE D'ENFANTS.

Ensuite, il aviserait.

Il rassurait, du reste, son oncle, en lui affirmant qu'il suivrait le conseil de Pierre et de Gaston lorsqu'ils écrivaient :

— Gardez-vous bien !

« Je me garderai et me défendrai, et sur cette terre d'Amérique où je serai plus libre que dans mon pays, j'userai, s'il le faut, contre ceux qui m'attaquent, des armes qu'ils emploieront contre moi... »

Le marquis ne communiqua point cette lettre à la duchesse.

Il était inutile de donner un nouvel aliment à sa douleur, et ses angoisses étaient déjà bien assez grandes.

Il la montra seulement à Colette.

— Ces deux frères ont une haine de sauvage, murmura la jeune fille.

— Oui, je connais leur caractère. Il n'est pas rare dans ce rude pays de Vendée si souvent et si longtemps agité par des passions violentes. Les vertus et les vices y sont poussés jusqu'à l'invraisemblable.

— Il faut s'attendre à tout ?

— A tout, oui, mon enfant, jusqu'au jour où nous les aurons convaincus de l'innocence de celui que nous aimons...

Colette, à ce dernier mot, rougit et baissa la tête.

Le marquis comprit ce trouble et vit la vague et rapide tristesse de ce regard.

Il prit les mains de la jeune fille et lui embrassa lentement, respectueusement le bout des doigts.

— Pauvre petite ! murmura-t-il.

Mais déjà Colette était remise.

— Nous sommes mal renseignés sur les projets des Girodias, dit-elle.

— Vous pouvez même dire que nous ne sommes pas renseignés du tout.

— Il nous faudrait, attaché à leur service, quelqu'un qui nous fût dévoué et qui pourrait nous avertir...

— J'y ai songé déjà... j'y songerai encore...

— Il faudrait que ce fût le plus tôt possible...

— Oui... j'en comprends, comme vous, la nécessité...

— Les Girodias ont, je crois, trois domestiques...

— Une cuisinière, un valet de chambre et un cocher... La cuisinière et le valet de chambre servaient déjà le père Girodias... Le cocher est nouvellement installé et vient de Paris... S'il était du pays... je ne me hasarderais pas à essayer de le corrompre... Peut-être est-ce là le moyen...

— Il serait facile de savoir si nous pouvons nous engager, et cela sans nous compromettre...

— Comment?

— Par l'intermédiaire du garde Malicamp, qui remplace ce pauvre Soubise à Millepertuis. Malicamp vous est dévoué autant que l'était Soubise. En lui confiant nos craintes, en lui faisant comprendre nos intentions, en lui laissant surtout le champ libre, prenant pour nôtres les promesses et les offres qu'il pourrait faire, nous réussirions peut-être...

— Vous avez raison. Je verrai Malicamp...

— Dès aujourd'hui, alors... Quelque chose me dit que les Girodias veillent et complotent... et — ajouta la jeune fille très bas — au tremblement de mon cœur je devine que la vie de celui qui vous est si cher va courir un grand danger.

— Dès aujourd'hui, Colette, et pas plus tard que tout de suite... Je vais faire atteler... Vous m'accompagnerez... La voiture nous mènera à mi-chemin de Millepertuis... Là, nous descendrons... La voiture nous suivra, vous me donnerez le bras et nous irons à pied jusqu'à la maison du garde. Je me sens vaillant...

— Oui, oui, partons, dit-elle un peu fiévreuse.

Dix minutes après, un coupé les emportait dans les avenues du bois.

Malicamp était à Millepertuis.

C'était un garçon intelligent et avisé.

Le marquis n'eut pas besoin d'aller jusqu'au bout de son explication.

— Bon, bon, monsieur le marquis. J'ai saisi, et, ma foi, vous ne pouviez pas mieux tomber qu'en arrivant chez moi ce matin.

Il tira un carnet de sa poche et le feuilleta.

— A six heures, dit-il, j'ai pincé Legeard, le cocher des frères Girodias, en train de dépendre un chevreuil qu'il avait pris la nuit au collet. Il y avait huit nuits que je le surveillais et je l'avais manqué deux fois. Je lui ai dressé procès-verbal, et son compte est bon.

Le marquis se frotta les mains :

— Oh! oh! dit-il, voilà, en effet, une heureuse circonstance... Est-ce que la chance recommencerait à nous favoriser, Colette?

— Dieu le veuille, monsieur...

— Ce ne serait pas trop tôt, ajouta Malicamp dans sa barbe.

Et continuant :

— Monsieur le marquis devine, je le vois, tout le parti qu'on peut tirer de la chose... Je vais aller trouver le nommé Legeard... Je lui fais signer une reconnaissance de son procès... et je lui dis : « Legeard, d'accord avec monsieur le marquis, votre procès n'aura pas lieu, ce qui vous ferait perdre votre place, vous coûterait une bonne somme et par-dessus le marché un mois de prison... Mais si votre procès n'a pas lieu, c'est à une condition qu'il va falloir accepter ou refuser carrément... »

— Très bien.

— Je lui dirai alors quelles sont vos intentions... Il s'agit de surveiller les Girodias et de nous rendre compte de tout ce qui paraîtra suspect... Je connais un peu Legeard... C'est un vaurien, mais très intelligent. S'il accepte, il remplira cette mission admirablement.

— Acceptera-t-il?

— N'en doutez pas... d'autant plus qu'avec la permission de monsieur le marquis, je lui dirai qu'on lui graissera la patte de temps en temps...

— Je t'y autorise... et fais vite...

— Oh ! il faut que ce soit conclu dans les vingt-quatre heures... J'ai, en effet, vingt-quatre heures pour faire enregistrer mon procès... Si Legeard demande à réfléchir, je lui donnerai jusqu'à demain matin... Après quoi, s'il refuse, le procès suivra son cours...

— Tout cela est fort bien combiné, et tu es un garçon de ressources...

— Monsieur le marquis me flatte... Je lui suis dévoué, simplement, de même qu'à M. le duc... à qui j'ai eu l'honneur de servir de témoin dans son duel contre les deux Girodias. .

— Si Legeard accepte, fit Colette, il ne faudra pas qu'i vienne à Villefort, toutes les fois qu'il aura des communications à nous faire... Cela se saurait bien vite, quelques précautions que l'on prenne, et les Girodias seraient avertis...

— Bien pensé, mademoiselle, fit Malicamp; aussi, ne craignez rien, Legeard ne paraîtra pas au château. Il n'aura affaire qu'avec moi, et c'est moi qui servirai d'intermédiaire... De même, si monsieur le marquis avait un jour ou l'autre des recommandations pressantes à lui envoyer, je m'en charge.

Vivarez et Colette rentrèrent à Villefort, une espérance au cœur.

Dans la profonde détresse où ils vivaient, il leur fallait si peu de chose pour la faire renaître, que cet incident, si mince qu'il fût, suffisait pour leur rendre un peu plus de confiance dans l'avenir.

Dans le courant de l'après-midi, le même jour, Malicamp se présentait au château de Villefort.

Il avait l'air si joyeux qu'en l'apercevant, le marquis et Colette ne doutèrent pas une minute qu'il n'eût réussi.

Et avant même qu'on l'interrogeât :

— Succès complet, monsieur le marquis, dit-il.

Il raconta ce qui s'était passé.

Legeard n'avait pas hésité.

Les propositions avaient été faites à l'auberge de Clisson, où Malicamp savait rencontrer le cocher certains jours.

Et dans un moment d'abandon, entre deux bouteilles, Legeard avait dit au garde :

— Voyez-vous, vaut mieux que j'accepte, parce que ce procès-là serait une fichue affaire pour moi...,

Et, avalant un verre de vin blanc :

— C'est une maladie chez moi, le braconnage... Aux environs de Paris, j'ai déjà été condamné trois fois... de telle sorte que si vous aviez donné suite à votre procès, j'aurais écopé dans les grands prix... Alors, tope là, vieux...

Et garde et braconnier se serrèrent la main.

Comme c'était pour le service de son maître, Malicamp n'y regardait pas de si près.

Quand Malicamp se fut retiré, le marquis dit à Colette :

— Voilà qui va bien... nous n'avons plus qu'à attendre.

— Et si mes pressentiments ne me trompent pas, dit Colette, nous n'attendrons pas longtemps.

Huit jours pourtant s'écoulèrent sans qu'on eût des nouvelles de Legeard.

Le marquis, un soir, rencontra Malicamp :

— Es-tu sûr de ton homme ?

— Oui, oui... que monsieur le marquis ne s'impatiente pas et qu'il ait confiance. Si Legeard ne vient pas, c'est qu'il ne sait rien, et s'il ne sait rien, c'est qu'il ne se passe rien qui soit digne de vous être rapporté.

Malicamp ne se trompait pas.

Deux jours après il arrivait à Villefort, triomphant, l'air affairé.

— Il y a du nouveau, dit-il.

Et il raconta ce qu'il savait, ce que Legeard venait de lui apprendre.

Les frères Girodias méditaient un grand voyage et s'y apprêtaient déjà. Le cocher, sur ses gardes, avait saisi des fragments de conversation. Ces fragments, mis bout à bout, semblaient indiquer que Gaston et Pierre s'apprêtaient à quitter la France sans trop savoir encore sur quel point du globe ils se dirigeraient. Ils n'attendaient, paraissait-il, pour être fixés, qu'un dernier renseignement, mais ce renseignement n'arrivait pas. Legeard avait bien cru comprendre qu'il s'agissait d'Horace, car, à plusieurs reprises, l'un des deux frères avait dit à l'autre :

« — Où s'est-il réfugié et comment se fait-il que nous n'ayons plus de nouvelles depuis son arrivée à New-York ?

L'allusion était claire. Il s'agissait bien, en effet, d'Horace.

Mais le voyage projeté, pourquoi?

Et dans quelles conditions s'exécuterait-il ?

Legeard ne le savait pas encore.

Tout ce qu'il pouvait dire, c'est que depuis quelque temps, Pierre et Gaston s'étaient absentés à plusieurs reprises, assez mystérieusement. Aux Grandes-Roches, tout le monde ignorait où ils étaient allés. Au second voyage seulement, Legeard, du siège de son coupé, d'où il avait l'oreille aux écoutes, avait entendu Pierre, au guichet de la gare, demander deux places de première pour le Havre.

Maintenant, qu'étaient-ils allés faire au Havre!

Le marquis recommanda à Malicamp de redoubler de surveillance.

La plus grande prudence était également nécessaire. Au moindre soupçon, Legeard eût été congédié et les deux frères, avertis, se fussent tenus, par la suite, sur la plus extrême réserve.

Les jours suivants s'écoulèrent dans la fièvre

Dans ces rudes imaginations concentrées sur un seul point : la haine, quelle conception inattendue pouvait naître ?

Voilà ce que Colette et le marquis se demandait tous les jours et non sans une certaine anxiété.

Seraient-ils avertis à temps, à Villefort?

A cette conception, pourrait-on répondre par une conception équivalente et déjouer ainsi les pièges tendus dans l'ombre?

Tout était là.

Malicamp passait parfois, le matin, mais c'était pour dire qu'il n'y avait rien de nouveau. Même il ne voyait plus Legeard.

La figure du garde s'allongeait.

A Villefort, l'anxiété redoublait d'heure en heure.

Enfin, au bout d'une quinzaine de jours de cette attente, Malicamp se présenta.

— Je ne sais pas si j'apporte des choses intéressantes, dit-il... Vous en jugerez.

Et il remit au marquis des fragments de papier précieusement renfermés dans son mouchoir.

— Legeard vient de m'apporter ces débris-là...

— Et il ne vous a rien dit?

— Il m'a dit : « Que M. de Vivarez s'amuse à reconstituer la lettre déchirée et il s'en trouvera bien. »

— Rien de plus?

— Pas un mot. Il était pressé. Il est reparti en courant.

— C'est bien. Nous allons suivre, Colette et moi, le conseil de Legeard.

Malicamp se retira et ils se mirent à la besogne aussitôt.

Cela dura une heure. Au bout d'une heure, à part quelques petits fragments sans importance et qui n'enlevaient rien au sens des phrases, la lettre était reconstituée dans son entier.

Elle était datée du Havre ; l'en-tête imprimé disait qu'elle émanait du cabinet d'un homme d'affaires nommé Trimaille.

Voici le contenu de cette lettre :

« Messieurs Pierre et Gaston Girodias,
    aux Grandes-Roches, à Clisson.

» Lors de votre dernière visite et pour vous épargner des soins et des voyages inutiles, vous m'avez chargé d'être l'intermédiaire entre vous et M. de Marienval, le yachtman bien connu, lequel a son yacht à voiles à son port d'attache du Havre et avait, depuis longtemps, manifesté l'intention de s'en défaire. M. de Marienval,

en effet, fait construire un yacht à vapeur aux grands
chantiers du Havre. Vous avez visité l'*Henriette* pendant votre récent séjour au Havre, et vous avez pu vous
rendre compte par vous-même de sa solidité et de son
parfait état. Mais vous m'avez avoué que vous n'aviez
point de connaissances nautiques et que, par conséquent, vous ne pouviez porter un jugement et le baser
sur votre expérience personnelle. Je me suis substitué
à vous, et j'ai fait examiner l'*Henriette* par des marins.
Ils ont tous été d'accord que cette goélette ne laissait
rien à désirer. Par le fait, elle est presque neuve, ayant
été construite il y a deux ans seulement en Angleterre,
et elle n'a presque pas quitté son port d'attache. L'affaire
se présente donc, si vous y donnez suite, comme étant
excellente pour vous. Vous savez, en effet, — je vous
ai donné de vive voix ces renseignements, — qu'un
yacht neuf commandé revient à mille et douze cents
francs le tonneau, compris doublage en cuivre, lest en
fonte, gréement, armement, emménagement, enfin prêt
à prendre la mer. Acheté d'occasion, ce même yacht
voit tomber ses prix à cinq cents francs le tonneau, et
M. de Marienval consent, pour s'en débarrasser, à vous
le céder à quatre cents francs. L'*Henriette* jauge trois
cents tonneaux et demandera trente ou quarante
hommes d'équipage. M. de Marienval est pressé. Il a
reçu deux propositions en dehors de la vôtre. Si vous
ne voulez pas laisser échapper cette occasion, je vous
engage à m'envoyer une dépêche. L'affaire sera conclue
en principe et vous n'aurez plus qu'à venir au Havre
pour vous occuper des questions de détail.

» Agréez, messieurs, mes sentiments respectueux,

» TRIMAILLE.

» *P.-S.* — J'oubliais de vous dire, chose qui n'est pas

sans importance, que l'année dernière, de New-York au Havre, l'*Henriette* a battu le *Velox*, jaugeant 300 tonneaux également, et a établi le record de 16 nœuds à l'heure. Ce record n'a pas encore été battu ; vous le voyez, c'est un fin voilier, et nous n'en connaissons pas, au Havre ni ailleurs, qui soient capables de lui être comparés. Je vous conseille de traiter. »

C'était un renseignement précieux. Il n'était pas complet, en ce sens qu'il ne laissait pas deviner, chez les deux frères, « la pensée de derrière la tête », mais, du moins, ce qui était évident, c'était leur volonté brusque, mais bien arrêtée, de faire une croisière, d'être maîtres à leur bord, sans crainte de toute justice autre que celle du tribunal dont ils étaient les seuls juges tout-puissants ainsi et redoutables infiniment, car ils n'auraient pour témoin de leur projet mystérieux que la solitude des océans.

Restait à connaître s'ils avaient suivi le conseil de l'agent d'affaires Trimaille et s'ils avaient traité.

L'incertitude ne dura pas longtemps.

Directement, M. de Vivarez reçut de Legeard, aux Grandes-Roches, une lettre dont le laconisme était éloquent.

Legeard avait jugé sans doute qu'il n'y avait pas de temps à perdre et que ce serait du temps de perdu que de faire passer son renseignement par l'intermédiaire de Malicamp.

Il écrivait :

« J'ai porté tout à l'heure au télégraphe, à Clisson, une dépêche adressée à M. Trimaille, boulevard Maritime, au Havre. Cette dépêche ne contenait qu'un seul mot et ce mot était celui-ci :

« Achetez ! »

— Quelle sinistre pensée nourrissent-ils donc? murmura le marquis.

Et il réfléchit longtemps, la tête dans les mains.

Une autre anxiété, non moins grande, venait du silence même du duc.

Une seule lettre de lui était arrivée, celle de New-York.

Depuis, plus rien, et un mois s'était passé.

Où était-il? Qu'était-il devenu? Où avait-il porté ses pas? Avait-il donné suite à son idée d'aller demander l'hospitalité à l'un des grands éleveurs du centre Amérique ou chez un des hardis pionniers de la frontière de l'Ouest, défricheurs de forêts? Il en connaissait plusieurs. Lequel avait-il choisi? Enfin, où s'était-il réfugié? Et pourquoi ce silence?

Le vieillard releva la tête.

Son regard avait gardé l'énergie du commandement.

Et il dit avec mépris :

— Les Girodias vont peut-être nous conduire sur un élément qui ne leur est guère familier... Je les y rejoindrai.

— Que voulez-vous faire, monsieur? dit Colette.

— Tout d'abord, je vais partir pour le Havre. J'y ai des amis nombreux. Il me semble que je n'y serai pas depuis quatre heures que j'y aurai appris des choses intéressantes pour nous.

— Ensuite?

— Ensuite? Eh bien, mais, je me laisserai conduire par les événements.

Il sonna son valet de chambre.

— Je pars dans une heure, dit-il.

Et, fiévreusement, il fit ses préparatifs.

Au Havre, le marquis, descendu chez des amis dans le plus strict incognito, s'aboucha dès le lendemain avec un capitaine au long cours, le capitaine Mariotti, qu'il avait eu jadis à son bord comme quartier-maître de la marine de l'Etat.

Il chargea Mariotti de se renseigner sur tout ce qui concernait le yacht l'*Henriette* et sur les projets de voyage qu'on lui prêtait.

Ces renseignements ne firent qu'ajouter au mystère qui, déjà, enveloppait la goélette.

Le capitaine Mariotti, en effet, resta plusieurs jours sans pouvoir se procurer aucun renseignement, et cependant, il s'était mis consciencieusement à la besogne : c'était un solide gaillard et un fort buveur.

A table et devant la bouteille, il pouvait tenir tête au premier venu, et quelle que fût l'absorption, les jambes ne chancelaient jamais ; certes, les idées étaient un peu lourdes, la langue un peu pâteuse, mais, malgré tout, ce n'était pas l'ivresse.

Personne ne se vantait d'avoir jamais rencontré le capitaine ivre.

Cette précieuse faculté lui était utile en ce sens qu'il enivrait les autres.

A force de parcourir les cafés de la ville, les auberges du port, les louches tripots où les matelots en goguette tirent leurs bordées, à force de boire et surtout de faire boire, Mariotti entendit enfin parler de l'*Henriette*.

On savait que M. de Marienval voulait vendre sa goélette ; le bruit courait qu'elle était vendue.

Dans quelles conditions ? A qui appartenait-elle maintenant ?

On l'ignorait, mais les commentaires, sur le port, allaient leur train.

Le véritable acheteur restait inconnu et l'agent d'affaires n'avait été qu'un homme de paille en achetant à son propre nom.

Trimaille n'avait pas le sou et ne pouvait faire cet achat pour son compte.

On disait aussi que le nouveau propriétaire ne se ferait connaître qu'au dernier moment, monterait à bord cinq minutes avant l'appareillage, et que le capitaine de l'*Henriette* lui-même le verrait alors, ainsi que l'équipage, pour la première fois.

Quel serait ce capitaine et quel serait cet équipage?

Ni l'un ni l'autre n'existait encore, car M. de Marienval, pour éviter des frais d'entretien et de solde considérable, les avait congédiés quelques mois auparavant.

Ce que l'on ignorait au Havre, le marquis de Vivarez le savait depuis longtemps, mais les précautions prises par les frères Girodias pour rester inconnus étaient éloquentes et proclamaient bien haut qu'ils songeaient à quelque sanglante expédition.

M. de Marienval vint au Havre sur ces entrefaites.

Le capitaine Mariotti avait été son second à bord de l'*Henriette* pendant un voyage de six mois en Méditerranée, le seul voyage qu'eût exécuté la goélette.

Il avait conservé avec ce yachtman d'excellentes relations.

Il courut lui rendre visite, l'interrogea sur l'*Henriette*.

Mais M. de Marienval resta impénétrable.

Peu importait à M. de Vivarez, après tout!

Mais ce qu'il fallait au plus vite, c'était répondre à cette attaque des Girodias par une riposte non moins puissante; devant cette force qui allait pouvoir, en toute indépendance, entraîner les Girodias dans les mers, sous la voûte des étoiles, en présence de Dieu seul, il fallait à tout prix élever une force pareille contre laquelle soudain ils se heurteraient et qui serait d'autant plus redoutable qu'ils ne l'auraient point prévue.

En un mot, à cette goélette rapide, à cet oiseau de l'océan qui déjà battait des ailes prêt à s'envoler, il fallait opposer une goélette non moins puissante, le même oiseau rapide aux larges ailes infatigables et aux serres vigoureuses.

Où le trouver?

Avant cela, deux choses lui restaient à faire.

Visiter cette *Henriette* avec Mariotti, lequel obtiendrait sans doute aisément la permission de monter à bord.

Ensuite, trouver au Havre un matelot déterminé, intelligent, honnête, et faire en sorte que ce matelot fût engagé dans l'équipage que les Girodias allaient former pour leur yacht.

Vivarez s'en ouvrit à Mariotti, sans autrement s'expliquer et sans lui dire les motifs de vie ou de mort qui le poussaient à agir ainsi.

Mariotti n'était pas curieux.

Il ne fit aucune remarque indiscrète, n'adressa aucune question.

Il se contenta de répondre sur les deux points:

—Je vous mènerai visiter l'*Henriette* et vous pourrez, avec moi, vous rendre compte de ses qualités et de ses défauts. Des qualités, elle en a beaucoup; des défauts, je ne lui en connais pas. Quant au matelot que vous cherchez, vous le connaissez, il est à mon bord : Malaquin.

— En effet, j'ai connu un matelot de ce nom, gai, insouciant, dévoué, l'esprit bourré d'idées d'aventures... alerte et robuste...

— C'est Malaquin, le meilleur homme de mon équipage... Ce n'est pas sans regret que je vous l'abandonne... Mais pour vous, commandant, je suis prêt à tout faire... sans même savoir quels sont vos projets...

— Merci... Puis-je avoir en ce garçon la plus absolue confiance ?

— La plus absolue ! Et de plus, matelot fini, qui ne se trouve pas plus dépaysé sur un trois-mâts que sur un croiseur...

— C'est ce qu'il me faut... Quand pourrai-je m'entendre avec lui ?

— Ce soir même, si vous le désirez.

— Ce soir, c'est convenu.

— En attendant, allons jusqu'au port... Nous visiterons l'*Henriette*.

Il n'y avait qu'un homme sur le pont, pour l'entretien et la garde du bateau.

Cet homme, le capitaine Mariotti le connaissait.

Il laissa monter les deux marins sans faire aucune observation. Il ne savait pas que le yacht fût vendu et le croyait encore à M. de Marienval.

La visite fut minutieuse.

Vivarez considérait ce joli bateau comme un ennemi. Il lui était donné de pénétrer chez l'ennemi sans être vu. C'était pour lui une bonne fortune. Son coup d'œil de marin expérimenté le servit, et il ne lui fallut pas longtemps pour se rendre compte que la goélette avait des qualités supérieures de vitesse et de résistance. C'était, en effet, un superbe bâtiment d'une élégance achevée. La hauteur plus qu'ordinaire de ses mâts, la quantité de toile dont il pouvait se couvrir, très considérable pour son tonnage, tout indiquait au premier regard un navire de premier ordre.

Tout en montant et descendant, Vivarez interrogea le gardien et lui demanda, par curiosité, le livre de loch.

Il put constater que le navire filait une moyenne de quinze nœuds.

L'*Henriette* était construite en bois de teck ; les doublures en cuivre rouge, résistant mieux que l'alliage à l'oxydation. Pas une seule pièce neuve sur la quille, dans les fonds et sur les flancs, révélant des échouages ayant atteint plus profondément la coque. Les mâts étaient sains, les voiles exemptes de taches. Pas un pouce d'eau dans le puisard de la pompe. Les magasins étaient spacieux et clairs.

L'arrière, formé d'un salon, d'une grande chambre et de six cabines, était aménagé non seulement avec la plus extrême commodité, mais avec le plus grand luxe.

— J'ai commandé un croiseur, murmura le marquis ; eh bien ! cela me ferait plaisir de voir filer sous le vent ce joli navire qui n'est qu'une coque de noix et qui doit admirablement résister à la mer.

— Oui, dit Mariotti, cela obéit à la voix comme un cheval de sang obéit à la pression des genoux ; je dirai presque qu'un bateau aussi bien construit, aussi bien entendu dans toutes ses parties, obéit à la pensée de celui qui le commande.

— Vous l'avez vu à l'œuvre ?

— Par des temps calmes et par des gros temps.

— Et il s'est bien conduit ?

L'œil de Mariotti brillait.

— Un oiseau ne se conduit pas plus facilement dans les airs, même par une tourmente, que ce navire ne se conduit au milieu des vagues.

Et Mariotti passait doucement sa main le long des mâts, sur les bordages, touchait les cuivres, les palans, les cordes, les filins, s'amusait aux mille détails de la manœuvre.

Il soupira.

— Ah ! commandant, si vous aviez pu le voir comme

je l'ai vu!... Je suis très au courant du yachting aussi bien que de la navigation à voiles : c'est mon métier, mais c'est surtout ma passion. Eh bien, on ferait des folies pour avoir un bateau comme celui-là sous la main.

Et après avoir réfléchi :

— Je n'en connais qu'un qui puisse rivaliser avec lui et qui, peut-être même, pourrait lui être supérieur s'il était bien commandé...

— Le *Vélox*?

— Non... Le *Vélox* a été battu... vour le savez...

— Alors ?

— C'est une goélette anglaise... la *Minerve*... de même jaugeage... de même voilure... on dirait la sœur de celle-ci...

— La *Minerve*, murmurait le marquis... il me semble que j'en ai entendu parler, je ne sais dans quelles circonstances ..

— Elle appartient à un Irlandais... Le land-lord Donesdale...

Le marquis tressaillit. Un flot de sang lui montait aux joues.

— Si la *Minerve* appartient à Donesdale, nous sommes sauvés...

Mariotti entendit. Sa curiosité était surexcitée, mais il n'interrogea pas.

Le marquis resta deux jours encore au Havre.

Il avait à s'entendre avec Malaquin, qu'il réussit à voir le soir même.

Le matelot était un solide gaillard, sec et nerveux, aux yeux bleus très vifs et rieurs, à l'allure décidée et franche.

Il plut au marquis dès le premier coup d'œil, et Vivarez se rappela, en effet, que Malaquin avait été autrefois un des meilleurs hommes de son équipage, un de ceux sur lesquels on peut compter pour les expéditions les plus aventureuses et que leur sang-froid n'abandonne jamais.

— Commandant, dit le matelot, le capitaine Mariotti m'a dit que vous désiriez me parler... Est-ce que je serais assez heureux pour que vous ayez besoin de moi ?

— Oui, j'ai besoin de toi...

— Parlez bien vite, commandant, et n'oubliez pas que, moi qui pourtant n'aime guère que l'eau, je suis prêt à me mettre au feu pour vous servir...

— Je puis me confier à ta discrétion ?

— Je me couperais la langue plutôt que de laisser échapper jamais un mot de tout ce que vous allez me dire...

— Même si les propositions que j'ai à te faire ne te conviennent pas ?

— Elles me conviendront, commandant, j'en suis sûr d'avance.

— Alors, écoute-moi et ne perds pas une syllabe des confidences que je suis obligé de te faire avant tout.

Jusqu'ici Malaquin avait eu l'air souriant.

Son visage devint tout à coup très sérieux.

Le marquis le mit au courant du drame qui s'était passé à Villefort, de toutes les péripéties qui avaient suivi l'acquittement d'Horace et des efforts que faisait la haine des Girodias contre le duc innocent.

Malaquin ne songeait même pas à mettre en doute la parole du marquis.

Du moment que son officier parlait, la vérité sortait de sa bouche.

Il eût cogné dur et ferme celui qui, là-dessus, aurait manifesté quelque hésitation. Il écouta sans interrompre, mettant chaque détail à profit, s'imprégnant, pour ainsi dire, de cette dramatique histoire dans laquelle, sans doute, le marquis de **Vivarez l'appelait à** jouer désormais un rôle.

Mais ce rôle, quel était-il ?

Malquin ne le devinait pas encore.

M. de Vivarez le lui expliqua, en lui parlant de l'achat de l'*Henriette* en dessous main et dans le plus profond mystère, par les frères Girodias.

— Joli bateau, murmura Malaquin.

— J'ai la plus entière conviction, dit le marquis, que tout ce que font les frères Girodias est dirigé contre mon neveu, et, dans cette circonstance particulière, ceci est d'autant plus grave que je ne sais encore comment je pourrai parer au danger. Mais ce qui m'a paru le plus pressé, c'est de ne point laisser recruter le nouvel équipage de l'*Henriette* sans qu'un homme à moi, intelligent et dévoué, en fît partie. Je veux que sur le pont de l'*Henriette* quelqu'un écoute, voie, cherche et comprenne pour moi, redoute les dangers, les écarte, devine les pièges, fasse échouer les ruses, me remplace en un mot, en épousant l'affection que j'ai pour Horace, jusqu'à sacrifier sa vie, au besoin, s'il le fallait, pour l'aider à se réhabiliter et à retrouver son honneur.

— Je serai cet homme-là, commandant, dit Malaquin avec simplicité.

Ils s'entretinrent longtemps, précisant tous les points sur lesquels il fallait plus particulièrement faire porter l'attention de Malaquin.

— Si mes projets réussissent, dit le marquis, et je le saurai bientôt, la goélette des Girodias ne tirera pas une bordée sur n'importe quelle mer du monde sans qu'apparaisse aussitôt dans son sillage un autre navire aussi léger, aussi rapide, sur lequel il y aura toujours des yeux ouverts et auxquels pas un mouvement, pas une manœuvre de l'*Henriette* ne passeront inaperçus...

Malaquin se frottait les mains.

— Chouette, dit-il ; je prévois qu'on va s'amuser !

— Peut-être... mais le succès de l'expédition dépend de toi, en partie...

— Comptez sur ma vigilance.

Ils convinrent ensuite des moyens de correspondre par signaux et par des fanaux, le jour et la nuit, si l'*Henriette* se rencontrait en mer avec le commandant Vivarez.

Après quoi, les deux marins, l'officier et le matelot, se serrèrent la main longuement, avec émotion.

— Es-tu marié, matelot ? As-tu des enfants ?

— Non, commandant, je suis garçon... Jusqu'à aujourd'hui je n'ai pas voulu m'embarrasser d'une femme... mais je comprends votre pensée...

— Achève, matelot... nous sommes ici pour tout nous dire.

— J'ai une bonne vieille femme de mère dont je suis le seul soutien.

— Bien... Notre expédition terminée, tu seras assez riche pour t'acheter un bateau et tu seras ton propre armateur... Mais dans cette expédition tu peux laisser la vie... moi aussi... et il est bon qu'après nous personne ne souffre de notre disparition... Avant l'appareillage de l'*Henriette*, ta mère recevra un titre de rente de mille francs...

— Oh ! commandant, c'est pour elle que j'accepte... à cause de ce que je viens de vous dire... Pour ce qui est de moi, je ne veux pas que vous fassiez le prix de mon dévouement... Cela me chiffonnerait et j'aime mieux vous le donner pour rien...

— Je l'accepte comme tu me le donnes, matelot... Au revoir.

— Au revoir, commandant.

— Je vais partir pour Londres. A mon retour, je te verrai. Ton adresse ?

— Rue de Dunkerque, 33... Mais si je n'y suis pas... envoyez-moi chercher sur le port, au Bonhomme Normand... C'est là, surtout, que les équipages des yachts se recrutent. Je vais quasiment y élire domicile jusqu'à ce que je sois engagé sur l'*Henriette*

Ils se séparèrent.

Dans la même nuit, le marquis s'embarquait pour l'Angleterre.

— Donesdale ! murmurait-il... Est-ce le même ? Va-t-il se souvenir de moi et vais-je réussir ?... Oui, oui, il me semble que nous en avons fini avec la mauvaise fortune... et que la chance est pour nous...

Quarante ans auparavant, alors que Vivarez était élève officier et faisait sur le bateau-école le tour de la Méditerranée, il s'était rencontré à Constantinople avec Donesdale, élève comme lui. Les deux jeunes gens s'étaient pris de querelle, s'étaient battus. Donesdale avait été laissé pour mort sur le terrain avec une balle en pleine poitrine.

Pendant deux mois où la vie du jeune Anglais fut en danger, Vivarez reçut en France tous les jours de ses nouvelles. Enfin, il apprit que Donesdale était sur pied.

Un an après, à Constantinople encore, au moment où Vivarez, élève de seconde année, descendait du bateau avec ses camarades, il fut accosté poliment par Donesdale, que le hasard de la vie de marin mettait ainsi de nouveau en sa présence.

— Vous avez gagné la première manche... dit-il au marquis... voulez-vous jouer la seconde?...

Le jeune aspirant n'était pas homme à reculer.

Le second duel eut lieu le lendemain, et Vivarez eut la poitrine trouée.

Tous les deux, écervelés et un peu fous, s'étaient du reste battus sans haine, pour le plaisir. Donesdale veilla Vivarez aussi longtemps qu'il put.

Et en le quittant, ils étaient amis.

— A quand *la belle?* demanda le jeune Français.

— Ma foi, non, c'est par trop bête, dit le jeune lord. Quand je pense que l'un de nous deux pourrait être mort, en quoi cette mort pourrait-elle être utile à notre pays? Je vais vous faire une autre proposition.

— J'accepte d'avance.

— Nous jouerons *la belle* de la façon suivante : le jour, si lointain qu'il soit, fût-ce dans vingt ans, fût-ce dans trente ans, où l'un de nous deux aura besoin de l'autre, il ira le trouver, et quelle que soit sa demande celui des deux à qui elle sera faite sera tenu de ne point refuser... C'est celui-ci qui gagnera *la belle*... Est-ce dit ?

— C'est dit.

— Je souhaite que ce soit moi qui vous rende service, marquis...

— Je souhaite de tout mon cœur que ce soit moi...

Et ils s'étaient embrassés.

Les deux jeunes gens étaient devenus des hommes ; ils étaient devenus des vieillards : quarante années s'étaient écoulées depuis lors, et pas une seule fois ils ne s'étaient revus, car Donesdale était allé habiter les Indes.

Se souviendrait-il ? Etait-ce lui ?

A Londres, il ne lui fut pas difficile d'obtenir l'adresse de Donesdale, qui était membre de la Chambre des pairs.

Et lorsque, à l'hôtel, Vivarez fit passer sa carte et

attendit, dans le grand salon sévère, qu'on le conduisît auprès de son ennemi et aussi de son ami d'autrefois, il éprouva un léger frisson.

C'est qu'il ne s'agissait pas de lui-même.

Il s'agissait d'Horace.

Et le vieux marin avait peur...

Il n'attendit pas longtemps; la porte s'ouvrit, le domestique s'effaça et un grand vieillard maigre, à barbe blanche, à cheveux blancs, apparut, souriant, tendant les mains.

Ils restèrent un instant sans parler, remontant par la pensée, en quelques secondes de ce religieux silence, à quarante ans en arrière.

Puis, lord Donesdale, souriant toujours :

— Serais-je assez heureux pour gagner *la belle* ?

— Oui, mon ami, vous avez gagné... J'ai besoin de vous...

C'était bien à lord Donesdale, l'ami du marquis de Vivarez, qu'appartenait le yacht anglais *Minerve*, rival de l'*Henriette*.

En deux mots, le marquis lui expliqua son affaire.

Sans le mettre au courant des événements qui l'obligeaient à reprendre la mer, Vivarez lui demanda :

— J'ai besoin de votre goélette pour six mois, peut-être pour un an... Je voudrais en être le maître absolu... Je ne suis pas assez riche pour vous l'acheter... vous ne voudriez pas me la vendre... prêtez-la-moi..

— Non, fit l'Anglais.

Et comme Vivarez ne retenait pas un sursaut :

— Je ne veux pas vous la vendre... je ne veux pas non plus vous la prêter... je ferai mieux, mon ami...

Et lui tendant de nouveau les mains :

— Je vous la donne.

— Oh! mon ami, mon ami!

La *Minerve* avait son port d'attache à Southampton.

— Je vous retiens toute la journée à Londres, dit Donesdale. Je vais télégraphier à Southampton pour que le yacht soit sous voile lorsque nous arriverons demain... Mon équipage est anglais, naturellement, et comme vous n'êtes pas assez familiarisé avec la langue anglaise pour pouvoir commander à nos marins, je ferai manœuvrer devant vous le yacht sous mes ordres... Vous garderez l'équipage jusqu'à ce que vous en ayez recruté un autre en France... Il va sans dire que s'il y en a parmi mes gens qui vous plaisent, je vous autorise à leur faire vos propositions.

Le lendemain, par un soleil radieux, ils étaient à bord de la *Minerve*.

Le joli navire ne le cédait en rien à l'*Henriette*; le capitaine Mariotti ne se trompait pas. C'était bien, en tout, comme élégance, puissance de voilure, légèreté et confortable, le rival du yacht des Girodias.

Au premier coup d'œil, le marquis de Vivarez en jugea ainsi.

Une heure après, la *Minerve* sortait lentement, avec grâce, ondulant pour ainsi dire au milieu de tous les bateaux qui encombraient le port.

Elle s'élançait dans la rade, gagnait la haute mer, déployant ses voiles blanches, et sous les yeux de Vivarez, sous le regard attentif du vieux marin, Donesdale essaya les allures de la goélette comme on essaye avant le combat les allures de son cheval.

Le marquis avait pris place sur la passerelle, à côté de l'Anglais.

Il calculait la vitesse et la précision du bateau, ses flexions, l'aisance admirable avec laquelle il se relevait, avec laquelle il obéissait à la voile, s'élançant dans le vent avec impétuosité, souple et liant dans sa membrure.

Parfois les deux amis se regardaient.

Ils échangeaient un sourire, silencieusement.

Une fois seulement lord Donesdale demanda :

— Êtes-vous satisfait ?

— Comme je ne pourrais pas l'être davantage.

— C'est bien ce que vous désiriez ?

— Absolument.

— J'en suis heureux.

Pendant des heures, Donesdale fit louvoyer, virer, lofer la *Minerve*, sous tous ses jeux de voiles, et le marquis observait leur effet sur sa marche et sa tenue. De sa vitesse dépendrait peut-être le sort d'Horace, si les Girodias réussissaient dans leur mystérieuse expédition.

Elle filait avec la rapidité d'un de ces oiseaux aux larges ailes qui tournoyaient autour de ses mâts et semblaient la prendre, tant elle était jolie et se mouvait gracieusement, pour un oiseau aussi, gigantesque et de race inconnue.

Tantôt dans son sillage rapide elle disparaissait vers la haute mer, tantôt elle courait vers la terre. Et au moment où il apparaissait que son beaupré allait se briser contre les falaises de la côte, la *Minerve* virait de bord, se relevait majestueusement, se jouant du péril, s'en écartant de nouveau pour y revenir encore, et le fuir enfin, filant, pareille à une flèche, vers les brumes lointaines qui l'engloutirent au bout de l'horizon.

Là, carguant les basses voiles et neutralisant l'effet de ses huniers en les masquant, Donesdale arrêta la goélette et la laissa se bercer voluptueusement sur les vagues caressantes, comme pour la reposer de la course qu'elle venait de fournir et lui faire reprendre haleine avant d'exiger d'elle des efforts nouveaux.

— Oui, oui, se disait Vivarez, c'est vraiment un merveilleux navire.

Donesdale aurait voulu retenir son ami un jour encore, mais Vivarez était pressé de rentrer au Havre, pour de là retourner à Villefort. Les actes de cession de la propriété de la *Minerve* avaient été préparés par les soins du lord. Rien n'empêchait le départ de Vivarez. Ils se séparèrent émus.

Au Havre, il restait à faire conférer à la *Minerve*, vu son origine étrangère, sa naturalisation, d'après la législation fixée par un règlement de 1867. Cette naturalisation donnait le droit au yacht de naviguer sous pavillon français et lui attirait les avantages réservés à la navigation nationale. « En conséquence, il était requis à tous les souverains, États, amis et alliés de la France et à leurs subordonnés, il était ordonné à tous les fonctionnaires publics, commandants des bâtiments de l'État, et tous autres qu'il appartiendra, de laisser sûrement et librement passer le marquis de Vivarez avec son bâtiment, sans lui faire ni souffrir qu'il lui soit fait aucun trouble ni empêchement quelconque, mais au contraire de lui donner faveur, secours et assistance partout où besoin sera... »

Lorsqu'il eut satisfait à ces obligations administratives, le marquis chargea le capitaine Mariotti de lui recruter un équipage français, gardant l'équipage anglais jusqu'à nouvel ordre, selon le conseil que lui avait donné Donesdale.

La *Minerve* n'était pas entrée dans le port du Havre.

Sur l'ordre de Vivarez, elle jeta l'ancre dans la rade, pour éviter, sinon les commentaires, du moins les regards indiscrets.

Les remorqueurs, les transatlantiques, les bateaux de pêche ou de plaisance qui passèrent à portée de voix en furent pour leurs frais de curiosité, lorsqu'ils essayèrent de distinguer ce qui se faisait à bord.

Personne dans les manœuvres et personne sur le pont.

On aurait dit que le navire était abandonné.

On savait seulement que la *Minerve* appartenait à lord Donesdale et que, par conséquent, elle battait pavillon anglais.

Qu'attendait-elle en rade et pourquoi n'entrait-elle pas au port?

Vivarez avait pris toutes ses précautions, s'était entouré de la plus extrême prudence, et la francisation de la *Minerve* s'était faite, ainsi que s'était fait l'achat de l'*Henriette*, sans que dans le public eût été prononcé le nom du vieux marin, pas plus que n'avait été prononcé le nom des Girodias.

Vivarez répondait ainsi au mystère par le mystère, coup pour coup.

Et déjà la naturalisation du joli navire était chose faite, déjà la *Minerve* était devenue française, que, pour éviter toute curiosité, en haut de son mât, battait toujours le pavillon de l'Angleterre et flottait le guidon du Yachting club de Londres.

Avant de prendre le train qui allait le ramener à Clisson, le marquis conduisit Malaquin sur la jetée.

Et lui montrant la goélette qui se balançait au loin, comme une mouette, sur les vagues courtes frangées d'écume :

— Vois-tu, matelot?

— Oui, c'est un joli brin de fille et elle doit bien courir quand, avec bon vent, elle a toutes ses voiles dehors...

— Regarde-la bien... Elle s'appelle *Minerve* et elle est à moi... Il est probable qu'avant longtemps tu la verras aux trousses de l'*Henriette*, la surveillant ou lui donnant la chasse.

Malaquin se frottait les mains à s'enlever la peau.

— Sûr, commandant, ce sera un beau spectacle, et je ne donnerais pas ma place pour six mois de paie à bord d'un bâtiment de l'État.

Le soir même, car il ne voulait pas perdre une minute, le marquis prenait le train et le lendemain matin il était à Clisson.

Là, pendant son absence, de graves événements s'étaient passés.

II

LANTUR, LANTURLETTE ET LANTURLU

Trois noms de guerre qui, sur le marché des musiciens, à Paris, désignaient trois enfants abandonnés que le hasard avait réunis, qui jouaient tant bien que mal, grâce à un apprentissage de quelques mois chez un maître italien de la rue Serpente, Lantur du violon, Lanturlette de la guitare, et Lanturlu de la harpe.

Leurs prénoms étaient : Gilbert, Jeannette et Lucien.

De nom de famille, ils n'en avaient pas.

On ne savait ce qu'ils étaient ni d'où ils venaient.

Du même âge à peu près, de quinze à dix-sept ans, ils vivaient au hasard des grandes routes en raclant avec énergie leurs instruments de musique qui devenaient un peu entre leurs mains des instruments de torture.

Mais ils étaient si gentils !

Pas du tout l'air de vagabonds, doux et doucement, nous allions presque dire : doux et tristement gais.

Un an auparavant, au printemps, ils avaient été loués par deux acrobates pour faire la parade, et avec leur bonne mine et leur musique attirer la foule.

Et au mois de septembre précédent ils étaient passés à Clisson pendant la fête patronale, le jour du meurtre de Girodias, avec deux danseurs de corde, Gabarit et Lahache. La maîtresse de Lahache, la belle Isabelle, diseuse de bonne aventure, battait Jeannette ; Gabarit et Lahache battaient à tour de rôle, quand ils étaient ivres, les trois petits. De telle sorte que l'association ne dura pas longtemps. Pendant la fête de Clisson, ils se séparèrent, après avoir été, du reste, intégralement payés par les deux saltimbanques.

Depuis, ayant assez de cette expérience, ils voyageaient pour leur compte.

Et le hasard de ces voyages les ramenait en Vendée.

A Clisson, Lanturlette tomba malade d'une fluxion de poitrine ; l'orchestre ambulant se trouva réduit à Lantur qui jouait du violon et à Lanturlu qui jouait de la harpe ; mais comme les médicaments et les visites des médecins coûtent cher, comme ils vivaient au jour le jour et, malgré leur sagesse et leur bonne entente, comme ils n'avaient pas encore pu faire d'économies, ils tombèrent dans une gêne extrême.

Ils ne pouvaient abandonner Lanturlette, qu'ils aimaient, qu'ils adoraient.

Ils avaient trouvé refuge dans un petit cabaret, que nous connaissons déjà, « Au Sapin toujours vert » et, de là, menacés d'être jetés à la porte tous les soirs, s'ils ne payaient pas les frais de la journée, ils rayonnaient sur tout le pays avec leurs instruments de musique.

Et pendant cela, Lanturlette agonisait, sur le pauvre lit qu'on lui avait jeté dans le grenier à foin.

Lantur et Lanturlu ne pouvaient pas toujours s'adresser à la charité des gens de Clisson et des hameaux voisins.

Ils étaient obligés d'étendre peu à peu le cercle de leurs tournées.

Et, un matin, ils arrivèrent devant le château de Villefort.

Là, près de la grille, ils jouèrent un ou deux morceaux.

Le jardinier sortit, leur donna quelques sous, et ils allaient partir, lorsque Colette, qui passait, les aperçut et fut frappée de leur visage plein de tristesse, comme aussi de leur physionomie intelligente.

Elle se rapprocha des deux enfants.

La grille était restée ouverte, Colette put les voir de tout près.

Si pauvres qu'ils fussent, si rapiécés, leurs vêtements étaient très propres et les deux enfants baissèrent les yeux quand ils virent la jeune fille venir à eux.

La duchesse avait fait à Colette qu'elle savait charitable un budget des pauvres, et Colette la remplaçait souvent auprès des malades, nous l'avons dit.

Elle interrogea les petits musiciens.

Ils répondirent sans crainte : en une minute, elle sut leur histoire.

— J'irai voir votre amie, dit Colette, et je lui porterai tout ce qui lui manque.

Le soir même, en effet, elle s'y faisait conduire, à la nuit tombante.

Lantur et Lanturlu n'étaient pas rentrés de leur tournée.

En proie à une fièvre violente, Jeannette râlait sur

son grabat. Colette y était montée par une échelle et l'air n'arrivait dans le grenier que par une lucarne aux vitres cassées, tendues en travers de toiles d'araignées, et par les trous percés par les rats dans les murs de torchis et sous les tuiles de la toiture ; l'air ne pénétrait guère dans le taudis, on le voit, et la respiration n'y était faite que de toutes les exhalaisons poussiéreuses du foin desséché.

Sur le lit, une fillette de quinze ans, maigre et jolie, les yeux cerclés de noir par la maladie, les pommettes des joues rougies par la fièvre, les lèvres desséchées.

Sur une planche, auprès d'elle, dont chaque extrémité était posée sur une chaise de bois, formant table ainsi, quelques fioles, de l'eau, des verres.

— Mais cette enfant va mourir faute de soins ! murmura Colette.

Elle redescendit aussitôt.

Il y avait dans l auberge une chambre claire et saine, bien aérée et qui était inoccupée. Elle la paya, donnant quinze jours d'avance.

Et un quart d'heure après Jeannette était étendue dans un lit bien propre, avec des draps bien blancs.

Colette, douce et bienfaisante comme une sœur de charité, lui avait fait sa toilette, avait arrangé sur ce front de pauvresse et de vagabonde de lourds et admirables cheveux blonds.

Elle avait envoyé l'aubergiste, à cheval, chercher le médecin du château.

Jeannette avait le délire, et alors, parfois, regardait cette étrangère, près de son lit, avec le regard éperd de deux yeux bleus si largement ouverts, si beaux, si purs, que la charmeuse sentit son cœur profondément troublé par tant d'abandon et par tant de misère.

Et pourtant, quand le médecin arriva, la mendiante

était plus calme. Elle dormait. Le médecin l'ausculta. Elle ne se réveilla point.

Colette revint le lendemain, de bon matin; elle revint aussi le même soir.

L'absence du marquis de Vivarez la rendait plus libre.

Au bout de cinq ou six jours, Jeannette n'avait plus de fièvre. Le râle sourd de sa poitrine allait diminuant. La respiration était plus libre.

Et pour la première fois, un soir, se soulevant sur son lit, elle examina Colette avec surprise, avec une attention soutenue.

L'intelligence revenait, vive, entière, et les yeux bleus avaient une douceur infinie, déjà le sérieux de la jeune fille, avec je ne sais quelle expression lointaine qui était encore comme un charme de l'enfance.

— Je ne sais pas qui vous êtes, mademoiselle, dit Lanturlette, mais c'est vous qui avez soigné, qui avez sauvé la pauvre petite mendiante... je souhaite qu'un jour la mendiante puisse vous prouver qu'elle n'est pas une ingrate... Et, si je pouvais faire un vœu, ce serait de donner ma vie pour vous...

Elle prit doucement la main de Colette et l'embrassa en pleurant.

Une intimité s'établissait entre elles, et Colette ne pouvait s'empêcher de prendre intérêt à cette enfant restée, comme par miracle, naïve et pure au milieu des hasards de sa vie aventureuse.

Colette l'interrogea sur cette vie, quand elle fut certaine qu'elle pouvait le faire sans la fatiguer.

Jeannette répondit docilement.

Mais la charmeuse, tout à coup, fut surprise lorsque la petite, en finissant son histoire, ajouta :

— Ce n'est pas la première fois que nous parcourons

la Vendée, et c'est la seconde fois en un an que nous nous arrêtons dans le pays que vous habitez, mademoiselle.

— A quelle époque y êtes-vous venus pour la première fois?

— L'an dernier, au moment de la fête de Clisson.

Sans savoir pourquoi, Colette éprouva une vague surprise, presque une secousse. N'était-ce pas pourtant bien simple que ces petits ambulants se fussent trouvés à la fête... puisqu'ils étaient à la solde de Gabarit, de Lahache et de la belle Isabelle?

Mais Colette, un peu superstitieuse, devinait dans cette coïncidence plus que le hasard, peut-être une intervention invisible et toute-puissante qui se lassait enfin de voir le malheur s'abattre sur des têtes innocentes.

— Il y avait longtemps que vous étiez avec ces saltimbanques?

— Depuis deux mois à peine.

— Et combien de jours êtes-vous restés à Clisson?

— Le dimanche et le lundi.

— Cependant la fête a duré presque toute la semaine!

— Nous nous sommes fâchés avec nos maîtres.

— Pourquoi?

Jeannette parut embarrassée. Elle fut quelques secondes sans répondre, regardant l'institutrice comme si elle avait eu l'envie de parler et comme si quelque chose l'en eût retenue...

— Nous nous sommes fâchés parce qu'ils nous battaient...

Mais, en disant cela, elle avait baissé les yeux et Colette crut comprendre que la petite mendiante ne disait pas toute la vérité...

Colette fut longtemps songeuse.

— Cette fête de village, dit-elle, marque le point de départ de catastrophes au milieu desquelles a sombré l'honneur d'une famille...

La voix de Jeannette tremblait lorsqu'elle demanda :

— De quoi voulez-vous parler, mademoiselle ?

— D'un crime qui fut commis ce jour-là... et d'un innocent qui expie encore, en dépit de son acquittement, le crime d'un autre.

— Vous parlez de Girodias ?

Colette fit un brusque mouvement.

— Comment le savez-vous ? Qui vous a si bien renseignée ?

— N'étions-nous pas au village le jour du crime que tout le village apprit le soir même ?

— C'est vrai.

Malgré tout, Colette regardait la mendiante avec une certaine défiance, surprise de cette gêne étrange qui avait succédé à sa première expansion.

— Et sur ce meurtre, mon enfant, ne savez-vous rien ?

Toujours les yeux baissés, l'enfant dit :

— Rien...

— Car, si vous saviez quelque chose, votre devoir eût été de le dire...

— L'homme qui fut tué ne vous était de rien...

— En effet, mais l'homme, innocent de ce meurtre et qui en fut accusé...

— Le connaissez-vous donc ?

— Oui...

— Il est de votre famille ? Ou bien est-il un étranger pour vous ?

— Qu'importe...

Jeannette hocha la tête et dit :

— Qu'importe, en effet, puisque je ne sais rien !

Et elle se laissa retomber, fatiguée, sur l'oreiller, et ferma les paupières.

Mais Colette se disait en la quittant :

— Cette pauvre petite ne m'a pas tout dit... Comment faire pour la décider à parler ?...

Lantur et Lanturlu, la harpe et le violon, étaient toujours absents, par monts et par vaux, lors des visites de Colette.

Ils ne rentraient que le soir, harassés de fatigue ; ils avaient à peine la force de manger et allaient s'étendre tout de suite au grenier sur le foin.

Colette ne les voyait donc jamais.

Le dimanche suivant, toutefois, — c'est-à-dire deux jours après la scène que nous venons de raconter, — ils rentrèrent tout à coup, au milieu de l'après midi, pâles, les yeux pleins de larmes et pleins de colère aussi.

Colette se trouvait encore dans la chambre de la malade.

Celle-ci, en voyant ses deux compagnons, comprit qu'il s'était passé quelque chose de grave.

Elle se levait, ce jour-là, pour la première fois.

Assise dans un fauteuil de bois, rembourré d'oreillers pour la circonstance, elle aspirait à pleins poumons, par la fenêtre ouverte, ce gai soleil printanier, ces premiers rayons de douce chaleur qui réveillent la campagne endormie et font s'égosiller tous les petits oiseaux chanteurs.

En voyant les larmes de Gilbert et de Lucien, leurs lèvres frémissantes, le tremblement de leurs mains, elle s'écria :

— Qu'est-il arrivé ?

Ils éclatèrent en sanglots. Et leurs sanglots les empêchaient de parler.

Colette s'approcha d'eux.

— Mes pauvres enfants, dites-nous pourquoi vous pleurez...

Ce fut Gilbert, le plus âgé, qui prit la parole, toujours sanglotant :

— Il y a, mademoiselle, il y a, Jeannette, que ce pays-ci est un pays maudit pour nous et que maintenant il ne nous reste plus qu'à mourir de faim.

— Expliquez-vous...

Il s'expliqua difficilement, car les larmes redoublaient ; mais à la fin Colette, attentive, et Jeannette tout émue, finirent l'une et l'autre par comprendre.

Ils étaient partis comme d'habitude le matin, de bonne heure, Gilbert avec son violon et Lucien portant sa harpe.

C'était dimanche, la recette avait été bonne, ils avaient récolté quelques sous.

A midi, comme il faisait beau, ils s'assirent au coin d'un bois, mangèrent un morceau de pain avec un œuf dur, burent une gorgée d'eau à une source, et fatigués, engourdis par ce soleil, ils s'endormirent doucement, côte à côte, en se tenant par la main.

Lucien avait appuyé sa harpe le long d'un arbre et le violon reposait au pied.

Ils ne dormaient pas depuis une demi-heure, lorsqu'ils furent réveillés en sursaut.

Et ils poussèrent un cri de terreur et de désespoir.

Un homme était là, déguenillé, ivre, jurant, blasphémant et chantant, qui brisait à coups de bâton, avec une joie féroce et bête, le violon de Gilbert, devenu un amas de débris, et la harpe de Lucien, qui, sous chacun des coups, rendait des sons tristes et plaintifs, comme si elle avait souffert vraiment et comme si elle avait été douée d'une âme.

Harpe et violon n'existaient plus...

Ils s'étaient précipités sur le mendiant, mais le mendiant s'était débarrassé d'un coup d'épaule et avait disparu dans le fourré.

Colette, émue, demandait :

— Et ce misérable, pourriez-vous, du moins, le reconnaître?

Les deux enfants regardèrent Lanturlette comme si cette question les avait surpris. On eût dit qu'ils voulaient demander conseil à la malade.

Et, se penchant à son oreille, ils murmurèrent un nom.

Ce nom, Colette ne l'entendit pas.

Mais elle vit le visage de Lanturlette qui s'animait singulièrement, ses grands yeux bleus lancer des éclairs.

— Mademoiselle, fit la mendiante... hésitant pourtant encore... mademoiselle, j'ai quelque chose à vous dire... oui... maintenant... je n'ai plus peur... je vous dirai tout... et peut-être vais-je vous apprendre des choses qui vous intéresseront.

— Mais ce mendant? ce mendiant? dit Colette, vous le connaissez donc?

— Nous le connaissons.

— Il a été mêlé au meurtre de Girodias?

— Peut-être.

— Son nom?

— Boileau, que les paysans appellent Mal-Nommé!...

Colette, très pâle, était près de s'évanouir.

— Mon Dieu, mon Dieu, murmura-t-elle... serait-ce enfin la vérité?

Elle ne se doutait pas qu'elle en était loin encore!

Lanturlette parla :

C'était l'année précédente, à la fête de Clisson.

La journée avait été fructueuse, et sous prétexte de se reposer avant les représentations du soir, les deux acrobates Gabarit et Lahache avaient fermé leur baraque.

Il était alors cinq ou six heures du soir.

Jusque vers huit heures du soir, les petits musiciens, qui n'avaient pas quitté le champ de fête, ne les revirent pas. Ils constatèrent seulement que la belle Isabelle, qui, en général, ne quittait jamais sa voiture de somnambule, était devenue invisible.

Elle avait disparu avec les deux danseurs de corde...

Vers huit heures, comme ils passaient devant une auberge, tous les trois, ils s'entendirent appeler par leurs noms de guerre :

— Lantur, Lanturlette, Lanturlu...

C'était Gabarit, Lahache et sa maîtresse, attablés, et qui dînaient plantureusement.

Les petits n'avaient pas mangé. Ils avaient faim. Ils entrèrent.

— Asseyez-vous, les gosses, et fourrez-vous-en jusqu'en haut du canon.

Les deux acrobates n'étaient pas ivres, et cependant ils paraissaient dans une surexcitation étrange.

Ils avaient commandé, du reste, un repas copieux et les meilleurs vins de l'établissement.

— La recette a été bonne, dit Lahache ; on peut s'en payer...

Les enfants échangèrent un regard surpris.

Ils la connaissaient, la recette. Si bonne qu'elle eût été, elle n'eût point suffi, assurément, à payer les frais de ce dîner de gala.

Or, il n'y avait point d'économies chez les saltimbanques ; quand il y en avait, la belle Isabelle se chargeait de les faire danser.

Comment payerait-on l'aubergiste?

Tant pis, les petits avaient faim, ils mangèrent quand même avec appétit.

Tout en mangeant, ils observaient leurs patrons.

Ils ne les reconnaissaient pas. Ils étaient changés. En général, on ne pouvait tirer d'eux quatre paroles. Ils étaient sombres, taciturnes.

Ce soir-là, ils ne tarissaient pas.

Les enfants n'avaient jamais **vu sur leurs lèvres un** sourire.

Ce soir-là, les acrobates riaient à tout propos, nerveusement, en se lançant des coups d'œil, en se poussant du coude.

Et à la façon dont ils vidaient bouteilles sur bouteilles, les petits musiciens jugèrent qu'ils n'auraient bientôt plus leur raison et que, par conséquent, la représentation du soir n'aurait pas lieu.

Mais tout à coup il se passa un drame **muet, en une** seconde.

Ce drame n'échappa point **aux enfants, qui en furent** profondément troublés.

L'auberge était pleine de paysans, criant, hurlant, jurant, tapant des pieds et des mains, faisant un bruit d'enfer.

Au milieu de ce tumulte, la porte s'ouvrit et deux gendarmes entrèrent.

Jamais ils ne venaient à l'auberge, si ce n'était le soir, lorsque le couvre-feu était sonné, pour y pincer les consommateurs attardés après l'heure réglementaire.

Le silence se fit aussitôt, très profond.

Et dans ce silence on entendit l'un des gendarmes qui disait :

— Le père Girodias vient d'être assassiné !

Un murmure confus... des exclamations à voix basse...

Les buveurs se regardaient hébétés.

Les gendarmes avaient disparu dans la cuisine de l'auberge, où ils causaient avec l'aubergiste et lui donnaient des instructions.

Gabarit, Lahache et la belle Isabelle ne mangeaient plus, ne riaient plus, ne buvaient plus... Lahache essayait d'enfoncer, à grands coups de gosier, une bouchée qui ne passait pas... Tous trois étaient blêmes, roulaient des yeux en dessous, le nez dans leurs assiettes, indifférents en apparence.

Et Lanturlette murmura à l'oreille de Gilbert :

— Qu'est-ce qu'ils ont ? Ils sont tout drôles.

En sortant, les gendarmes jetèrent un regard circulaire sur les paysans attablés; machinalement, ce regard s'arrêta sur la table des acrobates.

A ce moment, Lahache tendait le plat de poulet à Isabelle :

— Allons, la môme, encore une cuisse !

Mais sa voix était sourde, mal assurée.

Et la main tremblait violemment, faisant osciller le plat.

Les gendarmes sortirent.

Les deux acrobates et la somnambule respirèrent, soulagés.

Pas un de ces jeux de scène n'était passé inaperçu pour les enfants.

Gilbert, se levant, demanda à Lahache :

— Patron, c'est peut-être le moment d'aller faire la parade...

— Fiche-nous la paix avec ta parade, dit Lahache en faisant signe aux autres... Aujourd'hui on se délecte...

Et il commanda du café et de l'eau-de-vie.

Un nouveau consommateur entra.

Un chapeau mou qui n'avait plus de couleur; un vêtement de velours usé jusqu'à la corde, rapiécé; appuyé sur deux cannes; une besace au dos; la chevelure longue, tombant sur les épaules; la barbe sale; les yeux rouges, humbles et insolents à la fois; la lèvre lourde des ivrognes, Boileau, dit Mal-Nommé, vint s'asseoir à la place vide d'une table voisine de celle occupée par les acrobates. Il demanda de l'eau-de-vie.

On le détestait dans tout le pays : quelques injures lui furent adressées du fond de la salle par des paysans en goguette.

Il ne fit pas semblant d'entendre : cela glissait sur son vieux cuir à l'épreuve de toutes les hontes, de toutes les bassesses, de toutes les humiliations.

On finit par ne plus faire attention à lui.

Du reste, la conversation générale avait repris : l'infernal vacarme de tous ces cris recommençait; on commentait le meurtre de Girodias.

Mal-Nommé se pencha vers Lahache, qui était tout près de lui :

—C'est un grand malheur pour moi et pour tous les pauvres du pays...

Lahache crut devoir dire :

—Il était charitable ?...

— Oui...

Et le mendiant ajouta, plus bas, après une lampée d'eau-de-vie :

—Sûrement, ça n'est pas à des gens de par ici qu'il faut attribuer ce crime-là...

Lahache ne sourcilla point. Il mangeait.

Gabarit et la belle Isabelle étaient fort occupés à causer ensemble. Les enfants seuls ne perdaient pas un mot, sans avoir l'air d'écouter.

Mal-Nommé, hochant la tête :

— Vous comprenez, dans ces fêtes qui amènent des saltimbanques et des forains de partout, il se glisse souvent des vauriens qui n'hésitent pas devant un coup à faire.

Lahache releva la tête fièrement.

Il voulut défendre la corporation :

— Hé, vieux, les forains sont d'honnêtes gens, entendez-vous ?...

— Sûr, sûr, ce sont d'honnêtes gens, et ce n'est pas pour vous que je dis ça...

Plus bas encore, après une dernière rasade qui vida son verre :

— Tout de même, celui qui aurait passé entre six et sept heures devant la maison du père Girodias... celui-là pourrait peut-être raconter bien des choses... A cette heure-là il y avait des baraques fermées sur le champ de fête... et il y avait des forains qui se baladaient sur les coteaux... Le vieux Boileau a de bons yeux, et il les reconnaîtra, ceux-là, quand ça lui fera plaisir.

Gabarit et la belle Isabelle ne causaient plus. Ils se regardaient, épouvantés.

Quant à Lahache, il était blême et ses dents claquaient.

Il eut pourtant le courage de répondre des choses vagues :

— On croit quelquefois reconnaître... et puis on se trompe...

Mal-Nommé eut un clin d'œil goguenard.

— Moi, je ne connais qu'un moyen d'empêcher ça...

— Lequel, vieux ?

— C'est d'y mettre le prix...

Lahache essuya la sueur qui coulait sur son front.

Et tout à coup, éclatant d'un rire qui sonna faux :

— Vieux, vous êtes un gai compagnon, et ça me

ferait plaisir de boire une bouteille avec vous... ce
soir... à la baraque... entre neuf et dix...

— Ça n'est pas de refus.

— Alors, ça va ?...

— Ça va... quoique, tout de même, on aurait bien
pu la boire séance tenante...

Lahache se pencha à l'oreille du mendiant :

— C'est à cause des gosses... à la baraque, nous
serons tranquilles...

Boileau avala un troisième verre d'eau-de-vie et se
leva pour partir :

— Vous payez, hein ?

— Mais oui, vieux... à votre service si vous en voulez
un quatrième...

— Non ; quand on fait une affaire, faut avoir la tête
libre... A ce soir...

Le mendiant partit sur ce mot.

Les autres étaient trop troublés pour rester bien
longtemps à l'auberge.

Ils revinrent à leur baraque.

— Couchez-vous, dit Lahache aux enfants.

— On ne joue pas ce soir ? demanda Gilbert.

— Non.

Et le mot fut accompagné d'un coup de pied, lequel,
heureusement, grâce à l'agilité de Gilbert, n'arriva pas
à destination.

La voiture des saltimbanques touchait à la baraque.

Les acrobates couchaient à l'intérieur ; les enfants
couchaient dessous, entre les roues, dans des lits-
tiroirs suspendus qu'on baissait et rehaussait, pareils à
des hamacs.

— Il ne faut pas se déshabiller, dit Gilbert; il y aura
peut-être du nouveau cette nuit.

Lahache et les autres étaient entrés dans l'entresort

de la belle Isabelle et, là, tenaient sans doute un conci-
liabule.

Un quart d'heure après, les enfants paraissaient
plongés dans le plus profond sommeil ; Lahache sortit,
alla inspecter les lits, fit un signal vers l'entresort, et
entra dans la baraque avec Isabelle et Gabarit.

Vers neuf heures, au milieu du vacarme assourdissant de la fête, Boileau se présenta. On le guettait. La
porte-draperie, sur l'estrade, fut écartée discrètement
et le mendiant disparut dans l'intérieur.

La voiture était remisée entre le mur d'une grange
et la toile de la baraque. Les enfants étaient couchés au
niveau des piquets qui retenaient la toile.

— Attention, dit Gilbert ; maintenant que nous
avons entendu, il faut voir...

Ils sortirent de leurs lits-tiroirs, se glissèrent, réu-
nirent leurs efforts pour arracher un piquet et n'y par-
vinrent pas.

Alors Gilbert, avec son couteau, décousit la toile et
l'écarta doucement.

Ainsi, ils purent voir, couchés au ras du sol, invisibles dans l'obscurité.

Deux quinquets à huile fumaient au milieu de la
baraque. Cela suffisait pour éclairer, quoique d'une
lumière douteuse et incertaine, tremblotante à tous les
vents coulis, la physionomie des quatre personnes qui
se trouvaient là.

Elles parlaient à voix basse, mais les enfants avaient
l'oreille fine.

— Je vous ai vus, disait Mal-Nommé ; vous sortiez
des Grandes-Roches... juste à l'heure où Girodias a été
assassiné... Les assassins, c'est vous...

Lahache et Gabarit étaient tout frémissants.

Isabelle pleurait et se lamentait.

Lahache répondit :

— C'est vrai, nous étions aux Grandes-Roches... On ne peut pas nier, puisque vous nous avez vus. C'est vrai, aussi, que nous pourrions expliquer difficilement ce que nous allions y faire... Mais ce qui n'est pas moins vrai, c'est que ce n'est pas nous qui avons tué Girodias...

Boileau haussa les épaules.

Ensuite, ils parlèrent à voix plus basse, comme s'ils s'étaient défiés qu'on les écoutât. Isabelle même fit le tour de la baraque, sortit sur la parade. Les enfants se glissèrent dans leurs tiroirs. Isabelle rentra. Ils ressortirent.

Mais ils n'entendirent plus rien. La discussion pourtant continuait, très animée. On semblait débattre un prix, fixé par Boileau, et que les autres feignaient de trouver ou trouvaient trop élevé.

Enfin, les acrobates parurent se rendre.

On était tombé d'accord.

Tel fut le récit des enfants à Colette.

Colette écoutait, haletante, sa vie suspendue aux lèvres des petits mendiants.

— Est-ce tout? dit-elle... N'avez-vous donc plus rien à m'apprendre ?

— Ce n'est pas tout.

— Parlez ! Ah ! parlez vite !

— La belle Isabelle était sortie, sans doute pour chercher de l'argent. Quand elle revint, elle apportait une poignée de billets de banque.

— Des billets de banque de mille francs, dit Jeannette.

— Elle tendit la liasse à Boileau qui se jeta dessus comme un chien affamé se jette sur un morceau de viande... Il poussait des exclamations sourdes, il râlait...

il appuyait les fafiots sur son cœur, il était comme fou...

— Il les a comptés ?

— Oui, oh ! oui... plusieurs fois...

— Combien y en avait-il ?

— Il y avait vingt billets de mille francs...

Les quatre cent vingt mille francs apportés à Girodias par la duchesse de Villefort lui avaient été versés en billets de mille francs.

Colette n'ignorait pas ce détail.

— Ce sont eux, murmura-t-elle. Ah ! les misérables, les misérables...

— Mademoiselle, dit Jeannette, il nous reste encore une chose à vous dire. Nos maîtres plièrent bagages le mardi de la fête, après nous avoir réglé nos comptes.

— Et savez-vous ce qu'ils sont devenus ?

— Nous n'en avons jamais entendu parler

— Il faut les retrouver coûte que coûte.

— Puisqu'il le faut, nous vous y aiderons... Je vous ai dit que ma vie était à vous... Je serais trop heureuse de vous la donner...

— Et nous ferons comme Lanturlette, mademoiselle, firent les deux petits.

— Je dois pourtant vous dire, mademoiselle, que si vous cherchez le meurtrier de Girodias, ce n'est pas en retrouvant nos anciens maîtres que cela vous fera connaître l'assassin...

— Pourquoi ? L'accusation n'est-elle pas claire ?

Jeannette et ses petits camarades secouèrent la tête.

— Nous en avons souvent parlé entre nous... Gabarit et Labache ont protesté qu'ils n'avaient pas tué Girodias... Il faut les croire... Ils l'ont volé ; sûrement, s'ils l'avaient tué, ils l'auraient dit...

— Qui sait ? par surprise ? pour se défendre ?

— Non...

— Une preuve?

— Une parole échangée le lendemain entre nos maîtres et que j'ai surprise...

— Cette parole?

— Lahache disait : « Mais enfin, qui l'a estourbi, le vieux? Ce ne peut pas être Villefort, puisque, paraît-il, Villefort n'est allé aux Grandes-Roches qu'entre six et sept heures, après nous... Alors, qui? »

Eux aussi, on le voit, s'adressaient l'éternelle question devant l'éternel problème.

— Et que répondait Gabarit? demandait Colette.

— Gabarit répondait : « Qui? Je m'en moque. Mais celui-là a fait une sale besogne... Motus, copain, et filons du pays ! »

Colette resta longtemps pensive.

Elle éprouvait un moment de découragement.

Est-ce que l'effort qu'on allait tenter du côté de ces saltimbanques n'amènerait pas à l'éclaircissement complet du mystère?

Quel acharnement le hasard mettait à embrouiller les fils de ce drame !

Mais son découragement dura peu.

Quelle que fût la part prise par Gabarit et Lahache dans le meurtre, il y avait intérêt pour le duc à les retrouver.

Colette admettait que les deux acrobates ne fussent pas les meurtriers.

Mais ce meurtre n'avait pas été la seule accusation portée contre Horace.

On l'avait accusé aussi d'être un voleur, lorsqu'on avait retrouvé dans le foyer les créances brûlées, sans qu'aucune somme, dans le coffre-fort de Girodias, vînt prouver qu'il y avait eu un règlement de comptes.

Gaston et Pierre avaient donné des renseignements sur ces créances, fixé à peu près le capital qui était dû par Villefort à leur père.

Au conseil de guerre, l'officier faisant fonction de ministère public avait dit dans son réquisitoire, en arrivant à ce détail de la mystérieuse affaire :

« Girodias était possesseur de nombreuses créances sur Villefort et il a dû mettre celui-ci en demeure de payer dans un certain délai. Au jour dit, Villefort s'est présenté. Soit qu'il apportât l'argent nécessaire au rachat de ces créances, soit qu'il prétendît seulement l'apporter, celles-ci furent examinées sans doute par le créancier et le débiteur, et lorsqu'elles furent étalées sur le bureau et qu'il n'y manqua plus rien, Villefort tua Girodias par derrière et anéantit aussitôt les papiers qui portaient sa signature... C'est ainsi que le crime dut se commettre... »

Expliquer au conseil de guerre dans quelles conditions les quatre cent vingt mille francs avaient été versés par la duchesse n'eût point détruit cette accusation, qui, au contraire, se fût appuyée d'un fait nouveau : la disparition de ces quatre cent vingt mille francs.

Mais ce que la justice ignorait, les Villefort le savaient : ils savaient que cette somme avait disparu, et «s ne s'expliquaient la disparition des créances brûlées que par l'intention du voleur et du meurtrier de faire retomber l'accusation du vol et du meurtre sur celui qui y trouvait le plus d'intérêt. « Cherchez à qui le crime profite » est un axiome de justice.

Il était donc évident qu'il y avait un intérêt de premier ordre à retrouver Lahache et Gabarit, puisque c'étaient là les voleurs. Les retrouver, d'abord.

Ensuite, on verrait à les utiliser par la ruse ou par la force.

Et Colette, qui faisait toutes ces réflexions, revint ainsi à son point de départ :

— Vous acceptez la mission dont je vous charge?

— Nous l'acceptons.

— Avez-vous quelque espoir de réussir?

— Nous ignorons la retraite de nos anciens maîtres... pourtant nous connaissions leurs goûts, leurs habitudes, leur façon de vivre... D'autre part, ils n'ont pas dû rompre complètement avec leurs camarades... Nous chercherons, nous aviserons.

— Et où allez-vous diriger vos recherches en premier lieu?

— A Paris...

— Pourquoi Paris?

— Parce que Lahache, Gabarit et la belle Isabelle sont de Paris...

— Et parce que c'est à Paris qu'on se cache le mieux.

Ce fut à Lanturlette que l'institutrice demanda :

— Vous savez lire et écrire?

La petite mendiante sourit :

— Pas très bien... mais d'une façon suffisante pour me faire comprendre.

— Vous m'écrirez tous les jours le résultat de vos recherches.

— Je n'y manquerai pas.

— Je vous apporterai demain de l'argent qui vous servira pour votre voyage de retour à Paris... où vous achèterez un violon et une harpe pour remplacer les instruments que Boileau a brisés... Je vous engage à ne pas porter plainte contre lui... qu'il ne se doute de rien... Plus tard, peut-être, nous aurons besoin de lui...

— Nous vous obéirons aveuglément.

— Vous vivrez à Paris comme vous avez vécu jusqu'aujourd'hui, de votre musique. Il ne faut pas exciter les soupçons. Toutefois, lorsque vous aurez besoin d'argent pou" des dépenses imprévues, écrivez-moi, et je vous en enverrai... sans retard...

— Ce sera le moins souvent possible,.. Mais, quand il le faudra, nous n'hésiterons pas.

— Et vous pouvez avoir confiance en nous, mademoiselle, dit Jeannette.

— J'ai confiance, dit Colette très sérieuse.

Les enfants se regardèrent, une fierté dans les yeux, souriants, heureux.

Quelqu'un, sans les connaître, croyait en leur honnêteté !...

Ce fut quelques jours après que revint à Villefort le marquis de Vivarez.

Il approuva entièrement ce qu'avait fait Colette.

Et les petits musiciens partirent.

III

LA DÉESSE DE LA VENGEANCE

Pas une lettre d'Horace n'était encore arrivée au château.

La duchesse ne cachait plus son inquiétude mortelle.

Aucune raison, en effet, ne pouvait faire comprendre un silence aussi prolongé.

Le marquis lui-même commençait à éprouver les mêmes angoisses, lorsque Malicamp se présenta tout à coup à Villefort.

Comme la première fois, il apportait une lettre sur-

prise en morceaux par le cocher Legeard dans le panier
à papiers du bureau des Girodias.

En même temps il prévenait que le valet de chambre
des Vivarez trahissait son maître pour le compte des
Girodias.

Les premiers mots aperçus par le marquis sur les
morceaux de papier lui arrachèrent une exclamation :

— L'écriture d'Horace!

C'était une lettre d'Horace, en effet, adressée à sa
mère, et dans laquelle il se plaignait, de son côté,
qu'on le laissât sans nouvelles de Villefort.

Dans la crainte qu'on n'eût point reçu ses premières
lettres, il redonnait son adresse.

Il se trouvait chez un gentilhomme fermier, un
ranchman de la Floride, le comte de Méricourt, qui
avait émigré de France quelque vingt ans auparavant
pour fonder un établissement d'élevage dans cette
pointe de terre qui sépare le golfe du Mexique de l'o-
céan Atlantique.

Le ranche de M. de Méricourt s'appelait les Sables-
Rouges.

Les Sables-Rouges étaient un ranche d'élevage en
même temps qu'un vaste établissement d'agriculture,
et Horace donnait des détails sur la vie calme, pasto-
rale, presque biblique qu'on y menait.

Le premier soin du marquis fut de vouloir chasser
son valet de chambre.

Colette l'en empêcha :

— Si vous le chassez, les Girodias l'apprendront et
se défieront... Ne pourraient-ils pas soupçonner que
vous avez, vous-même, connaissance de leurs projets ?
Conservez cet homme... on le surveillera...

Malicamp, pour lequel on n'avait rien de caché,
ajouta :

— Legeard m'a fait une communication verbale qui a son importance... Les Girodias sont prêts à partir... et selon toute apparence leur voyage durera longtemps; cela ressort des ordres et des instructions qu'il leur a fallu donner autour d'eux avant leur départ...

— Et ce départ est fixé ?

— Demain, par le premier train du matin...

— La destination?

— Le Havre.

— Nul doute... ils vont s'embarquer, murmura le marquis...

Et, anxieux, il se demanda, un peu troublé par ces événements qui se précipitaient :

— Le capitaine Mariotti aura-t-il eu le temps de me former un équipage?

Il remercia Malicamp, et quand il fut seul avec Colette :

— Mon enfant, dit-il, voici l'heure des résolutions graves... J'avais bien deviné lorsque je pensais que le yacht acheté en dessous mains par les Girodias était destiné à une expédition contre le duc mon neveu. Le coup est paré, du moins je l'espère, car, tant que je n'aurai pas pénétré le projet des deux frères, je serai en quelque sorte comme paralysé... Mais il faut que je parte sans délai... Il faut que je sois au Havre, à bord de la *Minerve*, avant eux, et sans qu'ils le sachent .

La marquis consulta sa montre :

— Il est deux heures... j'ai jusqu'à sept heures pour faire mes préparatifs. Je partirai ce soir... Demain matin, je serai au Havre, en même temps que les Girodias quitteront les Grandes-Roches... J'aurai donc sur eux une avance de douze heures... que je tâcherai de mettre à profit... L'important est que les frères ne soient point prévenus de mon départ. J'éloignerai mon domestique infidèle. Vous lui expliquerez mon absence ensuite, et demain vous lui réglerez son compte. Nous n'aurons plus rien à redouter de ses indiscrétions.

Et sentant son émotion redoubler :

— Ma chère enfant, j'aurais voulu vous emmener avec moi... telle était ma première pensée... Mais, outre que je ne voudrais pas vous faire partager des dangers que je prévois possibles, sans savoir lesquels, je crois qu'il est de notre intérêt à tous que vous demeuriez à Villefort...

Il ajouta, en lui serrant doucement les mains :

— Il se peut qu'ici vous nous soyez utile... Il s'agit de l'honneur de Villefort... Par l'amour que vous avez pour lui, je vous en prie, restez !

— Je vous obéirai.

— Laissez-moi vous embrasser, mon enfant.

En l'embrassant, il sentit qu'elle tremblait.

Elle ne put s'empêcher de dire :

— Puisque vous allez courir des dangers, j'aurais voulu rester auprès de vous...

Il hocha la tête :

— A cause de lui, n'est-ce pas ?

Elle pâlit, rougit, puis baissa ses yeux pleins de larmes.

— C'est à cause de lui, mon enfant, qu'il ne faut pas quitter Villefort.

Le départ de M. de Vivarez fut tenu secret.

Le soir, le train l'emportait vers Nantes.

Le lendemain matin, il frappait boulevard Maritime, au Havre, chez le capitaine Mariotti.

L'équipage de la *Minerve* était-il composé ?

Mariotti le rassura.

— J'avais trop peu de temps, dit-il, pour former et réunir des éléments qui vous eussent donné satisfaction. Parmi ce que j'appellerai la population flottante des matelots libres au Havre, il y a bien des mauvais sujets et bien des mauvaises têtes. Je risquais, en choisissant trop vite, de vous faire ainsi cadeau de quelques chenapans. Je ne l'ai pas voulu, et comme le temps me manquait, comme, d'autre part, je suis maître de mon navire et que je puis ne reprendre la mer que lorsque bon me semblera, je vous ai fait tout simplement envoyer sur la *Minerve* mon équipage au grand complet, en tout trente-cinq hommes robustes, avisés, disciplinés, ne boudant pas devant la tempête et sur lesquels vous pourrez compter à l'occasion, commandant, comme vous pouviez compter autrefois sur l'équipage de votre croiseur.

Le marquis le remercia chaleureusement.

Puis il demanda, avec une ardente curiosité :

— Et l'*Henriette* ?

— L'*Henriette* a quitté le port ; elle a jeté l'ancre, en rade, à quelques encâblures de la *Minerve ;* les Girodias ne sont toujours pas arrivés.

— Ils arriveront ce soir... Dites-moi, Mariotti... comment se compose l'équipage de ce bâtiment?

— Justement, — je tiens les détails de Malaquin, — les Girodias auront commis, ou l'on aura commis pour leur compte l'imprudence dont je vous parlais tout à l'heure en recrutant un équipage à la diable, choisi un peu partout... Je connais presque tous les hommes qui le composent, et sur le chiffre de quarante, je pourrais aisément les dénombrer ainsi : il y a dix hommes douteux, mais qui probablement feront convenablement leur service ; dix ou quinze franchement mauvais et dont je ne voudrais sur mon bateau à aucun prix ; le reste se compose d'honnêtes garçons...

— Le capitaine?

— Il s'appelle Barbedier. Pour celui-là, les Girodias
ont eu la main heureuse. C'est un rude marin, d'une expérience consommée, le plus fort peut-être de toute la
marine à voile et qui depuis trente ans roule sur toutes
les mers, énergique, résolu, du coup d'œil, une main
de fer... Oui, les Girodias ont eu de la chance... La
présence de Barbedier sur l'*Henriette* compense un peu
la faiblesse morale de l'équipage... Elle remet les choses
au pair.

— Et Malaquin ?

— Je l'ai vu avant-hier pour la dernière fois... Il ne
sait absolument rien sur les projets de l'*Henriette* et il
est le seul de l'équipage à connaître le nom des pro-
priétaires du yacht... Il a établi, pendant votre absence,
une table alphabétique de signaux au falot... Cela peut
servir. Il m'a prié de vous la remettre... La voici... Il
en a gardé le double par devers lui...

— Très bien. Je vois qu'on peut compter sur lui... Il
pense à tout...

— Ah ! j'oubliais... Malaquin m'a dit que les appro-
visionnements en vivres de l'*Henriette* étaient considérables et faisaient prévoir non pas un voyage de plaisance le long des côtes comme on aurait pu le croire...

— Comme je ne le croyais pas !

— Mais une sorte de croisière de longue durée...

— Avez-vous fait de même pour la *Minerve?*

— J'ai cru deviner vos intentions, oui, commandant...
La *Minerve* a des vivres pour six mois.

— C'est parfait... Je vais régler avec vous ces comptes
et dans une heure je serai à bord de la *Minerve*.

— Mes matelots savent qu'ils vont être sous vos
ordres, commandant, et ils en sont tout joyeux et très
fiers...

Une heure après, sur la jetée, les deux marins considéraient, au loin, les deux yachts mouillés dans la rade.

Une brise du nord-ouest soufflait et les faisait se balancer très mollement, au gré des vagues.

Ils semblaient reposer, bercés dans leur sommeil.

Vivarez examinait avec une longue-vue.

— On dirait deux frères jumeaux, dit-il.

Les bagages du marquis avaient été portés à bord, le matin, dès son arrivée.

Mariotti fit signe à un canot qui s'avança au pied d'une échelle.

Les deux officiers se serrèrent la main longuement.

— Bonne chance, commandant.

Et Vivarez, vraiment guéri, redevenu presque leste comme au temps de sa jeunesse, dégringola l'échelle de fer et sauta dans le canot.

Deux hommes tenaient les avirons.

Le marquis montra du doigt la *Minerve :*

— Nage ! dit-il.

Et les vigoureux coups d'aviron firent voler le canot hors de la jetée.

Comme il ne voulait pas être connu par les gens de l'*Henriette,* — il pouvait s'y trouver des matelots ayant navigué sous ses ordres et les Girodias eussent appris bientôt sa présence à bord de la *Minerve,* — il abaissa sur son front et sur ses yeux le capuchon de son caban. Il fit bien.

Sur le pont de l'*Henriette,* des matelots flânaient.

En apercevant le canot, ils s'appuyèrent sur les bastingages et regardèrent.

Mais le visage du marquis était complètement invisible.

Seul Malaquin, à la coupée, reconnut, ou devina l'officier.

Il se frotta les mains :

— Allons, on va peut-être s'amuser, murmura-t-il.

Le marquis de Vivarez avait conservé les yeux perçants du marin.

Si loin qu'il fût de l'*Henriette*, il remarqua un détail qui le frappa :

Le nom du yacht, l'*Henriette*, ne se voyait plus ni à l'avant, ni à l'arrière.

Seul, à l'arrière, il y avait le nom de son port d'attache : le Havre.

Un large bande de toile noire dérobait le nom.

L'avait-on changé, ce nom ? ou simplement en avait-on restauré les lettres peu à peu effacées par les paquets de mer ?

Vivarez devait bientôt être renseigné là-dessus.

Sur la *Minerve*, il passa le reste de la journée à faire la connaissance de ses hommes qu'il fit appeler, les uns après les autres, dans le salon contigu à sa cabine.

Mariotti ne l'avait pas trompé.

Il pouvait en toute occasion avoir confiance en eux.

Son second était un garçon de trente ans, Jacques Leblond, qui le suppléerait au besoin, intelligent et plein d'expérience.

— Ah ! commandant, dit Leblond, quel gentil bâtiment ! il obéit à la pensée...

Ils le parcoururent ensemble.

Le yacht était dans un ordre parfait.

Bien que le marquis ne prévît rien de nouveau avant le lendemain, c'est-à-dire avant l'arrivée des Girodias, il avertit Leblond que peut-être il appareillerait le lendemain matin.

L'ordre n'en serait donné qu'au dernier moment.

En outre, pour plus de sécurité et pour éviter toute surprise, Vivarez établit un poste de quart chargé de surveiller, pendant la nuit, tous les mouvements de l'*Henriette*.

Rien ne se passa d'anormal.

Le soleil se leva, rayonnant sur la mer calme, à peine agitée de petites franges d'écume.

A trois encâblures, l'*Henriette*, sous son nom toujours voilé comme de deuil, se balançait sous la brise.

Vers dix heures du matin, on vint avertir Vivarez qu'un canot se détachait de la jetée Nord et paraissait se diriger vers l'*Henriette*.

Il monta sur le pont et observa, sa longue-vue à la main, en s'abritant sous le spardeck.

Il reconnut les deux Girodias.

Un quart d'heure après, les frères prenaient possession de leur bateau.

Et alors, comme si l'on n'avait attendu que leur arrivée, les longues bandes de toile noire se détachèrent à l'arrière et à l'avant.

Et le vrai nom, le nom nouveau de l'*Henriette*, apparut tout à coup, flamboyant dans les rayons du grand soleil :

Némésis !

La déesse de la vengeance !

Vivarez ne s'était pas trompé... Dès le premier jour, dès la première heure, il avait deviné l'arrière-pensée des deux frères... et grâce à la promptitude de ses résolutions, grâce à sa clairvoyance, il pouvait lutter contre eux à armes égales.

IV

ARMES ÉGALES

Cette première journée des Girodias, à bord de la *Némésis*, se passa sans qu'ils eussent même remarqué, à cinq ou six cents mètres, la *Minerve* qui sommeillait sur son ancre.

D'autres bateaux, du reste, attendaient en rade la marée haute pour entrer dans la passe sud-ouest, trois-mâts allemands, trois-mâts norvégiens, bateaux anglais, brigantins, goélettes, et l'on apercevait au lointain la fumée du transatlantique *la Touraine*, qui revenait de New-York.

Au milieu de toute cette animation de la mer, des bateaux de pêcheurs aux voiles noires, les uns immobiles, les autres glissant lentement dans un sillage vert en traînant leurs filets.

Gaston et Pierre ne connaissaient leur yacht qu'imparfaitement. Ce fut le capitaine Barbedier qui prit plaisir à le leur faire visiter, suppléant à l'inexpérience des deux frères en fait de navigation par des explications très claires et très précises.

— Je suis amoureux de votre *Némésis*, messieurs, avait-il dit, et je vous la soignerai comme on prend soin de sa fiancée ou de sa maîtresse.

Barbedier, sur qui allait peser désormais la responsabilité de tout ce qui allait se passer à bord en ce qui concernait la manœuvre, était un homme d'une cinquantaine d'années, de taille moyenne, large d'épaules, au regard ferme et résolu. Bien qu'il n'eût, sur la *Né-*

mésis, qu'une situation dépendante, puisque les deux frères naviguaient avec lui, son autorité sur l'équipage n'en restait pas moins entière.

Tout en se faisant le guide des Girodias, il s'en expliqua nettement avec eux.

— L'équipage a été recruté un peu vite, dit-il, et on aurait pu apporter plus de soin dans le choix des hommes. J'en connais une dizaine qui ne valent pas la corde pour les pendre... Êtes-vous pressés de partir ?

— Oui.

— Vous ne pouvez pas me laisser au Havre huit jours de plus ?...

— A quoi bon ? Les engagements sont signés...

— Voyez-vous, il vaudrait mieux les payer et les renvoyer... ce serait encore, à mon avis, de l'argent gagné...

— Il est trop tard.

— C'est bien, n'en parlons plus. J'aurai l'œil sur eux... pendant le voyage...

Et tout à coup, s'arrêtant, et après un court silence :

— Au fait, messieurs, je ne sais pas encore où nous allons ?

— Vous le saurez bientôt

— Quand cela ?

— Au moment de partir...

Le capitaine Barbedier eut l'air profondément surpris. Ses yeux se plissèrent. Une ride de mécontentement s'abaissa entre ses sourcils. On venait de lui témoigner de la défiance. Il était fier et se sentait froissé. Il surmonta pourtant ce premier sentiment, n'en fit rien paraître et continua de faire visiter la goélette. En marin orgueilleux de son métier, il montrait les manœuvres du bâtiment. Rien, en effet, n'était de proportions plus exactes, de lignes plus justes, que les cordages et les espars du yacht. Pas une corde ne s'éloignait de sa véritable direction. Les plis des voiles au repos avaient l'air d'avoir été rassemblés par la main d'une femme, tant ils présentaient de délicatesse et de légèreté. Partout la grâce, partout un air aérien, partout comme des ailes prêtes à s'envoler, partout la plus minutieuse symétrie, partout le même caractère de rapidité et d'aisance dans les mouvements.

Barbedier fit un signe à un matelot :

— Voici un cordage raidi qui relève ce bâton de clin-foc, mon camarade... J'aime que la tenue de mon bateau soit de tous points soignée...

Le matelot était Malaquin.

Il ramena l'espar dans sa ligne et, se retournant, du coin de l'œil il examina les deux frères qui s'éloignaient.

C'était la première fois qu'il les voyait, et devant ces deux garçons aux traits sombres, il se résuma pour lui-même ses observations d'un seul mot :

— Redoutables !

Les Girodias descendaient avec Barbedier dans les écoutilles pour visiter maintenant leur petit appartement, meublé avec luxe.

Les deux cabines se rejoignaient par un salon qui devait être commun aux deux frères.

On les vit remonter une demi-heure après.

L'équipage était rassemblé sur le pont, par ordre de Barbedier. Le capitaine les présenta.

Après quoi, ils se renfermèrent chez eux et on ne les revit plus avant le soir.

Le soir, ils remontèrent.

La brise du nord-ouest, qui avait soufflé toute la journée, avait cessé complètement. Il faisait un calme admirable et la lune brillait.

Ils se promenèrent silencieusement sur le pont.

Toutes les fois qu'ils passaient auprès d'eux, les hommes de l'équipage les regardaient avec curiosité.

Ensuite ils échangeaient des réflexions à voix basse.

Pierre et Gaston vinrent s'appuyer à l'arrière.

Ils avaient allumé leur pipe et fumaient, se laissant aller à la contemplation du spectacle de la mer calme, par cette belle nuit, bien qu'ils ne fussent point de nature contemplative et poétique.

Il n'y avait plus aucun bâtiment dans la rade en dehors de la *Minerve* et de la *Némésis*.

Et les deux jolis bateaux se ressemblaient tellement qu'on eût dit qu'ils étaient destinés à naviguer de conserve.

Machinalement, leurs regards furent attirés vers la goélette.

Les feux de la *Minerve* venaient de s'allumer.

Le plus grand calme régnait à bord ; aucune voile n'indiquait un appareillage prochain.

Derrière eux, la voix de Barbedier, en les surprenant, les fit tressaillir :

— Ah ! ah ! vous admirez la *Minerve* !

— Qu'est-ce que ce bateau ?

— Un yacht anglais, le seul qui soit de taille à rivaliser avec le nôtre.

— Et pourquoi reste-t-il en rade au lieu de rentrer dans le port ?

— Ma foi, il pourrait se faire la même réflexion en ce qui nous concerne.

Aucun soupçon ne vint aux deux frères.

Le capitaine demanda :

— Aucun ordre pour le départ ?

— Demain, sans doute.

— Bien.

Il salua, fit le tour du bâtiment, s'assura que tout était en état et descendit.

Un matelot était à son poste de quart.

Lorsque les Girodias passèrent devant lui, il murmura :

— La *Minerve !*... Très haute dans ses espars... légère de poids... soignée dans ses drisses... une bonnette en dehors de la grande voile quand le temps est serein... la grande vergue comme les huniers d'une frégate, avec les étais du mât de hune aussi gros que le grand foc et tirant peu d'eau.

Pierre et Gaston s'arrêtèrent.

Le matelot était Malaquin.

— Vous connaissez la *Minerve ?*

— Oui... c'est un bateau qui porte toutes ses voiles par un gros temps avec la même aisance que le diable porte ses cornes...

— Et qui la commande ?

— Un Anglais...

— Son nom ?

— Lord Donesdale...

Ce nom ne disait rien aux deux jeunes gens.

Et puis, que leur faisait cette goélette ?

Ils gagnèrent leurs cabines.

— A demain le départ, n'est-ce pas, Gaston ?

— A demain, Pierre !...

Le lendemain matin, au soleil levant, Pierre et Gaston étaient debout.

Leurs regards tombèrent sur la *Minerve*, immobile, où pas un homme ne se voyait.

On eût dit un vaisseau abandonné de son équipage.

Mais tout à coup, comme si, de là-bas, quelqu'un d'invisible eût veillé, de son côté, sur la première manifestation de la vie à bord de la *Némésis*, le pavillon anglais descendit.

Pendant quelques secondes, rien ne flotta au bout du mât.

Le yacht n'accusait plus aucune nationalité.

Puis, lentement, monta le pavillon de France, qui se mit à battre allégrement contre le mât, comme s'il se fût trouvé heureux d'être en liberté, éployant avec joie ses trois couleurs, bleu, blanc, rouge...

Au même instant, Barbedier paraissait sur le pont.

— Regardez, capitaine.

Barbedier regarda, se frotta les yeux, prit sa longue-vue.

— C'est bien le pavillon français, dit-il... impossible de s'y méprendre... il est visible comme un cuirassé à quinze brasses...

— Vous disiez que le yacht était anglais...

— Je me suis trompé... ou plutôt, non, la *Minerve* est anglaise, je vous en réponds... mais elle a pu être vendue...

— A un Français ?

— Certainement... puisqu'elle bat les couleurs françaises...

— Au fait, que nous importe !

Vers huit heures, un brouillard s'abattit sur la mer. Les feux durent être allumés.

Barbedier fut prévenu que les deux frères le demandaient.

Il les trouva dans le petit salon tendu d'étoffes orientales.

— Capitaine, dit Pierre, si rien ne s'y oppose, nous avons résolu de partir à l'instant.

— Malgré le brouillard, cela se peut.

Barbedier remonta.

Un quart d'heure après il redescendait. Le cabestan de la *Némésis*, tournant sous l'effort d'une moitié de l'équipage, avait arraché ses ancres fixées sur le fond sablonneux de la passe sud-ouest.

— Messieurs, l'ancre est parée... Quels sont vos ordres ?

— Le cap sur l'Amérique... Nous allons à la Floride, dit simplement Pierre.

Et quand le capitaine fut parti, les deux frères se serrèrent les mains.

— Le sort en est jeté... nous ne reviendrons pas en France avant d'avoir fait justice et vengé notre père...

En haut, il y eut des coups de sifflet, des piétinements sur le pont, des voiles hissées, des amures fixées en place. Le yacht vira lentement sur sa quille, prit le vent et partit, léger, rapide comme une mouette.

Malgré tout, la *Minerve* intriguait les hommes de l'équipage.

Le pavillon hissé le matin n'avait pas été sans causer quelque surprise.

Du reste, le yacht suspect avait changé d'aspect.

On eût dit que, durant la nuit, il avait deviné les intentions de la *Némésis*.

Le soleil levant, qui précéda le brouillard, le trouva dans sa grande voile, avec les petits huniers au mât ; les voiles étaient hautes et légères, la misaine carguée ; les arcs-boutants de tribord paraissaient gréés au dehors et les drisses prêtes pour une course.

— Tiens, fit Barbedier, la *Minerve* est parée..

Puis, le brouillard avait réuni, sous le même voile immense, d'un gris de fumée, impénétrable, les horizons les plus lointains comme les plus rapprochés de la mer et du ciel, et ce n'était plus que sous de brusques poussées du vent, et à des intervalles inégaux, que Malaquin, dont le poste était sur les vergues, pouvait distinguer la position de la *Minerve*.

En bas de la passerelle, Barbedier commanda :

— Qu'on borde les huniers et que tout soit bien accoré dans l'arrimage...

Les voiles furent tendues autant que possible, des cordages furent renforcés.

Barbedier, sans soupçon, mais curieusement, se demandait :

— Est-ce que la *Minerve* voudrait nous suivre ?... Ma parole, on le dirait !

Au moment où la *Némésis* glissa sur les flots, une déchirure se fit dans la brume.

On vit pour la dernière fois la *Minerve*.

La jolie goélette avait ouvert ses voiles et prenait le vent. Le brouillard se referma et l'on ne vit plus rien.

Il dura trois heures avec la même intensité. Quand une saute de vent le dissipa enfin, les côtes de France n'apparaissaient plus que comme une ligne un peu plus sombre que l'horizon.

Mais dans le sillage de la *Némésis*, pour ainsi dire, filait la *Minerve*.

Cela dura ainsi jusqu'à la tombée de la nuit.

Les Girodias n'éprouvaient aucune inquiétude.

Il leur était impossible d'avoir le moindre soupçon.

Rien de plus ordinaire, sur cette grande route de l'Océan, entre la France et l'Amérique, que deux navires suivissent la même ligne.

Cependant, comme les deux frères, pour l'exécution de leur mystérieux projet, avaient besoin de toute leur indépendance et désiraient surtout ne point avoir de témoins, ils s'approchèrent de Barbedier.

Et montrant la *Minerve*, qui filait à la même vitesse et avec la même aisance que la *Némésis* :

— Voici un compagnon de route sur lequel nous ne comptions pas.

— Il est très simple de s'en défaire.

— Comment?

— Changeons de route... virons et mettons le cap au nord... Nous laisserons passer la *Minerve*, et dans deux heures nous n'en entendrons plus parler...

— Faites !

Quelques ordres rapides, rapidement exécutés.

La *Némésis*, après s'être fortement inclinée à tribord, se releva et fila en sens contraire du lit du vent, sous la grande voile, pendant que Barbedier lui-même était à la barre. Restait à reprendre l'allure rapide de route au plein vent arrière sous les amures nouvelles. Le maître d'équipage fit choquer progressivement l'écoute de grand'voile en évitant de se laisser gagner.

Grande fut la surprise des Girodias et de Barbedier lui-même, lorsqu'ils virent la *Minerve* exécuter, elle aussi, les mêmes mouvements. Elle maintenait la barre au vent, en empêchant l'auloffée, car l'action du vent s'exerçait alors sur l'arrière de la voilure, le vent ayant changé de bord par rapport au bateau.

Puis, la barre fut redressée et on finit de filer l'écoute de grand'voile.

Le doute n'était plus permis.

— Il nous donne la chasse, murmura Gaston, pendant que Pierre, la longue-vue braquée, essayait de voir plus distinctement les détails intérieurs du yacht mystérieux et de surprendre ce qui se passait à bord.

Mais il n'aperçut rien d'extraordinaire : quelques hommes étaient encore dans les voilures ; ils dégringolèrent avec l'agilité d'acrobates.

Il n'y eut plus que l'homme qui tenait la barre et un

matelot qui polissait soigneusement les cuivres, sans même lever la tête vers la *Némésis*.

Barbedier était fort intrigué.

— Après tout, fit-il, c'est peut-être le hasard... Si nous n'avions pas changé de route, il filait par notre travers, nous l'aurions salué, et tout serait dit..

— Essayez !...

— Ma foi, avec plaisir. Je voudrais avoir le fin mot de l'aventure. Et après cette embardée, si nous sommes encore suivis, c'est que c'est bien à nous qu'on en veut.

Le vent avait fléchi et venait debout.

L'homme de barre reçut l'ordre et commanda :

— Pare à virer !

Barbedier avait pris la longue-vue et ne quittait plus des yeux la *Minerve*.

Le yacht du marquis n'était pas à plus d'une encâblure sur une ligne légèrement infléchie vers le tribord de la *Némésis*.

Le capitaine voyait donc distinctement ce qui s'y préparait.

— C'est trop fort ! dit-il.

On eût juré, en effet, que l'ordre donné à bord de la *Némésis* avait été entendu par l'équipage de la *Minerve*.

Ce commandement n'est qu'un avertissement.

Sur la *Minerve*, comme sur la *Némésis*, avec un ensemble singulier, les hommes aux écoutes des focs larguèrent les écoutes dans le vent de leur taquet et les tinrent prêtes à filer.

Mais ils ne les filèrent pas, ni sur l'un ni sur l'autre yacht.

On attendait le second commandement.

Et sur la *Minerve*, comme sur la *Némésis*, l'homme de barre, impassible, attentif, ne changeait encore rien à sa route...

— Nous allons être fixés, dit Barbedier.

Le second commandement se fit entendre.

— Envoyez !

Sur les deux bateaux, les matelots filèrent les écoutes des focs !...

Sur les deux bateaux, la barre fut mise dessous !...

Au moment où les yachts abattirent assez franchement de l'autre côté du lit du vent pour que, de chaque côté, l'homme du gouvernail fût sûr que les focs ne coifferaient pas, on entendit sur la *Némésis* le troisième commandement qui fut aussitôt exécuté sur la *Minerve :*

— Bordez les focs !

Les focs furent bordés sous le vent, avec la plus grande certitude.

Et des deux parts, la barre fut ramenée droite, quand la route eut été reprise. Les mouvements se combinèrent avec une si complète exactitude qu'il semblait que l'un des yachts ne fût que l'image réfléchie de l'autre.

Barbedier posa sa longue-vue.

Pierre, les yeux sombres, était auprès de lui.

— Ma foi, monsieur, dit le capitaine en souriant, je ne me charge pas d'expliquer ce mystère... car il y a un mystère... de toute évidence.

L'équipage entier l'avait compris, comme son capitaine.

Tout ce qui n'était pas, à cette minute, occupé dans les manœuvres, considérait la *Minerve* avec une ardente curiosité.

Qu'était-ce que cette goélette qui se faisait, pour ainsi dire, l'ombre de l'autre et se donnait pour tâche de ne point quitter la *Némésis ?*

— Voilà, disait Malaquin, à l'arrière, à un groupe de

matelots, j'ai connu comme ça dans les brumes de Terre-Neuve, là où on ne voit pas clair pendant des mois et des mois, un bateau qui, de temps en temps, surgissait comme du fond, avec ses mâts, ses agrès, ses voiles, nous suivait pendant des heures et des heures et disparaissait tout à coup...

— J'ai entendu parler de ça, dit un matelot.

— Oui, le bateau du diable...

— Quand il apparaît, on est sûr de ne pas relever une morue à ses lignes sur le bâtiment qui l'a aperçu...

— Ça, c'est vrai, dit Malaquin ; c'est un bateau de malheur.

Un coup de sifflet, suivi d'un ordre de Barbedier, les interrompit.

— En haut tout le monde !...

En cinq minutes les voiles furent carguées, les focs abattus ; la *Némésis* devint presque immobile sur les vagues comme un goéland qui se repose.

La *Minerve*, surprise, avait exécuté le même mouvement, mais un peu tard, et se rapprocha d'une demi-encâblure.

En même temps une yole était mise à la mer.

Et les Girodias y descendaient.

Des signaux furent faits de la *Némésis*, annonçant une visite à bord de la *Minerve*. On put les apercevoir encore, mais presque aussitôt le brouillard qui s'était dissipé dans le courant de la journée envahit de nouveau la mer et acquit en quelques secondes une opacité extraordinaire.

Aux deux frères et aux matelots de la yole se dirigeant vers la *Minerve*, il semblait que l'on voguât sous l'eau.

Ils n'avançaient qu'avec prudence.

La *Minerve*, dans le brouillard, était devenue invisible.

— Ohé ! de la *Minerve!* cria un matelot de la yole.

— Ohé ! répondit-on dans la brume épaisse, mais sur tribord.

Les Girodias se regardèrent. Les matelots se mirent à rire.

— Nous la prenions à bâbord pendant qu'elle est sur tribord, dit le maître... A ce compte-là, nous l'aurions cherchée longtemps... Malaquin ?

— Maître ?

— Est-ce que tu ne vois pas, là-bas, la pointe de son beaupré ?

— Non... Oui... Au fait, j'ai cru voir quelque chose... et puis, plus rien.

— Si encore elle allumait ses feux...

Comme si, de la *Minerve*, on eût entendu, un point brilla, visible malgré le voile gris, mais tout enveloppé d'un nimbe jaunâtre.

Un feu brûlait à bâbord !... La yole se trompait donc toujours ?

Les matelots riaient, amusés. Le maître jura :

— Je ne suis pourtant ni sourd ni aveugle.

Il donna un coup de barre, les avirons frappèrent l'eau, la yole prit la direction des feux de la *Minerve*.

Les feux disparurent. Le brouillard s'étendait comme une nappe de plomb.

La yole allait à l'aventure. Tout s'évanouissait. Les mâts et les espars mêmes de la *Némésis* n'existaient plus. Quant à la *Minerve*, elle était en plein inconnu.

De nouveau, dans le voile jaune qu'ils trouaient péniblement, les feux brillèrent.

Mais cette fois, comme ces feux follets des cimetières qui se jouent des poursuites, se déplacent, s'éteignent et se rallument, pareils aux âmes des trépassés qui reviendraient sur terre, les fanaux se voyaient à tribord...

Les Girodias se mordaient les lèvres jusqu'au sang.

Le maître d'équipage était blême.

— On se moque de nous, là-bas, murmura-t-il ; c'est clair.

Et brusquement :

— Fermes sur vos avirons, vous autres... Des coups allongés et forts... avec calme... tous ensemble...

En même temps il donnait un coup de barre, pour la troisième fois changeant la direction de la yole.

Les matelots ne riaient plus.

Chez tous les hommes de mer, il y a un fond de superstition.

Malaquin devina qu'ils commençaient à être inquiets. Il appuya, en disant :

— Ça n'est pas naturel... Il y a longtemps qu'on devrait avoir accosté...

— Oui, oui, c'est comme le bateau-diable.

— Sûrement il nous arrivera malheur... et à la *Némésis* aussi...

La yole volait sur les vagues comme une flèche, au risque de venir s'écraser contre les flancs de la goélette.

Tout fut inutile.

La *Minerve* fuyait, insaisissable, invisible, véritable vaisseau-fantôme. Elle obéissait à des ordres précis, expérimentés, évoluait dans l'ombre, se jouait de la yole, apparaissait et disparaissait.

On ne la revit plus, protégée par le brouillard.

Elle n'avait pas voulu de la visite des Girodias.

Il fallut la boussole pour regagner la *Némésis*. Sans la boussole, par ce brouillard, ils eussent pu se perdre.

— Eh bien, demanda Barbedier lorsque l'équipage eut hissé la yole... avez-vous découvert sur la *Minerve* un ami ou un ennemi ?

Les Girodias ne **répondirent pas.**

Mais en voyant l'éclair de leurs yeux, la sombre colère de ces dures physionomies, il comprit à demi ce qui s'était passé.

Le maître, du reste, se chargea de le renseigner complètement.

Barbedier haussa les épaules :

— Ceci, après tout, ne me regarde pas. Je suis chargé de conduire la *Némésis* en Floride... je la mènerai en Floride, voilà tout...

Gaston et Pierre se retirèrent dans leurs cabines.

Après un silence :

— A quoi penses-tu, Gaston ?

— J'avoue que je ne puis deviner le projet de ce bateau... Et toi ?

— Ni moi...

Ils s'étendirent sur leurs lits, mais ils ne dormirent point.

Ils entendirent piquer les heures sur la cloche du bord par l'homme de service, et quand l'aube vint blanchir les hublots de leurs cabines, ni l'un ni l'autre, de toute cette nuit, n'avait fermé les yeux.

Pierre sauta hors de son lit, s'habilla à la hâte et monta sur le pont.

Le soleil rouge sortait des flots, à l'horizon ; le ciel était d'une admirable pureté et il n'y avait plus trace du brouillard de la veille.

Il examina attentivement l'horizon.

Il ne vit rien.

Alors, s'approchant de l'homme de quart :

— N'avez-vous rien vu, depuis le lever du soleil ?

— Une voile, monsieur.

L'homme montra un point imperceptible à tout autre œil qu'à celui d'un marin, et qui se confondait, pour tout autre, avec le ciel et avec l'eau.

Pierre se tourna vers un matelot :

— Allez me chercher une lunette...

— Inutile, monsieur, fit l'homme de quart.

Depuis une demi-heure que je l'ai aperçu, le bâtiment n'a pas bougé... Il nous devance et il est juste sur notre route, comme vous pouvez vous en assurer... Au train dont va la *Némésis*, nous ne mettrons pas longtemps à le rejoindre... Ne le voyez-vous pas déjà plus distinctement?

— Oui.

C'était vrai.

La tache invisible de l'horizon s'agrandissait peu à peu. Elle prenait la forme gracieuse et symétrique de la goélette mystérieuse. Quelques minutes s'écoulèrent et l'on put distinguer clairement ses légers espars suivant le balancement de la carène et dépourvus de voiles, excepté de celles qui étaient nécessaires pour commander aux vagues.

— C'est la *Minerve*, monsieur, dit l'homme de quart. Elle nous attend, sans doute, pour juger si nous sommes fâchés du tour qu'elle nous a joué hier... car il faut le dire, monsieur, nous avons été joués...

Le matelot se trompait pourtant.

La *Minerve* paraissait disposée à se laisser apercevoir, mais ne paraissait pas avoir l'intention d'attendre plus longtemps.

Lorsque la *Némésis* ne fut plus qu'à un mille, les voiles de l'étrange bâtiment commencèrent à se déployer.

Le vent se leva assez fort, et la mer devint houleuse.

La *Minerve* s'enfuyait, le vent en poupe, avec la légèreté d'un oiseau.

Barbedier rejoignit Pierre, se rendit compte de la situation.

— Nous ne l'atteindrons pas, monsieur, dit-il. Ce bateau vaut le nôtre.

— Essayez !

Les deux goélettes présentèrent alors le spectacle d'une vive poursuite. Sur la *Minerve* comme sur la *Némésis*, toutes les voiles étaient déployées, pareilles à une blanche pyramide qui s'animait et résonnait sous le souffle du vent. Les heures succédèrent aux heures. Mais on eût dit que les deux yachts étaient immobiles. La *Minerve* était toujours à la même distance. La *Némésis* n'avait pas même gagné un pied.

— Ce bâtiment est admirablement manœuvré, dit Barbedier, et je serrerais volontiers la main de celui qui le commande...

Pierre tourmentait fiévreusement sa lunette.

— Je crois que nous le gagnons, monsieur.

— J'en doute.

Pierre monta sur une des vergues les plus élevées.

Ses regards se dirigèrent longtemps, avec une sorte d'attention passionnée, sur le côté de l'horizon où fuyait la blanche masse des voiles de la *Minerve*.

Il descendit bientôt.

— Je me suis trompé, monsieur; au lieu de gagner sur elle, nous perdons.

— Cependant il nous est impossible de marcher plus vite.

Barbedier consulta le loch. Le bâtiment allait à une vitesse extraordinaire.

Bientôt, vers le soir, il fut évident que la *Minerve* gagnait.

Elle se rétrécissait, elle s'amincissait...

On ne vit plus que ses hautes voiles... on ne vit plus que ses vergues.

Elle se confondit avec le remous lointain des vagues.

Elle disparut enfin...

En même temps, le soleil s'éteignait dans la mer, illuminant l'immensité, pendant quelques minutes, de flamboyantes lueurs rouges.

Et peu à peu, au milieu d'un grand calme, les ombres de la nuit couvrirent l'abîme sans limites dont les flots, à deux mille lieues de distance, battaient les pieds de l'Europe et les pieds de l'Amérique.

V

PERDU !

La nuit fut tranquille, éclairée par la lune.

Ce ne fut pas sans une certaine anxiété qu'au matin l'aîné des Girodias interrogea l'homme de quart.

— Vous n'avez rien vu?

— Rien de nouveau, non, monsieur...

Le livre n'indiquait rien. Les autres quarts non plus n'avaient rien vu.

Pierre reporta son regard sur l'horizon, scrutant l'immensité.

Pas une voile... Partout la solitude... Le ciel et l'eau...

Alors, il respira.

Depuis des jours et des nuits, depuis le départ du Havre, le yacht inconnu semblait s'acharner à ne point quitter la *Némésis*, et c'était la première fois qu'on le perdait de vue. Sa persistance à ne point se laisser approcher dans le brouillard, à ne pas recevoir la visite des Girodias, sa fuite le lendemain, enfin ses allures étranges, avaient fini par inquiéter les hommes de la

Némésis, et les Girodias eux-mêmes se demandaient si leur projet n'avait pas été deviné.

On s'était si bien habitué à cette voile lointaine qui volait sur l'océan en entourant la *Némésis* de son orbe gigantesque, passant à tous les points cardinaux comme pour se jouer de sa rivale, que pendant cette première journée chacun crut, à bord, qu'elle reparaîtrait

Cependant on ne la revit point et le soir arriva.

Pierre et Gaston, cette nuit-là, dormirent plus tranquilles.

Et bientôt personne parmi l'équipage ne pensa plus à cet incident.

Personne, excepté Malaquin.

Lorsqu'il se trouvait dans les vergues, il interrogeait les lointains de la mer.

Il murmurait :

— On ne voit pas la *Minerve*, mais elle n'est pas loin...

Et, reniflant dans un sourire narquois :

— On dirait que je la sens !...

Le temps ne cessa pas d'être beau jusqu'aux Bermudes, au nord-est des Antilles. A part l'incident du début, cette fantastique apparition dont tout le monde riait, le voyage s'effectuait avec la plus grande monotonie.

Il y avait vingt-cinq jours qu'on avait quitté le Havre et l'on n'avait plus rencontré, en dehors de quelques grands trois-mâts américains, que les steamers faisant le service entre l'Espagne et Cuba.

Malaquin commençait à éprouver de l'inquiétude.

Est-ce que la *Minerve* nous a perdus ?

Mais il haussait les épaules.

Avec un marin comme M. de Vivarez, cela n'était pas

possible. M. de Vivarez savait, sans doute, le but du
voyage des Girodias et où la *Némésis* comptait relâcher... Autrement, il se fût attaché à elle...

La nuit du vingt-cinquième au vingt-sixième jour
fut très sombre.

De huit heures à minuit, Malaquin **fut de quart**.

La brise était molle et l'allure de la *Némésis* faiblis-
sait un peu.

Le regard fixé dans cette obscurité d'un noir d'encre,
Malaquin, tout en veillant, sentait quand même s'appe-
santir son cerveau, lorsque tout à coup il se redressa,
se frotta les yeux et devint plus attentif.

Dans la nuit, par tribord, des fanaux brillaient, s'é-
teignaient, se rallumaient, changeant de couleur et à
des intervalles inégaux, pendant que les feux constants d'un navire brûlaient, sans que le navire lui-
mème fût visible, tant la nuit était noire.

— Eh, mais, je ne me trompe pas!... dit Malaquin.

Pendant quelques minutes, il n'y eut plus de fanaux.

Puis les mêmes signaux reparurent.

Cette fois, Malaquin ne doutait plus.

C'était la *Minerve* revenue... et Vivarez comptant sur
le hasard, ou plutôt sur la régularité des quarts qui ramenait les matelots au même poste, interrogeait Malaquin.

Le matelot concentra toute son attention, au loin,
dans la nuit...

Et il finit par comprendre.

Le marquis lui disait, dans le langage convenu entre
eux :

— Tâchez... de... savoir... dans quel port... ou...
dans quelle baie de... la Floride... va relâcher la *Némésis*.

La phrase finie, les feux s'éteignirent...

Malaquin savait son alphabet de signaux par cœur.

Il n'eut pas besoin d'en consulter le double.

Il répondit de la même façon et par ce seul mot :

— Compris !...

De la *Minerve*, des signaux partirent encore :

— Rien de nouveau sur la *Némésis?* demandait le marquis.

— Rien ! envoya Malaquin.

Ce fut tout.

Les feux de la *Minerve* s'évanouirent lentement, comme si un voile s'était étendu sur eux.

Malaquin comprit que le yacht virait, s'éloignait... Bientôt il ne vit plus rien.

Sur le livre, il consigna l'heure :

« La *Minerve* par tribord... »

Et le lendemain, par un temps nuageux, le yacht se balançait à un mille, conformant sa voilure à la voilure de la *Némésis*...

Pierre et Gaston se regardèrent, pâles de rage...

Tous les doutes revenaient, s'accentuant, devenant une certitude...

— Il nous surveille !...

Un moment, ils crurent voir, sur la passerelle, la silhouette de l'homme qui commandait le navire ; mais, comme s'il savait qu'on l'observait, comme s'il redoutait d'être reconnu, malgré la distance, avec les puissantes lunettes marines, l'homme redescendit lentement et disparut.

Cette journée — la vingt-sixième depuis le départ — fut encore tranquille, mais la nuit fut couverte de vapeurs et la lune suivit sa course derrière un épais rideau de nuages qui, peu à peu, s'amoncelèrent. De longues lignes blanches d'écume se levaient et se succédaient sans cesse et parfois, à travers une échappée de nuages, quand tombait, sur les flots, un rapide et fugitif rayon de clarté lunaire, l'écume paraissait étinceler et la *Némésis* voguait en repoussant devant elle des masses de diamants liquides. Le vent restait paresseux.

Barbedier se promenait à l'arrière quand l'aurore parut.

— Je n'aime pas ce ciel couvert de vapeurs, se dit-il.

Et avisant le maître d'équipage, qui semblait partager son avis et attendre un ordre :

— Maître, l'air devient trop lourd pour cette voile.

Le vieux marin n'eut pas besoin d'un autre signal.

Un coup de sifflet avertit les hommes de manœuvre.

Et le commandement suivit :

— Ferlez les voiles de perroquet et brassez les autres au plus près.

Le vent se leva brusquement, soufflant par saccades, avec des intervalles de calme absolu et frappant les voiles de bouffées violentes.

Pierre et Gaston montèrent.

— Craignez-vous du mauvais temps ?

— Oui, fit Barbedier laconique. Ça marchait trop bien depuis le Havre.

Toujours, dans le lointain, la voile inconnue pointait à l'horizon.

Les agrès de la *Minerve*, à cette distance, étaient pareils à la toile délicate d'une araignée. On eût dit qu'elle ne bougeait pas d'un degré à bâbord ou à tribord.

A l'arrière, des matelots se montraient la voile.

Ils échangeaient des réflexions à voix basse :

— Tout cela n'est pas naturel...

— La vérité, c'est que nous sommes chassés depuis le Havre par cette goélette comme une souris est chassée par un rat.

— Il y a de la gabegie là-dessous, c'est sûr...

— D'autant que c'est déjà singulier d'avoir fait, au dernier moment, changer le nom de l'*Henriette*...

— Et que pas un de nous ne connaissait seulement le nom du propriétaire.

— Pas même le capitaine.

— Et que nous ne savons même pas où l'on va.

— Si, en Floride, à ce qu'il paraît.

— C'est grand, la Floride...

— Sur la côte orientale, ou sur la côte occidentale ?

— Ah ! voilà...

Ils hochèrent la tête.

Ils aimaient Barbedier, mais les Girodias leur déplaisaient.

Sombres, taciturnes, jamais les frères n'adressaient la parole aux hommes de l'équipage.

Ils ne s'entretenaient qu'avec le capitaine.

Malaquin traduisit l'impression générale :

— Avec ça, ils ont l'allure de gens qui méditent un mauvais coup...

— Chut ! fit-on autour de lui.

Les Girodias s'avançaient. Ils s'arrêtèrent non loin d'eux.

Barbedier appela un matelot, lui donna un ordre.

Le matelot disparut et revint presque aussitôt avec une carte.

Barbedier la déplia.

Penchés sur la carte, les trois hommes la consultèrent, pendant que le capitaine marquait différents points du bout du doigt.

Seul, Malaquin resta.

Il grimpa lestement sur le mât de hune, s'occupa à recoudre une voile, très attentif à sa besogne.

Mais il prêta l'oreille.

Et entre deux rafales du vent qui continuait à souffler avec irrégularité, les paroles montèrent jusqu'à son poste.

Les Girodias consultaient Barbedier sur le point de relâche à trouver pour la *Némésis* et c'était bien la carte de la côte orientale de la *Floride* que le capitaine venait d'étaler devant eux.

Tous les termes de la discussion, toutes les objections présentées par le capitaine n'arrivaient pas jusqu'aux oreilles de Malaquin, mais un mot revint avec persistance dans l'entretien des trois hommes.

Ce mot était :

— La crique Nassau !

Malaquin n'eut donc pas de peine à deviner que la *Némésis*, en traversant la mer des Antilles, mettrait le cap sur l'île Amélia qui forme la crique en question.

C'était donc là, sans aucun doute, que le yacht allait mouiller.

Ce renseignement obtenu, il fallait le transmettre au marquis de Vivarez.

Pendant le jour, il n'y fallait pas songer, d'abord parce que tout signal eût été surpris et que c'eût été se trahir en pure perte, ensuite parce que Malaquin n'avait établi qu'une table alphabétique composée de signaux de nuit.

Le matelot attendit donc la nuit, sûr que la *Minerve* se rapprocherait de la *Némésis* comme elle l'avait fait la nuit précédente.

Et alors il communiquerait au marquis son renseignement.

Mais c'est à la mer surtout qu'on ne peut faire des projets à trop longue échéance. Personne ne peut prévoir un ouragan, et quand il est déchaîné, personne ne peut prévoir combien de temps il durera

Le temps se maintint indécis une partie de la journée.

Pendant une heure même, de trois à quatre, le vent parut s'être endormi, mais le large sillon d'écume qui roulait de chaque côté du yacht annonçait que la *Némésis* fendait les vagues devant la brise.

Dans le lointain, la *Minerve* était toujours visible.

Elle marchait à la même allure mystérieuse et menaçante.

Barbedier en éprouvait quelque dépit.

Il sentait là, bien qu'il ne fût en rien responsable des projets que pouvaient nourrir les Girodias, comme une sorte de défi d'un yacht à un autre, et par conséquent d'un marin à un autre marin.

Un moment il eut l'envie de relever ce défi :

— Amurez la grand'voile et déployez celle de perroquet...

Avec la tempête menaçante, c'était un ordre dangereux. Les Girodias le comprirent, et pourtant ils approuvèrent d'un signe de tête.

Et Pierre dit :

— Il ne faut pas que la *Minerve* sache où nous voulons relâcher.

Les voiles furent déployées. Puis l'équipage, croisant les bras, regarda évoluer au fond de l'horizon ce navire inconnu à qui le mystère persistant dont il s'entourait donnait quelque chose de redoutable.

On eût dit que la jolie *Némésis* elle-même commençait à ressentir l'énervement des matelots, comme un cheval de course s'énerve en sentant derrière lui ou contre son flanc un rival dont la chaude haleine trahit les efforts pour vaincre. Dès qu'elle sentit la pression des grandes voiles, elle s'inclina presque jusqu'à ses dalots, du côté du vent; et comme les chocs des vagues devenaient à chaque instant plus violents, un nuage de vapeur retombait sur le pont.

Les vagues grossirent, le vent devint furieux.

La *Némésis* traversait de sa proue des montagnes d'eau sans cesse renaissantes et grandissantes.

Au loin, la *Minerve*, toutes voiles dehors avec la même témérité, paraissait et disparaissait au milieu des flots bousculés.

Barbedier l'examinait avec sa longue-vue.

— Eh bien? demanda Gaston.

— Monsieur, dit le capitaine, je ne puis pas vous cacher que le bâtiment ainsi chargé de voiles court des dangers...

— Il faut échapper, coûte que coûte.

— Mais l'équipage se rend compte de ce danger, qui est notre œuvre; et voyez-le, écoutez-le... il murmure...

En effet, les matelots, réunis, regardaient Barbedier avec surprise.

Et ils ne se gênaient pas pour dire :

— Est-ce qu'il serait devenu fou?

Les Girodias n'y prirent pas garde.

— Vous êtes maître sur votre bord, monsieur.

Barbedier était indécis.

Pour une question de rivalité, d'orgueil, fallait-il risquer de sacrifier la vie de ces braves gens?

Il sembla écouter, pour ainsi dire, la *Némésis*, étudiant, à la façon dont elle se comportait dans les masses d'eau, si elle était capable d'un nouvel et suprême effort. Il parut rassuré.

Et il commanda au maître :

— Faites déployer la voile du petit perroquet...

C'était presque une tentative désespérée.

L'équipage, pourtant, obéit et s'élança dans les agrès.

Presque aussitôt, comme pour répondre à cette inso-
lente provocation, les vagues s'élevèrent de dix mètres
au-dessus de la proue.

— Monsieur, dit Barbedier avec calme, si nous
sommes fous de marcher à cette allure, les gens de la
Minerve ne nous le cèdent en rien... Voyez!

Il tendit la longue-vue.

La *Minerve* voguait toutes voiles dehors, et au moment où le yacht arriva dans l'axe de la lunette, Girodias
vit distinctement déployer, comme on venait de le
faire sur la *Némésis*, la voile de petit perroquet.

La nuit vint une heure plus tôt.

Le ciel, en effet, était chargé de plusieurs couches
superposées de nuages noirs. Une lumière, au ras de
l'horizon, qui avait persisté longtemps vers l'orient,
s'éteignit dans le ciel ; un moment flotta dans l'air une
sorte de transparence violette de sinistre présage.

Puis ce fut une obscurité intense.

Au milieu de cette obscurité, il n'y eut plus rien de
visible, ni ciel, ni eau.

Et la *Minerve*, qui, elle-même, allait se trouver aux
prises avec la tempête, disparut aux yeux de Girodias.

— Monsieur, dit Barbedier, si nous lui échappons,
nous ne le devrons pas à nos voiles, car ce bâtiment
se modèle sur nous exactement et il y a entre les
deux yachts une extraordinaire égalité de force. En
outre, je ne croyais pas qu'il pût se trouver un marin
capable, mieux que moi, de manier un navire à voiles...
Eh bien, je me suis trompé... l'homme qui est là-bas,
je le répète, est un rude homme... et je voudrais fumer
une pipe à côté de lui, en causant un peu de notre
métier.

Il considéra le ciel.

Barbedier était trop vigilant et trop expérimenté

pour ne pas être sûr de la formidable tempête qui se préparait.

Et qui se préparait, chose singulière, au milieu d'un calme relatif, car depuis quelques minutes le vent s'était apaisé.

L'air était devenu lourd, presque irrespirable.

— Si nous lui échappons, continua Ba dier, c'est qu'il aura coulé.

Et il quitta les deux frères pour donné des ordres.

Sa voix puissante se fit entendre de l'arrière à l'avant :

— A bas les voiles ! A bas toutes les voiles, jusqu'au dernier lambeau...

Si le vent s'était apaisé, c'était pour reprendre des forces, comme un athlète qui se repose pour mieux combattre.

Si violent qu'il fût, le mugissement des vagues fut couvert par le battement des voiles. Amures, voiles et vergues, tout tombait à la fois; les bonnettes furent ramenées ensemble et les voiles hautes ferlées aux huniers.

— Ce n'est pas trop tôt, murmuraient les hommes...

— Non, une minute encore et l'on risquait de capoter...

— Tout de même, disait Malaquin, les yeux dans la nuit, je regrette de ne plus apercevoir l'autre, là-bas...

— Pourquoi ?

— Pour voir comment elle va se comporter par un pareil temps...

— Je crois bien, vieux, que nous aurons trop à faire à nous occuper de nous autres... sans chercher des distractions ailleurs...

La mer, en effet, changeait d'aspect.

Les vagues n'avaient plus d'écume ; elles ressem-

blaient à de mouvantes montagnes toutes noires ; les
coups de vent venaient de toutes les directions, et il
était certain que si la *Némésis* avait conservé ses voiles
c'en était fait de l'élégante goélette.

L'équipage tout entier était sur le pont, prêt aux manœuvres. Et maintenant on n'entendait plus un seul
mot.

Chacun se préparait à donner toute son intelligence,
toute sa volonté et toute sa vigueur, pour défendre sa
vie.

— Vous n'avez jamais vu de tempête, messieurs ?
dit Barbedier avec calme.

— Non, monsieur.

Le capitaine considéra du coin de l'œil les deux
frères.

Ils étaient froids, presque indifférents, dans une
tranquillité absolue.

Barbedier reprit :

— Ou je me trompe fort, ou vous allez assister à
quelque chose de terrible...

Les deux frères sourirent.

Leur sombre regard, mais un regard où pas même
un trouble ne pouvait se lire, se releva sur le capitaine.

Et Pierre répondit, pour tous deux :

— Nous n'avons jamais eu peur, monsieur.

Barbedier ne cessait pas de les examiner.

— Oui, pensait-il, ce sont deux rudes garçons...

A ce moment, un éclair les aveugla.

Un violent coup de tonnerre retentit et les roule-
ments se prolongèrent dans l'infini, vers les deux
mondes, vers l'ancien comme vers le nouveau.

— C'est le coup de grosse caisse pour ouvrir le bal,
dit Malaquin.

Ce fut, en effet, comme un déchaînement.

Pendant les heures de cette terrible nuit, les vents
hurlèrent, les vagues monstrueuses se bousculèrent, le
tonnerre gronda au milieu d'éclairs aveuglants. Parfois
il y avait de brusques accalmies, puis aussitôt la mer
semblait réunir toutes ses forces et tombait sur la
Némésis avec une fureur inouïe.

Malaquin guettait une lumière mystérieuse qu'il
attendait au fond de cette nuit, mais il ne voyait rien.

Les heures s'écoulèrent, la tempête se calma.

La *Minerve* ne parut pas.

Le yacht s'était-il perdu, corps et biens ?

VI

SUR LE PONT DE LA « MINERVE »

Lorsque la tempête éclata, M. de Vivarez prévit qu'il
pourrait être séparé de la *Némésis* et il essaya de s'en
rapprocher afin d'envoyer des signaux à Malaquin et
d'obtenir du matelot le renseignement si précieux dont
il avait besoin. Voulant surveiller les Girodias et empêcher leurs projets contre Horace, il lui fallait savoir
dans quelle crique inconnue et cachée des côtes de
Floride leur yacht irait mouiller.

Mais la tempête se déchaîna avec une telle impétuosité qu'il dut donner tous ses soins à son bâtiment et
consacrer toute son attention aux manœuvres ; la vie
de l'équipage en dépendait.

La *Minerve* soutint avec succès le choc des flots pendant une partie de la nuit, mais vers deux heures du
matin une voie d'eau se déclara et une partie des
hommes dut être employée aux pompes.

A partir de ce moment, les ordres ne furent plus exécutés que par un équipage réduit, c'est-à-dire avec une certaine lenteur, alors que dans le tourbillon qu'on traversait il eût fallu, dans la précision de l'exécution, la plus grande promptitude.

En vain tous ces nerfs et tous ces muscles étaient-ils tendus et faisaient-ils des efforts surhumains pour parer au danger.

Vivarez jugea la situation critique.

Il avait, dans sa vie de marin, assisté à bien des tempêtes, mais les navires qu'il commandait les avaient supportées vaillamment, de toute la vigueur de leur carrure et de leur membrure.

La mer semblait impuissante contre les croiseurs cuirassés qui se riaient de sa fureur et triomphaient de sa rage.

Mais sur cette frêle et agile *Minerve*, si résistante pourtant et si docile à l'action des voiles et du gouvernail, il en était autrement.

Le second, qui surveillait les pompes, remonta :

— La cale se vide-t-elle, monsieur? demanda le marquis.

— Je crois que nous n'en avons plus que pour cinq minutes, commandant. Ensuite je pourrai calfater et vous disposerez de tout votre monde.

— Cinq minutes, c'est bien long. L'avarie est-elle grave?

— Peu grave.

— Je vais descendre m'assurer par moi-même.

Quand il remonta, l'aspect de la tempête avait encore changé. Pendant que la *Minerve* se trouvait en plein tourbillon et recevait du vent les efforts gigantesques, la *Némésis*, elle, avait eu le bonheur de côtoyer pour ainsi dire cette tempête ; l'action traîtresse du tour-

billon ne l'avait pas atteinte, cette action contre laquelle nulle force humaine ne pouvait combattre avec
succès.

Au moment où le marquis remit le pied sur le pont,
l'ouragan fondait sur la *Minerve* de tous les côtés à la
fois avec une impétuosité terrifiante. On eût dit que
tous les vents se coalisaient contre elle, venant à la fois
de l'est et de l'ouest, du nord et du sud.

Vivarez jugea la minute critique.

— En haut, tout le monde ! Laissez les pompes ! Tout
le monde sur le pont !

Le danger n'était plus dans la cale.

Il était sur le pont, dans les mâts, dans les vergues.

Pendant une minute, longue et mortelle, la *Minerve*
parut s'avouer vaincue, céder à la tempête, presque
couchée sur le flanc.

Puis, ses mâts se relevèrent gracieusement.

Et debout, ils se mirent à trembler comme des êtres
vivants.

Le yacht supporterait-il une seconde fois pareil
choc ?

— La barre au vent !

Le tourbillon semblait réunir ses souffles, les ba-
taillons épars de plusieurs tempêtes déchaînées à la
fois.

Il s'abattit sur la goélette.

Les grands mâts se baissèrent presque jusqu'au
point de tremper leurs vergues dans les flots.

Ils se relevèrent et la *Minerve* parut sauvée.

Puis, soudain, ils s'inclinèrent de nouveau.

Et cette fois ils ne se relevèrent plus. Le navire resta
couché sur l'eau comme si tout le lest arrimé dans la
cale s'était déplacé d'un bord à l'autre, changeant et
détruisant l'équilibre du bâtiment.

Pas une seconde n'était à perdre : la mort hideuse tendait ses bras.

— Une hache, monsieur, dit le marquis au second.

Leblond saisit une hache et s'élança.

Son bras resta levé, armé de la hache.

Et ses yeux ardents, fixés sur le commandant, attendirent l'ordre suprême.

Pourtant, pendant un instant, bien court, bien fugitif, le marquis hésita. En cet instant, tout un monde de pensées : le bâtiment, à demi désemparé, ne pourrait plus rivaliser avec la *Némésis*. Force serait de mouiller dans le port le plus voisin d'une des Antilles pour réparer son avarie. Quelle perte de temps ! Et pendant cela, les frères Girodias étaient libres. Plus rien n'entravait leur action. Le sort qui avait, en ces dernières semaines, paru se mettre avec les Villefort, les abandonnait de nouveau. La haine des Girodias n'avait point désarmé ! Leur expédition, si étrange, si coûteuse, le prouvait. Horace était perdu, puisqu'ils l'avaient condamné à mort.

— Nous combattrons jusqu'au bout ! murmur a-t-il.

Et relevant le front, calme, sa volonté supérieure à tout, planant au-dessus de ce bouleversement, il regarda l'équipage.

C'étaient de braves gens, et comme il pouvait être heureux et fier d'en avoir sous ses ordres.

Tous voyaient le danger horrible.

Et prêts à toutes les manœuvres, attentifs, le regard fixé sur leur chef, ils étaient, certes, aussi calmes que lui.

Vivarez interrogea l'homme de la barre :

— Le bâtiment répond-il au gouvernail ?...

— Non, monsieur.

Les mâts restaient couchés.

A quelques brasses, une masse d'eau, plus sombre que la nuit sombre, se formait, s'organisait, se ramassait, pour fondre sur le yacht.

Et ce serait tout... La *Minerve* serait bousculée la quille en l'air.

— Coupez, monsieur, dit la voix tranquille du vieillard.

La hache trancha. Les rides glissèrent, les cordages fléchirent, tous les agrès tombèrent avec leurs voiles.

— Coupez, monsieur, coupez !

Les agrès, les voiles, les espars, les vergues, tout fut envoyé à la mer.

Le mât resta nu, allégé.

La *Minerve* se releva légèrement, sans pourtant reprendre équilibre.

Elle frémissait dans tout son être, comme un noble animal qui rencontre devant lui un danger qui ne lui fait pas peur, qui l'irrite au contraire et enfièvre son orgueil.

Déjà le marquis ouvrait la bouche pour commander encore :

— Coupez !

Et cette fois, c'eût été le mât lui-même qui fût tombé.

Mais il n'eut pas besoin de recourir à ce suprême sacrifice.

Lentement, un peu lourdement, la *Minerve* se relevait.

Et ce fut debout, ses mâts en l'air, l'un dépouillé comme un arbre mort, l'autre paré de tout son gréement, qu'elle reçut le dernier choc de la masse d'eau, suprême effort du tourbillon.

Le pont fut balayé par les vagues.

Le yacht, bousculé comme un fétu, tournoya, s'enfonça, fut projeté en l'air, misérable jouet de tant de démons.

4

Puis la masse d'eau alla se perdre dans la nuit.

La goélette, enfin victorieuse, resta debout.

A partir de ce moment, la tempête diminua de violence.

Vers le matin, les brumes se dissipèrent et la nuit perdit de son intense obscurité.

M. de Vivarez, au fur et à mesure que la tempête se calmait, rendait quelques voiles au bâtiment.

Qu'était devenue la *Némésis* et à quelle distance l'une de l'autre se trouvaient maintenant les deux goélettes ?

Il ne le savait pas, et pour la centième fois se le demandait, lorsqu'un matelot, dans les enfléchures du grand mât, cria :

— Des feux par tribord arrière !

M. de Vivarez courut à l'arrière.

Vaguement une silhouette de navire apparut dans l'obscurité.

C'était la *Némésis*, à une encâblure.

Elle filait toutes voiles dehors et la pauvre *Minerve*, mutilée, ne pouvait plus songer à la suivre, même de loin.

De la *Némésis* l'avait-on aperçue ?

Et Malaquin, aux aguets, allait-il pouvoir correspondre avec lui ?

Vivarez se fit apporter des feux de signaux.

Et attentif, presque tremblant, il observa, dans la nuit.

Malaquin veillait ; il n'avait pas quitté le pont pendant les horreurs de cette nuit cruelle, et ce n'était pas seulement son devoir de matelot de la *Némésis* qui l'y retenait, c'était aussi la fièvre de savoir ce qu'était devenue la *Minerve* et si toute chance était perdue de la retrouver.

Lorsqu'il aperçut le feu du yacht, il ne put réprimer une exclamation de joie imprudente, car il n'était pas seul.

Barbedier et les frères Girodias, près de lui, se retournèrent.

— Qu'y a-t-il, garçon ? fit Barbedier.

Malaquin reprit son sang-froid. Il se gratta la tête. Ce qui l'ennuyait, ce n'était pas d'expliquer l'exclamation qui venait de lui échapper ; c'était, étant donné le passage de la *Minerve*, de ne pouvoir correspondre avec elle que sous l'œil même du capitaine et des Girodias.

En outre, si une partie de l'équipage était descendue sous le pont pour prendre, dans les hamacs, un repos bien gagné, l'autre partie restait dans les manœuvres ; il y avait partout des matelots, sur la misaine et sur le grand mât, dans les enflêchures et les haubans, montant aux vergues ou dégringolant, partout des yeux ouverts.

La moindre tentative de ce genre l'eût trahi.

Il ne fallait même pas y songer.

Et de cela, en s'en rendant compte, Malaquin était désespéré, car il comprenait l'impatience du marquis, et l'on approchait des Antilles. La veille, pendant les dernières lueurs qui avaient précédé la tempête, la vigie avait signalé les îles Lucayes. La Floride n'était pas loin !

— Eh bien, garçon, tu ne m'entends pas ? répéta Barbedier.

— Voilà ce qui a motivé mon cri d'étonnement, dit le matelot.

Il étendit le bras dans la nuit encore sombre.

Ils se retournèrent et aperçurent les feux.

— C'est la *Minerve*, messieurs, dit Barbedier.

Son regard expérimenté ne fut pas longtemps à deviner que la goélette mystérieuse ne manœuvrait plus avec la même aisance.

Elle semblait lourde sous le vent et fatiguait beaucoup.

— Oh! oh! elle ne s'est pas, parait-il, aussi bien comportée que nous...

— Vous croyez à des avaries?

— Sa misaine a souffert... elle marche avec son grand mât.

Les Girodias avaient à cœur de pénétrer le mystère de ce yacht en qui leur instinct devinait un ennemi.

L'occasion était excellente.

— Faites demander si on a besoin de nous, dit Pierre.

— J'allais vous le proposer, monsieur.

Il était impossible de héler le yacht. On n'eût pas entendu la voix.

Barbedier fit un signe à Malaquin.

— Tu as entendu?

— Oui.

— Demande-leur s'ils ont besoin de secours et viens me rendre réponse à l'avant. Fais vite, car nous gagnons et dans quelques minutes nous l'aurons perdu.

Malaquin ne se le fit pas ordonner deux fois.

Il s'élança vers les fanaux pour exécuter l'ordre.

Cependant, il fut arrêté dans sa course par le capitaine :

— Malaquin !

— Commandant?

— Que fais-tu donc sur le pont, au lieu d'être à dormir?...

— Excusez, commandant, par des nuits pareilles, on n'a guère envie de dormir.

Barbedier n'insista pas.

Cinq minutes après, il correspondait avec la *Minerve*, dont on voyait les feux s'amincir en s'éloignant et menacer bientôt de disparaître.

— Avez-vous... besoin... de... secours ?

Il fut répondu, de la *Minerve* :

— Non !

Malaquin, **dans** des circonstances ordinaires, s'en fût tenu là.

Mais le hasard **lui** fournissait l'occasion qu'il cherchait : il en profita.

— La... *Némésis*... met le cap... sur l'île... Amélia.. et va... relâcher... dans la... crique Nassau...

De plus en plus, les feux de la *Minerve* s'évanouissaient.

Ce n'était plus, dans le lointain, qu'un point très faible ayant à peine la force de trouer les ténèbres et pareil à une luciole.

Malaquin attendit, écarquillant les yeux.

Puis tous les feux disparurent.

— M. de Vivarez m'a-t-il compris ? se demanda le matelot inquiet.

C'était pour lui l'inconnu.

Il courut rendre compte à Barbedier.

— La *Minerve* n'a pas besoin de secours...

— Bien...

Et se tournant vers le maître d'équipage :

— Toutes les voiles dehors, monsieur ; il faut regagner le temps perdu...

Le jour paraissait, brusquement, sans presque de crépuscule.

Barbedier appela les deux Girodias.

Il leur montra, au loin, tout à l'extrême horizon des flots reposés, un point minuscule qui de plus en plus allait s'évanouissant :

C'était la *Minerve*.

— Cette fois, messieurs, dit-il, vous en voici débarrassés !

Presque aussitôt, en effet, la *Némésis*, enfin triomphante, perdait sa rivale dans l'obscurité.

VII

LE PROJET DES FRÈRES GIRODIAS

La Floride forme une péninsule qui, détachée du continent de l'Amérique du Nord, s'avance au sud dans la mer des Antilles et touche aux îles Lucayes, premières terres visitées par Colomb.

Ses latitudes extrêmes sont par 31' et 24'30" ; ses longitudes par 82'15" et 87'40".

La péninsule floridienne a environ mille kilomètres de largeur sur onze ou douze cents kilomètres de longueur. Le nord et le centre se composent d'immenses plaines boisées. Au nord-ouest, on voit quelques chaînes de collines qui ne dépassent pas cent mètres d'altitude.

Suivant tous les voyageurs qui ont parcouru cette contrée, « le Sud n'est qu'un marais inondé tantôt par les débordements de l'océan, tantôt par les pluies hivernales qui n'ont pas d'écoulement ; là, les eaux douces et les eaux salées se confondent et se mêlent, formant des lacs saumâtres et des sources alternatives. Ces sombres et tristes solitudes, peuplées de cyprès et de pins stériles, aux eaux noires et croupissantes, ceintes de sables, ici très blancs, plus loin très rouges, ces éverglades mystérieuses, berceau de la fièvre blême, laboratoire de la mort, sont couvertes d'îles d'une beauté inexprimable! Végétations luxuriantes, fleurs aux parfums embaumés, oiseaux au couleurs étincelantes, respirant l'air infesté par la malaria, chantent ou s'épanouissent parmi les millions de reptiles qui grouillent au sein de ces limons. »

Il y a cinquante ans, la Floride répondait encore à cette description en somme assez peu flatteuse et peu engageante : sur une totalité d'environ trente-huit millions d'acres que contenait la péninsule, en effet, trois cent cinquante mille seulement étaient cultivés. La population n'était que de cinquante mille âmes. Ce n'était donc, à cette époque, qu'un vaste désert dont les hardis colons d'Amérique aussi bien que ceux du monde entier étaient repoussés, tantôt par les fièvres mortelles des marais aux exhalaisons putrides, tantôt par les révoltes constantes de la population indigène qui fut difficile à opprimer.

Au moment où le duc Horace y fut amené et où il vint demander l'hospitalité aux Sables-Rouges, chez M. de Méricourt, les choses avaient déjà beaucoup changé en Floride et des travaux considérables avaient assaini la péninsule ; le pittoresque y avait perdu ce que la santé y gagnait.

Sur tout le parcours du fleuve Saint-Jean, d'immenses propriétés ont été concédées à des colons ; des établissements d'élevage de chevaux ou d'agriculture se sont fondés et sont en pleine prospérité actuellement. Ce fleuve est le cours d'eau le plus considérable de la Floride, et c'est sur sa rive droite, ou plutôt c'est dans une des îles merveilleuses formées par ce cours d'eau que M. de Méricourt avait fait édifier sa maison, au centre même des deux mille hectares qui constituaient son ranch. Le Saint-Jean est le milieu même de la richesse territoriale de la péninsule. Il prend sa source dans les vastes marais de l'intérieur et coule vers le nord, parallèlement aux côtes de l'océan Atlantique, dans lequel il vient se jeter après un cours de deux cent cinquante milles.

Deux jours après avoir perdu de vue la *Minerve*, désemparée, la *Némésis*, poursuivant le programme arrêté par les Girodias, passait par le chenal de Nassau, que Malaquin avait signalé au marquis de Vivarez et qui est situé entre la côte du comté du même nom et l'île Amélia, laquelle s'étend sur une longueur de quarante kilomètres, du nord au sud. Le chenal de Nassau a une largeur qui varie entre trois et six kilomètres.

Le soir du deuxième jour, la *Némésis* vint jeter l'ancre au fond d'une anse, la crique Pablo, où elle fut presque invisible, tant la côte voisine était couverte, sur les trois côtés, d'arbres magnifiques, magnolias, chênes verts, palmiers de toutes les familles.

Les Girodias n'avaient pas confié leur projet à Barbedier.

Personne ne le devinait, ce projet, parmi les hommes de l'équipage. Lorsqu'ils virent, une fois le navire mouillé, les deux frères descendre à terre et chasser dans les marais des environs pendant des journées entières, ils crurent à un voyage de chasse et de pêche.

Barbedier seul, sans rien soupçonner, avait pourtant quelque inquiétude.

Les Girodias étaient sans doute de bien mauvais chasseurs, car, le soir, lorsqu'ils rentraient à bord, leur carnier était vide !

Un carnier vide, avec la quantité de gibier qui pullulait sur la rive, cela était pour le moins étrange.

Or, comme les deux frères ne s'occupaient ni de

botanique, ni d'histoire naturelle, de quelle façon, dès lors, passaient-ils leurs journées?

Personne ne pouvait le deviner.

Un jour, ils firent mettre à la voile, sans autres explications, et le yacht vint mouiller devant la baie de Saint-Augustin, derrière le phare de l'île des Poissons. On resta là une huitaine de jours, qui furent également, pour les deux Girodias, huit jours d'absence du bord.

— Ils visitent la ville, se disait Barbedier.

Et lui-même en faisait autant pendant ses loisirs forcés. Mais, quand même, les allures mystérieuses des deux frères continuaient de le surprendre. Il fallait que les deux jeunes gens fussent retenus à Saint-Augustin par un autre intérêt que celui qu'ils pouvaient prendre à la ville. Car celle-ci peut être vue et apprise en deux heures. Et les environs n'offrent aucune occasion de chasse, car ils ne présentent que des terrains depuis longtemps cultivés et où les cotonniers abondent. La ville est la plus ancienne de l'Amérique du Nord, fondée en 1565, vingt ans avant le premier essai de colonisation des Anglais dans les Carolines, et son seul intérêt est qu'elle peut passer pour une relique des temps anciens.

La population y est extrêmement mélangée. On y rencontre un peu tous les types et surtout tous les aventuriers prêts à quelques mauvais coups, pourvu que ces mauvais coups fussent bien payés : nègres, métis de noirs ou d'indigènes, chasseurs de profession, colons, Américains du nord, gens à tout faire, en quête de la vie du lendemain.

Et Barbedier ne fut pas peu surpris de voir — le hasard le servit — que les Girodias faisaient leur compagnie ordinaire de ces aventuriers.

— Je les croyais plus distingués, se disait l'honnête capitaine.

Il voulut même les prévenir, songeant que ces fréquentations provenaient sans doute de l'inexpérience qu'avaient les deux frères d'un pareil monde, mais un ordre imprévu de Girodias l'en empêcha.

La goélette levait l'ancre pour aller reprendre son mouillage dans la crique Pablo de la baie de Nassau.

— Je ne comprends plus, se disait Barbedier.

Mais, haussant les épaules :

— Après tout, je n'ai pas besoin de comprendre.

Et la *Némésis* déploya ses voiles.

A la crique, cachée dans sa forêt de plantes exubérantes, la goélette ne passa que deux jours et, pendant ces deux jours, les Girodias reçurent à bord la visite de trois individus vêtus de cuir, aux larges chapeaux, armés de couteaux et de carabines, qui, certes, n'étaient pas faits pour inspirer confiance. Ils appartenaient, tous les trois, à cette race de métis indiens qui fournit en général la moitié des voleurs et des assassins dans tous les États d'Amérique. De beaux hommes, du reste, et de rudes gaillards, grands, lestes, les épaules larges, admirablement découplés, tireurs adroits et cavaliers infatigables.

Du pont de la *Némésis* on voyait leurs trois robustes poneys, laissés sur la rive, paître en liberté.

Ces trois aventuriers s'appelaient Mac-Lee, Tob-Roy et Catlin.

Ils s'entretinrent longuement avec les Girodias.

Puis, le canot qui les avait amenés les reconduisit; on les vit sauter sur leurs chevaux et disparaître, avec la rapidité et la légèreté d'oiseaux, dans les hautes herbes.

Le jour même, un nouvel ordre à Barbedier :

L'ordre d'entrer dans le fleuve Saint-Jean et de le remonter tant que le permettrait le tirant d'eau de la goélette, c'est-à-dire, à ce que l'on pouvait prévoir, jusqu'au delà de Jacksonville.

Trente milles seulement séparent Jacksonville de la crique de Pablo : ce fut, pour la rapide *Némésis*, l'affaire de quelques heures, et bientôt Jacksonville apparut sur la rive gauche, dans une plaine basse et sablonneuse qu'entouraient des forêts superbes. La ville est un composé de cases en bois, de maisons en torchis, de bâtiments en briques, au milieu desquels cependant se remarquent quelques constructions d'un aspect plus confortable.

La goélette dépassa la ville sans s'arrêter, mais à partir de là sa marche devint prudente, à cause des bancs de sable qu'elle pouvait rencontrer et contre lesquels elle se fût échouée.

On passa sans encombre.

Et Barbedier fit jeter l'ancre dans une anse formée par le fleuve en pleine solitude, sans habitation et sans nulle trace humaine, en face des immenses marais de Diego.

Depuis quelque temps, dans toutes ces allées et venues, Barbedier ne faisait plus qu'obéir.

Mais de plus en plus sa curiosité était surexcitée.

— Où diable nous mènent-ils, à la fin, ces singuliers garçons ?

Il allait bientôt le savoir.

La maison d'habitation de M. de Méricourt, le ranchman des Sables-Rouges, du fleuve Saint-Jean, chez lequel M. de Villefort avait trouvé l'hospitalité, était pareille à un fortin, entourée d'un mur crénelé; et comme elle était bâtie dans une île du Saint-Jean, on l'avait reliée à la terre ferme par un pont-levis.

Derrière le pont-levis, une grille, ouvrant sur une

admirable avenue plantée de fleurs rares et merveilleuses au bout de laquelle la maison.

Celle-ci se composait d'un bâtiment principal, à pi-
liers en brique et à toit plat, entourée de vérandas et de
balcons ombragés par des arbustes grimpants. Elle était
flanquée de deux pavillons en pierre. Les deux ailes en
retour constituaient les communs, les logements des
serviteurs, les hangars, les écuries, les greniers à coton,
les entrepôts pour les récoltes de fruits et de sucre. Des
pelouses, des jets d'eau, du gazon toujours vert, des
charmilles pleines d'ombre et de parfums, une terrasse
bordée de cèdres et de laquelle on découvrait tout un
immense horizon de paysage, des scieries, des moulins
à broyer le sucre et à peigner le coton, telle était en
raccourci l'habitation des Sables-Rouges.

M. de Méricourt, qui était veuf, vivait là avec ses deux
jeunes fils.

— Vous serez le bienvenu, avait-il dit à l'exilé lorsque celui-ci lui avait fait le triste récit du drame dont il
était le héros. Oui, vous avez été bien inspiré lorsque
vous avez pensé à nous... Vous retrouverez auprès de
nous le calme de votre esprit. Vous oublierez un peu,
au milieu des préoccupations et des travaux de notre vie
active. Cette vie, elle-même, vous intéressera par sa
nouveauté... Pendant ce temps, ceux que vous avez
laissés en France et qui vous aiment vous rendront
l'honneur. Et vous rentrerez à Villefort la tête haute, enfin... pour y être heureux.

Horace s'était contenté de répondre, très ému :

— Que Dieu vous entende, et — quelle que soit
l'amitié que j'ai pour vous et qui, en toute autre circonstance, me retiendrait plus longtemps près de vous —
que ce soit le plus tôt possible, car j'ai grandement
souffert et mon âme a besoin de repos.

Il s'était mis tout de suite à l'existence des autres.

Levé avec le jour, il partait à cheval, en compagnie de M. de Méricourt ou de ses fils, et parcourait les plantations, les cultures, les forêts, les paddocks d'élevage, s'occupant de tout, ayant une fièvre de travail qui réussissait, parfois, à amortir ce que ses souvenirs avaient de trop aigu, mais qui, pourtant, ne domptant pas entièrement ce corps si robuste, laissait l'âme vagabonde rêver de France, quand tombait la nuit.

Et pouvait-il rêver de la France lointaine sans penser à Colette? Il s'en défendait pour ne point sentir son courage s'amollir, mais l'image chérie revenait sans cesse peupler son sommeil, et qu'elle était ravissante ! Qu'il était grand, puissant, irrésistible, le charme de ces yeux de jeune fille !

Le soir, avant de se mettre au lit, Horace écrivait presque régulièrement le journal de sa vie et il l'envoyait à Saint-Augustin toutes les fois qu'il savait qu'un bateau en partance allait relier à des stations plus fréquentées ces parages perdus de la péninsule floridienne.

Il comptait les jours que mettrait son premier courrier pour parvenir jusqu'à Clisson.

Et il comptait aussi les jours qui le sépareraient ensuite de la réponse.

Le jour où il aurait dû recevoir des nouvelles de Villefort arriva enfin et un volumineux paquet renfermant des lettres et des journaux de France fut remis à M. de Méricourt.

Horace attendait, les mains tendues, pâle et anxieux.

M. de Méricourt ouvrait le paquet, compulsait, examinait.

— Il n'y a rien pour vous, mon pauvre ami...

— Rien ? dit Horace, dont la voix tremblait.

— Absolument rien '

Peut-être avait-on reçu ses premières lettres trop tard. Alors, on n'avait pas eu le temps de répondre ! Il chercha des raisons à ce silence, mais les raisons, si bonnes qu'elles fussent, ne le consolaient guère.

Le second courrier arriva.

Et comme le premier il ne contenait rien pour M. de Villefort.

— Voilà qui est singulier, dit-il... Que s'est-il passé?

Il ne pouvait pas se douter que par l'intervention criminelle d'un complice, les Girodias interceptaient toutes ses lettres et qu'à Villefort, jusqu'à la veille du départ du marquis, la duchesse avait ignoré la retraite de son fils.

Au moment où la *Némésis* vint s'ancrer dans le Saint-Jean, en face des marais de Diego, le duc n'avait encore reçu aucune nouvelle des siens.

Le yacht était trop loin des Sables-Rouges pour qu'on se doutât, chez M. de Méricourt, de sa présence.

En outre, il était caché dans une anse tout enveloppée de grands arbres et invisible de l'une comme de l'autre rive.

Les précautions avaient été prises ainsi sur l'ordre des Girodias, car il était évident qu'on se fût ému aux Sables de la présence d'une goélette française dans ces déserts, si loin de la patrie, et que M. de Méricourt n'aurait pas manqué, par courtoisie, de venir se mettre à la disposition de ses compatriotes.

Au ranch, on ne se douta de rien.

La *Némésis* avait passé inaperçue pendant une nuit très sombre et l'anse où elle mouillait se trouvait à plusieurs lieues de l'extrémité même de la propriété de M. de Méricourt.

Autour d'elle, des forêts, des lagunes et des marais.

Cependant il y avait à peine quatre ou cinq jours que

la goélette était à l'ancre, lorsque M. de Méricourt, en
sortant de table, un soir, prit Villefort à part et lui dit :

— Mon cher Horace, je dois vous mettre sur vos gardes,
comme, du reste, nous nous y mettons nous-mêmes,
mes fils et moi...

— On se met sur ses gardes, lorsque l'on court un
danger...

— Ou bien lorsqu'un danger est possible, alors même
qu'on ne le prévoit pas... cela s'appelle de la prudence...

— Expliquez-vous, cher ami.

— Voici... Deux de mes hommes, qui étaient partis à
la recherche de chevaux volés, et qui, entre paren-
thèses, n'ont pas pu mettre la main sur ces chevaux,
ont rencontré à quelques milles d'ici trois aventuriers,
vauriens de la pire espèce, fort connus dans le pays et
que nous n'avions point revus depuis quelques années.

— Ces aventuriers ?...

— Des métis indiens qui ne vivent que de rapine, de
vol et de pillage, et auxquels un assassinat ne fait pas
peur... Je les connais ; je les ai vus plusieurs fois, tantôt
à Jacksonville, tantôt à Saint-Augustin... Ils s'appellent,
je crois, Mac-Lee, Tob-Roy et Catlin... Je ne vous
apprendrai pas que la police floridienne est si mal
faite qu'on peut considérer qu'elle n'existe pas... Ces
vauriens, écumeurs de grandes routes, vivent donc sur
notre territoire en parfaite sécurité.

— Mais qu'ai-je à redouter ? Je ne suis rien, je ne
possède rien, et ils ne me connaissent pas. Ils volent
par intérêt, et je suppose qu'ils n'assassinent point par
plaisir ?

— Toujours est-il que je vous conseille de ne plus
sortir que bien armé. Une bonne carabine, portant
bien la balle, et un bon revolver sont des instruments

qui peuvent rendre parfois d'inappréciables services.

— Soit... pour votre plaisir, je suivrai votre conseil.

— Et sortez seul le moins souvent.

M. de Méricourt ne se trompait pas.

Les trois aventuriers étaient dans le pays.

Le gentilhomme, voulant les tenir à l'œil, détacha plusieurs de ses hommes pour les dépister, les suivre, deviner leurs intentions.

Mais au bout de trois jours les hommes revinrent en disant que les métis avaient disparu.

Il avait été impossible de retrouver leurs traces.

— Ma foi, tant mieux, dit M. de Méricourt; j'aime autant qu'ils aillent se faire pendre ailleurs... Néanmoins, veillons !...

Mac-Lee, Tob-Roy et Catlin étaient trop habitués à la vie des bois pour ne pas s'être aperçus tout de suite de la surveillance dont ils étaient l'objet.

Aussitôt ils disparurent.

Mais ils n'étaient pas loin.

La Floride fut longtemps le théâtre de guerres, de révoltes et de massacres, et il est peu de contrées parmi celles qui forment les États de l'Amérique du Nord où se trouvent autant de fortins destinés à protéger les colons et à observer les indigènes.

Celui qu'on appelle aujourd'hui le « Fort abandonné » est de ce nombre et c'est là que s'étaient réfugiés les trois bandits.

Nulle retraite au monde ne pouvait être plus invisible.

C'était véritablement un quartier général d'où devait partir un noir dessein, et où devaient se combiner au milieu de la solitude, du silence et des ténèbres, les lâches attentats.

Il ne restait de ce fort que des pans de murailles, des trous, des caves, le tout environné, recouvert, étouffé pour ainsi dire par une extraordinaire végétation : la nature puissante, exubérante de ce beau pays, avait repris possession de ce terrain qui avait été conquis sur elle par la main de hommes, et le fort était devenu le repaire de reptiles venimeux, d'insectes étranges aimant l'obscurité, grouillant de bêtes inconnues, où la vie, l'éternelle lutte par la mort, se manifestait entre des êtres immondes que fait fuir et que fait mourir un rayon de soleil.

Dans une cave protégée par des pans de murs en-guirlandés de feuillages splendides et par-dessus les quels s'étendait un plafond de lianes, ces bandits se concertaient, assis sur les selles de leurs chevaux ca-chés dans une autre partie souterraine de l'ancienne forteresse.

— Ils ont deviné notre présence dans le pays, aux Sables-Rouges.

— Oui... mais cela nous importe peu...

— Les Français de la goélette nous ont donné dix jours pour l'exécution de leur projet contre l'homme du ranch.

— En voilà déjà six d'écoulés.

— Il en reste quatre ; c'est plus qu'il ne nous en faut...

— Nous avons été suivis, mais maintenant ils doi vent nous croire partis.

— Ils reprennent confiance...

Ils se turent, paraissant réfléchir et tirant de fortes bouffées bleues de longs cigares minces et noirs qu'ils fumaient sans cesse.

Le plus jeune des trois était Catlin.

Il demanda à Tob-Roy, qui était le plus vieux :

— Avez-vous formé un plan, Tob ?

— Oui...

— Lequel ?

— Les Français de la goélette veulent avoir leur homme vivant...

— C'est leur affaire : ils payent, ils commandent.

— Ils nous ont fait jurer...

— Et nous avons juré...

— C'est donc vivant qu'il faut le prendre...

Mac-Lee n'avait encore rien dit.

Il étendit la main vers un paquet de cordes dont il saisit une des extrémités. Le paquet se déroula et, dans sa main adroite et vigoureuse, un lasso se dénoua, vibra, serpenta au-dessus des trois têtes...

— Voilà, dit-il ; rien de plus facile et rien de plus simple.

— Mac-Lee a raison, Catlin, dit Tob-Roy... le lasso...

— Mais où rencontrer l'homme du ranch ? Il va partout... sans but... un jour aux plantations, le lendemain dans la forêt, une autre fois au paddocks... Que faire ? Nous n'avons que quatre jours devant nous...

— Ce qu'il faut faire ? dit Mac-Lee... nous diviser...

Et comme les deux autres bandits faisaient un geste d'inquiétude et de surprise, Mac-Lee se hâta d'ajouter :

— Chacun de nous ne vaut-il pas cet homme?... Avez-vous peur ?

Ils haussèrent les épaules.

Oui, ils étaient braves.

— Nous connaissons jusqu'à un certain point, reprit Mac-Lee, les habitudes du Français. Nous pouvons donc être sûrs que l'un de nous se trouvera en sa présence, sur un territoire ou sur l'autre, demain par exemple, si tous les trois nous battons en entier ce territoire... Le Français ne sort jamais de la propriété de M. de Méricourt, et cette propriété n'est pas si grande que l'on ne puisse en faire cinq ou six fois le tour à cheval dans la journée.

— C'est juste.

— J'ai remarqué que le Français suit toujours les mêmes chemins : celui qui conduit aux paddocks, celui qui conduit à la forêt, celui qui descend à la rivière... Chacun de nous se postera sur un de ces trois chemins.

— Et le coup fait ?

— Rendez-vous ici, au Fort abandonné.

— Et le coup manqué ?

— Rendez-vous ici quand même pour aviser.

Deux des trois se couchèrent sur le sol pour dormir sur la selle servant d'oreiller.

Mac-Lee veilla le premier pendant deux heures et réveilla ensuite Tob-Roy, qui prit la garde et la passa à Catlin au bout du même temps.

Il ne faisait pas encore jour lorsque Catlin réveilla ses compagnons :

— A cheval !

Ils étaient trop coutumiers de ces sortes de réveils pour être longtemps à faire leurs préparatifs de départ.

Le jour n'avait pas paru, ils étaient partis.

— A ce soir !

Et chacun d'eux prit la direction du poste qui lui était assigné.

C'est Mac-Lee que nous suivrons.

Le bandit, confiant dans le pied comme dans l'instinct de son cheval, le laissait aller à sa guise au travers des lagunes et des marais de la forêt vierge.

Au bout de deux heures il s'arrêta, descendit, laissa la bride sur le cou de son cheval et lui dit tout bas :

— Va-t'en !

La bête, docile, obéit, fit quelques pas dans un fourré et disparut.

Alors, Mac-Lee, glissant comme un reptile, gagna une sorte de sente fréquentée qui, traversant la forêt de cyprès, aboutissait, à l'autre lisière, à l'établisse ment d'élevage de M. de Méricourt.

C'était la route la plus fréquemment suivie par Ville-fort.

Ce même matin, Horace, dès l'aube, avait fait sceller son cheval.

Il était parti seul, armé seulement de son revolver.

Tout d'abord il traversa ces plantations toutes pleines d'une végétation luxuriante, d'une variété infinie, aux couleurs les plus splendides, et de laquelle n'approche pas la beauté du plus riche des parterres d'Europe.

Par les mille petits chemins que suivait son cheval, il côtoyait des bois de cocotiers, se perdait dans des massifs immenses de limoniers, d'orangers et de pamplemousses, pénétrait dans les labyrinthes formés par les arbres du bois-corail, aux tiges d'un rouge de sang, dont les fleurs cramoisies se recourbent en forme de cimeterre.

De loin, sous le soleil qui brusquement venait de surgir à l'horizon, les cimes de ces arbres paraissaient couronnées de flammes.

Les bananiers alternaient avec les plantations de café dont les arbustes dépassaient parfois la hauteur de six mètres.

Puis, tout à coup, il se trouvait devant de menus sentiers où couraient par milliers des couleuvres inoffensives et qui coupaient en carrés les roseaux gigantesques des plantations de cannes à sucre.

Épars dans la fertile plaine où il galopait, des girofliers, des arbres à vanille, des poivriers, des gingembres et des lauriers-canneliers.

Avant l'arrivée à la forêt de cyprès, il restait un kilo-

mètre à parcourir et la promenade se fit sous l'ombre
constante des quinconces d'oliviers, des cocotiers et des
palmiers, des figuiers et des grenadiers, que domi-
naient, **par** intervalles et de très haut, les sommets
touffus des manguiers.

Puis, Horace remit son cheval au pas et s'engagea
sous les cyprès.

Du côté des Sables-Rouges, la forêt, jadis maréca-
geuse, avait été assainie par M. de Méricourt qui l'ex-
ploitait, mais elle s'étendait au loin sur plusieurs lieues
et c'était elle qui, sans une discontinuité, aboutissait au
Fort abandonné.

Il n'y avait pas une demi-heure que le duc chevau-
chait sous bois lorsque son cheval, intelligente bête,
renâcla, s'arrêta, pointa les oreilles, donnant quelques
signes d'inquiétude.

Le duc s'en aperçut, regarda de tous les côtés.

Il ne vit et n'entendit rien, mais, par précaution, il
arma son revolver.

Soudain, et dans la même seconde, quelque chose de
souple et de brutal à la fois s'abat autour de lui, comme
un cercle qui, passant autour de sa tête, lui enlace le
buste et lie ses bras.

C'est un lasso.

Il veut se défendre, il n'en a pas le temps.

Une brusque poussée le désarçonne et son revolver
tombe dans les broussailles, inutile. Le cheval, effrayé,
s'enfuit à travers bois.

Le duc veut se relever, il ne le peut.

Deux genoux pèsent sur sa poitrine et en un clin
d'œil, avec une rapidité étonnante, vraiment comme si
tout cela se passait dans un rêve, le lasso l'entoure, lui
lie les bras, les jambes, les pieds, rendant impossible
le moindre de ses mouvements.

L'homme qui vient de l'attaquer, c'est Mac-Lee.

Et, à la description que M. de Méricourt lui a faite quelques jours auparavant des trois bandits, Villefort ne doute pas.

Il a en ce moment affaire à l'un des trois.

— C'est à moi que vous en voulez? dit-il... Je suis étranger et depuis peu de temps dans le pays...

L'homme ne répondit pas.

M. de Villefort avait parlé français.

Il répéta sa question en anglais.

Alors Mac-Lee dit :

— Vous êtes le duc de Villefort?

— Oui.

— C'est bien au duc de Villefort que nous en avons...

— Que prétendez-vous faire?... Vous me garrottez ; c'est donc que vous n'avez pas envie de m'assassiner ?...

— Vous serez renseigné bientôt.

— Vous n'agissez pas pour votre compte?...

— C'est possible.

Tout à coup un éclair dans l'esprit d'Horace.

Est-ce que la haine des deux frères l'aurait poursuivi jusqu'en ces solitudes?

— Les Girodias? demande-t-il.

Mais Mac-Lee reste muet.

Il vient de lancer un coup de sifflet étrangement modulé.

On entend un craquement de branches et le cheval du bandit apparaît.

Mac-Lee enlève le duc, le pose en travers, s'élance en selle et presse de ses genoux robustes les flancs de sa monture.

Le cheval, sous son double fardeau dont il ne semble même pas se soucier, bondit à travers les épines, dégringole dans les ravins, traverse les mares, saute de pierre en pierre, de roche en roche, sur les escarpements qu'il ne se donne même pas la peine de tourner, pareil à une chèvre dont il a la maigreur, trouant les enchevêtrements de lianes épaisses, les ronciers inextricables où des êtres humains n'auraient pu passer sans s'y créer un chemin avec la hache.

Et après cette course échevelée, il dépose son prisonnier dans la cave du Fort abandonné.

Il était temps que la course prît fin.

Le duc avait l'air d'un cadavre.

Il ne respirait plus.

Mac-Lee lui délia les bras, lui frictionna les tempes, le front, avec du rhum, lui ouvrit les dents, convulsivement serrées, avec la pointe de son couteau, et lui introduisit une gorgée de la liqueur forte.

Il lui fit reprendre connaissance.

Le duc se souleva, mais fut obligé de rester assis, à cause de ses liens.

Mac-Lee, comme s'il venait d'accomplir la besogne la plus naturelle du monde, mettait un peu d'ordre dans le campement improvisé.

— N'ayez pas peur, vous ne resterez pas longtemps ici, dit-il... Nous vous conduirons ce soir dans un appartement plus confortable.

En pleine possession de son sang-froid, le duc commençait à trouver l'aventure originale.

Il y allait sans doute de sa vie, mais cette considération ne pouvait pas empêcher son insouciance, ni entraver sa liberté d'esprit.

Il suivait curieusement de l'œil les allées et venues de Mac-Lee.

L'homme, après avoir rangé, s'occupa de cuisine.

Il y avait des canards et des sarcelles qu'un des

trois bandits avait tués la veille en chassant sur un marais voisin.

Mac-Lee les pluma, les vida, les fit rôtir consciencieusement et en dévora une belle part.

Le soleil était haut, avait atteint la moitié de sa
course.

Le duc ressentit les tiraillements de la faim.

Alors, gaiement :

— L'homme ? Est-ce que celui pour le compte duquel
tu as si bien travaillé t'a donné pour mission de me
laisser mourir de faim ?

— Non.

Mac-Lee lui jeta une sarcelle rôtie.

Ce n'était pas d'une cuisine succulente, mais enfin,
cela était supportable.

Quand il eut mangé, Mac-Lee lui tendit sa gourde
remplie d'eau.

— Merci... Quand partons-nous ?

— La nuit...

— Et nous irons loin ?

— A quelques heures, seulement.

La curiosité du jeune homme était vivement surexcitée.

— A quelques heures ? se demandait-il... Mais je ne
vois pas d'habitation avant Jacksonville, en descendant
le cours du Saint-Jean... Et je n'en vois pas davantage
dans la remontée...

Mac-Lee entendit, mais ne répondit pas.

L'après-midi s'écoula ainsi. Le bandit ne quitta pas
son prisonnier.

A la tombée de la nuit, les deux autres revinrent.

D'un coup d'œil ils comprirent que Mac-Lee avait
réussi.

Catlin dit :

— Nous nous en doutions... on le cherche... Le cheval est revenu seul au ranch et dans la forêt de cyprès on a retrouvé le revolver.

— Ils ne viendront pas jusqu'ici...

— Peut-être... J'ai cru entendre leurs limiers de chasse...

Mac-Lee se leva d'un bond.

— S'ils ont lancé leurs chiens, dit-il, il faut partir... tout de suite.

— C'est notre avis.

— Quelle avance avons-nous?

— Une demi-heure.

— Alors, tout va bien.

La conversation avait lieu dans le dialecte séminole.

Villefort n'en comprit pas un mot.

Cinq minutes s'écoulèrent. On hissa Horace en croupe sur le cheval de Mac-Lee, les jambes libres, mais lié par la taille au buste du bandit et les mains garrottées.

Et à fond de train ils partirent.

La pluie se mit à tomber à torrents, et en quelques minutes il n'y eut plus partout que des fondrières ; les chevaux couraient toujours.

Il était impossible de distinguer à deux mètres autour de soi, tant la nuit était épaisse ; mais les bandits avaient les yeux des animaux sauvages, qui voient la nuit aussi bien que le jour.

Rien ne les ralentissait.

Cette pluie diluvienne, du reste, les sauva en ralentissant les limiers lancés à leur poursuite et qui perdaient à chaque instant, au milieu des flaques d'eau bourbeuse, le sentiment du gibier humain qu'ils suivaient.

On arriva, vers minuit, au bord du fleuve, sous de grands arbres.

Les trois bandits descendirent de cheval et mirent Villefort sur pied.

Puis, à intervalles régulièrement espacés, ils tirèrent trois coups de fusil en l'air, comme un signal convenu.

Ensuite, ils attendirent.

La pluie cessa. Un coup de vent balaya les nuages.

Et Villefort, debout, crut apercevoir, non loin de la rive, l'élégante silhouette d'un navire à l'ancre, les voiles dehors et prêt à appareiller.

Il était très intrigué.

Mais devant le laconisme des bandits, il avait renoncé à les interroger.

Bientôt, on perçut, dans l'épaisseur des hautes herbes qui poussaient dans le fleuve, le bruit d'avirons battant l'eau.

Les herbes s'ouvrirent, parurent se déchirer, et un canot fila jusque sur le sable de la rive, où il resta immobile.

Deux hommes en sortirent, sautèrent lestement, s'approchèrent des bandits.

Mac-Lee vint à eux en désignant Horace :

— Voici celui que vous nous avez priés de vous amener vivant.

Un des deux hommes lui tendit une bourse pleine d'or et répondit :

— Voici le complément de la somme qui vous a été promise.

Et, au comble de la surprise, Horace reconnaissait dans celui qui venait de parler, et dans l'autre qui accompagnait celui-là, les deux frères Girodias !...

A deux mille lieues de la patrie !

Les bandits, sans même remercier, sautèrent sur leurs chevaux et s'évanouirent dans les arbres où, sur

la terre molle et boueuse, la course de leurs montures
ne s'entendait même pas.

Horace avait un lasso qui lui entourait les jambes et
lui défendait tout mouvement de marche ; les Girodias
le soulevèrent chacun par un bras et le forcèrent à entrer dans le canot ; il ne se défendit point ; toute résistance était impossible ; les avirons s'abattirent et le
canot se dirigea vers la *Némésis*.

Il n'y avait aucun matelot sur le pont.

Pierre et Gaston aidèrent Horace à monter.

Un quart d'heure après, sans que personne à bord
eût paru s'émouvoir de ce drame mystérieux, le duc
était enfermé dans une cabine.

Les Girodias, à tour de rôle, se chargeaient de veiller
sur lui et de pourvoir à ses besoins.

Entre eux et Horace, pas un seul mot n'avait été
échangé.

Pierre remonta. Il voulait profiter du reste de la nuit
pour quitter ces parages, gagner Saint-Augustin au plus
vite, et la haute mer.

Il n'eut pas longtemps à chercher Barbedier.

Celui-ci était sur le pont.

— Faites lever l'ancre, monsieur, dit Pierre ; le navire est sous voiles... dans quelques minutes nous pouvons être loin...

— A vos ordres, monsieur, dit Barbedier d'un ton
froid... mais dès que le bâtiment sera en marche, je
vous demanderai quelques instants d'entretien.

Il y avait dans ce peu de mots quelque chose
d'énigmatique qui frappa Pierre Girodias.

Une demi-heure après la *Némésis* filait lentement dans
l'obscurité, à travers les entablements du Saint-Jean.

Le ciel s'était déblayé. Plus de nuages. Les étoiles
brillaient.

Bientôt il fit presque clair.

Une main s'appuya sur l'épaule de l'aîné des Girodias.

Pierre se retourna.

C'était le capitaine Barbedier.

Sans autre préambule, le marin s'expliqua :

— Monsieur, dit-il, je me trouvais cette nuit sur le pont au moment où vous et votre frère vous êtes descendus dans le canot pour aller à terre...

— Eh bien?

— Je me trouvais encore sur le pont lorsque le canot est venu accoster la *Némésis*, revenant de terre, et j'ai remarqué que vous ameniez un passager à bord de notre bâtiment.

— N'est-ce pas mon droit?

— Certes. Toutefois j'observais...

— Dites que vous espionniez !

Barbedier resta un instant silencieux.

Puis, gravement :

— Je ne vous espionnais pas. J'étais sur le pont parce que si c'est votre droit de recevoir à votre bord qui vous voulez, c'est mon devoir, à moi, de veiller à ce que, sur la *Némésis*, tous mes ordres soient rigoureusement exécutés... J'ai donc vu que le passager avait les jambes entravées et qu'il a fallu le hisser sur le pont, ce qu'il n'aurait pu faire sans votre secours...

— Ensuite? dit Pierre avec une légère ironie.

— C'est tout. J'ai maintenant une question à vous adresser et une observation à vous faire.

— Soyez bref... je n'ai pas dormi encore et je sens le sommeil qui me gagne.

— La question est celle-ci : Qu'allez-vous faire de cet homme ?

— Je ne répondrai pas.

— Bien... A présent, voici mon observation... Je me
suis engagé à votre service avec mes hommes pour
diriger votre bâtiment partout où bon vous semblerait.
Ni mes hommes, ni moi, nous n'avons entendu être les
complices d'un crime, — car ce qui s'est passé cette
nuit en est un, — et nous deviendrions vos complices
si nous consentions seulement à être des témoins indifférents de ce crime. Moi, je ne le veux pas. Une
partie de mes hommes dira comme moi.

Pierre haussa les épaules.

— La conclusion ? dit-il.

— C'est que, si vous ne relâchez pas sur-le-champ
votre prisonnier, je me considérerai comme dégagé vis-
à-vis de vous... J'avertirai mes hommes de ce qui se
passe et ils auront à choisir... Nous ne sommes pas des
forbans.

— Vous débarquerez à Saint-Augustin, dit Pierre
avec flegme... Vous trouverez là, aisément, un bateau
pour la Nouvelle-Orléans et pour New-York. Vous re-
gagnerez la France avec ceux qui voudront vous suivre.
Je compléterai comme je pourrai mon équipage... Donc,
vous êtes libre... Je pourrais peut-être vous gagner à
moi en vous disant que chacun de mes actes est dicté
par une cause juste... Je cherche à châtier un coupable... Je ne veux pas vous donner d'autres explications et que m'importe votre croyance ?... Toutefois ce
secret que vous avez surpris n'est pas le vôtre... Je
vous demande de ne point le confier à l'équipage.

— Soit !

Barbedier salua et alla se coucher.

Mais Pierre, toute la nuit, resta sur le pont, le front
assombri.

Nul soupçon parmi les hommes.

Une exception, pourtant : Malaquin.

Aux aguets des moindres gestes des Girodias, le matelot était monté dans un hauban, et là, caché à tous les yeux, il avait vu ce qu'avait vu Barbedier lui-même : le canot accoster et un homme, les membres entravés, monter sur la *Némésis*.

Il ne pouvait y avoir d'hésitation dans son esprit.

Ce prisonnier des Girodias n'était autre que Villefort.

Et la *Minerve* qui est perdue !

En dégringolant des enfléchures, le matelot était si ému qu'il faillit manquer pied et se rompre le cou.

En sautant sur l'arrière, il se secoua comme un chien mouillé.

Depuis des heures il recevait la pluie torrentielle, là-haut.

— Tout ça ne serait rien, disait-il en regardant son hamac, si M. le marquis avait reçu mes derniers signaux... Les a-t-il reçus ? Voilà le hic !

A Saint-Augustin, Barbedier débarqua.

L'équipage ne connut pas les motifs de cette disgrâce.

Et Barbedier tint parole en gardant le secret.

Il fut remplacé par le second, Mathieu Lehu, garçon très intelligent, audacieux, mais mauvaise tête, et qui, justement, dans cet équipage qui comptait un tiers d'aventuriers bons à toute besogne, prêts à tous les mauvais coups, avait été rangé jadis par Barbedier dans ce tiers.

Mais l'autorité du capitaine nivelait ces inégalités, et Lehu, tant que Barbedier avait commandé, n'avait pas pas bougé.

Il était tout à la fois brutal et insinuant.

Trente ans, alerte, brun de peau et de cheveux, les yeux noirs luisants, la bouche forte des hommes passionnés et violents, il eut bientôt conquis l'entière confiance des Girodias, qu'il sut prendre et flatter.

La *Némésis* ne relâcha pas à Saint-Augustin.

Elle retraversa la crique Nassau, laissa au nord l'île Amélia, et le soir la trouva voguant à pleines voiles dans l'Océan.

Malaquin avait espéré que la *Minerve* surgirait dans la crique.

Elle avait eu le temps de réparer ses avaries.

Et si le signal de Malaquin était parvenu au marquis, la *Minerve* devait croiser dans ces parages, guettant son ennemie.

Mais de *Minerve*, point. Ni le jour, ni la nuit.

Et Malaquin perdit l'espoir.

VIII

A MORT !

Le soir du deuxième jour, vers dix heures, par un temps très calme, par une nuit admirable, Pierre et Gaston Girodias ouvrirent la cabine de M. de Villefort.

La cabine donnait, de même que les autres, sur un couloir étroit qui aboutissait au salon des deux frères.

— Venez, monsieur, dit Pierre à Horace.

Horace était libre de toute entrave. Plus de lasso, plus de liens.

Il pénétra dans le salon étroit du yacht, luxueusement meublé à l'orientale, et, sur un signe de Pierre Girodias, il prit place dans un fauteuil.

Il ne se départit pas d'un calme absolu, et ce calme même n'était pas exempt d'une ironie froide, implacable, si aiguë que les deux frères pâlirent de rage en la recevant.

Ils s'assirent eux-mêmes en face de Villefort.

Ils espéraient peut-être, de la part de celui-ci, des reproches, des récriminations, toute une scène de violence.

Pas une parole ne tomba des lèvres de leur prisonnier.

Pierre rompit le premier le silence :

— Monsieur de Villefort, vous ne nous attendiez certes pas ?

— En effet... mais je vous savais capables de tout, vous ayant vus à l'œuvre.

Pierre inclina la tête à plusieurs reprises.

— Vous nous avez bien jugés...

Il croisa les jambes, se renversa dans le fauteuil.

— Monsieur de Villefort, vous nous avez échappé trois fois : la première fois devant le conseil de guerre qui vous a acquitté contre toute justice et contre toute prévision, au scandale de l'opinion publique qui s'est révoltée — vous en savez quelque chose — contre un pareil et aussi inique arrêt.

La seconde fois, par miracle, lorsque nous nous sommes battus en duel.

La troisième fois, par miracle encore — car il faut croire qu'un mauvais génie vous protège — dans les boues immondes de l'étang de Grandlieu.

Je crois que vous avez épuisé votre série de chances, monsieur, et qu'enfin vous allez être obligé de vous reconnaître vaincu...

Le duc fit claquer ses doigts et dit en souriant, hautain :

— Qui sait ? Dieu seul, en qui je crois, connaît l'avenir.

Les deux frères eurent un sinistre sourire.

On entendait clapoter les vagues contre les flancs de la *Némésis*.

D'un geste, Pierre désigna le hublot par lequel on apercevait la mer immense, doucement éclairée par la lune.

— L'avenir, dit-il... le voilà !... Une tombe dans l'océan.

— Messieurs, serait-ce pour me raconter ces histoires de l'autre monde que vous êtes venus me réveiller tout à l'heure ? En ce cas, permettez-moi, je vous prie, d'aller reprendre mon somme... Je sais que je suis à votre disposition... que je ne puis même songer à me défendre... Vous pouvez tout... Je ne peux rien. Vous êtes ou vous vous disposez à être des assassins... mais vous n'êtes point des bourreaux...

Et bâillant :

— J'ai une terrible envie de dormir; laissez-moi aller me coucher !

Les deux frères venaient de se lever.

Et tout à coup, devant ces deux figures osseuses brutalement découpées, aux fronts profondément ridés aux yeux pleins d'éclairs, devant ces lèvres où l'on eût dit que jamais, jamais, tant elles étaient tristes et sérieuses, n'avait fleuri un sourire, Horace se rappela les deux jeunes gens vêtus de noir, qui, graves et résolus, le lendemain de son retour à Villefort, étaient venus le condamner à mort.

Ils n'avaient pas changé.

C'était bien la même résolution de se venger, inébranlable.

C'était bien la même haine aveugle, — aveugle et sourde. Ils étaient vraiment beaux à force de haïr, et vraiment redoutables.

Malgré lui, Villefort les contemplait.

Il avait en eux deux ennemis qui ne pardonneraient jamais, mais quand même il les admirait parce qu'il voyait et reconnaissait en eux deux forces de la nature.

— Monsieur, dit Pierre, la situation aujourd'hui est pour nous la même que lorsque nous sommes venus vous trouver en votre château, au lendemain de votre acquittement... Ce jour-là, nous vous avons accusé, de nouveau, de la mort de notre père.

— Je ne répondrai plus à cette accusation, tenez-vous-le pour dit.

— Cela vous sera plus facile que de vous disculper. Des mois se sont écoulés depuis lors et vous auriez pu, si cela avait été possible, apporter la preuve à nous, qui sommes vos juges, que nous nous étions trompés. Vous ne l'avez pas fait. Vous n'avez rien fait. Nous n'avons pas changé d'opinion, et en vous nous voyons toujours l'assassin de notre malheureux père. Nous vous avons condamné à mort... Vous nous avez échappé... Aujourd'hui, nous vous tenons, nous ne vous lâcherons plus et, pour la seconde et suprême fois, mon frère et moi nous vous prévenons que vous êtes perdu et que vous allez mourir...

Le duc releva sa moustache blonde, qui retombait un peu, à la gauloise.

— Ce ne seront pas les avertissements qui m'auront manqué, monsieur, dit-il d'un ton ironique, et plaise à Dieu qu'avant votre dernier jour vous et votre frère vous soyez dûment prévenus, comme je viens de l'être !

Et se levant :

— Je suppose que vous n'avez rien à ajouter ?

— Non.

— En ce cas, bonne nuit, messieurs ; je vais dormir.

Il se dirigea vers la porte du salon.

— Un mot encore, fit l'aîné des deux frères.

Le duc eut un geste d'impatience, du reste aussitôt réprimé, et il attendit poliment :

— Vous ne nous demandez pas quand, quel jour et à quelle heure, nous comptons mettre à exécution le jugement que nous avons prononcé contre vous ?

Horace haussa les épaules :

— Cela n'a aucun intérêt pour moi, messieurs. Bonsoir...

Et poussant la porte :

— Si vous voulez bien prendre la peine, selon votre habitude, de venir me boucler dans ma cabine ?

Il les précéda dans l'étroit couloir.

En rentrant dans sa cabine :

— La double boucle, messieurs, si vous voulez !...

Les deux Girodias étaient pâles de colère.

Ils enfermèrent le duc.

Horace se déshabilla tranquillement, tout en fumant une cigarette.

Puis il se coucha et s'endormit, comme si, auprès de lui, à quelques pas, n'eussent point veillé ces deux haines.

Au salon, Pierre et Gaston restaient silencieux.

Ils réfléchissaient.

Maintenant que la sentence était prononcée, il fallait l'exécuter.

Oh ! nulle hésitation en eux.

Ils étaient résolus et leur cœur ne tremblait pas.

Pierre dit, laconique :

— Quand ?

Et Gaston, qui comprit, fit tout bas :

— Pourquoi attendre ? Pourquoi pas cette nuit ?

— Tu as raison ; ce sera cette nuit.

Il alla ouvrir un petit secrétaire et en tira un coffret.

Dans ce coffret il y avait un poignard.

Il le prit, l'examina.

Et des larmes, à tous les deux, leur vinrent aux yeux.

La lame était toute rouillée.

— Le sang de notre père, dit Gaston.

C'était l'arme qu'on avait retrouvée dans le dos de Girodias.

Pierre murmura :

— Nous le frapperons avec ce poignard...

— Ce sera justice.

En haut, le matelot de service piquait onze heures à la cloche.

— Onze heures... laissons-lui une heure encore...

— Il est brave !

— Oui... nous l'avions bien vu, déjà, quand il s'enlizait dans le marais...

— Très brave...

— Nous aurions pu l'aimer...

— Et c'est par nous qu'il va mourir !

Gaston répéta pour la seconde fois :

— Ce sera justice !

— Qui de nous deux le frappera ?

— Moi !

— Non, ce sera moi !

— Écoute, notre père nous aimait tous les deux...

— A l'égal l'un de l'autre...

— Tu es l'aîné, tu pourrais réclamer le droit de punir...

— Je le réclame.

— Non, frère, laisse-moi.

— Eh bien, remettons-nous-en au hasard, veux-tu ?

Gaston hésita, mais il savait que Pierre ne céderait pas.

— Soit, dit-il.

Sur un guéridon, il y avait un jeu de tric-trac, avec son cornet de dés.

Gaston prit le cornet, agita les dés.

— A qui tuera cet homme, dit-il froidement.

Et les dés roulèrent sur la table.

Gaston abattit cinq et trois.

— Huit ! A toi, Pierre...

Pierre remit les dés dans le cornet, agita celui-ci, abattit.

— Cinq et deux ! J'ai perdu...

Et Gaston, calme, comme s'il eût parlé d'une chose indifférente :

— C'est moi qui le tuerai !...

Ils restèrent l'un près de l'autre, silencieux.

Ils attendaient que l'heure sonnât.

Ils n'eurent même pas un frisson, quand, en haut, le matelot de service piqua, sur la cloche, les douze coups de minuit.

Gaston se leva, prit le poignard.

Gravement, il se dirigea vers la porte.

Avant de sortir, il échangea un regard avec son rère.

Puis la porte se referma.

Pierre avait dit :

— Je t'attends !

Cinq ou six pas à peine séparaient la cabine de Villefort du petit appartement des deux Girodias.

Et pourtant, Gaston ne les franchit pas tout de suite.

Lorsque, dans cet étroit couloir éclairé par une lampe électrique, le jeune homme se vit seul, il s'arrêta.

On eût dit non pas qu'il tremblait, mais qu'il était surpris.

Il essaya de respirer profondément.

Quelque chose de lourd venait de s'abattre sur son cœur.

Il attribua cette impression à la chaleur.

Il faisait très chaud, en effet : une nuit étouffante.

Il traversa le couloir.

Et contre la porte de la cabine, derrière laquelle le duc dormait, il s'appuya.

— Qu'ai-je donc ? murmura-t-il.

Regardant autour de lui :

— On manque d'air, ici.

Le hublot du fond était fermé.

Il alla l'ouvrir.

Pas un souffle n'entra et rien ne vint rafraîchir son front brûlant.

Gaston appuya son oreille contre la porte.

Il écouta longtemps.

Il n'entendit aucun bruit.

Alors, avec précaution, il introduisit la clef dans la serrure.

La clef tourna : il pressa la porte ; la porte s'ouvrit

Comme le reste du bateau, la cabine qui servait de prison à M. de Villefort était éclairée à l'électricité.

Elle ressemblait, cette cabine, à toutes les autres.

Un lit étroit, une commode-toilette, une chaise, une table se repliant contre la cloison, une glace, des patères, des ceintures de sauvetage accrochées au chevet du lit, à portée de la main, en cas de détresse.

Le lit était tourné de telle sorte que Gaston, en entrant, ne pouvait apercevoir Villefort, dont la tête était dans l'ombre.

Et le duc, couché, ne faisait aucun mouvement.

Gaston repoussa la porte.

Bien que personne n'entrât là à cette heure, il redoutait un témoin.

La porte claqua : Horace ne remua point.

— Il dort !

Lentement, assourdissant les pas, Gaston s'approche, le poignard serré convulsivement dans sa main.

Il touche au lit.

Il se penche, pour regarder l'homme qui va mourir.

Et il recule avec un geste brusque, un geste d'épouvante.

Dans le fond de l'alcôve, deux yeux très doux le regardent...

Les yeux d'Horace qui ne dort pas.

— Eveillé !

Aurait-il frappé s'il l'avait trouvé endormi ?

Et pendant quelques secondes — longues, éternelles — ils restent l'un près de l'autre, les yeux fixés dans les yeux.

Pas un mot ! ..

Pas un souffle, ni chez l'un ni chez l'autre !...

On eût juré qu'ils ne respiraient pas...

Pour tuer, Gaston a son arme.

Pour se défendre, Horace n'a pas d'autre arme que son regard...

Ah! comme il est doux, clair et lumineux, maintenant! Comme il reflète bien toute la droiture de cet homme loyal et sans reproche! Comme il reflète bien sa douleur d'être méconnu et sa pitié, une pitié immense, pour ceux qui le méconnaissent et l'accusent.

Et quel calme aussi, quelle sécurité, loin de toute épouvante

Le cœur de Gaston bat plus vite. Un flot de sang lui monte au visage.

Du fond de son être quelque chose de formidable lui crie :

— Frappe ! mais frappe donc !

Il y répond du fond de lui-même :

— Je vais frapper ! je vais frapper !

Mais son bras restait paralysé, lourd, lourd...

Ah ! ce poignard, comme il lui pesait !

Et les deux jeunes gens se regardent toujours, fascinés l'un par l'autre... vivant une vie entière en ces secondes mortelles.

Si Villefort avait fait un geste, s'il avait remué, si quelque chose de lui avait, de cette façon, par un symptôme vivant, rompu ce charme, fait évanouir ces effluves étranges qui s'échappaient de ces âmes, Villefort était perdu !

Mais rien ne remua.

Il n'y avait, dans ce beau garçon couché sur le lit étroit, d'existant que les yeux, des yeux qui disaient d'éloquents reproches.

Alors, Gaston se recula.

Il dissimulait son arme derrière son dos, machinalement.

Il recula jusqu'à la porte, s'y appuya.

De l'immensité où voguait la *Némésis*, des profondeurs du ciel bleu comme des profondeurs de la mer, de la brise qui passait dans le ciel comme du murmure lent des flots qui caressaient la goélette, une voix criait :

— Assassin ! assassin !

Et ce n'était pas un cauchemar...

Il l'entendait distinctement...

Et il lui revenait également le souvenir des paroles de Villefort quand il accueillait leurs menaces avec tant de mépris :

— Vous êtes des assassins... mais vous n'êtes point des bourreaux !...

La porte de la cabine céda...

Fut-ce sous sa pression, sous sa main tremblante ?

S'ouvrit-elle toute seule ?

Il se retrouva dans le couloir...

Et là, débarrassé de cette vision, loin de ces yeux si calmes et si doux, et si pleins de pitié et de mâle fierté... il essuya son front...

Puis, lourd, la tête basse, il rentra au salon.

A sa vue, Pierre se lève.

Il a un regard farouche vers le poignard.

Et il s'y trompe, au sang rouillé d'autrefois.

Il croit que le poignard est rouge du sang de Ville-fort...

— Eh bien ! Est-ce fait ?

Gaston ne répond pas. Sa gorge est contractée. Il étouffe.

— Remets-toi... Tu as fait justice... notre père est vengé... Moi, je me charge de nous débarrasser de ce corps en le jetant par le hublot... La mer gardera notre secret.

Il se dirige vers la porte.

D'un geste, Gaston l'a arrêté...

Alors, il voit l'étrange émotion de son frère...

Il saisit le poignard, le regarde de près...

Il passe même les doigts sur la lame, pour s'assurer.

Mais il n'y a rien là...

Et pour la seconde fois, ne comprenant pas, il redemande :

— Est-ce fait ?

— Non !

— Pourquoi ?

— J'ai eu peur

— Peur ! Toi !

— Oui... Il me regardait doucement, sans haine... Il me plaignait... C'était comme un regard d'enfant... et cela était terrible...

— Tu as eu peur de frapper !

— Oui... Et puis, j'ai entendu, oui, je te jure que j'ai entendu une voix qui me criait : « Assassin ! » Alors, je me suis senti faiblir... mon bras était mort... Enfin, je n'ai pas pu, frère... Je te demande pardon... mais je n'ai pas pu, frère, je n'ai pas pu !

Et il s'écroula dans un fauteuil.

Il cacha sa tête dans ses deux mains, sans doute pour échapper à l'obstinée vision qui le poursuivait.

Sombre, Pierre le regardait, les bras croisés...

Il n'eut aucune parole de dureté, aucun reproche...

Ils s'aimaient trop.

Gaston avait laissé tomber le poignard.

L'aîné des Girodias le ramassa.

Ses yeux eurent un éclair de haine sauvage.

— Tu n'as pas osé le tuer parce qu'il te regardait dit-il.

Et haussant les épaules :

— Eh bien, moi, j'y vais !

Brusquement, il sortit.

Dans son trouble, Gaston n'avait pas refermé la porte à clef.

Pierre entra sans bruit.

Et voilà qu'en entrant, en se trouvant dans cette cabine, il lui semble, comme à son frère, respirer une atmosphère plus lourde.

Puis il tressaille.

Il vient d'être frappé par une vision extraordinaire.

La vision d'un œil énorme cyclopéen, qui le regarde.

On dirait le regard même de la nature, de l'immensité, du monde entier attaché sur cet homme qui va commettre un forfait en tranchant la vie à un autre homme.

Pierre resté effaré devant cette chose qui le surprend, l'immobilise, comme surnaturelle, car au premier moment il ne se l'explique pas.

Mais la vision cesse.

Ce qu'il a vu, c'est le hublot ouvert sur la mer, sur la nuit, sur les lointains obscurs du ciel bleu au ras de l'eau.

Et le hublot est éclairé par des rayons de lune.

C'était l'œil gigantesque et le regard vitreux du hublot qui l'avait fait frémir et avait soulevé tout à coup chez lui sa conscience... le remords !

Pourtant, il se reconquiert très vite.

Il s'approche du lit, croyant trouver là, comme son frère tout à l'heure, le duc de Villefort éveillé et toujours calme.

Il se trompe.

Horace est endormi.

Pierre se penche presque à effleurer le visage du prisonnier.

La respiration est égale, régulière.

C'est un sommeil profond et réparateur, sans cauchemar assurément, et peut-être même sans un rêve.

Comme il fait très chaud, Horace a repoussé le drap et la couverture afin de respirer plus à son aise.

Il semble offrir sa poitrine au poignard, son cœur à l'assassin.

Machinalement, Pierre se retourne du côté du hublot.

Ce regard morne de la nature le gêne, pèse sur ses épaules.

Il aurait mieux aimé l'obscurité pour accomplir son œuvre.

— Il dort !

Si le duc avait été éveillé, Pierre se fût senti plus fort.

Frapper cet homme endormi, quelle lâcheté !...

Et son bras se lève, armé du poignard...

— Qu'importe !... Je suis le juge et je suis le vengeur...

Mais tout à coup, comme à Gaston, il y a quelques minutes, arrive jusqu'à ses oreilles le grondement d'une voix qui est celle de sa conscience, mais qui semble venir du dehors, des flots, des étoiles, par ce hublot ouvert.

Et la voix lui crie :

— Assassin ! assassin !

Son bras s'abaisse.

Des hallucinations le prennent.

— On a parlé ! On a crié ! Quelqu'un m'a vu !...

Il regarde autour de lui.

La cabine est si étroite qu'il ne serait pas possible à un homme de s'y cacher. Deux hommes, debout tous les deux, s'y gêneraient.

Alors, il a un sourire de mépris pour lui-même.

— J'ai peur, se dit-il, voilà la vérité... Personne n'a crié... et comme Gaston tout à l'heure je ne suis qu'un lâche...

Il revient près du lit.

Le sommeil d'Horace n'a pas été interrompu.

Ah ! comme le poignard s'enfoncerait aisément jusqu'au fond de cette jeune et robuste poitrine !...

Mais l'arme reste inerte.

Des doigts invisibles, plus puissants que toutes les puissances du monde, retiennent sa main et la réduisent à l'immobilité.

Un sanglot lui échappe, sanglot de rage, sanglot de désespoir.

— Je n'ose pas !

Il se recule.

Il regagne la porte et disparaît.

Au salon, Gaston, les deux mains sur les yeux, n'a pas bougé : il veut sans doute essayer de ne point voir le sanglant spectacle... qui se passe là, à quelques pas de lui...

Il relève le front en entendant son frère.

Et il a un regard d'horreur sur le poignard que l'aîné laisse échapper et qui tombe sur le tapis.

— Tu l'as tué ?

— Non.

— Pourquoi ?

— J'ai eu peur...

— Comme moi ?

— Comme toi !... Comme toi j'ai cru que le monde entier me voyait... Il y avait là un œil énorme... vitreux... au regard insupportable... J'ai eu peur...

Il appuya ses deux mains sur son front.

Et d'une voix altérée ·

— Ce n'est pas tout..

— Quoi donc encore ?

— Comme toi, j'ai entendu... aussi... tu sais... de partout... du fond de la mer... du ciel !... entendu distinctement...

— La voix, n'est-ce pas ? la voix ?

— Oui...

— Elle t'a dit comme à moi ?

— Elle a crié : « Assassin ! assassin ! »

— Alors, nous ne l'avons pas rêvé...

— Non... quelqu'un nous a vus...

— Quelqu'un nous regardait.

— Quelqu'un connaît notre secret.

— Quelqu'un nous espionne...

— Suis-moi... Viens là-haut !

Ils montèrent sur le pont.

Mais tout y reposait.

L'homme de service piqua un coup sur la cloche.

Il était une heure du matin.

Ils s'approchèrent du matelot de quart.

— Rien de nouveau ? demandèrent-ils.

— Rien de nouveau.

Cet homme, c'était Malaquin.

S'ils étaient venus un quart d'heure plus tôt, ils ne l'eussent point trouvé à son poste, et Malaquin eût été sévèrement puni.

Où était-il ?

Il connaissait, nous l'avons dit, la présence de Ville-fort sur le bateau. Et il n'avait pas été longtemps à deviner quelle était celle des cabines qui servait de prison au jeune homme.

Toutes les nuits, quand il le pouvait, sans craindre d'être surpris, il faisait descendre un grelin sur le flanc du yacht.

Il s'y accrochait et, suspendu au-dessus de l'abîme, il imprimait au cordage un mouvement de pendule jusqu'à ce qu'il pût se retenir à l'extérieur du hublot.

Là, il regardait.

Cette nuit-là, il avait fait comme les autres nuits.

Et il fut bien inspiré par son dévouement actif et intelligent.

Il vit Gaston Girodias, son poignard à la main.

Quand Gaston fut auprès du lit, Malaquin ne put retenir un cri d'horreur.

Et c'est lui qui avait jeté ce cri qui, grossi par les remords, avait semblé au jeune homme sortir de l'immensité.

Il remonta lestement sur le pont et reprit son poste,

craignant la brusque intervention des deux frères, si leurs soupçons étaient éveillés.

Ne voyant rien venir, il redescendit.

C'était à la minute même où Pierre entrait.

Comment Pierre, les yeux fixés sur la pâle lueur de ce hublot qui le fascinait, n'aperçut-il pas Malaquin ?

Ce fut un miracle.

Et comme il avait fait pour le plus jeune, il cria lorsque le bras de l'aîné se leva sur le cœur d'Horace, prêt à le frapper :

— Assassin ! assassin !

Quand Pierre fut sorti, il remonta.

Il était temps ; presque aussitôt arrivaient les deux frères.

Ils étaient encore si pâles et si troublés que Malaquin se dit :

— Ils ne recommenceront pas cette nuit. Je puis dormir tranquille...

Mais ses yeux allaient désespérément chercher, au fond de la nuit, sur les flots berceurs, les feux de la *Minerve*.

Rien n'apparaissait.

Les deux Girodias étaient rentrés au salon.

Longtemps ils restèrent silencieux, les yeux baissés.

Ils étaient comme honteux l'un de l'autre.

Tout à coup Pierre serra les poings :

— Nous avons été lâches, dit-il... Soit !... Il n'est pas sauvé pour cela... Je m'y prendrai autrement... tu verras... Et ce que je lui prépare sera si terrible que, malgré son courage, s'il pouvait soupçonner ce que je rêve, Villefort en serait épouvanté !

Horace dormit toute la nuit sans se réveiller.

Le matin, lorsqu'il ouvrit les yeux, lorsqu'il se rappela ce qui s'était passé la veille, il murmura :

— Comment suis-je encore en vie ?

La vision de Gaston, armé d'un poignard, s'approchant de son lit, se penchant au-dessus de lui, cette vision lui revint très nette.

Il l'avait regardé sans peur.

Et ce que Gaston avait compris, c'était bien ce qu'exprimaient les yeux de M. de Villefort :

— Je vous plains !

Une autre vision, aussi, revenait à son esprit, mais moins nette.

Gaston était parti, il avait quitté la cabine.

Et presque aussitôt une autre figure, plus haineuse encore et plus sombre, s'était penchée sur son lit.

La figure de l'aîné des deux frères.

Il avait cru voir un poignard dans la main de Girodias.

Avait-il bien vu cela ?

Ou plutôt n'avait-il pas rêvé à partir de cette minute ? ne le sut pas, car il s'endormit complètement.

IX

LA RÉVOLTE

La *Némésis*, maintenant, était sous les ordres de Lehu.

Il n'y avait presque point de brise, de telle sorte qu'elle ne filait guère que huit nœuds. Le temps, depuis la terrible tempête, n'avait pas cessé d'être au beau, sans pour cela tomber au calme absolu. La jolie goélette ne donnait à l'équipage d'autre peine que de changer de temps en temps les amures, d'ajouter ou de

retrancher un peu de toile. Depuis longtemps elle avait
quitté la mer des Antilles.

Comme la chaleur était toujours suffocante, presque
insupportable, Lehu abandonna ce voisinage du tro-
pique pour gagner le 37e parallèle, où l'on eut la chance
de rencontrer des vents plus vifs. La température devint plus fraîche et plus supportable.

L'équipage s'ennuyait. Et lorsque l'ennui s'attaque
aux âmes comme un ver qui fait son trou, c'est pour y
amener en même temps, par la même brèche, toutes
les imaginations bonnes ou mauvaises.

Le départ de Barbedier avait été très commenté, interprété diversement. Ce départ si brusque, qui ressemblait à un renvoi, alors que le capitaine était aimé de
tout l'équipage ; ce débarquement à Saint-Augustin, si
loin de France, mesure extraordinaire qui ne pouvait
être appliquée que comme la punition d'une faute très
grave, tout cela faisait marcher les langues, réfléchir
les esprits, et tout cela, également, avait fortement mé-
contenté les hommes.

Jusqu'alors, il n'y avait pas eu de cohésion entre eux.
Recrutés partout, rebut de tous les bateaux marchands,
ils n'avaient d'autre point commun que le travail sur le
yacht, mais leurs idées n'avaient pas encore trouvé
l'occasion de se réunir : ils s'épiaient, se détestaient,
dans cette existence étroite qui fait souvent des amitiés
profondes ; le renvoi de Barbedier, en excitant leur
colère, leur donna une pensée commune et fit justement la cohésion qui manquait à cet équipage.

Le mécontentement était général : ce fut le lien entre
ces hommes.

Des murmures avaient éclaté lorsque fut connue la
mesure rigoureuse et incompréhensible qui frappait
Barbedier.

Il fallut toute l'autorité de Lehu pour rétablir la discipline.

Mais une rancune demeurait au fond de ces cœurs contre les Girodias ; c'était du reste — cette rancune — le prétexte, confus en leur esprit et qu'ils cherchaient peut-être depuis longtemps, de donner l'essor à ce qu'il y avait chez eux de mauvais intincts et de mauvaises passions.

Cet état d'esprit ne fût point né sans doute avec Barbedier.

Lehu ne tarda pas à s'en rendre compte.

Il comprit qu'il serait impuissant à l'enrayer.

Et, au lieu de le tenter, il fit, en dessous, cause commune avec eux.

Il les surexcita même par des punitions pour des fautes légères, en ayant bien soin, à chaque fois, de rejeter la responsabilité de ces punitions sur les deux Girodias.

— Ce n'est pas moi qui vous punis... Vous savez que je punis rarement... Et je regrette de vous mettre à la cale, car vous êtes tous de braves gens, et je sais qu'en toute occasion on peut compter sur vous.

Chaque fois, il ne manquait pas d'ajouter cette phrase, en appuyant sur chaque mot avec une intention évidente :

— Je sais qu'en toute occasion on peut compter sur vous...

Les hommes contenaient leur colère.

Et si les Girodias n'avaient pas été si occupés de leur propre haine, ils auraient surpris bien des regards sombres, et deviné peut-être que des ferments de révolte prochaine couvaient au fond de ces âmes.

Lehu faisait ponctuellement son service, apportant partout la surveillance la plus méticuleuse.

Il relevait minutieusement le point, tenait à jour le
livre de loch, s'occupait de tout, était presque toujours
parmi les matelots. Il maintenait une discipline rigoureuse, inflexible, sachant bien qu'il ne pouvait avoir
son équipage dans la main, pour le jour qu'il choisi-
rait, que de cette façon. Malgré tout, les punitions
étaient fréquentes. Cinq ou six hommes, parfois,
étaient en prison simultanément.

Mais toujours Lehu n'était que l'exécuteur des
ordres émanant des Girodias.

S'il faisait mine, souvent, d'implorer pour ses matelots, il n'était pas heureux et ne réussissait guère, car
il s'en revenait auprès des condamnés avec un redou-
blement de punitions pour toute indulgence.

Ce fut Lehu qui, le premier après Malaquin, surprit
la présence soigneusement cachée d'un étranger à bord
de la *Némésis*.

Et cette révélation fut pour lui un trait de lumière.

L'homme que l'on retenait prisonnier au secret,
contre tout droit, contre toute loi, Barbedier avait dû
connaître sa venue à bord.

Il avait dû s'y opposer.

Et Lehu se souvenait de certains propos que Barbedier avait tenus et par lesquels le commandant de la
Némésis s'étonnait de ne point connaître le but du
voyage, blessé, dans sa probité et sa discrétion, de la
défiance que les Girodias lui témoignaient.

Il en fit son profit.

— Il y a un prisonnier à bord !

Cette phrase fut jetée un jour, comme par hasard, au
milieu de l'équipage, et la nouvelle donna un aliment
de plus à toutes les rancunes.

Puisque les Girodias violaient toute loi au profit de
leurs passions et de leur haine, pourquoi, l'exemple

étant donné d'en haut, les hommes de la *Némésis* ne
satisferaient-ils point l'obscur désir d'indépendance et
d'aventures qui s'agitait en eux ?

Souvent Lehu se prenait à des rêves qui, depuis
longtemps, couvaient en lui, lorsqu'il faisait sa ronde
sur la *Némésis*.

Commander en maître ce joli bâtiment, posséder ce
yacht si vif, si souple, si rapide, parcourir les mers
lointaines avec un équipage dévoué dont il ferait ses
associés, ses amis, partageant ses périls, ses bénéfices,
sa bonne et sa mauvaise fortune !...

Avec ce fin voilier, il s'en irait dans les mers de
Chine où la piraterie existe toujours, comme un mal
sans remède, à l'état endémique.

Piraterie et contrebande dans les îles et le long des
côtes, et parfois peut-être quelque incursion fructueuse
en Europe, pour y débarquer de riches étoffes, un
luxueux chargement de marchandises rares.

Il ferait à la *Némésis* une toilette nouvelle, afin
qu'elle passât, sans être reconnue, auprès de ceux qui
avaient fréquenté l'*Henriette* d'autrefois.

C'était son rêve.

Et si facile à réaliser !

Maintenant que Barbedier n'était plus là surtout !

Il avait fait le compte de ses hommes.

A part une dizaine, il savait qu'il pourrait avoir confiance dans les autres.

C'étaient des aventuriers en qui avait germé, Lehu le
devinait, la même pensée, la même ambition mauvaise que le nouveau commandant de la *Némésis* tournait et retournait dans tous les sens.

Encore, même, parmi les matelots chez lesquels ils
pouvait redouter quelque résistance, il y en avait plusieurs qui, par faiblesse, parce qu'ils seraient réduits à

l'impuissance, parce qu'on leur donnerait à choisir entre la révolte et la piraterie d'une part, la mort d'autre part, finiraient par accepter leur sort nouveau et par faire cause commune avec les autres.

Mais pour travailler l'équipage, pour le triturer à son aise, pour être en communion constante d'idées avec ses hommes, il fallait à Lehu un complice parmi les matelots, qui deviendrait son âme damnée.

Il chercha longtemps.

A qui se confier?

S'il se trompait dans son choix? S'il tombait mal? Adieu son rêve!

Ce fut à partir de ce jour qu'il ne quitta plus, pour ainsi dire, ses matelots.

Il se livrait sur chacun d'eux en particulier à un lent travail d'investigation, essayant de deviner jusqu'où pourrait s'avancer sa confiance.

Le difficile — il s'en aperçut bientôt — n'était pas de trouver un homme dévoué et partageant son secret désir.

Tous à peu près étaient dans ce cas.

C'était de rencontrer un garçon rusé et adroit, à l'intelligence souple, gai, insinuant.

Le nom de Malaquin, un jour lui vint aux lèvres.

Mais Malaquin faisait partie, justement, des matelots fidèles qui, par devoir, au jour d'une révolte, défendraient les Girodias contre les révoltés.

— C'est dommage, se dit Lehu... Avec un gaillard comme celui-là, tout eût été facile et cela eût marché comme par une bonne brise...

Mais il fallait y renoncer.

Seulement, Malaquin, intelligent et adroit, pouvait faire une contre-partie au projet criminel nourri par Lehu et empêcher ce projet de réussir.

Lehu se promit donc de le surveiller particulièrement.

Quels complices choisir? quels agents trouver pour attiser ce foyer de mécontentements qu'il devinait chez l'équipage et pour hâter l'éclosion d'une révolte dont il ferait aisément son profit?

Les explosions de mauvaise humeur ne manquaient pas, sur le pont, sur le gaillard d'arrière et sur le gaillard d'avant.

Parmi ceux qui se cachaient le moins, il y avait deux jeunes matelots, un Breton et un Provençal.

Ils se nommaient Lekardec et Miréou.

C'étaient bien — et on les avait ainsi notés depuis longtemps — les deux plus mauvaises têtes de l'équipage.

Paresseux, violents, sournois, cruels même, ils avaient, depuis le départ du Havre, passé la moitié du temps au cachot.

Comme travail, ils ne comptaient plus sur les rôles.

Chose curieuse, Lekardec et Miréou se détestaient.

A plusieurs reprises ils s'étaient battus, et de ces batailles ils étaient sortis tous deux en fort mauvais état, car, d'une force d'athlète, ils se valaient.

On les séparait. Le lendemain ils recommençaient.

Cela dura jusqu'à l'expédition des frères Girodias, le long des rives du fleuve Saint-Jean.

A peine s'était-on rembarqué, à peine avait-on quitté la mer des Antilles, que subitement leur allure changea.

Ils ne devinrent pas plus disciplinés, mais ils devinrent amis.

On les vit dès lors flâner ensemble, quand ils n'étaient pas de corvée, échanger du tabac, se rendre des petits services.

Ils étaient matelots !

Liés jusqu'à la mort ! mettant tout en commun !

Les hommes de l'équipage ne furent pas sans le remarquer.

— Evidemment, ils se concertent, disaient-ils entre eux.

— Oui, deux chenapans pareils ! Ils manigancent quelque chose !

Un mauvais coup !

Les matelots qui parlaient ainsi étaient les meilleurs.

Les autres étaient vivement intéressés, guettaient l'occasion de se rapprocher des deux vauriens et d'entrer dans leur confidence.

Ils devinaient juste.

Les cachots, à bord de la *Némésis*, étaient à fond de cale et séparés les uns des autres par de simples cloisons.

Lekardec et Miréou, pensionnaires habituels de ces cachots, avaient fini par échanger leurs idées.

De même que Lehu, ils avaient jeté leur dévolu sur la *Némésis*.

Ils rêvaient une révolte.

Ce fut à travers la cloison, et par phrases hachées, dans le silence et la nuit de la cale, que le sinistre projet prit naissance.

— J'en ai assez du cachot !

— Moi, j'en ai trop...

— Ces faillis chiens de Girodias ! Ces terriens de malheur !...

— Je ne sais ce qui me retient de leur tordre le cou !

— Moi de les faire sauter dans la grande tasse !

— Parbleu, ce qui te retient c'est le jugement, une fois rentrés en France...

— Sûr, c'est le jugement.

— Ah ! si on pouvait !

Ici, un silence, de chaque côté de la cloison

Puis, l'un des deux frappa quelques coups pour attirer l'attention.

— Lekardec ? matelot ?

— Miréou ?

— Tu as dit tout à l'heure : « Si on pouvait ! »

— Oui, je l'ai dit... Eh bien ?

— Eh bien, je crois que ça se peut...

— Comment ?

— Qu'est-ce que tu dirais, toi, matelot, si on devenait son propre maître et si on pouvait se balader dans toutes les mers et aux alentours sans rien devoir à personne ?...

— Chut ! motus, matelot... Ton idée est bonne...

— Je parie que tu l'avais déjà... cette idée ?

— Depuis une heure.

— Alors, tope, c'est entendu ?

— Tope, matelot, c'est juré !

Quand ils sortirent du cachot, ils étaient amis.

Et dans leurs conversations mystérieuses, loin des autres, ils agitaient la question :

— Comment nous y prendre pour réussir à coup sûr?

Ils se rendaient compte que sur l'équipage leur influence serait nulle, même sur les hommes les mieux disposés à accepter cette idée d'une révolte.

A cette révolte, il fallait un chef, de même que, plus tard, lorsqu'ils seraient devenus maîtres du bateau, à ce bateau il faudrait un commandant.

Or, Lekardec et Miréou étaient d'exécrables matelots, dans l'impuissance absolue de prendre la responsabilité de la *Némésis*.

Ils pensèrent à Lehu.

Mais Lehu consentirait-il ?

Ainsi ces trois hommes, poussés instinctivement par leur mauvaise nature, avaient jeté les yeux l'un sur l'autre.

Ils ne tardèrent pas à se comprendre.

Et, s'étant compris, ils ne tardèrent pas à se rapprocher.

En effet, lorsque Lehu passait à côté des deux matelots, quand par hasard ceux-ci n'étaient pas à fond de cale, Lekardec et Miréou élevaient la voix de manière à être entendus.

Les paroles ainsi échangées ne laissaient aucun doute.

— J'en ai assez de ces punitions qui arrivent dru comme grêle...

— Qu'est-ce qui nous débarrassera de ces terriens de malheur ?

— Il y aurait un coup à faire.

— Tout le monde serait d'accord pour marcher.

— Sûrement, y en aurait pas seulement quatre qui refuseraient d'aller de l'avant, le jour du branle-bas.

— Tu as fait le compte des amis ?

— Je l'ai fait.

— Et tu es certain de ton chiffre ?

— J'en suis certain.

Mais tout à coup il faisait semblant d'apercevoir Lehu. Ils se poussaient du coude.

— Tais-toi, v'là Lehu...

Et plus bas, mais toujours de manière à ce que le nouveau commandant de la *Némésis* ne perdît pas un mot :

— Si celui-là voulait... ça serait vite bâclé !...

— Oui, et en route pour la rigolade.

— Mais voilà ! il ne voudra pas... Il canerait !

Lehu n'avait pas perdu un mot.

Cinq minutes après, il commandait une manœuvre dans les haubans, le vent menaçant de fraîchir.

Lekardec et Miréou étaient si occupés qu'ils n'entendirent pas.

Lehu répéta son commandement.

Les vauriens, distraits, suivaient leur projet et parlaient à voix basse.

Lehu s'approcha et s'adressant à un quartier-maître qui faisait à bord les fonctions de capitaine d'armes :

— Monsieur, prenez quatre hommes et conduisez ces deux chenapans au cachot... vous leur mettrez les fers aux pieds...

Et très haut, comme s'il eût voulu que tout l'équipage entendît :

— Cette fois, la punition vient bien de moi et non d'un autre...

Lekardec et Miréou se jetèrent un regard désappointé.

Lehu avait saisi leur conversation, cela était évident. Mais cette punition qui arrivait brutale, prouvait que le commandant ne serait pas leur complice.

Ils suivirent le capitaine d'armes sans récriminer.

La journée se passa.

Le soir, Lehu s'approcha du quartier-maître :

— Donnez-moi vos clefs... je vais visiter les cachots...

— Faut-il que je vous accompagne, commandant ?

— Inutile.

Le capitaine d'armes tendit les clefs.

La demande de Lehu, maître à bord, n'avait rien d'anormal et n'éveilla aucunement les soupçons du vieux matelot.

Lehu descendit.

Deux hommes seulement étaient punis ce soir-là : Lekardec et Miréou.

Il écouta, l'oreille contre la porte.

Les prisonniers dormaient profondément, comme de braves gens dont la conscience est tranquille.

Leurs ronflements s'entendaient, sonores.

Lehu ouvrit le cachot de Lekardec.

Si peu de bruit qu'il fît, si profond que fût son sommeil, le matelot s'éveilla et se souleva sur sa planche.

A la lueur du falot que tenait Lehu, il reconnut le commandant.

Entre le matelot et l'officier, la conversation fut longue.

Lehu ne sortit du cachot qu'au bout d'une demi-heure.

Il entra aussitôt dans la cellule de Miréou.

Avec le Provençal, Lehu ne resta guère que cinq minutes.

Puisque les deux vauriens étaient d'accord, il suffisait à Lehu de se mettre d'accord, à son tour, avec l'un des deux pour s'entendre avec l'autre.

C'est ce qu'il fit.

A demi-mot d'abord, ensuite très clairement, il expliqua que les projets rêvés par les deux prisonniers ne lui étaient pas inconnus.

Et il avoua qu'il n'était pas loin de les partager.

Il les avait punis le jour même pour être plus libre de s'entretenir avec eux, sans éveiller l'attention de l'équipage.

Quand il était sorti de chez Lekardec, il avait serré la main à celui-ci.

Il en fit autant à Miréou.

Le pacte était conclu.

Le lendemain, les deux prisonniers étaient remis en liberté.

En apparence, rien de changé dans leurs rapports avec le commandant.

Toutes les fois que Lehu les rencontrait, c'était pour leur adresser des paroles sévères, des menaces d'une punition nouvelle.

— Il les a dans le nez, le commandant! disaient les hommes.

On remarqua cependant que, quelles que fussent les menaces, Lehu n'alla pas jusqu'à l'exécution.

On remarqua également que, d'autre part, Lekardec et Miréou s'appliquèrent à faire leur service régulier comme s'ils voulaient s'amender.

En réalité, ce n'était qu'une comédie.

Lorsque Lehu s'approchait d'eux, la menace ou l'insulte à la bouche, les deux Tartuffes ne bougeaient pas, ne répliquaient rien.

Mais aussitôt que l'officier avait tourné les talons, ils échangeaient un sourire, un regard d'entente.

Et ce sourire, ce regard signifiait :

— Tout va bien...

Ils ne perdaient pas leur temps.

Depuis leur sortie du cachot, ils travaillaient l'équipage, se rendant compte des intentions, du bon et du mauvais vouloir.

Déjà, et sans même leur avoir fait d'ouvertures, ils savaient pouvoir compter sur une moitié de l'équipage.

Par ceux-là, le mauvais exemple aidant, ils arriveraient à gagner les autres.

Dans la cellule, Lehu leur avait dit :

— Dans huit jours, apportez-moi le compte de vos hommes.

Six jours seulement se passèrent.

Et ils dirent à Lehu :

— Nous sommes prêts.

Ils avaient fait consciencieusement les choses, car en

face du nom de chacun des hommes ils avaient mis des annotations diverses sur le caractère, les mœurs, les exigences qu'on pouvait craindre, après le coup terminé.

Par une nuit très noire, à l'arrière, ils entretinrent Lehu à voix basse :

— Combien d'hommes ? interrogeait l'officier.

— Tous, sauf cinq...

— Les cinq ?

— Gourdaud, Châze, Herbert, le quartier-maître Vitat et le matelot Malaquin...

— Ah ! ah ! Malaquin aussi ?

— Nous n'avons pas voulu lui parler de la chose, pas plus qu'aux autres... Il aurait pu nous vendre... Vaut mieux qu'il ne se doute de rien... à cause de son influence sur les hommes...

— Soit... cinq hommes et les deux Girodias... l'affaire est sûre...

— Demain.

— D'ici là, ouvrons l'œil.

Ils se séparèrent.

Une ombre se détacha, derrière eux, d'un paquet de cordages.

C'était Malaquin.

Couché à plat ventre, il avait entendu.

Ce n'était point le hasard qui l'avait amené là.

Depuis quelques jours, il avait surpris bien des sous-entendus, bien des demi-phrases brusquement interrompues à son approche.

— Il y a quelque chose dans l'air ! murmurait-il.

D'autre part, l'allure de Lekardec et de Miréou lui paraissait suspecte.

Leurs conciliabules mystérieux ne disaient rien de bon.

— Ça sent la révolte, ici ! se disait le brave garçon

Et en filant Lekardec et Miréou, il avait assisté au court entretien avec Lehu.

— Lehu en est ! Alors, c'est grave.

Et pour le lendemain ! La situation était presque désespérée.

Que faire ? Comment se tirer de là et comment, surtout, profiter, pour sauver le duc de Villefort, des événements qui se préparaient ?

Malaquin, ce soir-là, fut vraiment perplexe.

Plusieurs partis s'offraient à lui, en effet :

D'abord, hurler avec les loups, et se déclarer partisan de la révolte.

En apparence, naturellement, et afin de mieux tromper les autres.

Alors peut-être réussirait-il à tirer Villefort de ce mauvais pas.

Ou bien prendre fait et cause pour les Girodias, les avertir de se tenir sur leurs gardes, les défendre même au besoin et rendre la liberté à Villefort.

C'était cela son devoir.

Certes, il n'hésitait pas devant son devoir, le brave garçon, mais il avait deux devoirs à remplir, non moins graves l'un que l'autre.

D'une part, son service à bord de la *Némésis* qui l'obligeait à la discipline et à tenir, contre tout et contre tous, les engagements pris.

D'autre part, la protection qu'il avait promise au duc, par le fait même qu'il s'était dévoué à M. de Vivarez.

Il n'hésita pas longtemps.

— Que me conseillerait M. de Vivarez ?

La discipline devait primer toutes les autres observations.

Il lui répugnait de paraître accepter de faire partie d'un équipage de forbans, encore bien même que ce ne fût qu'en apparence.

Son parti fut pris.

Il avertirait les Girodias.

— Oui, tout de suite, car il n'y avait pas de temps à perdre.

Il rêvait à tout cela quand on lui frappa sur l'épaule.

Il sursauta et, en se retournant, se trouva en face de Lehu.

— A quoi songes-tu donc si profondément, matelot?

Pris à l'improviste, Malaquin resta embarrassé.

Lehu fixait sur lui un regard soupçonneux.

Quel doute lui était venu? Et tout à l'heure l'officier, dont il connaissait l'astuce, avait-il surpris, derrière le paquet de cordages, l'espionnage de Malaquin?

Le matelot crut s'être trompé, car aussitôt Lehu se mit à rire.

Et il s'éloigna sans ajouter un mot.

Seulement, derrière lui, il laissait Lekardec et Miréou qui, comme s'ils venaient d'en recevoir la consigne, ne quittèrent plus Malaquin.

Le matelot eut beau inventer des prétextes pour les éloigner pendant toute cette nuit, il ne put y réussir.

Malaquin se mordait les lèvres avec rage.

Il était évident qu'on le soupçonnait d'avoir éventé la mèche et que l'on voulait l'empêcher de faire des confidences.

S'il avait pu seulement s'aboucher avec l'un des matelots dont il avait entendu les noms sur les lèvres de Lekardec — un de ceux sur lesquels les révoltés ne devaient pas compter — ou même avec le quartier-maître Vitat...

Tout à coup il eut un petit frisson de joie.

Il avait trouvé une idée.

Etait-elle bonne? Réussirait-elle? Tout était là

Il importait peu que les Girodias fussent avertis par lui ou par un autre. Le principal était qu'ils se tinssent sur leurs gardes.

Or, Vitat pourrait les prévenir, si lui, Malaquin, réussissait à glisser quelques mots à l'oreille du capitaine d'armes.

Le capitaine d'armes, on le sait, est chargé de la police du bord.

Surveillé par Lekardec et par Miréou, Malaquin ne pourrait causer avec le vieux marin sans être entendu.

Mais un moyen s'offrait à lui. Et c'était là l'idée qui le mettait en joie.

S'il se faisait jeter au cachot?

Le capitaine d'armes l'y conduirait.

Malaquin, un moment, restait seul avec lui.

Et, en une seconde, la confidence était faite !...

Ce moyen ne contentait pas seulement la probité du matelot, il allait satisfaire sa rancune.

Il détestait cordialement Lekardec et Miréou.

Depuis une heure qu'il se sentait sous leur surveillance, suivi par eux opiniâtrément, il serrait les poings et grinçait des dents.

Il avait une envie furieuse de tomber dessus.

— Quand on est pris d'une envie pareille, mon vieux Malaquin, se dit-il, faut pas résister trop longtemps, parce que, sûr, on risquerait de se rendre malade...

Les deux chenapans étaient tout près de lui.

— Vieux ? fit le matelot en les appelant.

Ils arrivèrent.

— Je voudrais bien savoir ce que vous avez comme ça, à me suivre depuis deux heures au lieu d'être dans vos hamacs...

— Le navire est à tout le monde...

— Oui, mais ça me déplaît d'être suivi... J'aime la solitude... Une... deusse... vous vous êtes mis ça dans le pertuis de l'entendement ?

— Non.

— Faites semblant de ne pas comprendre ?

— Nous aimons ta compagnie, matelot.

— Eh bien ! moi, j'aime pas la vôtre...

— T'es pas poli.

— Vos trognes me déplaisent...

— Tu nous échauffes les oreilles.

— Et je m'en vas vous le prouver.

Là-dessus, et sans autre forme de procès, Malaquin s'élança les poings en avant. Il était robuste, adroit. Tous les coups portaient. Il y eut des cris, des bousculades. Le capitaine d'armes intervint. Malaquin avoua ses torts.

Il fut conduit au cachot, et c'était tout ce qu'il désirait.

Au moment où le quartier-maître allait l'enfermer :

— Un mot, un seul mot, maître...

— Dépêche-toi, mauvaise tête.

Malaquin se mit à rire silencieusement

— Pas si mauvaise tête que vous croyez, et ne vous pressez pas de me juger mal.

— Toi qui n'as jamais eu de punition !... Tu vas faire comme les autres !

— Allons, allons, ne vous fâchez pas. Vous allez m'embrasser, tout à l'heure.

— Oust, entre... Qu'est-ce que tu as à me dire ?

— J'ai à vous dire que c'est exprès que j'ai cherché querelle à ces deux ivrognes de Lekardec et de Miréou...

— Pourquoi ! Pour le plaisir de passer la nuit au cachot ?...

6

— Juste !

— Tu te moques de moi.

— Et pour le plaisir de causer un brin avec vous sans être surveillé...

— Qu'est-ce que tout cela signifie ?

— Cela signifie qu'il se manigance autour de vous des choses qu'il faut être aveugle comme un mât pour ne pas les voir...

— Encore...

— En deux mots, une, deusse, écoutez-moi bien : il y a une révolte toute prête de l'équipage... et c'est pour cette nuit...

Le quartier-maître eut un geste d'effroi.

Il serra le bras de Malaquin à le briser.

— Parle, vieux, parle...

— Je me doutais de l'aventure, et, à force de guetter, j'ai surpris le secret... Lehu en est... c'est lui qui est le chef... Les deux ivrognes ne sont que des instruments. Voilà tout ce que je sais, maître...

— Je vais prévenir les frères Girodias...

— C'est le plus pressé... vous aviserez ensemble... quoique...

— Tu as une idée que tu ne veux pas dire.

— Quoique je ne devine pas, maître, ce que vous pourrez bien imaginer pour sortir de là...

— J'ai couru tant de dangers dans ma vie qu'un de plus, un de moins, ça ne compte guère dans le nombre.

Malaquin eut un geste d'indifférence.

— Oh ! je n'ai pas peur pour moi... Tout ce que je demande, si je dois bientôt casser ma pipe, c'est d'étrangler trois ou quatre de ces coquins avec les dix bons doigts qui sont au bout de mes bras...

Le quartier-maître resta un moment perplexe.

— Matelot, dit-il enfin, je ne peux pas te laisser en

prison... Nous allons avoir besoin de tous les honnêtes gens, en haut !...

— Ça sera comme il vous plaira... mais vous connaissez la vérité maintenant. Sûrement, si vous me laissez en prison, vous vous privez d'un bon garçon qui tapera dur .. je vous en réponds...

— Je lève ta punition... je prends ça sur moi... Viens !

— Merci. Ce n'est pas de refus !

Ils remontèrent.

Mais, en haut, une surprise les attendait.

Ils se regardèrent un peu pâles, violemment émus.

On avait fermé et barricadé l'écoutille.

Tous les deux, quartier-maître et matelot, étaient prisonniers !

Ce fut Malaquin qui, le premier, reprit son sang-froid.

— Voilà, maître, ce qu'on peut appeler une mauvaise farce !

Le capitaine d'armes avait pris une barre de fer qui lui tomba sous la main et frappait contre l'écoutille avec rage.

Au-dessus, on répondit avec des éclats de rire.

Et Malaquin, haussant les épaules :

— Vous fatiguez pas... ça serait inutile... L'affaire doit être bâclée là-haut... Ils sont malins et nous sommes coffrés...

Ils écoutèrent, très attentifs, essayant de se rendre compte de ce qui se passait sur le pont.

— Cette nuit, avait dit Lehu.

Mais les événements s'étaient précipités. Quand Lekardec et Miréou, assez endommagés par Malaquin, avaient vu celui-ci disparaître, conduit par Vitat à fond de cale, ils s'empressèrent d'avertir Lehu.

L'occasion était trop belle pour la laisser échapper.

Vitat et Malaquin réduits à l'impuissance, il ne restait que trois matelots et les frères Girodias. Les trois matelots ne résisteraient pas ; la partie était gagnée d'avance.

Lehu fit fermer et barricader les écoutilles.

En même temps, avec des barres de bois préparées depuis longtemps à la timonerie, il faisait barricader l'escalier conduisant aux cabines de luxe.

Après quoi, Lehu fit mettre en panne.

Tous les matelots, excepté Malaquin et Vitat, étaient sur le pont.

Lehu s'avança au milieu d'eux.

— Mes enfants ! nous sommes toujours d'accord ?

— Toujours !

— Cependant, j'aime à compter mes amis... Je suis maître du bateau et nous ne ferons plus, désormais, que ce qui nous conviendra... Comme je ne veux pas de récriminations ni de mauvais vouloir, s'il y en a parmi vous qui ne sont pas de cœur avec nous, qu'ils le disent...

Trois matelots sortirent des rangs.

C'étaient Gourdaud, Châze et Herbert, signalés par Lekardec.

En voyant barricader l'escalier des Girodias et l'écoutille conduisant à la cale, ils avaient compris, avaient échangé un regard effaré.

Pris à l'improviste, impossible de se défendre.

Quand trois hommes seulement sortirent des rangs pour proclamer hardiment leur loyauté, l'équipage tout entier se mit à rire.

Lehu, seul, restait sombre.

— Approchez !

Ils obéirent.

Lehu jouait machinalement avec un revolver.

— Ainsi, mes enfants, vous refusez d'être des nôtres ?

— Oui, dirent-ils fièrement, relevant le front.

— Pourquoi ? Je vous promets la vie douce... et je vous jure que nous gagnerons de l'argent...

— Ce que vous faites est une infamie... Nous ne voulons pas de votre argent...

— Bien, dit Lehu doucement. Mais peut-être changerez-vous d'avis lorsque je vous aurai renseignés sur le sort qui vous attend. Pas un de ceux qui vont se déclarer contre nous ne reverra la France. Notre sécurité en dépend.

Et se tournant vers les révoltés :

— Est-ce votre avis, vous autres ?

— Oui... oui... qu'ils soient avec nous ou qu'ils meurent !

— Vous entendez, mes braves ?

— Nous avons entendu... Pourtant, nous voudrions vous dire... commandant... que Châze, Herbert et moi, nous avons femme et enfants... et que tout ça va être bien triste et bien misérable, si nous ne rentrons pas... Débarquez-nous où bon vous semblera... Nous rentrerons en France comme nous pourrons et je prends l'engagement, en mon nom et au nom de mes camarades, que ni l'un ni l'autre nous ne soufflerons mot de la *Némésis*.

Lehu secoua la tête.

— Impossible... Il faut choisir... Gourdaud, que choisissez-vous ? Vie ou mort ?

— Je n'ai jamais été habitué à réfléchir quand il s'est agi de mon devoir, dit le matelot avec simplicité... Je choisis là mort... mais je ne résisterai pas à l'envie de te dire, Lehu, que tu es un lâche et un misérable...

Lehu pâlit, ferma les **yeux.**

Sa main se convulsa autour de la crosse du revolver.

Mais il se contint, et s'adressant au second des trois matelots :

— Châze, vie ou mort, que choisissez-vous?...

— Je ne supplierai pas un misérable tel que toi. Je choisis la mort. Mais auparavant... tiens !

Et il lui cracha à la face.

Lehu laissa échapper un cri de rage. Ses traits devinrent hideux. Son bras se tendit et le canon du revolver s'appuya sur le front du marin.

Pourtant, il ne tira pas.

Et, d'une voix sourde, s'adressant au dernier :

— Herbert, vie ou mort !

Herbert s'avança, **grave. Il regarda** une seconde Lehu bien en face.

Et laconique :

— La mort !

Puis, sa main vigoureuse s'abattit sur la face blême du forban.

Lehu recula, aveuglé.

Quand il vit clair, il tira !

La cervelle d'Herbert jaillit sur les hommes les plus rapprochés.

— Jetez-moi ça à la mer !...

En un clin d'œil, le cadavre fut jeté par-dessus bord.

— Quant aux deux autres, attachez-les au mât... Je leur donne jusqu'à demain matin pour changer d'avis.

En un tour de main, les deux matelots furent attachés.

Mais leurs yeux ne se baissèrent pas, restèrent fiers et calmes.

Lehu se tourna vers l'écoutille.

Evidemment la pensée de Malaquin et du capitaine d'armes lui était venue.

Mais ils étaient enfermés. On n'avait rien à redouter d'eux pour le moment.

— Pour ceux-là, rien ne presse...

Sous le pont, attentifs, Malaquin et Vitat essayaient de se rendre compte.

Les paroles n'arrivaient pas jusqu'à leurs oreilles.

Ils entendaient seulement quelques éclats de voix, sans rien comprendre.

Par exemple, ce qu'ils perçurent nettement et les fit pâlir, ce fut la détonation du revolver, lorsque Lehu tira.

— Ça se gâte ! murmura Malaquin.

— Oui, m'est avis que nous allons en voir de dures !

Ils furent surpris qu'on les laissât tranquilles.

C'est que Lehu allait au plus pressé.

Pierre et Gaston Girodias venaient d'être très surpris par le bruit des madriers qui servaient à barricader les entrées des cabines.

Ils étaient au salon à cet instant-là.

Pierre se leva brusquement, et, poussé par un pressentiment, se jeta sur la porte qu'il essaya d'ouvrir.

Vaine tentative : il était trop tard.

La porte était fermée, retenue au dehors, et c'était au dehors qu'elle s'ouvrait.

— Qu'est-ce que cela veut dire ?

Ils s'élancèrent vers les cabines : fermées de la même façon.

— Nous sommes prisonniers !

Ils écoutèrent.

En haut, des cris, des rires, des vociférations, des chants.

— C'est une révolte !

— Nous sommes perdus !

Ils rentrèrent au salon et pendant quelques secondes

restèrent silencieux. Ce danger était tombé sur eux si brusquement...ils en étaient si surpris qu'un moment ils perdirent la tête.

Mais cela dura peu. Ils étaient braves. La mort ne les effrayait pas.

— Nous allons leur faire payer chèrement notre mort, dit Pierre.

— Il faudrait d'abord sortir d'ici.

— Tu vas voir, et, une fois dans l'escalier, gare à ces misérables !

Au salon, il y avait des panoplies ; dans ces panoplies, des haches.

Chacun des deux frères en prit une, et ils eurent bientôt fait de démolir la porte du salon. Ils s'attaquèrent aux madriers. La sortie fut libre dans le couloir. Ils montèrent l'escalier. Celui-ci était barré. A travers les pièces de bois qui laissaient des intervalles assez larges, on pouvait tirer aisément.

— Va chercher les revolvers, dit l'aîné des Girodias.

Deux minutes après, les frères, armés, étaient à leur poste.

Ils étaient adroits, sûrs de leurs coups.

Chacun d'eux tenait la vie de six hommes dans sa main.

De l'escalier du salon, ils assistèrent, sans être vus, à la scène qui se passa sur le pont entre Lehu et les matelots.

Ils entendaient même les paroles.

Comme l'équipage était rangé autour du mât, ils ne pouvaient rien distinguer, mais aisément ils se rendaient compte.

Le coup de revolver de Lehu les fit tressaillir.

— Les bandits !

Puis la chute du corps dans l'eau.

Et ce fut tout.

Une silhouette passa rapidement devant l'ouverture de l'escalier.

— Holà ! cria Pierre.

C'était un des révoltés. Il s'approcha.

— Qu'est-ce que vous voulez, là-dessous ?

— La liberté.

Le révolté éclata de rire.

Alors, Pierre lui cria :

— Allez dire à celui qui vous commande que nous nous défendrons et que vous ne nous aurez pas vivants...

— Je veux bien. Je ferai votre commission.

La silhouette diparut.

Pierre et Gaston rèmontèrent deux marches.

Leur tête était au niveau des madriers.

Leur regard enfilait une partie du pont.

— Toi, à gauche ; moi, à droite ! dit-il. Et vise bien...

Il était certain que le matelot qui se hasarderait à passer serait un homme mort.

Le silence se fit sur le pont.

L'homme exécutait sa mission et prévenait Lehu.

— C'est bien, dit le forban ; laissons-les cuire dans leur jus !

Le vent fraîchissait... Il souffla bientôt avec violence... Occupés par d'autres soins, les hommes négligeaient la *Némésis*.

La goélette roulait très fort.

Des vagues se formaient au loin, déferlaient contre les flancs du yacht.

Un paquet de mer bondit sur le pont, où son écume s'éparpilla en frissonnant.

Il y a de ces brusques coups de vent dans ces parages, sans tempête.

Le yacht n'était pas prêt à recevoir celui-là. Lehu pensait à autre chose.

Il faillit le payer cher.

Un tourbillon enveloppa la *Némésis*, et cassa net un mât de perroquet qui s'abattit sur le pont avec un grand bruit, entraînant dans sa chute une masse énorme de toile et d'agrès.

— Coupez! cria Lehu... coupez vite !

Deux matelots se précipitèrent.

Pendant une seconde on oublia les Girodias sur la défensive.

Il fallait passer devant l'écoutille.

Les deux hommes tombèrent, l'un sur l'autre, la tête brisée.

Gaston avait tiré.

Un peu de fumée s'éleva des madriers et s'évanouit en l'air.

Un morne silence, un silence de stupéfaction, suivit ce drame.

Les révoltés ne comprenaient pas bien ce qui venait d'avoir lieu.

Puis des cris de fureur !...

C'étaient les prisonniers qui se défendaient.

Et, comme ils en avaient prévenu, ils feraient payer cher leur mort.

La *Némésis* tanguait terriblement.

— Coupez! hurla Lehu... En haut tout le monde! Carguez tout !...

Une partie des ordres seulement fut exécutée

Les matelots de l'avant se précipitèrent sur la misaine et le beaupré.

Les matelots d'arrière restèrent immobiles.

C'étaient ceux du grand mât.

Et pour courir au grand mât, couper les agrès tombés

qui gênaient les manœuvres, carguer les voiles, il fallait passer devant l'écoutille.

Et sous l'écoutille pointaient, entre les pièces de bois, deux canons de revolvers prêts à distribuer la mort sûrement.

Lehu avait encore, lui aussi, son arme à la main, l'arme qui avait fait sauter la cervelle d'Herbert.

Il tira vers l'écoutille deux fois, coup sur coup.

Les deux balles frappèrent contre les madriers, ricochèrent et furent perdues.

— Coupez! hurla-t-il... Coupez et larguez!... Nous capotons!

Et sa voix domina le sifflement du vent.

— Coupez, ou je tire...

Il visa le premier matelot près de lui.

Attachés par des cordages à la misaine, Gourdaud et Châze souriaient.

Gourdaud murmura :

— Ils n'iront pas... ils sont trop lâches !

— Oui, lâches, lâches!... dit Lehu.

Le matelot visé se décida. Il avait vu Lehu à l'œuvre. C'était la mort.

Il se mit à courir, et quand il fut dans le rayon de l'écoutille, il bondit pour franchir d'un saut la zone dangereuse.

Une détonation retentit.

Une balle du revolver de Pierre le cueillit, pour ainsi dire, au vol.

Il s'abattit lourdement, la poitrine trouée.

Il fit deux ou trois contorsions sur lui-même ; au même instant, une vague passa, roula, l'emporta.

Il disparut.

Cela avait duré une seconde.

— A mort! à mort! crièrent les hommes.

Et Lehu, l'écume aux lèvres, râlait :

— Lâches ! vous n'êtes tous que des lâches !

Du milieu des matelots, une voix partit :

— Eh bien, essaye donc, toi, pour nous montrer ta bravoure !

— Vous le voulez ?

— Oui ! oui !

Il s'élança... hésita... puis tout à coup se coucha à plat ventre... rampant sur le pont... invisible aux deux frères... n'offrant plus aucun but.

Les matelots applaudirent.

Cette manœuvre les sauvait. Ils l'imitèrent.

Pierre et Gaston ne pouvaient plus tirer, leurs yeux étant au ras du pont, par en dessous.

Ils entendirent sur les agrès des grincements de couteaux et des coups de hache, puis la voix de Lehu ricanant :

— Gardez la voile ! Il me vient une idée.

Les agrès seuls tombèrent à la mer. Le yacht se redressa.

Deux bras se levèrent par-dessus l'écoutille et dirigèrent leur arme au jugé vers le groupe réuni près du grand mât.

Deux balles partirent.

Les frères avaient tiré au hasard ; pourtant Lehu fut touché légèrement.

Cela ne le calma point, ne fit, au contraire, que redoubler sa fureur.

— Il me les faut vivants... cria-t-il... vivants, entendez-vous ?

Pierre et Gaston avaient encore huit cartouches à tirer.

— Traînez la voile sur l'écoutille ! commanda Lehu

Les matelots devinèrent son intention.

La voile jetée sur l'ouverture de l'escalier, l'ouverture aveuglée, les Girodias étaient réduits à l'impuissance.

Deux hommes prirent chacun un coin de la voile.

Ils se mirent en devoir de la traîner vers l'escalier.

Mais la voile était lourde ; ils allaient lentement.

Avec des tireurs adroits comme l'étaient les deux frères, ils jouaient leur vie. Ils hésitaient.

Tout l'équipage les regardait.

Ils étaient braves ; ils eurent l'orgueil de réussir.

Ils s'avancèrent.

A peine se trouvaient-ils devant les madriers de la barricade que deux bras sortirent, deux détonations retentirent.

Les deux matelots pirouettèrent et vinrent s'abattre, en reculant, dans les bras de leurs camarades.

Il y eut une minute de stupeur.

— Vivants ! je les veux vivants ! hurla Lehu, fou de rage... Et je les attacherai tout nus à un mât et ils périront sous le fouet...

Il fit apporter des matelas, des couvertures, des planches, et de loin on jeta le tout sur l'ouverture.

Les Girodias se défendaient avec rage.

Tout d'abord ils réussirent, avec des barres de fer, à écarter tout ce qui tombait au-dessus d'eux et qui allait les réduire à l'inaction.

Mais bientôt ils furent vaincus.

Sur l'écoutille montait un amas de tout ce que les hommes avaient trouvé sous leurs mains et, par-dessus tout cela, la voile du perroquet.

— Maintenant, nous sommes tranquilles... dit Lehu.

Deux fois les Girodias avaient déchargé leurs armes au travers de ce rempart improvisé, mais les balles ne traversèrent point.

Ils rentrèrent au salon, frémissants de cette lutte.

Tout à coup la pensée de Villefort leur vint.

— Il faut lui rendre la liberté...

— Oui, la liberté avec nous, c'est la mort ! la mort pour tous...

Ils allèrent ouvrir la porte de la cabine.

Le duc lisait, ne soupçonnant pas le drame qui se passait.

En voyant les deux frères, il se leva, s'écarta pour leur faire place, car la cabine était si étroite qu'on pouvait à peine y tenir trois.

Encore animés par la fièvre de ce combat, leur revolver à la main, ils semblaient s'attaquer à Villefort lui-même.

— A deux, vous aurez plus de courage...

Pierre secoua la tête :

— Nous ne venons pas pour vous tuer... Vous et nous-mêmes, nous sommes perdus... Vous tuer serait avancer votre mort d'une heure peut-être... ce qui est inutile... Vous êtes libre... Votre liberté vous sera de peu d'agrément... Nous sommes prisonniers de l'équipage révolté.

X

VILLEFORT SE VENGE

Le vent s'apaisa un peu après et la mer redevint calme.

Lehu avait fait jeter les cadavres par-dessus bord.

— Et maintenant, camarades, je vous permets de vous amuser, avait-il dit.

Déjà, la moitié des hommes était ivre.

On traîna des provisions sur le pont. Le vin et l'eau-de-vie achevèrent la folie de ces misérables. On chanta, on vociféra, on dansa. Les yeux s'allumaient d'éclairs de fureur bestiale. Les faces étaient sauvages. C'était l'enfer.

Lehu, seul, gardait son sang-froid au milieu de ces forcenés.

Le salut du bâtiment dépendait de lui désormais et, s'il se mettait au diapason des autres, le bâtiment courrait des dangers.

De temps à autre son regard méchant s'arrêtait sur Gourdaud et Châze, toujours attachés au grand mât.

Et une fois, tirant sa montre, il leur dit :

— Vous n'en avez plus que pour trois heures...

Tout à coup il pensa au capitaine d'armes et à Malaquin.

Ils étaient à fond de cale.

Lehu fit signe à Lekardec et à Miréou.

Les deux hommes s'avancèrent en trébuchant : ils étaient ivres.

Lehu leur donna quelques ordres à voix basse.

Cinq minutes après, Malaquin et Vitat apparaissaient sur le pont.

On fit silence.

Les deux marins n'avaient pas voulu se défendre. Qu'auraient-ils pu faire, seuls contre tous? Ils avaient suivi docilement Lekardec. De l'entrepont, ils s'étaient à peu près rendu compte des péripéties du combat. Les Girodias se défendaient, eux autres! Et aux cris de rage poussés par les révoltés, les deux frères devaient semer la mort parmi l'équipage.

Malaquin les chercha des yeux; il ne vit ni eux ni Villefort.

Il eut un malaise.

Les révoltés s'étaient emparés d'eux sans doute, et déjà tout était fini.

— Allons, vous autres, disait Lehu, buvez et chantez avec nous !...

Vitat répliqua :

— Je veux bien...

On lui versa un verre d'eau-de-vie, au milieu d'un tonnerre de bravos frénétiques.

Le vieux marin éleva son verre. Il voulait parler. On écouta.

— Je souhaite, dit-il, qu'avant un mois vous soyez tous pendus ou fusillés !...

Et d'un trait il vida son verre.

On cria :

— A l'eau, tous les deux, à l'eau !

Malaquin crut sa dernière heure venue et fit le signe de croix.

Lehu imposa silence.

— Au soleil levant, avec les autres ! dit-il.

On les attacha sans qu'ils fissent de résistance.

Malaquin dit en plaisantant :

— Ce n'est pas juste... le père Vitat a bénéficié d'un verre d'eau-de-vie... Moi, pas.

— Il a raison.

— Oui, oui, qu'il boive !

On lui versa une rasade et on le fit boire.

— Merci !... A présent, je n'attends plus que le saut dans la grande tasse...

L'orgie continua. On ne fit plus attention à eux.

Les dernières heures de nuit s'écoulèrent, et quand le soleil se leva, resplendissant, sur les flots, qu'il colorait d'une lueur sanglante, presque tous les misérables dormaient, ivres-morts, épars sur le pont.

Malaquin avait pu adresser la parole à Gourdaud.

— Matelot, un renseignement?

— Qu'est-ce que tu veux, ami?... fit Gourdaud, en relevant son visage très pâle et qui exprimait une souffrance aiguë.

Les cordes avaient été si violemment serrées autour de ses poignets que les chairs étaient tuméfiées et saignantes.

— Tu es là depuis le commencement de la bagarre?

— Oui.

— Tu as tout vu? Tu as tout entendu?

— Tout.

— Que sont devenus les frères Girodias?

— Ils ont tué cinq hommes et blessé Lehu.

— Alors, on les a pris et jetés à la mer?

— Non... pour le quart d'heure ils sont prisonniers chez eux... Lehu a déclaré qu'il voulait les avoir vivants.

Malaquin respira.

Horace partagerait évidemment le sort des deux frères. Jusqu'à présent tout semblait perdu, mais l'espérance vit au cœur des hommes tant qu'il leur reste un souffle de vie.

Seul parmi tout l'équipage, Lehu n'était pas ivre; jusqu'à la fin, nous l'avons dit, non point par sobriété mais par prudence, il avait voulu conserver sa présence d'esprit, toute la liberté de son jugement.

Lorsque le soleil se leva, il parcourut le pont.

Tous les matelots gisaient çà et là, dans des postures diverses.

— Debout! debout! cria-t-il.

Deux où trois remuèrent, grognèrent, se retournèrent. Aucun ne se leva.

Des ronflements rauques, sortant de poitrines haletantes, indiquaient des sommeils lourds, sans doute emplis de cauchemars.

Il les poussa du pied, finit par en réveiller quelques-uns.

— Eh bien, quoi? Ne peut-on pas cuver son vin?

Mais il y avait pour Lehu une chose plus pressée : la vengeance.

Une dizaine d'hommes se groupa enfin autour de lui, les yeux gros de sommeil, la figure rouge et bouffie, l'air abruti, les lèvres pendantes.

— Notre besogne n'est pas finie, dit Lehu; il faut expédier ceux-là...

Il montrait Gourdaud, Châze, le quartier-maître et Malaquin, étroitement attachés au pied des mâts.

Les hommes ricanèrent ; la cruauté les dégrisait.

— Et quand nous leur aurons dit un dernier mot, à ceux-là, reprit le forban, il faudra nous emparer des Girodias...

Un long murmure de colère éclata.

Pierre et Gaston n'avaient qu'à se bien tenir : au pouvoir des révoltés, ils n'avaient à espérer aucune pitié, aucune humanité.

Lehu s'approcha de Gourdaud, de Châze et de Malaquin prisonniers l'un près de l'autre.

— Gourdaud, as-tu réfléchi? Je t'offre une dernière fois la vie sauve si tu veux être des nôtres, et j'oublierai ce qui s'est passé hier entre nous.

L'honnête garçon détourna les yeux, calme et méprisant.

— Tu refuses?

— Oui.

Alors, Lehu s'adressa au groupe d'ivrognes :

— Détachez-le...

On obéit.

Les mains et les bras de Gourdaud étaient si enflés qu'il en était comme paralysé, dans l'impossibilité de s'en servir.

S'adressant aux ivrognes, Lehu disait :

— Mes amis, je vous laisse juges ; voulez-vous conserver à bord un homme qui n'aura qu'un désir, celui de nous quitter le plus tôt possible, la première fois que nous ferons relâche, de nous dénoncer et de nous faire prendre ?...

— Non ! non ! nous ne le voulons pas !

Les matelots se dégrisaient. D'autres, se réveillant, venaient se joindre à eux. D'autres, encore, toujours ivres mais voulant une ivresse nouvelle, descendaient en trébuchant à la cale pour en remonter du vin et de l'eau-de-vie.

— Si vous ne le voulez pas, dit Lehu, il n'y a qu'un moyen de l'empêcher, la mort...

— Eh bien ! la mort !

— Si vous connaissez un autre moyen, je l'adopte.

— La mort ! la mort !

— Allez donc, mes enfants, et que ce soit vite fait.

Une dizaine d'hommes se précipitèrent sur le malheureux.

Il essaya de résister.

Mais ses pauvres mains blessées étaient impuissantes.

Quelques secondes s'écoulèrent, puis, par-dessus les têtes des dix ivrognes, on vit un corps qui se balançait un moment dans le vide et qu'on lâcha.

L'homme tomba dans la mer, essaya de nager : mais là encore, ses bras paralysés refusèrent tout service.

Il coula.

— Et d'un, fit Lehu

Le voisin de Gourdaud était Malaquin.

— A toi, mon fils ! dit Lehu avec une intonation paternelle qui, dans la circonstance, avait quelque chose d'atroce...

Malaquin eut un petit frisson dans le dos.

— Diable ! murmura-t-il, je crois bien que le grand moment est venu... M. de Vivarez, en m'engageant, n'avait pas prévu ce coup-là... Du moins, je suis tranquille sur ma bonne femme de mère... Mourons gaiement !

— Tu as bien vu ce qui vient de se passer ?

Malaquin écarquilla les yeux.

— Moi ? J'ai rien vu. Qu'est-ce qui s'est passé ?

Les ivrognes se mirent à rire.

— Alors, t'es aveugle, matelot.

— Excusez, camarades, j'étais si bien couché que je dormais...

Les rires redoublèrent.

— Tu dormiras mieux tout à l'heure... les vagues te berceront...

Lehu cria :

— Silence, vous autres !

Et, à Malaquin :

— Veux-tu être avec nous ?

— Commandant... c'est beaucoup d'honneur... Oui, sûrement... ça me ferait un grand plaisir de naviguer de conserve avec de braves misérables, je voulais dire avec de braves gens comme ceux que je vois là... mais j'ai signé avec les frères Girodias... Faudrait que je leur demande de résilier, d'abord...

— Il se moque de nous !...

— Tu refuses, n'est-ce pas ?

— Non, je ne refuse pas.

— Alors, tu acceptes ?...

— Non, je n'accepte pas non plus... Je vais vous expliquer...

Des huées couvrirent sa voix.

En même temps, Lehu faisait un signe :

— A la mer, et lestement...

Malaquin fut délié.

Il ne se sentit pas plus tôt libre qu'il fit un bond énorme, renversant trois matelots du même coup, et s'élança dans les enfléchures, grimpant aux cordages avec la légèreté, la sûreté, la rapidité d'un chat.

— Bon, fit Lehu en riant, je vais le tirer comme un goéland.

Et il arma son revolver qu'il n'avait pas quitté de toute la nuit.

Déjà il visait, et déjà son doigt cherchait la détente, lorsque de l'entrepont retentit un cri terrible, un cri sinistre :

— Au feu ! au feu !

La main du forban retomba.

Des matelots éperdus se précipitaient sur le pont.

— Au feu ! au feu !

Ils étaient descendus tout à l'heure dans la cale pour y chercher du vin.

Ils s'étaient trouvés en face de l'incendie.

Le feu avait été mis à plusieurs endroits.

Le bateau flambait, l'incendie montait.

Il y eut parmi les ivrognes un moment de confusion inexprimable, et les visages exprimèrent la sensation d'une peur atroce, d'une peur ignoble.

Déjà de longues colonnes de fumée montaient jusque sur le pont et le vent les dispersait, les enlevait subitement. Une forte odeur résineuse se mêlait à la fumée ; le feu avait sans doute été mis au magasin de goudron, dans une des soutes de l'avant.

— Aux pompes ! commanda Lehu, vivement.

Malaquin et les autres étaient oubliés.

Personne, dans l'équipage, n'était plus ivre.

Mais, cependant, l'incendie avait mis à profit la confusion qui régnait. Le feu gagnait, montait, pétillait, grondant encore sourdement, avant d'éclater tout à l'heure en craquements lugubres.

Enfin les pompes jouèrent.

En même temps, des seaux d'eau se vidaient à flots dans le grand panneau. Des couvertures, des voiles, tout ce qui pouvait être utile fut mouillé et jeté sur les flammes grandissantes. Mais on avait été prévenu trop tard et les progrès du feu étaient trop rapides pour qu'il fût possible de pénétrer dans les parties du navire où l'embrasement était intense. Le fond de la goélette était une fournaise. De temps en temps on entendait quelques explosions.

Lehu, si misérable qu'il fût, n'en était pas moins un garçon de tête.

— Du calme, mes enfants, du calme !

Pendant une heure, l'équipage se battit contre l'incendie, tantôt victorieux et tantôt vaincu.

Puis, une longue colonne de flamme passa par le panneau.

Les pompes étaient inutiles.

L'incendie triomphait.

Peut-être aurait-on pu le combattre encore, mais la peur se mit parmi les hommes ; les ordres de Lehu n'étaient plus écoutés ; le cri terrible du *sauve-qui-peut* retentit ; les pompes furent abandonnées et, sans en recevoir l'ordre, les hommes se précipitèrent vers la yole et la chaloupe qu'ils descendirent de leurs palans.

Malaquin n'avait pas bougé de son observatoire pendant ces premières péripéties, puis, voyant qu'on ne faisait plus aucune attention à lui, il s'était laissé dégringoler sur le pont.

Son premier soin fut de couper les cordes qui retenaient Vitat et Châze l'un au misaine, l'autre au grand mât.

Et tout en rendant la liberté au quartier-maître :

— Ce n'est pas pour dire, vieux, fit-il sans se départir de sa bonne humeur en cet instant critique — mais ce que je fais là ne servira pas à grand'chose... Tout de même, si vous avez des pommes de terre à faire cuire, faudrait profiter pendant qu'il y a du feu...

Les trois prisonniers étaient libres. Les révoltés passèrent près d'eux sans les voir.

L'affolement était à son comble.

Le plancher du pont devenait brûlant.

A chaque instant, comme tout à l'heure déjà, éclataient des barriques d'huile ou d'alcool : c'était un volcan dans les flancs de la jolie *Némésis*.

Cependant, il y eut une accalmie, due au hasard : les flammes rencontraient probablement des charpentes de fer qui retardaient leur marche envahissante.

Combien de temps cette accalmie durerait-elle ?

Plus de flammes par les écoutilles ; rien que de la fumée.

Malaquin, qui avait été renseigné par Gourdaud, enleva la voile du perroquet qui cachait les madriers obstruant l'escalier du salon.

A coups de pic et de hache, ils firent sauter ces madriers.

Les révoltés n'y prirent pas garde.

Lehu lui-même passa près d'eux sans les regarder.

Il avait les cheveux et la barbe roussis.

Quand l'entrée fut rétablie, Malaquin s'élança vers les cabines.

C'était Pierre Girodias qui avait mis le feu à son yacht.

Voyant que tout était perdu et qu'il fallait mourir, il avait voulu du moins ne pas mourir sans vengeance.

— Les révoltés ne vousi épargneront pas plus que nous, monsieur, avait-il dit au duc... Vous partagerez notre sort...

Ils étaient tous les trois au salon, silencieux, résignés.

La chaleur commençait à y devenir étouffante ; chez les trois hommes, un violent mal de tête, premier symptôme d'asphyxie.

L'air qui leur vint de l'écoutille les ranima.

— En haut ! En haut ! cria Malaquin... Les hommes abandonnent le bateau... Il faut fuir...

Sans réfléchir, et machinalement, ils montèrent.

La chaloupe et la yole étaient à la mer.

Les hommes se battaient sur le pont ; c'était à qui descendrait le premier.

Lehu renonçait à se faire obéir.

Il était appuyé contre un mât, les yeux méprisants, les lèvres pâles, regardant cette cohue de lâches.

Il aperçut les Girodias, et tout à coup parut revenir à lui, se souvenir de choses qu'il avait oubliées depuis une heure.

Il cherche les prisonniers, tout à l'heure encore attachés aux mâts.

Les prisonniers sont libres ; parmi tous les matelots, seuls ils restent calmes et font preuve de courage. Résignés, du reste, eux aussi, car ils savent quel est le sort qui les attend. On ne voudra pas d'eux sur la chaloupe.

En effet, au moment où les derniers matelots descendent, ils s'approchent de la coupée ; on les repousse.

L'instinct de la vie, le danger terrible, rend ces hommes furieux.

Ils se battent comme des géants.

Mais le nombre les accable.

Sur le pont, ne reste plus que Lehu.

Lehu s'élance et on le reçoit dans la chaloupe.

Celle-ci s'éloigne à force de rames.

La yole déjà est loin, sous la brise qui enfle sa voile.

Et perdus dans cet incendie, au milieu de l'océan, entre le feu et l'eau, il ne reste plus que les Girodias et Villefort sur le pont, avec Malaquin, Châze, et le quartier-maître.

— Ah! les gredins! les gredins! murmure Vitat.

Depuis longtemps le gouvernail avait été abandonné; le yacht flottait à la dérive, au gré du vent et des flots.

L'incendie, qui avait paru se calmer un moment, redoublait de fureur.

Le yacht, maintenant, vomissait des torrents de flammes. Des gerbes d'étincelles pétillaient. Les flammes, quand elles sortaient des panneaux, semblaient ramper comme de longs serpents sur le plancher, chercher les mâts pour y grimper, y détruire les cordages et les voiles, faire là leur œuvre de mort.

— Une seule ressource, dit Malaquin, un radeau.

— Aurons-nous le temps?

— Oui.

Les hommes se mirent à l'œuvre.

Seuls, comme si rien de tout cela ne les eût intéressés, comme si leur vie n'eût pas été en danger, les Girodias, sombres, les bras croisés, ne bougèrent pas.

Ils regardaient ces flammes stupides et traîtresses.

Et ils se disaient que pour la dernière et suprême fois, la vengeance leur avait échappé, puisqu'ils n'avaient pas eu le courage de châtier Villefort.

Dès lors, que leur importait la vie?...

Ils étaient décidés à mourir !

Malaquin s'approcha du duc qui s'était mis à la besogne, taillant, coupant, sciant, liant les cordages avec les autres.

— Monsieur le duc, un mot...

Et, à voix basse, il mit le jeune homme au courant des tentatives de M. de Vivarez et de tout ce qui s'était passé entre la *Minerve* et la *Némésis*.

Le duc écouta, très ému.

Et lorsque Malaquin eut terminé son récit, il secoua la tête :

— Tant de dévouements perdus ! murmura-t-il... Car nous allons mourir...

— Oui, sans doute, sans doute, dit Malaquin ; mais, sauf respect, ce qui serait très bête, ce serait de se laisser périr sans combattre... Donc, battons-nous... La mer, voyez-vous, c'est pareil à une femme coquette... qui se donne et qui se refuse... Avec elle, il faut toujours compter sur un caprice !...

L'embrasement avançait avec une nouvelle furie.

Des cordages goudronnés s'illuminaient et c'était alors des traînées de feu qui semblaient grimper vers le ciel.

Pour le radeau, les hommes faisaient usage de tout ce qui leur tombait sous la main, réunissant surtout, en toute hâte, des matériaux légers.

Le quartier-maître, à coups de hache, fit tomber des vergues ; des boute-hors, des espars furent placés en travers, le tout fortement assujetti. On démolit l'escalier du salon, et les planches furent fixées sur ces madriers mêmes qui avaient servi aux révoltés à barricader cet escalier. Le tout fut lié avec des câbles.

Il fallait se hâter.

Des flancs de la goélette montaient des craquements sinistres. Malaquin, imperturbable, d'un sang-froid merveilleux, disait :

— Ça chauffe ! ça chauffe !

Le radeau avait une dizaine de mètres carrés. On y assujettit également, pour lui donner de l'équilibre et le rendre plus flottable, des coffres vides, des boîtes vides, des tonneaux vides.

Et après l'avoir garni d'une voile, l'avoir amarré au beaupré, on le lança à la mer.

Des flancs de la goélette partaient dans les airs des fragments de bois ; tout l'arrière était en feu.

Il n'y avait plus une seule minute à perdre.

— Au radeau ! au radeau !

Ils cherchèrent des yeux les Girodias.

Ils étaient à l'avant, appuyés contre le mât, au milieu d'une pluie d'étincelles, calmes, graves, sombres.

Et tous les deux, du même geste réfléchi, comme s'ils se fussent trouvés aux Grandes-Roches, venaient de tirer, de bourrer méthodiquement et d'allumer leur pipe.

— A vous, messieurs, à vous ! descendez !

Sans retirer la pipe de leur bouche, les bras toujours croisés, Pierre dit :

— Nous restons !

Les matelots crièrent :

— Il sont fous !

Le quartier-maître avait pris le commandement.

— Au radeau, allons, et finissons-en...

— Allez... sauvez-vous... Gaston et moi, nous restons...

Le quartier-maître répliqua durement :

— Dans ces conditions, il n'y a pas à faire la **petite** bouche...

Il dit quelques mots à voix basse à l'oreille des trois matelots. Et en un clin d'œil, avant que les Girodias eussent pu la prévoir et s'y opposer, se passa la scène suivante :

Ils furent bousculés, attachés avec des cordes, malgré leur force, et l'un après l'autre descendus, pareils à des paquets, sur le radeau, qui paraissait bien tenir la mer.

Ensuite, le duc y prit place.

Puis vinrent Châze et Malaquin.

Le quartier-maître ne descendit pas encore. Il veillait à tout. Parmi les provisions montées sur le pont pour l'orgie de cette nuit, beaucoup étaient intactes.

Vitat ficela des barils de toute provenance et les lança.

Au risque de se brûler et de ne point revenir, il s'élança dans la cabine du commandant, s'empara d'une boussole de poche et remonta. Ses cheveux avaient pris feu, il se plongea la tête dans un seau d'eau, puis, s'accrochant à un cordage pendant du beaupré, il dégringola.

Il était le dernier.

— Coupez, mes enfants, coupez vite !

Malaquin, avec son couteau, coupa l'amarre qui retenait le radeau à la *Némésis;* Châze et lui avaient tendu la voile.

Le radeau s'éloigna lentement de l'énorme brasier pendant que Malaquin chantonnait :

Où peut-on être mieux qu'au sein de sa famille ?

On déficela les deux Girodias.

Ils restèrent mornes et désespérés, les yeux perdus dans l'infini, détournant avec obstination le regard de ce pauvre navire embrasé.

La *Némésis*, à présent, n'était qu'un immense tourbillon de flammes. Le ciel paraissait tout en feu. La
flamme avait gagné les agrès et les voiles. Tout cra-
quait, flambait, pétillait, dans un épouvantable vacarme. L'incendie sortait par les sabords, et le pont
n'était plus tenable. Quelques minutes de plus et les
abandonnés eussent été la proie du fléau.

La catastrophe finale arriva bientôt.

Un déchirement soudain, accompagné d'un fracas
terrible, se fit dans les flancs de la goélette. Celle-ci
sembla secouée de la base jusqu'à la pointe des mâts
par une vibration surhumaine, par une force aveugle
et colossale. Par l'expansion de l'air surchauffé, l'avant
sautait. Le pont se fendait, les flancs s'entr'ouvraient,
et par les crevasses béantes s'épandaient les flammes.
La destruction totale s'avançait, horrible. En bas, les
mâts étaient calcinés à la base et vacillaient sous la
poussée, sous la pression des voiles incendiées, pendant que des pluies d'étincelles qui paraissaient venir
du ciel même tombaient de partout.

Le yacht lentement se disloquait. Les mâts s'écroulè-
rent, grésillant dans l'eau, pendant qu'une buée faite
de fumée et de vapeur montait et l'enveloppait, comme
si elle avait voulu dérober à la nature entière le drame
qui s'accomplissait là.

Le yacht s'enfonçait, disparaissait peu à peu.

Puis, soudain, tout sombra, et les mâts, qui disparurent les derniers, eurent l'air de s'éteindre, comme de
gigantesques torches, dans un long frisson d'horreur.

Les espars enflammés, les voiles rouges, les cordages
en feu, tout s'engloutit et l'eau bouillonna tout autour.

Plus rien... Plus rien qu'un nuage de fumée là où,
quelques heures auparavant, filait si coquettement la
jolie goélette.

Malgré leur courage, du radeau bousculé par les vagues, ils avaient assisté à ce spectacle avec stupeur.

Cela les rattachait à la vie, au monde entier, aux autres hommes, ce bâtiment, quels que fussent les dangers qu'ils avaient courus à son bord : le navire disparu, c'était l'abandon complet. absolu, sur l'espace infini de cette mer déserte, sous le soleil torride.

Dans un même et admirable élan de dévouement réciproque, Villefort et les matelots se tendirent les mains.

Seuls, Gaston et Pierre Girodias semblaient indifférents à tout.

Dans le lointain, déjà presque entièrement effacés à la ligne de l'horizon, on distinguait encore, mais très vaguement, deux points noirs.

C'étaient la yole et la chaloupe montées par les révoltés.

Cinq minutes après, il n'y eut plus rien de visible.

— Bon voyage ! dit Malaquin.

La mer était assez calme et le vent souffla du nord pendant le reste de la journée. Ils étaient loin de toute terre, en plein océan. Ils n'avaient d'espoir que dans la rencontre d'un navire, mais il fallait que ce navire passât à portée ; ces frêles débris flottant sur les vagues, qui les apercevrait ?

Malaquin et Vitat, aidés par les deux matelots, ne restaient pas inactifs.

Ils examinaient avec attention ce radeau construit avec tant de hâte.

Ils le consolidaient, resserraient les cordages, arrimaient fortement les barils d'eau et de conserves qui leur permettraient de vivre pendant quelques jours sans trop de souffrances.

La première journée se passa sans incident.

La nuit fut fraîche et les reposa.

Au matin, ils ressentirent la faim et la soif. La veille, au milieu de ces atroces émotions, ils n'y avaient même pas pensé.

Ils mangèrent et burent, se rationnant.

Villefort tendit la main aux Girodias :

— Votre haine est la cause de tous ces malheurs, dit-il... Ces braves gens ne vous en gardent pas rancune, — ce qui serait leur droit, — et moi, je vous pardonne... Soyons amis... Nous sommes tous si près de la mort !

Ils détournèrent la tête et ne répondirent pas.

Malaquin leur apporta un gobelet plein d'eau et voulut leur servir à manger ; ils refusèrent.

— Oh ! oh ! vous boudez contre votre ventre !...

Il n'insista pas : c'étaient deux rations de plus pour les autres.

Le soleil apporta un premier tourment : une chaleur insupportable de laquelle il était impossible de se préserver.

En somme, quelle qu'eût été la précipitation avec laquelle le radeau avait été bâti, il paraissait solide.

Il est vrai que le moindre coup de mer aurait pu le disloquer et le réduire en miettes ; mais le vent se maintenait au nord, avec une tendance à fléchir vers l'est. Le ciel était d'une beauté immaculée. Le mauvais temps ne semblait pas à craindre, selon les prévisions ordinaires, car en ces parages, nous l'avons dit, les sautes de vent sont brusques, assez fréquentes, et défient toute sagesse et toute expérience.

La journée fut accablante.

Ils aspiraient à la nuit, la nuit bienfaisante, pour éprouver un peu de repos.

Elle vint enfin et ils purent dormir, à tour de rôle.

Assis l'un près de l'autre, immobiles comme des

statues, l'œil perdu sur l'immensité noire, les Girodias étaient à mille lieues de leurs compagnons.

— Ils sont en fer, ces deux garçons, murmurait Malaquin.

De toute la journée, ils n'avaient voulu ni manger ni boire.

Le lendemain fut morne.

Les Girodias semblèrent dormir.

Parfois, pourtant, ils rouvraient les yeux, se regardaient avec surprise, ne se rendaient plus compte de ce qui se passait, puis retombaient dans une sorte de sommeil que la fièvre rendait douloureux.

Aucune voile n'apparut.

— Ils ne peuvent pas vivre longtemps, sans boire ni manger...

Et Malaquin, complaisant, revenait à eux quand ils s'éveillaient. A la fin, ils burent un peu d'eau, sans savoir ce qu'ils faisaient.

Leur gorge, le palais, étaient enflammés.

Les lèvres même commençaient à se tuméfier.

Alors Malaquin, d'un ton encourageant :

— Voyons, un peu de biscuit, un peu de conserve pendant qu'il y en a encore...

Nulle réponse.

Malaquin essayait de leur faire entendre raison :

— Vous avez bien tort... à la guerre comme à la guerre... Il ne faut pas faire fine bouche...

Ils retombèrent dans leur apathie.

Nous avons dit que les naufragés veillaient à tour de rôle. Dans la nuit qui suivit, vers onze heures, ce fut le tour de Vitat. Le vieux matelot dormait peu d'habitude, et pourtant cette nuit-là, à son tour de garde, accablé de fatigue, enfiévré par la chaleur mortelle de la journée, il se laissa gagner par le sommeil.

Tous étaient étendus sur le radeau, attachés les uns aux autres, à l'exception des Girodias, pour éviter d'être emportés par quelque lame. Le radeau flottait doucement, sous la clarté lunaire.

Les Girodias rêvaient tout haut; ils avaient le cauchemar.

Tout à coup, Pierre s'éveille, se soulève, regarde autour de lui.

Longtemps il reste ainsi, semblant réfléchir. Les pensées s'en vont. C'est la folie qui entre dans son cerveau, à force de faiblesse.

Puis, un peu de raison revient.

Est ce bien de la raison, et non pas une folie nouvelle, qui s'empare de son esprit?

Il se lève. Il est si faible qu'il peut difficilement rester debout.

Il regarde longuement ses compagnons de détresse, endormis.

Puis, le voilà qui, un à un, détache les barils d'eau et de conserve et les pousse dans les flots, enlevant ainsi la suprême ressource des naufragés.

Mais il ne peut aller jusqu'au bout de sa sinistre besogne.

Un évanouissement le saisit. Il tombe. La fièvre revient. Il s'agite, il crie; puis, après un long temps où il se débat ainsi, reste enfin immobile.

Les autres aussi rêvent et s'agitent.

Le quartier-maître est le premier à reprendre connaissance.

Il se frotte les yeux.

— Eh! eh! fit-il, j'ai dormi...

Il regarde autour de lui, compte ses compagnons.

— Tout le monde est là. Il n'est rien arrivé.

Le matin, au lever du soleil seulement, les naufragés

constatent avec désespoir la disparition de leurs vivres

Tout s'est détaché ; tout a coulé à la mer.

Il ne reste qu'un peu d'eau, au fond d'un baril, de quoi leur servir pendant deux jours, trois jours au plus...

Pourtant la mer est calme ; aucune vague n'a balayé le radeau. Ils ne s'expliquent pas comment l'accident a pu survenir.

Ils se regardent, pâles, cette fois, — et pour la première fois peut-être, — vraiment désespérés.

Si, avant deux jours, un bateau ne les recueille pas, ils sont perdus.

C'est la mort par la faim, la soif, la fièvre, la folie !

En cette journée, qui fut lugubre, les Girodias s'éveillèrent deux ou trois fois sans reprendre connaissance.

Leurs yeux étaient hagards.

Quels seraient les premiers qui mourraient parmi ces pauvres gens ?

Les deux frères, sans doute.

Le soir, il ne restait plus que quelques rations d'eau.

Châze donnait des signes de folie.

Villefort, le seul peut-être avec Malaquin, qui conservât tout son sang-froid, l'attacha au pied du mât qui supportait l'unique voile. S'il n'avait pas pris cette précaution, Châze se fût jeté à la mer.

La nuit vint.

Ni l'un ni l'autre n'eut la force de veiller.

Le duc lui-même avait des hallucinations.

Il se sentait d'une faiblesse extrême. Autour de lui ses compagnons ne bougeaient plus, comme morts.

Les deux Girodias, étendus côte à côte, le visage gonflé, avaient parfois des soubresauts brusques ; un peu de vie restait encore en eux. Des plaintes sortaient de leurs lèvres, douces, longues, interminables. On eût dit des plaintes d'enfant. La souffrance, enfin, les avait vaincus.

Villefort eut pitié d'eux.

Il se traîna jusqu'au baril au fond duquel il y avait encore quelques gouttes d'eau ; il remplit une tasse, rampa jusqu'aux deux frères, entr'ouvrit la bouche de Gaston, y laissa tomber un peu d'eau, en fit autant pour l'aîné.

Il sembla que ce fût brusquement de la vie qu'on leur versait.

Tous les deux ouvrirent des yeux éperdus.

La lune brillait, la nuit était claire, la mer extrêmement calme. C'était un repos infini de la nature tout entière, contraste pénible avec tant de tortures.

Ils reconnurent Villefort tout près d'eux.

Ils sentirent sur leurs lèvres enflammées la fraîcheur bienfaisante de l'eau.

Ils comprirent ce qu'il avait fait.

Ils baissèrent la tête, fermèrent les yeux et dirent faiblement :

— Merci... merci...

Puis ils retombèrent dans leur torpeur qui était pareille à la torpeur des autres, et qui, si elle n'était secourue, devait aboutir à la mort.

La nuit se passa ainsi. Le jour parut. Ils ne le virent point. Ils avaient le délire... Vers deux heures, sous ce soleil de plomb, les deux Girodias se soulevèrent péniblement ; Gaston réveillé par son frère.

Et quelques mots hachés tombèrent de leurs lèvres.

— Frère, c'est fini !

— C'est la mort !

— La mort, oui... Mais du moins nous mourrons ensemble.

— Ensemble, comme nous avons vécu...

— Ne nous séparons pas...

— Non, non, que la mort nous emporte en même temps.

— Que je sente ta convulsion suprême.

— Et que je reçoive ta suprême étreinte.

— Ainsi nous aurons vécu.

— Ainsi nous serons morts.

Ils s'arrêtèrent épuisés.

Ils s'étaient soulevés. De nouveau ils s'étendirent.

Et ils s'étreignaient les mains, dans le même geste qu'ils avaient eu si souvent lorsqu'ils avaient voulu, autrefois, dans l'étroite unité de leurs deux vies, se communiquer leurs affections, leurs espérances ou leur haine.

Une heure se passa. Les autres déliraient toujours. Seuls, au moment de mourir, les deux frères retrouvaient leur intelligence.

— Gaston?

— Frère...

— Cette nuit, te souviens-tu?

— Oui, c'était une souffrance atroce...

— Et il s'est approché de nous pour nous donner à boire.

— Sa ration d'eau, peut-être.

— Et peut-être souffrait-il autant que nous...

Leurs mains réunies étaient agitées de tremblements.

— Frère, une épouvantable pensée m'est venue...

— Elle m'est venue aussi, frère...

— S'il n'était pas coupable?

— Si vraiment notre haine se trompait?...

Ils se turent, tout à coup, comme interrompus.

C'est que tout près d'eux, les touchant presque, le

duc de Villefort délirait à son tour, à bout de forces et, comme les autres, apercevant la mort.

Il délirait, et dans sa fièvre c'était l'image de Colette qui apparaissait persistante et charmante.

Et nul autre nom, sur ses lèvres, ne vint en ce moment-là, si ce n'est le nom de Colette.

— Écoute, disait Pierre.

— Oui, oui, c'est à elle **qu'il pense au moment de** mourir.

— Il l'aime.

— Comme nous l'aimons !

— N'est-ce pas son image que tu revoyais aussi ? Sois franc.

— Je la revoyais, souriante et douce, comme le jour où nous l'avons rencontrée chez le garde Soubise...

— Et moi, je la revoyais comme lorsqu'elle nous est apparue, pareille à un fantôme, entre les bruyères et les genêts, pendant le duel.

Horace murmurait doucement, dans son délire, avec une tendresse infinie :

— Colette ! je ne vous verrai plus jamais, ma chère Colette...

— Il l'aime, disait Pierre... Alors, vois-tu, il vaut mieux que la mort nous emporte, lui et nous...

— Oui, puisque, s'il n'est pas coupable du meurtre de notre père, nous étions destinés quand même à le haïr...

Ils se turent, redevenus farouches.

Longtemps, très longtemps après :

— Crois-tu qu'elle l'aime ? Crois-tu qu'il n'est pas aimé ?

— Peut-être !... Peut-être

Et ce fut tout. Une faiblesse les prit. Ils perdirent connaissance de nouveau. Et sans doute qu'ils empor-

tèrent, dans cet évanouissement, l'espérance que peut-
être Colette n'eût pas aimé Villefort et qu'elle eût aimé
l'un d'eux !

Le radeau vogue au gré des flots.

Nulle force, maintenant, pour diriger l'unique voile.

Nulle intelligence pour consulter la boussole.

Ils vont mourir de misère, de soif et de faim.

Malaquin donne quelques signes de vie...

— A boire ! A boire !

Il se traîne jusqu'à la barrique, racle le fond avec un
gobelet et boit goulûment quelque chose que dessèche
le soleil, qui n'est plus de l'eau et qui est plutôt de la
boue.

Il ne se recouche pas.

Il s'assied, seulement, appuyé contre le mât, les
yeux sur cette mer qu'il aime depuis son enfance, où il
a passé toute sa vie et qui bientôt va devenir son
tombeau.

Soudain son visage s'anime, ses yeux brillent.

Ils interrogent au loin l'horizon.

C'est qu'à l'horizon une voile vient d'apparaître, qui
grandit de minute en minute et se rapproche.

Un cri sourd, de joie délirante :

— Une voile ! une voile !

Dans leur sommeil de mort, les autres entendent. Un
autre cri, certes, ils ne l'eussent point entendu. Mais
celui-là, c'était la vie !...

Ils remuent, se soulèvent, se regardent.

Est-ce encore le délire ?

Le bras tendu vers l'horizon, Malaquin crie toujours

— Une voile ! une voile !

D'abord ils n'aperçoivent rien. La fièvre brûle
aveugle leurs yeux.

Puis ils voient, et, les bras vers ce navire sauveur

ils attendent, prêts à devenir fous de joie, maintenant, comme ils allaient devenir fous de détresse tout à l'heure.

La voile grandit, les mâts se dessinent, d'autres voiles apparaissent, puis la coque, l'ensemble, les agrès, tout le bâtiment, léger, rapide, coquet.

Le radeau a été signalé assurément, car le navire a mis le cap sur les naufragés et vient droit à eux.

Bientôt, on distingue les hommes de l'équipage.

Bientôt, on distingue tous les détails.

Bientôt, on peut lire le nom du sauveur.

Une acclamation de joie folle chez Malaquin

— La *Minerve!* La *Minerve!*

Et les Girodias eux-mêmes, qui se raniment, reconnaissent la goélette qui les a poursuivis mystérieusement depuis le Havre.

Et sur le pont de la goélette, sa lunette à la main, un vieillard !

Le marquis de Vivarez !...

Ils étaient sauvés.

Pierre et Gaston regardaient Villefort silencieusement, Villefort qui, la nuit dernière, les avait secourus, Villefort à qui ils allaient devoir la vie, puisque la *Minerve* allait les recueillir.

Leur haine d'autrefois était ébranlée

Mais ils eurent une même pensée qui renfonça, dans ces deux cœurs farouches, l'élan spontané de repentir et d'affection qui en jaillissait.

— Pourquoi faut-il qu'il aime Colette !

Un quart d'heure après, les naufragés étaient transportés à bord de la *Minerve*, où ils trouvaient les soins les plus empressés.

XI

MICHELLE

L'hiver était passé. Le printemps était revenu pendant tous ces événements, et la jolie campagne des environs de Clisson, baignée par la Sèvre et la Maine, resplendissait et s'épanouissait sous les tièdes nuits et les journées ensoleillées du mois de mai finissant.

Michelle Soubise n'avait pas quitté la maison des Grandes-Roches où prenaient soin d'elle des femmes au service des Girodias, vieilles paysannes dévouées aux deux frères.

Son état n'avait pas changé.

Sa folie était toujours la même, douce et presque tendre. Elle avait à peine besoin d'être surveillée et souvent il lui arrivait de quitter les Grandes-Roches et de sortir seule, par les bois, son instinct la ramenant au Millepertuis, sans qu'elle en souffrît et sans qu'il lui arrivât d'aventures.

Mais les deux derniers mois de sa grossesse — avril et mai — furent pénibles, très douloureux.

Les médecins, consultés, ordonnèrent qu'on l'empêchât de marcher.

Michelle fut condamnée au lit.

Et à partir de ce jour, fidèle aux instructions données par les Girodias avant leur départ, les deux servantes ne la quittèrent plus, veillant sur elle à tour de rôle, prenant en pitié cette enfant malheureuse et s'attachant tous les jours davantage à cette victime.

Colette aurait bien voulu la voir et continuer aux Grandes-Roches les visites qu'elle lui rendait à Mille-pertuis.

Mais les deux paysannes des Grandes-Roches, vieilles servantes du père Girodias, épousaient les querelles de la famille et reportaient sur le château de Villefort et ceux qui l'habitaient la haine de leur maître.

Aux premières tentatives, elles dirent nettement à Colette qu'elles avaient la responsabilité de ce qui se passerait chez les Girodias en l'absence des frères et qu'elles n'entendaient pas que la jeune fille reparût aux Grandes-Roches.

Colette dut se le tenir pour dit.

En dessous main, lentement, et grâce à Malicamp, elle sut pourtant toujours ce qui se passait, et, dans les dernières semaines où Michelle pouvait encore sortir, elle la rencontra quelquefois.

Puis ce fut tout, et la maison silencieuse des Grandes-Roches sembla se refermer pour elle et pour tous, comme si elle avait voulu dérober au monde les événements qui allaient s'y dérouler.

L'état de Michelle restait stationnaire.

Colette s'était informée auprès des médecins.

— Croyez-vous que sa maternité peut lui rendre la raison?

Les médecins n'avaient pas osé se prononcer.

— Peut-être... il y a des exemples... mais nous ne répondons de rien... Ce qui est à redouter plutôt, ce sont des complications qui mettraient sa vie en danger.

L'événement eut lieu dans le courant de juin.

Michelle accoucha d'une fille.

Et elle tomba dans un anéantissement absolu.

Ce fut une sorte de syncope qui dura plusieurs jours et dont elle fut tirée à grand'peine.

Enfin elle parut reprendre vie.

Mais sa raison ne revenait pas.

Il s'était fait en elle, pourtant, un changement singulier.

Auparavant, sa folie était plutôt gaie ; causeuse, rieuse, elle s'en allait en chantant, et cela faisait mal de voir tant de gaieté chez la pauvre enfant.

La délivrance accomplie, elle devint silencieuse.

Rarement on pouvait lui arracher quelques paroles.

On essaya de lui présenter son enfant et d'arriver jusqu'à son intelligence par la vue de ce petit être innocent qui vagissait dans ses langes.

Elle le regardait sans comprendre encore.

On le lui mettait dans les bras, on excitait sa tendresse. Vains efforts.

Elle ne lui faisait point de mal. Elle le rendait à ses gardes-malades. Mais l'instinct de la maternité, cette fleur divine du cœur des femmes, ne fleurissait point en elle encore... Elle le rendait sans l'embrasser.

Muette, le regard obstinément fixé vers des spectacles inconnus, mystérieux pour tous, à quoi songeait cette pauvre tête ?

Un lent travail se faisait en elle, peut-être... très lent, très laborieux.

Et les médecins intéressés l'entouraient de leurs soins et de leur dévouement.

On n'avait pas de nouvelles des Girodias depuis longtemps, pas plus qu'à Villefort on n'avait de nouvelles du marquis de Vivarez.

Qu'étaient devenues les deux goélettes ?

On l'ignorait.

Des mois se passèrent ainsi, lorsque tout à coup les Girodias reparurent sans avoir prévenu personne de leur brusque retour.

En même temps, et sans que personne, en dehors des deux maisons ennemies, eût pu expliquer cette coïncidence, Villefort et M. de Vivarez rentraient au château.

La *Minerve* avait perdu huit jours à la Nouvelle-Orléans à réparer des avaries.

Elle n'avait pas reçu le dernier avis envoyé par Malaquin au milieu de la tempête, de telle sorte que, les avaries réparées, M. de Vivarez avait dirigé le bâtiment vers la Floride sans autre but et un peu au hasard.

Il avait erré le long de la côte, visitant toutes les anses, pénétrant dans toutes les baies, cherchant partout la *Némésis*.

Il avait fini par avoir des renseignements sur elle, mais trop tard ; il apprit en effet, du même coup, son arrivée dans les eaux du Saint-Jean, la disparition du duc Horace, le départ du yacht, qui avait regagné la rade de Saint-Augustin et la pleine mer, faisant voile sans doute pour la France.

Alors, M. de Vivarez avait croisé dans l'Océan, s'en remettant au hasard du soin de le conduire sur les traces de la *Némésis*. Et le hasard, on l'a vu, l'avait bien servi, puisqu'il était arrivé juste à point pour sauver les naufragés d'une mort atroce.

De la chaloupe et de la yole de la *Némésis*, où s'étaient réfugiés les révoltés, on n'entendit jamais parler.

Il est probable que trois jours après, en essayant de regagner la côte, les deux petites embarcations furent assaillies par un de ces coups de vent si fréquents dans la mer des Antilles et submergées.

Lorsque Gaston et Pierre Girodias rentrèrent aux Grandes-Roches, ils répondirent à peine aux paroles affectueuses de leurs serviteurs qui leur souhaitaient la bienvenue.

Une seule chose les frappa dans ce qu'ils entendirent :

La délivrance de Michelle.

Ils revenaient accablés par la catastrophe de la *Némésis*.

Sauvés par le marquis de Vivarez, compagnons d'infortune du duc Horace, presque certains désormais que le duc n'avait pas commis le crime qu'ils lui reprochaient, ils étaient dans un désordre d'idées inexprimable. Ils avaient besoin de solitude pour se remettre.

Bien des affaires étaient en retard dans la gestion de leurs biens.

C'est à peine s'ils s'en inquiétèrent.

Et les rares paysans qu'ils voulurent recevoir s'en allèrent surpris, en disant d'eux qu'ils « revenaient bien changés et qu'ils avaient une tout autre figure qu'avant de partir ».

Peu à peu, cependant, ils parurent renaître et se remirent à leur vie de jadis.

A Villefort, Horace avait été reçu avec des larmes de joie.

Tout d'abord, en retrouvant M. de Vivarez sur le pont de la *Minerve*, les deux hommes avaient agité la question de savoir si le duc retournerait en France avec son oncle, ou s'il regagnerait la plantation des Sables-Rouges.

Mais l'attitude des frères Girodias vis-à-vis du duc prouvait que si des débris de leur haine flottaient encore tout au fond de leur cœur, du moins leur conviction de la culpabilité d'Horace s'était fort amoindrie.

Et comme, un jour, Colette avait dit de Roland :

— Qui sait, il finira peut-être par m'aimer, cet enfant ?...

Le duc, lui, disait de Pierre et de Gaston :

— Qui sait si tout cela ne finira point par une bonne et solide affection !

Peut-être ne se fût-il pas trompé, s'il n'y avait pas eu l'amour, l'amour qui engendre si souvent, lui aussi, la haine.

Car Horace ignorait encore que les deux frères aimaient Colette.

Il avait dit aux deux frères, lorsque quelques jours se furent passés sur la *Minerve* et que tout danger eut disparu pour les naufragés :

— Nous avons été bien près de la mort!...

— Il est vrai...

— Parfois, lorsqu'on est aussi près de mourir, le regard acquiert une vision surhumaine ; avant d'entrer dans l'éternelle obscurité du tombeau, la vie s'éclaire d'un dernier rayon... N'avez-vous rien vu?...

Ils baissèrent la tête.

Le duc répéta, leur parlant tout bas :

— Vraiment, êtes-vous à ce point aveugles et croyez-vous toujours que j'ai commis cet affreux crime ?...

Ils relevèrent les yeux, lentement, honteux, dans un immense effort.

Et ce fut Pierre qui répondit :

— Non... depuis la nuit où je vous ai vu, dormant si calme auprès de nous ; depuis la nuit où mon frère vous a vu, le regardant avec tant de pitié et de douceur ; depuis cette autre nuit tragique où, en vous traînant sur le radeau, vous êtes venu mouiller nos lèvres tuméfiées avec un peu de l'eau qui vous restait... et qui, peut-être, aurait pu vous empêcher de mourir, depuis ces deux nuits-là, mieux encore que dans les marais de Grandlieu, nous nous sommes dit que le meurtre de notre père n'avait pas été seulement un

crime affreux, mais un crime lâche, et que vous... vous
n'aviez pu commettre cette lâcheté...

Le visage d'Horace s'éclaira d'une expression de
bonheur infini :

— Enfin ! enfin ! dit-il.

Et l'émotion qu'il ne cherchait pas à dissimuler trou-
blait sa voix.

Après quelques secondes de silence :

— Je vous pardonne, oui, je vous pardonne de tout
mon cœur ce que vous avez fait... et cordialement,
sans arrière-pensée, je vous tends les mains.

Il y mettait toute sa franchise et tout son élan.

Mais il ne trouva pas chez eux la même franchise et
le même élan.

Entre les deux frères et lui flottait l'image de Colette.

Une voix criait au fond d'eux :

— Il aime Colette...

Et une autre voix posait l'éternelle question :

— Est-il aimé ?

Quoi qu'il en soit, cette réconciliation devait avoir
une grande influence sur l'opinion publique dans tout
le pays.

Villefort n'avait plus de raisons pour s'expatrier.

Et lorsque la *Minerve* arriva au Havre, en se séparant
d'eux, il avait dit aux Girodias :

— Nous avons le même intérêt à connaître le meurtrier de votre père, car je sens bien que je ne serai
définitivement acquitté par l'opinion que lorsque ce
mystère sera éclairci... Pourquoi ne pas unir nos efforts
et nos recherches ?

Ils ne répondirent rien.

En les voyant mettre le pied sur la passerelle pour
gagner le quai, Horace soupira.

— Je ne les ai pas vaincus complètement, murmura-t-il. Que reste-t-il donc encore au fond de ces âmes farouches ?...

Il y restait l'amour et la jalousie, qui aussi engendrent des crimes.

Michelle persistait dans son attitude étrange.

Elle se concentrait sur elle-même, les yeux fixes, sans que rien de ce qui se passait autour d'elle parût l'intéresser.

Elle était devenue muette.

La présence de celles qui avaient pris soin de sa santé depuis si longtemps lui pesait ; elle souffrait quand il y avait quelqu'un auprès d'elle.

Ce singulier état dura une quinzaine de jours.

Mais ses forces revenaient. Toute inquiétude n'avait pas disparu ; cependant on commençait à espérer que des complications ne se présenteraient pas.

Ce retour à la santé coïncida chez la jeune fille avec un peu plus d'animation. Sa torpeur était toujours grande, son insensibilité vraiment incompréhensible ; toutefois, on la surprit à plusieurs reprises regardant avec une curiosité bizarre les gens qui s'agitaient autour d'elle.

Les Girodias la soignaient avec une grande bonté. Ils avaient donné l'ordre que rien ne fût épargné pour ramener la jeune fille à sa guérison complète.

Mais ils ne pénétraient jamais auprès d'elle.

Ils ne la voyaient jamais.

Et depuis leur retour, Michelle ne s'était pas trouvée une seule fois en leur présence.

On permit enfin à la jeune mère de se lever.

Elle fut habillée et on la conduisit auprès d'une fenêtre d'où elle pouvait voir, embrasser d'un seul coup d'œil la forêt et la plaine.

Comme elle était très calme et comme, du reste, on n'avait jamais eu à se plaindre de la laisser seule, il n'y eut bientôt plus personne dans sa chambre.

Un peu de rose s'épandait sur ses joues et ses yeux étaient plus vifs. La campagne fleurie, la forêt feuillue, lui envoyaient leurs parfums. Et, elle, habituée au grand air, aux grands bois, les respirait avec délices.

Puis, fixé au loin devant elle, son regard devint rêveur.

Cette forêt de grands arbres, traversée de chemins tortueux et d'avenues herbeuses, elle la reconnaissait... Elle avait joué là toute sa vie... Et pas un arbre qui ne fût son ami et qui n'eût été le témoin de sa gaieté.

Lentement, se dissipaient, un à un, les brouillards qui obscurcissaient son cerveau.

Et ce travail ne s'accomplissait pas brusquement, en cette radieuse matinée du mois de juin ; il avait commencé depuis sa maternité, depuis ce bouleversement de tout son corps, dont elle ne se rendait pas compte, et qui, au péril de sa vie, allait lui rendre l'équilibre de sa raison.

Pendant ce silence obstiné des derniers jours, elle rêvait.

Elle tâchait de ressaisir les fils invisibles qui reliaient sa vie d'aujourd'hui à ce qui avait été sa vie d'autrefois.

Brutalement, entre ces deux vies, une scission s'était faite.

Que s'était-il passé ? Comment se ressaisir ?

Mais ces efforts pour se reprendre devaient être bien pénibles, bien douloureux, car elle pâlit tout à coup et appuya les deux mains sur son front.

Elle murmurait :

— J'ai mal ! je souffre :

Cela finit par se calmer.

Alors elle regarda autour d'elle. C'était sa chambre, celle où elle habitait depuis qu'elle avait été conduite chez les Girodias.

Et cependant on eût dit qu'elle la voyait et qu'elle venait d'y entrer pour la première fois.

Très simple, du reste, et pas beaucoup différente de celle qu'elle occupait à Millepertuis; les mêmes meubles, ceux de sa chambre, dans la maison forestière, qu'on avait transportés aux Grandes-Roches.

Mais la pièce était très vaste, éclairée par trois fenêtres tandis qu'à Millepertuis, le soleil entrait par une seule fenêtre au rez-de-chaussée.

Elle se leva, parcourant la chambre à pas lents.

Elle examinait, elle touchait chaque chose.

Elle revint à la fenêtre, s'y accouda, ferma les yeux. Où donc était-elle ?

Elle se pencha au dehors pour voir cette vaste maison blanche.

Evidemment, elle la connaissait; elle l'avait aperçue bien souvent, perchée en haut du coteau, avec son fameux belvédère où se balançait, à la girouette, le pendu de 1793.

Et juste au même moment, un peu de vent se leva, la girouette s'agita, évolua, grinça.

Le pendu se mit à se disloquer, à battre des entrechats, à danser une sarabande.

Que de fois Soubise avait dit à sa fille en le lui désignant, de la lisière des bois de Villefort :

— Regarde là-haut... C'est un souvenir de la guerre des chouans.

Lentement, très lentement, la mémoire revenait en elle... ligne à ligne, morceau par morceau, pour ainsi dire.

— On dirait, ici, la maison des Girodias!... fit-elle tout haut.

Ce nom, prononcé par elle, lui causa un long frémissement de terreur.

— Pourquoi? Pourquoi?...

Que de lacunes encore dans son esprit !

Deux hommes traversèrent la cour, se dirigeant vers les écuries.

C'étaient Pierre et Gaston.

Ces deux figures, taillées **à coups de serpe**, étaient presque populaires dans le pays, et Michelle les connaissait, comme tout le monde.

Mais dans la fatigue énorme des efforts pour se souvenir, elle ne put se rappeler leurs noms...

Sous son front, des élancements la torturaient.

Elle tomba, presque inanimée, dans un fauteuil, ferma les paupières.

Elle essaya de ne plus penser à rien.

Au bout de quelques minutes, la fatigue ayant été excessive, elle s'endormit.

Elle dormit deux heures.

Dans l'intervalle, on était venu voir ce qu'elle faisait.

La domestique, rassurée, referma doucement la porte.

Elle ne la dérangea plus.

Quand Michelle s'éveilla, la souffrance s'était calmée.

Et le travail de son esprit recommença.

Oui, c'était bien le coteau des Grandes-Roches, d'où la vue s'étendait même jusqu'aux ruines du château de Clisson ; c'était bien la girouette de l'ancêtre de 93 ; c'était bien la maison de Girodias.

Et ces deux jeunes gens qui, à l'instant, sous ses yeux, rentraient à cheval, retour de leur promenade ; et qu'elle n'avait point reconnus tout à l'heure, elle les reconnaissait maintenant.

— Les fils Girodias !

Et toujours, toujours le problème se posait devant elle :

— Pourquoi suis-je ici, chez eux ?

Elle était poussée par une curiosité intense. Èt parfois, avec de grands gestes, elle frappait, secouait l'air, devant elle, devant son front et devant ses yeux, comme pour écarter ainsi, machinalement, les dernières brumes qui enveloppaient son cerveau et dérobaient le passé.

Elle se sentait plus forte.

Elle sortit.

Sa chambre était au second étage de la maison.

Elle parcourut ce second étage, curieusement, puis descendit au premier, puis se trouva au rez-dechaussée.

En cette vaste habitation, c'était un peu la solitude, toujours.

Elle·ne rencontra personne.

Elle glissait sans bruit, pareille à un fantôme, dans les longs couloirs.

Lorsqu'elle fut sur le seuil, sur le point de sortir, elle s'arrêta.

On eût dit que le grand soleil lui faisait peur et qu'elle s'effrayait de la lumière du jour.

Elle recula, revint sur ses pas.

Puis, tout à coup, elle resta pensive et, au bout de quelques instants, comme guidée par un instinct irrésistible, elle se dirigea droit vers une porte à peu près dissimulée dans l'ombre, tout au fond d'un couloir, à l'angle même de la maison.

Hardiment, sans réfléchir, sans savoir ce qu'elle faisait, elle tourna le bouton de cette porte qui n'était pas fermée à clef et elle ouvrit.

C'était le cabinet de travail du père Girodias.

Il ne servait pas de bureau aux deux frères, lesquels, nous l'avons dit, l'avaient scrupuleusement laissé dans l'état où il se trouvait au moment de l'assassinat du vieillard, papiers épars, tout sanglants, et coffre-fort ouvert.

Les fenêtres étaient entre-bâillées. Un rayon de soleil, resserré entre les persiennes qui ne se rejoignaient pas complètement, coupait en deux la pièce et venait éclairer d'un coup de lumière crue le fauteuil où Girodias avait été frappé.

Lorsqu'ils avaient quitté les Grandes-Roches pour aller s'embarquer au Havre, les deux frères n'avaient emporté qu'une seule chose, un seul et sinistre souvenir de ce cabinet :

Le poignard.

Lorsqu'ils avaient été chassés de leurs salons et de leurs cabines par l'incendie de la *Némésis*, ils n'avaient de tout ce désastre sauvé qu'un seul objet :

Le poignard rouillé par le sang du père Girodias.

Et lorsqu'ils étaient rentrés aux Grandes-Roches, ils avaient remis cette arme sur le bureau.

Elle était là, lugubre, sous les yeux de Michelle.

La jeune fille, debout au milieu du cabinet, la tête penchée, dans une attitude bizarre, paraissait écouter non pas les bruits du dehors, le frémissement de la brise dans les feuilles des arbres, les sons lointains de la campagne, mais de redoutables voix qui montaient du fond d'elle-même.

Elle se mit, soudain, à faire le tour de la pièce.

Elle touchait chaque chose, chaque meuble d'une main frémissante.

Derrière le fauteuil, une porte donnait sur un cabinet noir.

Elle ouvrit cette porte, entra dans le cabinet noir.

Elle en ressortit, s'arrêta longtemps devant le foyer éteint où restaient les mêmes cendres, reliques du meurtre.

Puis, devant le bureau, elle rêva.

Elle était redevenue très pâle et son visage était plein d'angoisse. De l'effarement dans ses yeux. Mais ce n'était plus le regard éperdu de la folle. C'était le regard d'un être de raison qui se souvenait, maintenant, et qui s'épouvantait de ses souvenirs.

Elle se pencha, prit le poignard... le regarda avec horreur...

Et tout à coup, elle eut en grand cri :

— Ah ! mon Dieu ! Ah ! mon Dieu !

Et elle tomba évanouie.

Ce fut là qu'on la retrouva, longtemps après.

Les domestiques, au moment du déjeuner, s'aperçurent qu'elle n'était plus dans sa chambre. Ils la cherchèrent partout ! Mais comment deviner qu'elle s'était réfugiée dans le cabinet de Girodias ? Le hasard leur fit découvrir la porte ouverte. Ils approchèrent. Michelle gisait inanimée.

Pierre et Gaston étaient là.

En tombant sur le parquet, Michelle avait gardé le poignard dans ses doigts crispés. Ils virent cela !

Doucement ils reprirent l'arme, pour qu'elle ne se blessât point.

Mais alors que les gens n'échangeaient aucune réflexion, trouvant naturel ce qu'ils prenaient pour une incartade de la folle, les deux frères se disaient, anxieux, frémissants :

— Pourquoi est-elle venue là ?

— Pourquoi cette arme entre ses mains ?

— Pour s'évanouir ainsi, il a fallu qu'elle se souvint !

— Alors, elle n'est donc plus folle ?...

On la transporta dans sa chambre. On l'étendit dans son fauteuil.

Et les deux frères ne voulurent laisser personne auprès d'elle.

Seuls, ils tenaient à la surveiller.

Seuls, ils guettaient son retour à la vie

Et quand les yeux de la jeune fille s'ouvrirent, penchés sur elle, ils épiaient son moindre geste et la première parole qui allait sortir de ses lèvres.

Mais elle les regarda, les reconnut, referma ses paupières.

Et elle redevint muette.

XII

LA BELLE ISABELLE

Pendant que la *Némésis* fuyait la *Minerve*, pendant que se passaient dans l'océan les événements que nous avons racontés, les petits musiciens Lantur, Lanturlette et Lanturlu, fidèles à la promesse qu'ils avaient faite à la jolie charmeuse, ne perdaient pas leur temps.

Ils avaient regagné Paris par le chemin de fer, grâce à l'argent que leur avait donné Colette.

A pied, ils eussent mis des semaines à faire ce voyage, et ils avaient hâte d'arriver.

En chemin, ils avaient élaboré leur plan de campagne.

Il s'agissait tout d'abord pour eux de retrouver la piste des deux acrobates, Gabarit et Lahache, leurs anciens maîtres.

Qu'étaient-ils devenus ?

La somme volée chez Girodias devait leu. constituer une fortune, partagée même en trois parts, car la belle Isabelle, somnambule, aurait réclamé la sienne assurément.

Même divisée en trois parts, cela faisait pourtant trois fortunes et il était à peu près certain que les saltimbanques devait avoir abandonné leur profession pour une autre plus lucrative.

— S'ils ont continué à travailler... disait Lanturlette en se retirant de la portière du wagon par où elle admirait les larges et poétiques paysages des bords de la Loire, de Nantes à Blois.

— Et ça, ce n'est pas sûr, fit Lanturlu.

— Non, ils étaient paresseux comme des loirs.

— Surtout la belle Isabelle.

— Ils ont dû se mettre à boulotter leur argent tout de suite.

— Surtout Lahache, qui est joueur.

— Oui... surtout Lahache... Gabarit, lui, est avare... Il doit passer sa vie à compter ses écus dans un petit coin.

A Paris, où ils arrivèrent le soir, ils se mirent en quête sans retard.

Ils étaient trop habitués à cette vie vagabonde pour ne pas savoir où ils devaient s'adresser, dans quels débits louches, dans quels rendez-vous mystérieux, à des heures qu'ils connaissaient, depuis les Halles, le quartier du Temple, les petites ruelles derrière les Archives, jusqu'aux boulevards extérieurs, tout le long des brasseries nouvelles extravagantes et des cafés fréquentés par les forains en vacances.

Ce ne fut pas aussi commode qu'ils l'avaient cru.

Évidemment, partout on connaissait Lahache et Gabarit, lesquels, du reste, n'étaient pas en grande estime auprès des forains de Paris, tous fort honnêtes gens ; mais Lahache et Gabarit avaient disparu depuis quelques mois ; personne ne les avait revus et ne pouvait donner de leurs nouvelles.

La belle Isabelle, aussi, ne donnait pas signe de vie.

— Pourtant, elle tient de la place, Isabelle, disait Lantur, en riant.

— Oui, quand elle est quelque part, on la voit.

— Elle pèse deux cents !

Jeannette écrivait à Clisson pour rendre compte à Colette de leurs tentatives.

Les trois complices restaient introuvables.

Prudents, maintenant qu'ils possédaient de quoi vivre, il avaient voulu sans aucun doute briser avec l'ancienne vie, et, de peur d'être inquiétés plus tard, ils n'avaient voulu revoir personne de ceux qu'ils fréquentaient autrefois.

— Peut-être ont-ils quitté Paris...

— Même la France...

— Moi, je parie qu'ils ne sont pas loin et qu'ils doivent être tapis dans quelque trou, aux environs, où Lahache doit se griser à son aise...

Jeannette était triste et perplexe.

Elle avait fait une promesse à Colette et voilà qu'elle ne savait plus maintenant si elle pourrait la tenir.

Néanmoins, les enfants continuaient leurs recherches.

Ils agissaient séparément, se distribuant la besogne dans tous les quartiers de Paris, et ne se retrouvant que le soir, dans un taudis de la rue du Dragon.

Là, ils se racontaient leurs efforts.

Heureusement, la fête des boulevards extérieurs, des Batignolles et de Montmartre, approchait.

Ils allaient peut-être obtenir des renseignements.

Ils ne se trompaient pas.

Un soir, Lanturlette rentra rue du Dragon tout émue.

Les deux autres étaient là.

Ils comprirent, en la voyant, qu'elle savait quelque chose.

— Oui, dit-elle tout de suite, oui, je vous apporte des nouvelles.

— Tu sais où ils sont?

— Pas encore, mais nous le saurons bientôt... La belle Isabelle est à Paris.

Elle avait aperçu la voiture de la grosse femme, place Clichy :

LA BELLE ISABELLE

Somnambule extra-lucide.

Jeannette avait voulu entrer, mais Isabelle était absente.

Elle avait attendu, la grosse femme n'était pas venue.

La fête commençait le lendemain dimanche.

Sans nul doute, Isabelle serait à son poste dans l'après-midi.

Par exemple, ce qui étonnait Jeannette, c'était que la somnambule se trouvât seule sur le champ de fête, sans ses acolytes ordinaires.

Elle avait eu beau chercher, en effet, nulle part, dans aucune des baraques, elle n'avait trouvé trace des acrobates.

S'ils n'étaient plus à leur compte et ne travaillaient plus à leur nom, ils pouvaient être engagés dans une troupe de saltimbanques.

Jeanne s'était informée, laborieusement.

Les noms de Lahache et de Gabarit n'étaient pas oubliés, mais ce que les deux compères étaient devenus, personne ne le savait.

Les petits musiciens attendirent le lendemain avec impatience.

Et dès la première heure ils parcouraient la fête.

Ils revirent là quelques anciennes connaissances, mais leur but était de causer avec Isabelle, et ils guettaient l'ouverture de la roulotte.

Ne voyant rien venir, ils frappèrent à la porte.

Un carreau s'ouvrit, et par l'étroite ouverture s'encadra l'énorme face de la somnambule.

— Entrez ! entrez ! J'ouvre à l'instant.

Elle croyait à du public ordinaire, avide de consulter l'oracle et de deviner l'avenir.

— Elle ne nous reconnaît pas...

— Dis donc, elle est bien changée.

— Oui, elle a rudement maigri.

— Ça ne lui va pas, la maigreur.

— On dirait qu'elle a plein la figure des lambeaux de peau qu'on lui a pendus.

C'était Lanturlu qui avait trouvé cette image poétique.

Ils se mirent à rire.

La porte de l'entresort s'ouvrit.

La somnambule parut sur le seuil.

— Entrez ! entrez ! c'est deux sous !

Puis elle recula jusqu'au fond de la voiture et disparut derrière un rideau de serge rouge. Derrière ce rideau, il y avait un tabouret élevé ; elle y prit place, tira le rideau qui glissa sur sa tringle et, les deux mains sur les genoux, elle apparut en prophétesse.

Isabelle *n'épatait* pas son public, comme on voit, et elle mettait à le recevoir beaucoup de sans-façon et de simplicité.

Ils étaient entrés.

— Qu'est-ce que vous désirez, mes petits?

Et comme ils se regardaient en se tenant les côtes :

— Voulez-vous le grand jeu ou le marc de café? dit-elle d'une voix dolente.

Alors, ils éclatèrent, se poussant, étranglant à force de rire.

— Non, non, c'est drôle...

— Dis, Lantur, elle ne nous reconnaît pas.

La somnambule devint plus attentive. Indifférente à ceux qui, du matin au soir, se présentaient devant elle, elle les avait reçus sans prendre la moindre attention à leurs visages. Elle les reconnut.

— Tiens, dit-elle, Lantur, Lanturlette et Lanturlu ! C'est vous?

— Pas dommage, Isabelle, que vous finissiez par y voir clair !

— Bonjour, mes enfants...

— Bonjour, la mère...

— Et qu'est-ce que vous faites de par le monde?

— Toujours comme toujours, la mère...

— Je suis contente de vous rencontrer... Voulez-vous un petit verre?

— Ce n'est pas de refus, dirent les deux garçons, si c'est du raide...

— C'en est...

— Alors, pas pour moi, fit Jeannette en riant.

— Toi, tu auras un verre de mêlé-casse.

Elle versa. Ils trinquèrent.

Jeannette, après un coup d'œil à ses amis, entama la conversation.

— Est-ce que nos patrons sont sur le champ de fête? On leur dirait volontiers un petit bonjour... On s'est quitté sans fâcherie, après tout, à Clisson...

Le teint de la somnambule était devenu terreux, les lèvres tremblèrent et un éclair de haine atroce brilla au fond de ses petits yeux enfouis dans la masse de peau et de graisse retombante.

— Non, je ne crois pas qu'ils fassent encore le métier.

— Comment, vous ne croyez pas ? Vous les avez donc quittés ?

— Oui, il y a longtemps. A peu près en même temps que vous...

— A la fête de Clisson ?

— Quinze jours, un mois après..

— En bonne amitié, je suppose...

— Oh! oui, oh! oui, en bonne amitié...

Elle ferma les yeux et ses poings se crispèrent.

— Sûr, dit Jeannette avec tristesse, ça leur a coûté beaucoup de se séparer de vous, parce qu'ils vous étaient très attachés...

— Très attachés ! Ah ! ah !

— Et comme vous étiez associés, ça a dû leur coûter bon...

— Oh! oui, oh! oui. Ah ! les vauriens, les chenapans, les filous !

— Eh bien! mère Isabelle, est-ce que vous auriez à vous plaindre d'eux ?...

— Pas un sou, vous entendez, pas un sou !...

— Oh! nous ne croirons jamais ça... d'autant plus qu'ils avaient l'air d'avoir de l'argent, les maîtres, à la fête de Clisson...

Isabelle les regarda de côté.

Elle venait de se calmer subitement.

Les enfants, dans leur allusion, étaient allés trop loin.

La somnambule se tint sur la défensive.

Mais Jeannette était décidée à brûler ses vaisseaux.

— Oui, dit-elle, bien sûr qu'ils avaient de l'argent, et vous savez ça mieux que nous, la mère...

Elle ne répondit rien.

— Mieux que nous... Et il y a à Clisson un nommé Boileau qui doit, de son côté, en savoir quelque chose...

De nouveau la somnambule était devenue blême.

Mais cette fois ce n'était pas de haine.

C'était de peur !

Pourtant elle se remit et tout à coup elle eut l'air de prendre son parti.

Elle alla fermer la porte à clef, revint auprès des enfants, avança son tabouret, s'assit au milieu d'eux.

Et crânement, les poings sur les hanches, elle leur dit:

— Mes enfants, je ne suis pas une bête... En venant me voir vous aviez votre but... et ce but-là, ce n'était pas de m'embrasser, hein ?

— Non, bien sûr, dit Lanturlu qui ne se déconcertait pas.

— Eh bien, en quatre temps et deux mouvements, vous allez me dégoiser tout de suite ce qui vous amène...

Jeannette, bien qu'elle fût brave, ne paraissait point rassurée.

Lantur le comprit, haussa les épaules.

— N'aie pas peur, Jeannette, lui dit-il tout bas... rien à craindre...

Jeannette, voyant qu'elle avait été comprise, se rassura.

Elle reprit :

— Ce qui nous amène, mère Isabelle, nous vous le dirons peut-être... Ça dépend !

— Ça dépend de qui, de quoi?

— De vous et de votre franchise.

— Allons, de la lumière, ma fille...

Lanturlu goguenard, murmura :

— C'est drôle, tout de même, qu'elle ne comprenne pas tout de suite, elle qui prédit l'avenir... Après ça, elle ne connaît peut-être point le passé...

— Ce que je vous ai dit de Boileau, mère Isabelle, doit vous faire comprendre que nous en savons long... Cependant, nous ne savons pas tout... Il me semble, à votre air, que vous êtes en brouille avec Lahache et Gabarit... Vous ne seriez sans doute pas fâchée de leur ouer un mauvais tour... Je vous en offre l'occasion...

Isabelle répliqua, toujours sur la défensive :

— Je ne comprends pas encore ce que vous voulez de moi... Je vous répondrai quand j'aurai compris.

— Bien ; dès lors, plus de détours... Nous avons intérêt à savoir ce qui s'est passé à la maison des Grandes-Roches, le dimanche au soir de la fête de Clisson, à l'heure où le père Girodias a été assassiné...

— Qu'est-ce que cette histoire-là peut vous faire ?

— J'ajoute que nous avons intérêt à savoir, également, où se sont réfugiés Lahache et Gabarit...

— Pour quoi faire ?

— Enfin, j'ajoute encore que si vous ne parlez pas, ça pourra vous attirer bien des ennuis... que vous devinez... parce que le soir de la fête de Clisson il nous a bien paru qu'il y avait entente entre vous et les deux hommes... et que ce n'est pas votre faute s'ils vous ont volé vos bénéfices dans l'affaire... D'un autre côté, si vous vous décidez à parler, moi, je me charge de vous en récompenser.

— T'es donc millionnaire ?

— Non, fit la petite délibérément, mais je connais des gens qui le sont.

Ils se turent.

Isabelle resta plus de cinq minutes à réfléchir, très inquiète, très indécise.

Puis tout à coup elle se donna un énorme coup de poing sur le genou.

— Ils m'ont volée, dit-elle... J'ai juré que je me vengerais... mais je voudrais pourtant que ma vengeance me rapportât quelque chose.

— Elle vous sera payée.

— Combien ?

— Faites votre prix...

— Dix mille...

— Soit... Maintenant, à vous la pose... Nous écoutons !

Mais la grosse Isabelle l'avait dit : elle n'était pas une bête.

— Donnant, donnant, dit-elle... Vous n'avez ni sou, ni maille... Ça ne vous est pas difficile d'offrir dix mille francs, pas plus que ça ne vous le serait d'en offrir cent mille... Me faut une garantie...

Les enfants n'avaient pas prévu cette exigence.

Ils se regardèrent un peu déconfits.

— Vous avez raison, la mère... nous comprenons vos scrupules...

— Alors, qu'est-ce que vous me proposez ?

— Nous n'avons pas les dix mille francs.

— Je m'en doutais.

— Mais nous connaissons des personnes que votre histoire de la fête de Clisson intéressera... Ces personnes vous donneront l'argent.

— Conduisez-moi auprès d'elles...

— Il faudra refaire le voyage de Vendée.

— Je le referai. C'est un beau pays.

— Bien. Entendons-nous toutefois avant de conclure...

— Entendons-nous...

— Savez-vous où se cachent Lahache et Gabarit?

— Je le sais.

— Y a-t-il longtemps que vous les avez vus?

— Pas plus tard qu'avant-hier... J'ai besoin d'argent... Ils m'ont refusé, même cent francs! même vingt francs!... Gabarit m'a offert cent sous!

Et de nouveau, dans les petits yeux, sous la graisse, le même ressentiment.

— Quand pourrez-vous partir?

— Ce soir, si vous le désirez... Mais vous payerez le voyage?

— Oui .. nous partirons ce soir.

— Tous les quatre?

— Je vous accompagnerai seule, dit Jeannette.

La somnambule ne semblait pas cacher de mauvaise pensée. Du reste, elle-même alla au-devant de toutes les objections :

— Je vais fermer ma roulotte, dit-elle... Et, pour que vous soyez sûre que je ne vous trompe pas, nous ne nous quitterons pas avant le départ du train... Moi, quand je dis quelque chose, c'est franc jeu.

Elle fit comme elle l'avait dit.

Dans l'après-midi, Jeannette envoya une dépêche au château de **Villefort** pour prévenir Colette de son arrivée.

Le soir même elle partait en compagnie de la somnambule.

Elles **descendirent** à Clisson vers huit heures du matin.

Un quart d'heure après, Lanturlette sonnait à la grille du château.

On l'attendait. Toute la famille, anxieuse, était réunie; allait-on, enfin, connaître la vérité toujours entrevue, s'obscurcissant toujours ? Toujours sur le point d'être atteinte et dévoilée, puis fuyant et se dérobant encore ?

Après un moment de gêne, la somnambule reprit vite son sang-froid.

— On m'a promis dix mille francs... dit-elle... j'ai fait le voyage pour les gagner.

Le marquis de Vivarez jeta un portefeuille sur un guéridon.

— Les voici... Parlez, ma bonne femme... Et ne nous cachez rien...

Ils avaient cru qu'enfin le mystère du meurtre de Girodias allait s'éclaircir : ils se trompaient ; du moins les renseignements ne furent pas inutiles.

C'était Lahache et Gabarit qui avaient volé à Girodias les quatre cent vingt mille francs que la duchesse lui avait versés.

Les deux acrobates, en rôdant par la campagne, sans avoir d'intention préconçue contre les Grandes-Roches, avaient remarqué que la maison était presque abandonnée. Ils virent partir les deux fils qui se dirigeaient vers la fête de Clisson ; puis, un à un, les domestiques avaient pris le même chemin.

Vers quatre heures, ils rencontrèrent Girodias dans la forêt.

— Mais il n'y a plus personne, là-bas ? murmura Gabarit.

— Oui... il y a peut-être un coup à faire..

Ni l'un ni l'autre n'eut besoin d'ajouter un mot.

Mais faire un coup en plein jour, c'était grave.

Ils attendirent que le soir fût venu.

Entre temps, sur la place de la fête, ils avaient revu les fils Girodias que chacun saluait, les domestiques des Grandes-Roches qui s'amusaient au bal ou devant les boutiques.

Là-bas, sur le coteau, la maison était donc toujours abandonnée ?

— Oui, mais il y a le vieux ! fit Lahache.

Le hasard leur apprit que Girodias lui-même allait venir à Clisson chez des amis. En rôdant autour des deux frères, ils entendirent quelques mots qui les mirent au courant.

— Faut-il tenter l'aventure ?

— Oui.

Ils se décidèrent. Le soir était venu. Ils montèrent le coteau. Ils ne firent aucune rencontre suspecte.

La belle Isabelle les accompagna pour faire le guet, pour les avertir par un signal convenu du retour des domestiques, si le cas se présentait. Du reste, ils ne redoutaient pas grand'chose non plus des domestiques. A la fête, dans un cabaret, ils s'étaient rencontrés avec eux et leur avaient entendu dire que le père Girodias avait permis qu'ils ne revinssent que très tard aux Grandes-Roches.

L'affaire se présentait vraiment bien séduisante.

— Il n'y a qu'à se baisser ! disait Gabarit.

— Tout de même, de la prudence !...

Ils restèrent aux environs de la maison pendant une heure. Personne n'en sortit. Sauf une seule fenêtre, tout était fermé.

— Hâtons-nous !

— Qu'est-ce que nous ferons du magot, si nous en trouvons un ?

— Nous l'enterrerons au pied d'un arbre... Comme ça, on pourra perquisitionner dans la baraque et dans la roulotte...

— Oui, rien dans les mains, rien dans les poches !...

Ils se coulèrent prudemment jusqu'à la porte d'entrée.

Et là, hardiment, Lahache sonna :

— Le tout pour le tout, vieux... S'il y a quelqu'un, on va venir...

— Et nous demanderons l'aumône.

— S'il n'y a personne, nous entrons là comme chez nous...

— Et en avant la musique !

Il sonna deux fois ; on ne répondit pas. La maison était vide. Un seul homme s'y trouvait : Girodias. Et Girodias était mort.

Ils entrèrent sans prendre de précautions.

Désormais ils étaient bien sûrs que le danger ne pouvait venir de l'intérieur, mais de l'extérieur.

A l'extérieur, la belle Isabelle veillait.

Ils parcoururent les pièces du rez-de-chaussée. Ils avaient un assortiment de fausses clés pour ouvrir et refermer les meubles, sans laisser de traces de leur passage. Ils visaient l'argenterie. Mais longue fut leur figure, lorsqu'il découvrirent dans les bahuts de la salle à manger que l'argenterie du père Girodias était en ruolz, extrêmement commune.

— Le vieux grigou ! Ça ne devrait pas être permis, murmura Lahache.

— Tu vas voir que nous serons bredouilles.

— On le dit pourtant riche comme un Crésus.

— Il doit y avoir un coffre-fort quelque part...

— Nous n'avons ni limes, ni ciseaux...

— Tout de même, cherchons !

Et ils arrivèrent devant la porte du cabinet de Girodias.

Ils ouvrirent et reculèrent, soudain, en retenant un cri d'effroi ! Un homme était là qui dormait, la tête appuyée sur un bureau.

Au cri des deux voleurs, il ne s'éveilla pas.

Ils avaient déjà franchi le seuil, prêts à s'enfuir...

quand Gabarit, se retournant, arrêta son compagnon
et eut un second cri, plus épouvanté encore :

Mais il est mort !

Et il montrait le poignard dans le dos de Girodias,
enfoncé jusqu'à la garde.

Les deux vauriens eurent une minute de terreur
inexprimable, pendant laquelle ils restèrent sans dire
une parole, et sans avoir la force de faire un pas.

Mais soudain le regard de Lahache parut hypnotisé
par les papiers éparpillés sur le bureau...

Ses doigts serrèrent la main de son compagnon à la
briser :

— Regarde ! regarde !

Gabarit, lui aussi, avait vu !

C'étaient les liasses de billets de mille francs que la
duchesse avait apportées et que le vieux n'avait pas
encore rangées dans son coffre-fort.

A l'oreille de Lahache, Gabarit murmura d'une voix
étouffée :

— Il y a un compère qui a eu la même idée que
nous et qui nous a précédés...

Il mit son doigt dans la mare de sang.

— Le sang est tout chaud... le compère nous a
entendus et se cache dans la maison... Pas de temps à
perdre, vieux...

Ils raflèrent les quatre cent vingt mille francs, en
bourrèrent leurs poches et déguerpirent, silencieux et
troublés.

Ils ne respirèrent que lorsqu'ils furent auprès
d'Isabelle.

— T'as rien vu ?

— Rien.

— Filons !

Ils enterrèrent le magot sous un chêne, bien enveloppé dans leurs mouchoirs et dans un jupon de la somnambule.

Et ils revinrent au champ de fête.

Mais ils étaient trop émus pour donner une représentation ce soir-là ; ils tremblaient encore ; ils auraient manqué le trapèze en voltige et se fussent cassé un membre.

Une heure après avait lieu la rencontre de Mal-Nommé. Entre cette rencontre et l'accord qui fut convenu entre eux, Gabarit était allé chercher quelques billets de mille francs dans la cachette et les avait glissés dans un brancard creux de la roulotte, depuis longtemps préparé pour servir en des occasions pareilles. Nos lecteurs savent comment Boileau fut payé.

Cette histoire, les Villefort, Colette et le marquis l'avaient écoutée avec angoisse.

Elle expliquait le vol... Elle n'expliquait pas le meurtre...

L'éternelle question, tant de fois posée, se posait encore :

— Qui avait tué ?

Puis, un autre mystère :

— Vous n'avez pas tout dit, ma bonne femme...

— Excusez, je crois n'avoir rien oublié...

— Vous avez oublié un détail très important.

— Dites... Je me souviendrai peut-être...

— Il y avait, sur le bureau de Girodias, beaucoup de papiers...

— Je l'ai dit.

— Parmi ces papiers se trouvaient des créances sur le duc de Villefort, montant à cette même somme de quatre cent vingt mille francs.

— Vous pensez bien que Lahache et Gabarit n'ont pas pris la peine de regarder...

— Ils les ont regardées et ils les ont brûlées.

La belle Isabelle sursauta.

— Qu'est-ce que vous me chantez là ?

— La vérité.

La somnambule se mit à rire.

— Sauf votre respect, c'est une histoire de l'autre monde que vous me contez... Les deux compères n'ont rien examiné et rien brûlé du tout... Ils étaient si émus de ce qu'ils voyaient — c'est eux qui me l'ont dit — qu'ils n'ont même pas pensé à s'assurer de ce que pouvait contenir le coffre-fort ouvert !

Et la grosse femme ajouta, très sérieuse :

— Je le leur ai assez reproché, parce que, vous comprenez, n'est-ce pas ? que c'était de la mauvaise besogne et qu'on ne doit pas faire les affaires à demi... Si, comme vous dites, il y a eu quelque chose de brûlé, faut vous en prendre à celui qui a fait le coup... et tué le vieux... Mais tout de même, pour un nez, il a dû allonger un rude nez, le compère, en ne retrouvant plus la galette...

Et, oubliant pour un instant la haine qu'elle avait conçue pour ses complices depuis qu'elle-même avait été spoliée, la somnambule se mit à rire.

Les Villefort la regardaient avec horreur et dégoût.

Cependant, tout n'était pas fini. Ils devaient l'interroger encore.

— Lorsque vous serez de retour à Paris, n'allez-vous pas prévenir vos anciens compagnons ?

Elle cessa de rire. Elle eut un frémissement de rage.

— La belle Isabelle ne pardonne jamais ! dit-elle. Ils m'ont volée, ils paieront... Moi, j'aurai le temps de me mettre à l'abri... La France est grande... mais les environs ne sont pas loin... Je filerai à l'étranger...

— Cela ne vous répugne donc pas de les livrer ?

— Je ne demandais que cela... mais je voulais faire une affaire...

— Où se sont-ils refugiés?

— Ils vivent l'un près de l'autre, à la campagne, où on les prend pour de bons bourgeois retirés des affaires... A Olivet, près d'Orléans, sur le bord du Loiret. Ils vivent comme des coqs en pâte... le roi ne serait pas leur cousin... et Gabarit, à ce qu'il prétend, a déjà refusé d'être conseiller municipal !

Ils n'avaient plus rien à apprendre d'elle.

On la congédia en lui remettant son argent.

— Vous allez probablement dénoncer Lahache et Gabarit...

— Nous ne répondons de rien.

— Une fois Lahache et Gabarit sous les verrous, je ne serai plus en sûreté... Ils sont fins comme l'ambre et se douteront bien que c'est moi qui ai mangé le morceau... Ils n'auront plus qu'une envie, celle de me faire partager leur villégiature dans une maison centrale... Moi, je n'ai pas là-dessus les mêmes idées, et si je vous ai rendu service en vous racontant tout cela, je ne vous demande qu'une chose, c'est de me prévenir pour que je m'esbigne de France quand il en sera temps.

— Nous vous préviendrons.

Et la belle Isabelle partit.

Huit jours après, le marquis de Vivarez faisait arrêter à Olivet, dans une charmante petite villa, aux bords de la rivière, les deux acrobates fort penauds et fort surpris.

En ce joli pays, ils s'étaient créé une vie charmante, côte à côte, bien qu'ils n'eussent pas les mêmes goûts.

Camarades de misère et de vagabondage, ils étaient restés amis, chose rare, quand la fortune était venue.

Et même ils s'étaient trouvés d'accord pour éliminer la belle Isabelle de leur association lorsque l'heure du partage eut sonné.

— Elle a trop d'intérêt à se taire pour casser du sucre, avait dit Gabarit.

Ils passaient les jours dans un doux *farniente*; ils avaient acheté un bateau, et devant leur villa, qui se mirait dans les eaux claires du Loiret, ils pêchaient à la ligne ou tendaient des filets toute la journée. Le soir, ils allaient faire une partie de piquet dans les cafés qui avoisinent les guinguettes de Robinson, ou bien ils prenaient le tramway et passaient leur soirée au théâtre d'Orléans ; ils n'aimaient ni les vaudevilles, ni les comédies de l'école moderne, et se complaisaient seulement aux anciens drames, applaudissant à la vertu récompensée et au châtiment du traître.

Dans cette existence où ils engraissaient, leurs défauts n'avaient pas encore eu le temps de les diviser.

Très bien vus dans le village, on les estimait et on les saluait.

Ils s'étaient donnés, en arrivant, pour de petits rentiers ayant fait fortune à Paris, une modeste fortune, juste, disaient-ils, de quoi mettre un peu de beurre sur le pain.

Ils n'étaient pas fiers.

Très simples, ils avaient la poignée de main facile, causaient avec tout le monde et, ayant remarqué que le pays était religieux, ils n'hésitèrent pas, après en avoir longuement conféré entre eux, à aller à la messe.

On le remarqua et ils furent bien notés.

Gabarit était avare et serrait solidement les cordons de sa bourse. Il sut cependant les délier à propos, sur les conseils de Lahache plus généreux, et ils firent quelques aumônes à des œuvres charitables.

— Ce sont vraiment des gens très bien, disait-on.

Lorsque les deux complices virent descendre chez eux les agents de la sûreté générale, que le marquis de Vivarez avait mis au courant de toute l'affaire, ils tombèrent de leur haut.

Non seulement ils furent très surpris, mais vraiment attristés et indignés comme d'une injustice commise.

— Nous étions si heureux, dit Lahache.

— Et tout marchait si bien, fit Gabarit.

Ils n'essayèrent pas de résister.

Ils ne protestèrent même bientôt plus.

Quant à nier, ce fut tout naturel, et ils le firent avec énergie. Mais ils étaient, avant tout, gens pratiques.

Ils ne tardèrent pas à comprendre que la justice avait été bien instruite et qu'elle en savait, sur leur vol, autant qu'eux-mêmes.

— La belle Isabelle a passé par là ! dit Gabarit.

— Nous avons eu tort de ne rien lui laisser à grignoter.

Alors, ils firent les aveux les plus complets.

Ces aveux correspondaient exactement à tout ce que la somnambule avait révélé.

Avec énergie, les deux complices protestèrent qu'ils n'avaient pas assassiné Girodias et que le « coup était fait » au moment où ils entrèrent dans le cabinet de travail.

Quand on leur parla de papiers brûlés, ils ouvrirent de grands yeux.

Ils ne comprenaient pas ce qu'on voulait leur dire.

On le leur expliqua.

— Pourquoi aurions-nous brûlé ces créances ? demanda Gabarit.

— Pour faire peser les soupçons sur la famille de Villefort.

— Ça ne tient pas debout, ce que vous dites là, fit Lahache brusquement. Au lieu de les brûler, nous aurions enlevé les créances, simplement... alors, on pouvait soupçonné le duc... Mais il faut être naïf pour s'imaginer que ce Villefort se serait amusé à brûler ces papiers... au lieu de les emporter... Pour agir comme cela, autant valait laisser sa carte de visite bien en évidence...

Gabarit et Lahache furent envoyés à la prison de Nantes, et le parquet commença son enquête.

Ce fut une première satisfaction donnée au duc Horace.

La nouvelle, connue dans le pays, y produisit une grande émotion.

En même temps que les deux acrobates, de la prison d'Orléans, étaient transférés à Nantes, les gendarmes de Clisson mettaient la main sur Boileau dit Mal-Nommé.

Il eut beau prétendre qu'il était innocent, « comme l'enfant au berceau », on l'enferma.

Au château de Villefort entrait maintenant un rayon de soleil.

Il ne restait plus qu'à connaître le meurtrier de Girodias.

Mais là, c'étaient les mêmes ténèbres, toujours opaques, toujours profondes.

D'où viendrait la lumière ?

XIII

LA MORT DE MICHELLE

Depuis qu'elle avait été retrouvée évanouie dans le cabinet de travail du père Girodias, Michelle Soubise gardait le lit; elle était retombée dans une faiblesse extrême et le médecin, qui, quelques jours auparavant, la croyait hors de danger, ne répondait plus de sa vie.

— Il 'a eu chez elle une violente commotion cérébrale, avait-il dit.

De jour en jour la faiblesse alla s'accentuant.

Et il fut bientôt évident, pour tous, qu'elle était condamnée.

Les deux frères, mus par le même instinct et comme s'ils devinaient qu'un drame se passait au fond du cœur de cette mourante, ne la quittaient plus.

Et quelle étrange attitude !

Elle ne se plaignait pas. Elle ne demandait rien. Elle ne parlait pas.

Mais ses yeux la trahissaient.

Ses yeux, en dépit des frayeurs qui les troublaient parfois, ses yeux redevenus intelligents disaient assez qu'elle avait recouvré la raison.

Et si elle restait concentrée sur elle-même, poursuivant sans doute un souvenir dont elle ne pouvait se détacher, c'est qu'il lui fallait pour en agir ainsi un motif assez puissant...

En vain, les frères essayaient d'obtenir d'elle quelques mots.

— Quand ils faisaient ces tentatives, elle fermait les yeux, détournait la tête ; elle se refusait à toute réponse.

Des jours se passèrent.

Le médecin de Clisson ne manquait pas de venir tous les matins.

Pierre et Gaston l'interrogeaient à sa sortie.

Le médecin haussait les épaules et murmurait :

— Rien, toujours rien...

Cela devenait incompréhensible.

Une fois, pourtant, le médecin leur dit :

— Elle a parlé.

— Eh bien ?

— Elle a parlé et nos soupçons se justifient ; elle n'est plus folle.

— Qu'a-t-elle dit ?

— Elle m'a pris la main tout à coup ; elle m'a souri et d'une voix très douce, et très calme, elle m'a demandé : « Docteur, je vais mourir, n'est-ce pas ? »

— Alors ?

— J'essayai de rire, de la rassurer... mais elle secoua la tête... ajouta : « Il est inutile de mentir. J'ai entendu, avant-hier, que vous disiez tout bas, lorsque vous êtes sorti de ma chambre : « Elle n'en a pas pour huit jours ! » Si je sais bien compter, il me reste donc six jours à vivre... »

— Pauvre petite !

— Son calme me décontenançait. Je ne savais que répondre. Je la rassurai encore, mais il était aisé de voir qu'elle ne m'écoutait même pas...

— Sa mort est-elle vraiment si prochaine ?

— Je ne crois pas m'être trompé.

— De telle sorte ?...

— L'enfant ne verra pas la fin de cette semaine...

— Plus d'espoir ? Plus rien à tenter...?

Le médecin eut un geste de découragement.

— Une lampe qui n'a plus d'huile finit par s'éteindre... Vous la verrez passer doucement, sans souffrances, comme si elle s'endormait...

Pierre et Gaston retournèrent auprès de Michelle.

Elle ne sortit pas encore de son mutisme.

Cependant, à plusieurs reprises, elle attacha sur les deux frères son regard, où ils crurent voir briller des larmes.

Elle se débattait contre des angoisses suprêmes, dernières épouvantes qui, sans doute, s'affaiblissaient au fur et à mesure que la mort approchait.

Le lendemain, ils tardèrent à venir auprès d'elle

Ce fut la malade qui les fit demander par une domestique.

— Mademoiselle Michelle veut vous parler...

Ils ne la firent point attendre.

Mais, avant d'entrer, ils échangèrent toute leur pensée dans un regard, car c'était encore ainsi qu'ils avaient l'habitude de se comprendre.

— Cette enfant connaît la vérité que nous cherchons depuis si longtemps.

Ils entrèrent.

Michelle était très animée. Ses yeux brillaient, ses joues étaient rouges.

—Michelle, dit Pierre vous avez été folle... mais depuis quinze jours nous savons que la raison est revenue en vous, avec le souvenir...

— Oui, oui, je me souviens... Mais, je vous en supplie... ne me questionnez pas... cela me fatiguerait... Si vous saviez comme ma pauvre tête est faible!... A chaque mot que je prononce, on dirait qu'elle va éclater...

Elle pressa son front dans ses mains; son front brûlait et ses mains étaient glacées.

Elle reprit bientôt :

— C'est moi qui vais vous adresser des questions... parce qu'il y a beaucoup de choses que je ne comprends pas...

— Nous vous répondrons, ma pauvre fille.

— Pourquoi suis-je chez vous comme si j'étais votre sœur? Pourquoi prenez-vous soin de moi avec tant de bonté, vous pour qui je ne puis être qu'une étrangère?

Pourquoi, enfin, ceux qui m'aiment ne sont-ils pas auprès de moi, à me consoler, à me soigner, à me guérir... mon père d'abord, avant tous les autres... puis Roland, mon frère de lait... puis mademoiselle Nathalier, si douce et si bonne?...

— Mademoiselle Nathalier a fait prendre tous les jours de vos nouvelles depuis que nous sommes revenus de voyage... Auparavant, et pendant notre absence il ne s'est presque point passé de jour, nous a-t-on dit, sans qu'elle vînt aux Grandes-Roches vous embrasser...

— Et Roland?...

— Il a fait de même... Aucun de ceux qui vous aiment ne vous a oubliée.

— Vous ne me parlez pas de mon père... dit-elle avec crainte.

Comment faire pour lui apprendre cette nouvelle? cette mort tragique?

Ils essayèrent de mentir.

— Soubise est en voyage pour le compte de M. de Villefort...

Elle secoua la tête :

— Quelque chose me dit que ce n'est pas la vérité...

Ils se taisaient. Elle continua :

— Il ne faut pas craindre de me la dire... quelle qu'elle soit... Je suis prête à tout entendre...

Et devant leur gravité, devant leur émotion :

— Mon père n'aurait pas consenti à ce voyage dont vous parlez pendant que j'étais malade... Il n'est donc pas parti... Et pour qu'il ne soit pas venu me voir, pour que je ne sois pas dans sa maison, à Millepertuis, où je suis née, où maman est morte... pour cela... pour cela... il faut que mon père soit mort... lui aussi.

Ils baissèrent les yeux.

—Il est mort, n'est-ce pas ?

— Il est mort !

Un sanglot étouffé... nerveux... puis un profond silence... Ensuite :

— Heureusement je vais aller le rejoindre, dit-elle... cela me console...

Des larmes jaillirent. Elle en fut soulagée.

— Vous me connaissiez à peine... pourquoi m'avez-vous recueillie ?

— Sur la prière que nous en a faite Soubise dans une lettre retrouvée après sa mort.

Elle se laissa retomber sur l'oreiller, fatiguée, pâlie. Toute animation avait disparu.

Ils voulurent se retirer.

Elle leur dit d'une voix faible

— Non, non, restez... restez... J'ai une chose grave à vous révéler... très grave... et je n'ose... Oh ! depuis longtemps j'y pense... depuis longtemps j'essaye... depuis que j'ai recouvré la raison et que le souvenir m'est revenu... mais c'est terrible... terrible...

Elle haletait. Eux, pris de pitié :

— Plus tard, mon enfant, plus tard !

— Non, non... tout de suite, au contraire... plus tard, qui sait si j'en aurais la force ?... La mort me guette... elle est prochaine... je la vois... elle m'attire... elle m'enveloppe... me saisit... et je ne veux pas mourir sans vous avoir dit ce qu'il faut que je vous dise... tout mon secret... tout mon secret...

— Vous avez donc un secret ?

— Oh ! oui...

— Et ce secret nous intéresse ?

— Il vous intéresse... puisqu'il s'agit de votre...

Elle s'arrêta. Elle ne pouvait aller plus loin.

Ils l'aidèrent, et très bas, se penchant sur son lit :

— De votre père ?

— Oui.

— Et qu'avez-vous à nous dire sur lui?

— J'ai à vous révéler deux choses... d'abord un forfait qu'il a commis... un crime lâche... un crime sans
nom...

— Un crime!...

— Ensuite je vous dirai comment il est mort...

Ils se levèrent brusquement.

— Vous savez comment notre père est mort?

— Je le sais.

— Vous connaissez son meurtrier?

— Je le connais.

— Ah! parlez mon enfant, par pitié de nous, parlez!

— Oui, oui, tout, vous saurez tout!...

Mais l'émotion de Michelle était trop violente. A ce
moment elle eut une faiblesse. Ils crurent qu'elle se
mourait.

— Ah! elle n'a rien dit! Et nous ne saurons rien!

Elle revint à la vie.

Elle s'affaiblissait beaucoup.

Quand elle eut recouvré un peu de forces et qu'il lui
fut possible de parler de nouveau, elle dit d'une voix
très basse, qu'ils entendirent quand même, car ils
avaient la tête penchée au-dessus de son lit, près de sa
bouche :

— Il faut d'abord que je vous dise le crime qu'il a
commis... Vous comprendrez mieux pourquoi l'on s'est
vengé...

Elle se redressa et sa voix se fit plus haute, presque
vibrante :

— On ne s'est pas vengé!... On a puni!... Votre père
avait abusé par la force, par la ruse, par le mensonge.
d'une jeune fille innocente, presque d'une enfant, e'
qui ne pensait pas au mal... Il en fit sa maîtresse...

Les deux frères eurent le même geste étrange d'effroi, comme de répulsion, et ils s'écartèrent de ce lit d'où la lugubre vérité allait sortir.

— Il en fit sa maîtresse, malgré elle, malgré ses prières et malgré ses cris. Cette jeune fille, vous l'avez devinée, n'est-ce pas ?

— Vous ? dit Pierre d'une voix étouffée.

— Moi ! Commencez-vous à comprendre ?

— C'est horrible !

— Horrible, en effet... Quand je vis que j'étais perdue... quand je vis que bientôt je ne pourrais plus cacher ma honte et que je serais mère, alors je suis devenue folle, avec une idée fixe... Empêcher cette honte !... ou bien, si l'on me refusait... châtier...

— Alors ?

— Alors, je lui ai demandé, à votre père, ce qu'il comptait faire de moi... Il voulait bien de moi comme sa maîtresse, cela ne me fut pas difficile à voir, mais quant à réparer son crime, il n'y consentait pas... J'étais perdue... perdue pour toute ma vie... et je savais bien que mon père me tuerait lorsqu'il apprendrait la vérité... Ce furent des jours d'épouvante atroce que ceux-là, et je comprends que je sois devenue folle après avoir tant souffert !... Ma raison s'en allait... Une seule idée restait... un seul projet, sur lequel se concentrait ce qui me restait d'intelligence, ce qui me restait de force... Me venger !... Punir !... Oui, il le fallait... C'était justice... Et je prévins votre père... Je lui dis : « Je vous tuerai !... » Et il se mit à rire... J'exécutai mon projet...

— Vous avez tué ?

— J'ai tué !

— Malheureuse ! malheureuse !

— Malheureuse, oui, mais non coupable... Le coupable, ce fut lui... La victime, ce fut moi !... J'ai fait justice !... Quel est le tribunal qui me condamnerait ?

Elle ferma les yeux, resta longtemps silencieuse.

Ce récit, ces souvenirs rappelés à haute voix et qui, justement à cause de cela, semblaient retracer plus visiblement la scène, la troublaient, la bouleversaient... Elle essuya son front ruisselant de sueur.

Au bout de ce long silence :

— Un homme, un innocent, a été accusé de ce meurtre... M. le duc de Villefort a comparu devant un conseil de guerre... Voyez-vous de nouveau mes épouvantes ?... Certes, si les juges l'avaient condamné, je serais allée les trouver et je leur aurais dit : « Vous avez frappé un innocent; le meurtrier, c'est moi ! » Quand il fut acquitté, je crus que tout était fini et je me tus... Et puis après, je ne sais plus ce qui s'est passé... j'étais folle... Aujourd'hui que je me souviens, je veux qu'il ne reste aucun doute dans votre esprit... Je puis bien parler, puisque mon pauvre père n'est plus, et puisque, moi aussi, dans quelques heures, je vais mourir... Vous me croirez... Vous n'avez aucune raison pour ne point ajouter foi à mes confidences, et si près de la mort je n'oserais pas mentir... Il faut donc que vous sachiez comment j'ai tué votre père...

Elle s'arrêta encore, fit un signe de croix.

Elle parut murmurer une prière :

— Mon Dieu, donnez-moi la force... la force de tout leur dire...

Ils écoutaient, pâles... s'étreignant les mains... la terrible confession.

— C'était un dimanche... le dimanche de la fête de Clisson... Oh ! je me souviendrai, toujours, jusqu'à ma dernière minute... je me souviendrai de ces cris, de

ces éclats de voix, de ces musiques, de tout ce vacarme
effroyable que j'entendais dans le lointain... et qui venait troubler le silence et la solitude du grand bois... Je
me dirigeais vers votre maison et, avant de m'engager
sur le coteau, j'errai pendant une heure sur la lisière
du bois, près de la rivière... Je voulais tuer... Je ne
tremblais pas... Je n'hésitais pas... J'étais résolue...
L'idée fixe de ce meurtre me hantait... Je me demandais seulement comment j'allais m'y prendre !... Mais
à coup sûr, je ne voulais pas rentrer chez mon père
avant d'avoir fait justice.

Enfin, je me rapprochai.

La maison me parut déserte... Je la connaissais
bien... votre père m'y avait attirée... pour y commettre
son crime... J'entrai... je ne rencontrai personne...
j'allai droit au cabinet de travail... où votre père passait
tout le temps qu'il ne consacrait pas au dehors... Personne non plus dans ce cabinet... J'allais partir...
monter aux étages supérieurs, lorsque j'avisai une
porte dans le fond du cabinet, derrière le fauteuil du
bureau... J'ouvris cette porte... c'était un cabinet noir...
J'y entrai... Je refermai la porte.,. J'étais devenu invisible... Que voulais-je faire ?... Pourquoi agissais-je
ainsi?...Je ne savais pas...je ne me rendais pas compte...
Un instinct me poussait : celui du meurtre, celui de la
vengeance... Je me laissais conduire... Il y avait un
amas de papiers et de livres en un coin de ce cabinet...
J'y pris place... j'attendis... Combien de temps ?... je
l'ignore... Tout à coup un peu de bruit dans le cabinet... c'était Girodias... je le reconnus à sa voix... Le
misérable ne se doutait pas que la mort fût si proche.
Il chantait...

Pierre et Gaston frissonnèrent.

Elle parlait les yeux fermés. Elle ne prenait plus

garde à eux. Elle ne voyait plus que la scène sanglante qu'elle leur racontait.

— Presque aussitôt un homme vint... Une conversation s'engagea... L'homme, c'était le duc de Villefort... Il voulait payer des créances que votre père possédait... Votre père refusa.,. Pourtant le duc apportait l'argent... Votre père voulut que l'affaire fût réglée par la duchesse Edith... Le duc Horace finit par consentir... Il s'en alla... Votre père sortit presque aussitôt, et je n'eus pas le temps d'accomplir mon projet... J'étais patiente... je restai... Vers quatre heures, Girodias rentra, et presque aussitôt la duchesse... Votre père semblait souffrir... gémissait... Et à travers ses plaintes, des paroles de menaces... Je ne sus jamais ce qui s'était passé... La curiosité... l'instinct, toujours, qui me disait que peut-être je serais utile à cette famille des Villefort que j'aimais, tout cela fit que je ne me montrai pas. Du reste, en aurais-je eu le temps ?... Je ne le crois pas... La duchesse pénétrait dans le cabinet... Et bientôt je frémis, car votre père proposait à cette femme un marché honteux... la remise d'une lettre qui prouvait entre lui et elle des relations d'amour et la naissance de Roland qui fut un crime, — et contre remise de cette lettre le versement total des quatre cent vingt mille francs des créances.

Cette fois, ce fut au tour des deux frères à s'essuyer le front, pâle d'angoisse et de honte en écoutant l'infamie paternelle.

— Que vous dirai-je encore... de toute cette soirée tragique ?... La duchesse revint, emporta la lettre... laissa l'argent... Girodias enfin resta seul... J'attendis un quart d'heure... J'entr'ouvris brusquement la porte du cabinet noir. Girodias était toujours à son bureau... la tête entre les mains... Il ressassait sa haine, jouissant

de cette douleur qu'il avait causée... La porte, en s'ouvrant, fit un peu de bruit... un grincement léger. Il ne
remarqua rien... Je m'avançai derrière lui... J'étais très
calme... Je me rappelle très bien, oui, très bien, qu'en
ce moment-là mon cœur ne tremblait pas... J'avais
emporté un couteau de chasse appartenant à mon père,
mais je ne m'en servis point... Tout près de Girodias,
sur la table du bureau, je vis un poignard... je m'élan-
çai dessus... Et avant que votre père eût fait le moindre
mouvement, avant même qu'il eût levé le front, je le
frappai de toutes mes forces dans le dos ; la lame entra
tout entière et ne fut arrêtée que par la garde... Il
s'affaissa le front contre le bureau et immédiatement
du sang coula, par les lèvres, sur des papiers étalés
là...

Elle reprit haleine, puis, toujours les yeux fermés :

— Je n'avais pas peur. Je n'avais pas de regret de ce
que je venais de faire... J'avais même toute ma présence d'esprit, car je réfléchis que si je détruisais les
créances sur Villefort, le duc et la duchesse étaient
sauvés, puisque la somme était là, en billets de banque...
Les créances passeraient pour avoir été payées... Je les
ramassai et les jetai dans le feu où elles flambèrent,
puis je pris la fuite... Je ne vis personne non plus en
sortant, personne sur le coteau, personne le long de la
rivière... La campagne dormait... Et, dans le silence,
je n'entendais au loin que le même bruit infernal qui
venait de la fête de Clisson.

Voilà... J'ai tout dit... tout... je le jure... En vous
révélant l'infamie de votre père, je vous ai fait de la
peine... je le vois bien aux larmes qui rougissent vos
yeux...

Elle se tournait vers eux.

Elle joignit les mains :

— Vous êtes innocents de tout cela, et je vous demande pardon !

Lorsqu'elle eut fini cette confession, elle tomba, pendant le reste de la journée, dans une sorte de sommeil léthargique.

Malgré leur trouble, ils ne quittèrent point son chevet.

La pitié, malgré tout, malgré leur horreur de ce crime, la pitié pour cette enfant qui était victime et coupable à la fois, la pitié de tant de souffrances leur commandait de rester là.

Et puis, un autre sentiment les faisait agir.

Ils ne voulaient pas qu'elle recommençât devant d'autres, devant des étrangers, quelque dévoués qu'ils fussent, ces dramatiques confidences.

Il s'agissait de l'honneur du père Girodias.

Et ils ne voulaient pas que cette homme fût terni par l'histoire de l'infamie qu'il avait commise.

Eux la connaissaient, cette infamie : c'était assez !

Elle se réveilla le soir seulement de cette longue léthargie, mais quand elle les vit auprès de son lit elle ne leur adressa aucune parole.

Comme elle paraissait très faible, ils passèrent la nuit, à tour de rôle, dans la chambre de la malade.

Au matin, elle était plus faible encore.

Il était évident qu'elle était perdue et que ses heures étaient comptées.

Les deux frères étaient dans une grande angoisse.

La seule preuve qui établît l'innocence entière de Villefort allait disparaître avec Michelle.

— Si nous avions tué cet homme ! disait Gaston en frémissant.

— C'eût été un grand crime que notre vie tout entière n'eût point suffi à réparer...

Dès lors, pouvaient-ils hésiter plus longtemps?

Ils profitèrent, le lendemain, vers deux heures, d'un moment où la jeune fille paraissait plus calme, plus reposée, pour lui dire :

— Michelle... l'homme qui a été accusé du meurtre que vous avez commis a bénéficié d'un acquittement, jadis, devant le conseil de guerre, vous le savez.

— Je le sais.

— Mais ce que vous ne savez pas, c'est que cet acquittement ne lui a pas rendu l'honneur... Pour nous, jusqu'à ce jour, pour l'opinion publique, pour le pays tout entier, Villefort a été acquitté, mais il est coupable...

— Je suis prête à réparer, autant qu'il est en mon pouvoir, le mal que j'ai fait.

— C'est ce que nous venions vous demander.

— Que dois-je faire ?

— Êtes-vous décidée à nous obéir ?

— Je suis décidée.

— Vous sentez-vous le courage de recommencer la triste confession que vous venez de nous faire?

— S'il le faut, je la recommencerai.

— Oui, il le faut.

— C'est bien. Ensuite ?

— Nous écrirons cette confession sous votre dictée...

— Je comprends.

— Et, cette confession finie, vous la signerez en certifiant qu'elle est conforme à tout ce que vous avez dit et que si vous ne l'avez pas écrite tout entière de votre main, c'est que les forces vous eussent trahie.

— Je signerai... oui, je signerai... mais hâtez-vous... faites, faites vite... car de minute en minute mes forces diminuent.

Ils allèrent chercher du papier, une plume et de l'encre.

Et, sous la dictée de la moribonde, le sinistre travail commença.

Cela fut long, interrompu par des syncopes.

Enfin elle dit tout et tout fut écrit.

Elle recueillit ce qui lui restait de forces pour signer.

On eût dit qu'elle n'attendait que ce dernier effort pour mourir.

A partir de ce moment, elle perdit connaissance.

Elle se débattit ainsi, dans l'agonie, jusqu'au soir.

Le soir, en même temps que le soleil rouge disparaissait à l'horizon, après une chaude et superbe journée. elle rouvrit les yeux tout à coup, tourna le regard vers les deux frères et elle leur dit :

— Je vous demande pardon !

Et ce fut son dernier mot dans son dernier soupir.

XIV

LA HAINE, FILLE DE L'AMOUR

Michelle fut enterrée dans le cimetière de Clisson deux jours après ; pendant ces deux jours-là, tous ceux qui l'avaient connue — et tous ceux-là l'avaient aimée — vinrent prier auprès de son lit.

Colette et le comte Roland furent des premiers.

Les deux frères se retirèrent discrètement devant Colette, la laissant libre, et elle entra dans la chambre funèbre, éclairée par des cierges bénits, où la jeune fille dormait son dernier sommeil.

Ils ne l'avaient pas revue depuis leur retour.

En vain ils l'avaient cherchée, en se cachant l'un de l'autre, ils ne l'avaient point rencontrée.

Oui, maintenant ils se cachaient l'un de l'autre ; ils gardaient leurs secrètes souffrances pour eux-mêmes, et déjà, sans qu'ils s'en rendissent compte peut-être, montait en eux la défiance, la jalousie, la haine.

Ce jour-là, lorsque Colette entra, ils étaient auprès de Michelle ; ils se contentèrent de la saluer respectueusement.

Puis ils sortirent.

Et sans se dire un mot, sans même échanger un de ces regards par lesquels jadis ils se comprenaient si bien, ils se tournèrent le dos.

Chacun d'eux rentra dans son appartement.

Et là, de la fenêtre ouverte sur la campagne ensoleillée, ils guettèrent le départ de la charmeuse.

Elle sortit, les yeux rouges, la tête basse, ayant bien pleuré au chevet de la morte.

Et ils la suivirent du regard, de toute leur passion, autant qu'ils purent.

Ce ne fut que lorsqu'elle eut disparu que Pierre et Gaston s'aperçurent ; ils ne pouvaient pas être étonnés de se voir ainsi, car chez l'un comme chez l'autre l'amour était immense.

Et cependant ils devinrent très pâles.

Une même pensée égoïste leur venait :

— Pourquoi l'aime-t-il ? Et si elle aime un de nous deux, que deviendra l'autre ?...

Confusément, autrefois, ils avaient eu la même crainte. Cette crainte reparaissait à présent, plus précise, plus menaçante, déjà presque terrible.

Après l'enterrement de Michelle, ils furent poursuivis par une obsession.

Revoir Colette par tous les moyens.

La revoir et lui parler.

Et cette idée fixe leur faisait oublier la révélation qu'ils avaient reçue de la morte et qui ne leur appartenait pas.

Cette révélation, c'était à Villefort qu'ils devaient la porter. La loyauté leur en faisait en devoir.

Pourquoi manquaient-ils à ce devoir?

Etait-ce bien seulement l'effroi de déshonorer publiquement leur père? Ou bien n'y avait-il pas, tout au fond de ces hommes, le vague pressentiment que, quelque jour, la révélation de Michelle pourrait leur servir et profiter à leur amour? Ils attendaient. Il n'y avait pas de temps de perdu. A quoi bon, en somme, rendre publique cette confession? Qui intéressait-elle, puisque Villefort était acquitté? L'opinion publique finirait par oublier. Déjà elle s'était calmée en apprenant comment avait été commis le vol chez Girodias. Il devait suffire à Villefort de comprendre que depuis les événements dont la *Némésis* et la *Minerve* avaient été le théâtre, Pierre et Gaston avaient abandonné toute idée de vengeance.

Telles étaient les réflexions avec lesquelles ils essayaient d'endormir leur conscience et d'empêcher leurs remords.

Si les deux frères n'échangeaient plus de confidences comme autrefois, ils étaient quand même renseignés sur ce qu'ils faisaient l'un et l'autre.

Ils s'épiaient, guettant leur moindre sortie, réciproquement.

Jadis, on ne les voyait jamais l'un sans l'autre.

Maintenant, lorsqu'une occasion s'offrait de sortir ensemble, non seulement ils négligeaient cette occasion, mais ils cherchaient des prétextes pour n'en point profiter.

La présence de l'un pesait à l'autre.

Leur silence même était, pour l'un comme pour l'autre, motif de jalousie.

Ce silence n'était-il pas éloquent? Ne disait-il pas clairement :

— Il pense à elle !

Au début de cet amour insensé, ils s'étaient confié leurs souffrances. Ils aimaient mieux aujourd'hui souffrir seuls. Pas un mot sur Colette ne s'échangeait entre eux. On eût dit que la jeune fille n'existait pas et que jamais elle n'était apparue dans leur vie !

On ne fut pas longtemps sans remarquer cette attitude dans le pays.

Leur affection réciproque était trop célèbre pour que chacun ne fût point frappé de ce qui se passait.

On chercha les motifs de cette étrangeté.

Mais rien ne transpira.

Quelques-uns, par plaisanterie, murmurèrent la fable : « Deux coqs vivaient en paix. Une poule survint... » Mais où était la poule?... Aucun soupçon ne pouvait peser sur Colette.

Même pendant les repas où ils se trouvaient encore réunis, — les seules heures de la journée où ils se voyaient, — ils ne se parlaient plus.

Or, dans cet état d'esprit, on comprendra quelle put être l'émotion de Gaston lorsqu'au sortir de l'un de ces repas où tous deux s'étaient enfermés dans un silence farouche, son aîné lui dit :

— Causons, veux-tu?

Gaston tressaillit.

Tout de suite il devina de quoi son frère pouvait causer.

Y avait-il maintenant un autre sujet au monde qui les intéressât, en dehors de leur amour ?

— Causons, soit !

Et il releva la tête avec un air de défi.

— Tu l'aimes toujours, n'est-ce pas ?

Il ne prononça point de nom.

A quoi bon ? Ce nom était sur leurs lèvres, de même que l'image était dans leur cœur.

— Je l'aime plus que jamais, dit Gaston.

— Et tu ne feras rien pour renoncer à cet amour ?

— Rien... Cet amour est ma souffrance...

— Rien pour oublier ?

— Rien, cet amour est aussi ma joie.

— Dès lors, quelles sont tes intentions ?

— Les tiennes.

— Tu veux qu'elle t'aime ?

— Je le veux.

— Et tu espères qu'elle t'aimera ?

— Tout ce qui sera possible, je le tenterai.

— Et tu veux, n'est-ce pas, qu'elle soit ta femme ?

— Certes !

— Eh bien ! tout ce que tu veux, je le veux aussi...

— Ne le sais-je point ?

— Tout ce que tu tenteras, je l'essayerai.

— C'est ton droit.

— Et elle m'aimera. Tu entends ? Il le faut... et je le veux...

— Non, elle m'aimera. Ce sera moi, non pas toi !

— Qu'en sais-tu ?

— Déjà, si mes souvenirs ne me trompent pas, déjà il me semble que dans nos rares entrevues Colette me regardait doucement, si doucement, avec des yeux si tendres, qu'il n'est pas possible qu'en son cœur il n'y ait pas eu quelque pensée d'amour...

Pierre était extrêmement pâle. Ses lèvres devinrent toutes grises.

— Et moi, je te dirai aussi que j'avais cru lire dans ses yeux son amour.

— Il faut le lui demander.

— J'allais t'en faire la proposition.

— Et si c'est toi qu'elle a choisi?

— Et si c'est toi?...

Ils étaient restés assis pendant cette conversation.

Ils se levèrent soudain, sur ces derniers mots.

Car, enfin, elle ne pouvait les aimer tous les deux. La pensée même, chose étrange! ne leur venait pas qu'elle pouvait ne les aimer ni l'un ni l'autre.

Dans ces natures à demi sauvages, le doute ne naissait point. Dès lors, le choix de Colette affirmé, que ferait celui qu'elle aurait dédaigné?

Ils se regardèrent farouches, la menace dans les yeux...

Elle était loin, ruinée, évanouie, la sainte affection fraternelle, si large, si puissante, si complète, qui avait empli leur vie jusqu'alors...

Aucun regret de cette affection, aucun remords.

Ils n'y songeaient même point!

Pierre dit, très bas :

— Assurément, la vie, pour l'autre, deviendra un enfer...

Ils restèrent silencieux.

Puis, de nouveau, l'aîné des frères demanda :

— Quel jour comptes-tu la voir?

— Le plus prochain jour...

— Cependant, il ne serait pas loyal que l'un de nous la vît avant l'autre...

— Si nous lui parlons ensemble, et si elle aime l'un de nous, elle n'osera peut-être pas se prononcer, dans la crainte de désespérer l'autre...

— Alors, remettons-nous-en au hasard !...

— Au hasard !

Ils sortirent, se tournant le dos.

Et quelques minutes après, s'étant rencontrés dans le jardin, où ils fumaient leur pipe en se promenant autour des pelouses et des parterres fleuris, ils passèrent l'un auprès de l'autre, pareils à des étrangers.

Mais la même pensée germait dans ces cerveaux surchauffés :

— Je veux la voir avant qu'il la voie !

Et tous deux par des chemins différents, paraissan. s'éloigner l'un de l'autre, descendirent vers la rivièret

Un quart d'heure s'écoula.

Hardiment, Gaston se dirigea, par un coude brusque, vers le parc de l'autre côté duquel était le château de Villefort.

Et quand il y fut, il sonna à la grille.

Le concierge-jardinier se présenta et recula de surprise en reconnaissant l'un des frères Girodias.

Que venait-il faire, celui-là ?

Les Girodias n'étaient pas en odeur de sainteté au château. Les vieux serviteurs des Villefort les détestaient cordialement.

Ce fut à peine si le concierge salua.

Gaston tremblait un peu, lorsqu'il demanda :

— Mademoiselle Colette Nathalier est-elle au château ?...

La stupéfaction du concierge grandit.

Qu'avait à faire le Girodias avec l'institutrice ?

— Je pense que mademoiselle est au château... Monsieur a quelque chose à lui faire remettre ?

— Non...

— A lui faire dire?

— Non. A lui dire moi-même.

— Ah !

Le concierge hésitait, très embarrassé.

— Je vais rendre compte de votre demande à madame la duchesse... d'abord.

— Soit.

Le concierge s'éloigna.

Il fut longtemps avant de revenir. Il avait prévenu madame de Villefort, puis Colette. Colette, très surprise, ne savait que faire.

Elle demanda conseil à la duchesse.

Edith finit par dire :

— Il faut recevoir ce jeune homme... apprendre ce qu'il veut...

Mais, en même temps, Edith montait chez le marquis de Vivarez et lui rendait compte de ce qui se passait.

Lorsque Gaston Girodias entra au salon, il trouva non seulement la jeune fille, mais le marquis l'attendant.

Et M. de Vivarez lui dit :

— Je ne crois pas, monsieur Girodias, que ce que vous avez à dire à mademoiselle soit un mystère... tout le monde doit pouvoir l'entendre... Me permettez-vous de rester ?

— Restez, monsieur... Votre présence ne m'empêchera pas de dire à mademoiselle Nathalier ce que je veux qu'elle sache et tout le monde peut entendre ce que j'ai à lui dire... Je voudrais même que tout le monde l'entendît... fit Gaston d'une voix plus basse et profondément émue.

Le marquis avait pris place dans un fauteuil

Pour ne pas les gêner, il tournait le dos, comme indifférent, n'étant là en réalité que pour rassurer la jeune fille de sa présence, et lui indiquant ainsi qu'elle allait être libre de ses paroles, libre de ses actes et libre de sa volonté.

Les deux jeunes gens restaient debout.

Toutes les fenêtres du salon étaient ouvertes...

Les parfums des fleurs, les senteurs forestières arrivaient là.

Et machinalement, Colette, ayant tourné les yeux vers le jardin, aperçut la silhouette du duc Horace, là-bas, vers la grille.

Horace venait d'apprendre, par sa **mère**, la visite de Gaston.

Il était inquiet... d'une inquiétude **vague**... sans motifs.

Pourquoi cette visite?

Qu'est-ce que les deux **frères avaient de** commun avec la charmeuse ?

Nerveusement, il se promenait dans les allées.

Il interrogea le jardinier :

— Que veut-il ? Qu'est-il venu faire ?

Mais le jardinier ne pouvait le renseigner.

Force **lui fut** de se résigner, d'attendre...

Au salon, sur le point de parler, Gaston restait muet, les lèvres contractées, tremblant de tous ses membres.

Il balbutia péniblement :

— Mademoiselle... mademoiselle...

On **voyait** très bien les coups violents de son cœur qui soulevaient sa robuste poitrine.

Et Colette attendait, l'interrogeant des yeux

— Mademoiselle, dit-il enfin, ce n'est pas sans avoir hésité longtemps — vous le voyez peut-être à mon trouble, à mon émotion — que je me suis décidé à la démarche que je tente aujourd'hui auprès de vous.

— Parlez, monsieur, dit-elle en souriant... Je ne pense pas que ce soit la présence de M. de Vizarez qui vous émeuve, et quant à moi...

— Oh! oui, vous mademoiselle, c'est vous que je crains.

— Et qu'ai-je donc de si redoutable, monsieur?

— Votre volonté, mademoiselle.

— Ma volonté ?

— De vous dépendra tout à l'heure le bonheur ou le malheur de ma vie.

Elle ne répondit plus. Elle attendait.

— Mademoiselle, je vous ai vue rarement... à de longs, très longs intervalles ; et parfois, pour vous voir, pour vous rencontrer, il me fallait employer la ruse, attendre des heures votre passage, et ne point me montrer surtout, afin de ne pas vous inquiéter et vous effrayer.

— Et pourquoi, monsieur, toutes ces tentatives dont, en effet, je ne me suis jamais doutée, car il me semble ne vous avoir point vu, si ce n'est à la mort de Michelle, depuis le jour où nous nous sommes trouvés en présence à Millepertuis, chez le garde Soubise ?...

— Pourquoi, mademoiselle? Pourquoi? Ne le devinez-vous pas ? Ne devinez-vous pas que je n'ai pu vous voir sans éprouver pour vous la plus vive et la plus respectueuse affection?... Je ne voudrais pas vous offenser et je ne le pourrais, mais il faut pourtant que vous sachiez ce secret... Je vous aime, mademoiselle, de l'amour le plus ardent...

— Monsieur !

— En quoi vous offensé-je, mademoiselle?... Peut-il me venir même la pensée que je vais vous faire rougir ?... Je vous aime, et devant M. de Vivarez qui nous écoute et en qui vous avez confiance et protection, je viens vous demander si vous voulez de moi... si vous voulez me faire l'honneur d'accepter le nom que je vous offre ?...

Lentement, M. de Vivarez s'était retourné.

Tout à l'heure il prêtait grande attention à ce qui se passait dans le jardin. Maintenant il regardait Colette et observait les différentes impressions que reflétait sa physionomie si expressive.

A elle aussi, son cœur battait bien fort.

Et elle fut longtemps sans répondre.

Elle était bien un peu surprise de cet aveu ; et pourtant, lorsqu'elle remontait dans ses souvenirs, lorsqu'elle se rappelait cette entrevue avec les deux frères chez le garde Soubise, elle se disait que ce jour-là, non pas seulement Gaston, mais l'aîné aussi, lui avaient parlé avec des phrases d'amour qui, malgré eux, venaient à leurs lèvres. Certes, ils ne lui avaient pas avoué cet amour, mais tout en eux l'avait trahi.

Ensuite, et depuis cette entrevue, elle avait eu si rarement l'occasion de les rencontrer qu'elle n'y avait plus pensé.

— Votre demande ne peu m'offenser, monsieur, dit-elle.

Il l'interrompit, tendant à demi les mains vers elle :

— Mademoiselle, avant de me répondre... songez... songez que peut-être vous allez, en me refusant, me briser le cœur...

— Et pourtant, monsieur, il faut que vous sachiez la vérité !... Je ne puis être coupable en vous faisant de la peine, car ce n'est pas ma faute si vous m'aimez... et je serais coupable, grandement coupable, si, ne vous aimant pas, je vous laissais quelque espérance.

Il s'était tenu debout.

Il tomba sur une chaise, comme fauché.

Et pendant quelques secondes il tint sa tête dans ses mains jointes.

— Vous ne m'aimez pas..

— Monsieur...

— Mais, du moins, ne voulez-vous pas me laisser le temps de me faire aimer... de me faire estimer?... Vous me connaissez mal... Tout ce qui s'est passé autour de vous depuis votre arrivée dans le pays n'a pu me représenter à vos yeux que comme un être à demi-sauvage capable non point d'aimer, non point de pardonner, mais de haïr... Ce n'est pas vrai, mademoiselle! .. et je mets à vous aimer, voyez-vous, autant de force que j'en mettais dans ma haine... Je vous jure que vous seriez adorée à genoux... comme on adore une sainte... Je vous jure que vous n'auriez pas à vous repentir d'avoir consenti à porter mon nom... Je suis fou, mademoiselle, j'ai la tête en feu... J'ai entendu tout à l'heure votre refus... je le devine encore... pourtant il ne peut être sans appel... à moins... à moins...

Il n'osait dire sa pensée entière.

— A moins? Achevez, monsieur, dit Colette émue.

— A moins que vous n'aimiez autre part...

Elle ferma les yeux. L'image du duc passa devant elle.

Mais elle avait promis, elle avait juré que jamais personne ne connaîtrait cet amour. M. de Vivarez l'avait deviné ; M. de Vivarez serait seul, tant qu'elle vivrait, à connaître ce secret.

Elle ne regarda même point le marquis.

Elle n'avait pas besoin de puiser en lui sa force.

Sa force était en elle-même, dans sa probité et dans sa fierté !

— Non, monsieur, dit-elle, je n'aime personne !

Et sa voix ne tremblait pas.

M. de Vivarez, qui ne la quittait pas du regard, ne la vit pas tressaillir.

— Personne ! personne ! murmura Gaston. Alors, mademoiselle...

— N'insistez pas, monsieur, je ne pourrais qu'augmenter votre chagrin...

Le jeune homme avait des larmes dans les yeux.

Il se leva, lourdement, comme si depuis quelques minutes il avait eu à supporter un fardeau énorme, celui de son désespoir.

Il n'ajouta pas un mot.

Lentement, il se dirigea vers la porte.

Là, il se retourna, salua la jeune fille et le marquis.

Et il sortit, le cœur très gros.

— Ma foi, dit gaiement le marquis, voici, ma chère Colette, une aventure à laquelle je ne m'attendais pas.

Il cessa d'être gai en la voyant grave et triste.

— Qu'avez-vous, mon enfant ?

— Cet homme souffre à cause de moi...

— Est-ce votre faute ?

— Non, mais la souffrance n'en est pas moins cruelle...

Elle ajouta tout bas, pour elle-même :

— Puisqu'il aime sans espoir.

Le marquis n'entendit pas, mais il la comprit.

Il vint à elle, lui prit les mains, l'attira contre lui avec tendresse et l'embrassa au front, comme si elle avait été sa fille.

— Pauvre petite !...

— Ce n'est pas tout, dit-elle, je prévois une autre demande à laquelle je serai obligée d'opposer la même réponse...

— Pierre Girodias ? dit le marquis vivement.

— Oui.

— Vous croyez qu'il vous aime ?

— Je le crois !...

Elle raconta comment le premier soupçon lui en était venu.

M. de Vivarez l'écoutait, visiblement nerveux.

— Qui sait si cet amour n'est pas destiné à rétablir la concorde entre les deux maisons qui se sont tant haïes et se sont fait tant de mal !

— Et moi, monsieur, j'ai peur de leur amour...

Gaston Girodias traversa le jardin et atteignit la grille.

Il rencontra Villefort, le salua machinalement, sans le reconnaître.

A peine Gaston avait-il disparu que le duc rentrait au château. Il avait hâte de se trouver avec Colette, de savoir d'elle ce qui s'était passé, quel était l'objet de cette singulière visite. Mais Colette se dérobait à lui.

Il interrogea le marquis.

M. de Vivarez prit un air indifférent.

— Il n'y a rien là qui t'intéresse, mon cher Horace... Mademoiselle Nathalier n'est-elle pas maîtresse d'elle-même et libre de recevoir qui bon lui semble ? Depuis notre sauvetage de la *Némésis*, les Girodias et les Villefort ne sont plus à couteaux tirés comme autrefois, et la détente, il me semble, s'est encore accentuée depuis l'arrestation de Lahache et de Gabarit qui éclaire la situation... Donc, sans pour cela attirer chez nous les Girodias, nous ne devons pas non plus les mettre à la porte.

— Mais que voulait-il dire à Colette ?

— Hé ! que sais-je ?

— Vous étiez là !

— Comment peux-tu l'affirmer ?

— Je vous ai aperçu dans votre fauteuil.

— Eh bien ! je ne le nierai pas... Mademoiselle Nathalier m'avait prié d'assister à son entretien...

— Sur quoi portait cet entretien ?

— A quoi bon te le dire, et quel intérêt prends-tu à mademoiselle Nathalier?

M. de Villefort se tut. Lui aussi paraissait étrangement nerveux. A deux ou trois reprises il vint auprès de son oncle comme pour lui parler. Mais une vague inquiétude le retint.

A la fin, il s'en alla brusquement.

M. de Vivarez, très surpris, se demandait :

— Qu'est-ce qu'il lui prend?

Et peut-être qu'un soupçon, — le soupçon de la vérité — effleura son esprit, car il fronça le sourcil...

— Oh! oh! se dit-il... ce serait grave.

Le lendemain, poursuivi par la même idée, il rencontra Colette. Mais là, au moment de lui parler, de lui dire ce qu'il avait sur le cœur, il n'osa, se retint et se contenta de la saluer froidement.

— De quel droit lui demanderais-je des comptes?.. Elle ne m'aime pas... Je le sais... Elle me l'a dit... Elle ne m'aimera jamais... Alors, quoi?

Il haussa les épaules, voulut n'y plus penser.

Son oncle le vit préoccupé, pourtant, et triste...

— Diable! diable! répétait-il, quelle complication!

Il vint à lui, et d'un ton dégagé :

— Tu es le chef de la maison, en somme; tu as le droit d'être renseigné sur ce qui se passe chez toi... Je vois bien que la visite de Gaston Girodias te tarabuste plus qu'il ne faudrait.

— Je vous l'avoue.

— Elle est bien simple, cette visite... Il n'y a été question que de la mort de Michelle Soubise... Connaissant l'affection de Michelle pour mademoiselle Nathalier, les Girodias ont pensé que cela ferait plaisir à Colette de posséder un souvenir de la pauvre fille... Gaston Girodias est donc venu... hum! hum! demander à Colette... hum! hum!... ce qu'elle désirait et ce qui lui ferait le plus de plaisir.

Le marquis n'avait pas l'habitude de mentir. Et il mentait, cela était visible. Pourtant, M. de Villefort ne demandait qu'une chose, c'était que ses soupçons ne rencontrassent qu'un prétexte pour s'évanouir.

Il le crut et fut un peu rassuré.

Le marquis s'en aperçut et se frotta les mains.

— Es-tu content, maintenant?

— Oui... Mais pourquoi m'avoir fait si grand mystère d'une chose aussi simple?

M. de Vivarez répliqua gaiement :

— Nous en avons tellement l'habitude ici depuis quelque mois, que l'on fait mystère de tout... Tu n'as pas remarqué?

Gaston Girodias était rentré aux Grandes-Roches, bouleversé !

Pierre l'aperçut. Ils se guettaient, s'espionnaient.

A cet air accablé, à ce visage empreint d'une morne tristesse, l'aîné des deux frères comprit ce qui s'était passé.

— Il l'a revue!... Elle l'a repoussé !

Et une immense joie emplit son cœur.

En même temps la haine grandissait contre cet homme qui, travaillant dans son propre intérêt, pour son propre amour, avait voulu le devancer, surprendre Colette peut-être par une déclaration à laquelle elle ne s'attendait pas, et considérer sans doute comme une sorte d'engagement ou d'aveu les paroles hésitantes et confuses qui lui échapperaient.

Ils se parlèrent ce jour-là, de la haine plein les yeux, en révolte l'un contre l'autre, la menace prête à éclater.

— Tu l'as revue ?

Gaston n'essaya même pas de se sauver par un mensonge.

Au contraire, il le brava :

— Oui, je l'ai revue.

— Où cela ?

— Je suis allé la trouver chez elle...

— A Villefort?

— A Villefort...

— Et tu lui as dit...

— Je lui ai dit que je l'aime, que je l'aime à en mourir... et je lui ai demandé si elle voulait être ma femme...

Pierre fut pris d'un tremblement nerveux.

— Elle a accepté? fit-il d'une voix rauque.

— Console-toi... Il te reste des chances... Elle ne veut pas de moi...

— Ah !

L'on eût dit que Pierre allait défaillir, tant sa joie fut grande.

Et c'était au tour de Gaston de sentir sa haine se centupler, contre son frère, car il se disait : « Puisqu'elle ne m'aime pas et puisqu'elle ne veut pas de moi, qui sait si elle n'aime pas mon frère et si ce n'est pas lui qu'on attend? » « Je n'aime personne », avait-elle dit... Les femmes disent de ces choses que démentent leurs yeux.

Pierre parlait tout haut, dans la folie d'une espérance subite :

— Peut-être que... moi... moi... Ah ! je la verrai et je l'interrogerai... Oh! mon Dieu! mon Dieu!...

Il s'enfuit, laissant Gaston terrifié.

— Si c'est lui qu'elle aime, que vais-je devenir, moi? Est-ce que je vivrai pour assister à leur bonheur, au triomphe de leur tendresse ? Ah! non, non, jamais, jamais!... Je me tuerai plutôt... ou je les tuerai tous les deux... Oui, c'est cela... je les tuerai... et je me tuerai ensuite...

Pierre rêva, pendant les jours suivants, au moyen de voir Colette.

Cet homme, qui de même que Gaston, plus que lui peut-être, avait été à plusieurs reprises sur le point de commettre un crime, lorsqu'il poursuivait de sa haine le duc Horace, cet homme, en dépit de sa sauvage nature, était timide comme une fille, à présent qu'il aimait.

Ce que Gaston avait fait, cette démarche au château, il aurait bien voulu la faire aussi, mais il ne l'osa.

Il partit, dans ce but, à plusieurs reprises.

Il traversa les bois, il s'approcha de la grille.

Oh ! il était décidé, et très brave tant qu'il se trouvait loin.

Mais décision et bravoure s'évanouissaient au fur et à mesure qu'il se rapprochait du château.

Et à la grille, il s'arrêtait, hésitait, revenait sur ses pas.

Il rentrait aux Grandes-Roches sans avoir vu Colette.

Alors il s'enfermait dans sa chambre et passait des nuits à sa fenêtre, oubliant de se coucher, ne pensant pas à dormir, et le lendemain plus affolé d'amour que la veille.

Gaston observait ses moindre démarches, était au courant de toutes ses tentatives, haineux, silencieux, farouche.

Et tous les soirs il se disait :

— Il ne l'a pas vue !

Un jour vint, pourtant, où, à force de la chercher, Pierre la rencontra.

Ce fut au cimetière de Clisson, où Colette était allée porter des fleurs sur la tombe de Michelle.

Il l'avait aperçue à sa sortie de Villefort.

De loin, il l'avait suivie.

Et il la rejoignit au cimetière, lorsqu'il la vit se relever après avoir prié sur la tombe de la jeune fille.

A sa vue, elle eut un vif mouvement de surprise, avec un geste machinal autour d'elle comme pour chercher protection.

Il secoua la tête avec une infinie tristesse.

Et très bas, comme si, au milieu de ces tombes, il avait parlé dans une église :

— N'ayez pas peur de moi, mademoiselle...

Elle voulut passer, se dirigeant vers la porte vermoulue et branlante qui fermait le champ de repos.

— Restez, je vous en prie, et puisque vous avez bien voulu écouter mon frère pendant quelques minutes, accordez-moi quelques minutes également.

Devant ce visage pâli et ces lèvres qui tremblaient, devant ces yeux qui se troublaient et se baissaient, Colette ne pouvait douter. Celui-là aussi l'aimait.

Elle avait engendré l'amour autour d'elle, la jolie charmeuse, et elle, toute de douceur, de tendresse et de dévouement, elle avait semé la haine.

Elle lui fit signe qu'elle l'écoutait.

Elle était si émue elle-même qu'elle n'avait pas la force de parler.

— Mademoiselle, je n'ai pas eu le courage de me présenter au château comme l'a fait mon frère... Ce qu'il vous a dit, je voudrais vous le dire à mon tour... Il vous aime, mais il ne peut vous aimer plus que je vous aime, et je crois bien que je deviendrai fou si vous me repoussez...

A sa propre souffrance, elle devinait celle-là.

Elle était prise de pitié pour cet homme, en dépit de tout ce qu'il avait fait contre Horace et de l'épouvante de son nom dans laquelle Colette avait vécu jusqu'alors au château.

Elle restait silencieuse

Il implora.

— Mademoiselle, je vous en supplie...

Elle secoua la tête.

— Je ne puis que vous renouveler, à vous, la réponse que j'ai faite à votre frère... Quelle que soit la peine que je vous cause...

— Mon Dieu !

— Je ne vous aime pas et ne peux être votre femme...

— Jamais ?

— Jamais !

— Sans nul espoir ?

— Sans nul espoir !

Elle passa lentement devant lui.

Et elle disparut au bout du cimetière, sans qu'il eût fait un pas, sans qu'il eût songé à la retenir...

Lorsqu'ils se retrouvèrent face à face, les deux frères n'eurent pas besoin d'explications pour savoir ce qui s'était passé.

Avec une joie cruelle, Gaston remarquait le désespoir de son frère.

Et il ne put s'empêcher de lui dire :

— Toi aussi, n'est-ce pas ? toi aussi, elle t'a repoussé ?

— Oui.

— Au moins, si elle n'est pas à moi, elle ne sera pas à toi !

Les yeux sombres de Pierre se relevèrent.

Ils se regardèrent avec menaces, les dents serrées.

— Qui sait ? dit l'aîné... Je n'ai pas perdu toute confiance...

— Tu la prendrais donc de force ?

Pierre ne répondit pas.

Et Gaston, posant sa robuste main sur le bras de son frère :

— N'oublie pas ce que je vais te dire... Si jamais tu touches à cette jeune fille... si jamais l'un de tes actes ou l'une de tes paroles lui fait peur, c'est moi que tu trouveras entre elle et toi...

— De quel droit te ferais-tu son défenseur?

— Du droit que me donne mon amour...

— Eh bien! je méprise tes menaces, parce que je te connais... Je t'ai vu à l'œuvre et j'ai été à l'œuvre avec toi... Je sais que nous nous valons, et je la plains si tu te fais son protecteur...

— Je l'aime peut-être plus que toi, plus vraiment que toi.

— Non... car j'ai cru, au moment où elle m'a refusé, que j'allais mourir. Et je te dirai, comme tu viens de me dire : « Si jamais tu tentes quelque chose contre elle, je la défendrai... »

— A mon tour je te demanderai : De quel droit?

— Et je serai franc... Du droit que me donne ma haine...

— Ta haine!

— La haine que j'ai pour toi!

— C'est vrai, dit Gaston avec un calme effrayant, tu me hais... je l'ai bien vu... il y a longtemps déjà...

— Et j'ai bien vu, aussi, qu'il y a longtemps que ma haine trouve dans ton âme la meilleure des réponses : ta propre haine pour moi.

— Oui... tu as deviné.

Ils furent silencieux, se regardant d'un air étrange, sans baisser les yeux.

— Ainsi, nous voilà ennemis...

— Ennemis mortels!

— Cela devait finir ainsi... Nous nous aimions trop...

C'était la première fois qu'ils s'avouaient leur haine.

A partir de ce jour, elle éclata, évidente, aux yeux de

tous. Les seuls moments de la journée, depuis longtemps, où ils se voyaient et où ils se rencontraient,
c'était les repas.

Depuis ce jour-là, ils ne les prirent plus en commun.

Ils eurent des serviteurs particuliers et chacun man-
gea dans son appartement. Comme, malgré la grandeur de la maison, ils risquaient de s'y trouver face à
face, d'un commun accord et après l'échange de quelques lettres les ouvriers furent appelés : les Grandes-
Roches furent divisées en deux parties sans porte de
communication. La maison se prêtait à cette modifica-
tion, qui put être faite assez rapidement.

Dès lors, chacun vécut solitaire.

Les notaires, pendant ce temps-là, faisaient le partage de la propriété.

Jusqu'aujourd'hui les deux frères, vivant en commun, n'avaient pas voulu entendre parler de ce partage.

Ils le réclamèrent.

En attendant que chacun d'eux s'en allât où le porterait son caprice, ils firent couper par un mur de deux
mètres le jardin et les pelouses qui s'étendaient devant
et derrière la maison, dans toute leur longueur.

Ils pouvaient maintenant sortir, rentrer, aller et venir,
fumer leur pipe après déjeuner ou après dîner autour
des massifs distribués par moitié, sans courir le risque
de se rencontrer.

Désormais, Pierre et Gaston étaient morts l'un pour
l'autre.

Une pareille révolution dans leur vie si intime jusque-là, un pareil et aussi formidable désastre dans une
affection fraternelle qui, dans le pays, partout où on les
connaissait, était légendaire, excita la plus vive surprise
et donna lieu à tous les commentaires. On chercha vainement le sujet de cette brusque inimitié.

« Une poule survint », avait-on dit.

Mais il fut impossible de la trouver, cette poule.

Colette, en effet, ne laissait aucune prise aux médisances ou aux calomnies ; les démarches des deux frères étaient restées secrètes, et seule, avec le marquis, la charmeuse avait compris les mystérieuses raisons de cette haine brutale, éclatant comme un coup de foudre entre les deux frères jusque-là si étroitement unis.

Quelques jours se passèrent ainsi.

Ils ne se voyaient plus, mais pourtant ils s'occupaient l'un de l'autre. Ils se connaissaient trop, ils savaient trop quelle était leur énergie, pour croire que chacun des deux accepterait ainsi sa défaite, sans combattre.

L'un de l'autre, ils se disaient :

— A quoi pense-t-il? Quel projet forme-t-il?

Et ce projet et cette pensée ne pouvaient avoir d'autre objet que Colette.

Elle ne les aimait pas... C'était là leur défaite... Mais, un moment découragés par la ferme réponse de la jeune fille, ils avaient bien vite relevé la tête.

— Elle sera à moi!...

Mais par quel moyen?

Certes, s'il ne se fût agi que d'un caprice, ils étaient trop les fils du père Girodias pour hésiter.

Ils eussent employé la ruse, ils eussent employé la force.

Mais ils aimaient ardemment.

Leur amour était aussi pur qu'il était fort... Ils eussent, certes, et sans un regret, donné leur vie à Colette, sur un signe d'elle et pour obéir à la moindre de ses fantaisies.

Colette était donc protégée contre eux par leur amour même.

Cependant, la jeune fille restait sur ses gardes.

Elle ne sortait plus seule.

Toutes les fois qu'on la voyait hors du château, elle était accompagnée soit par le marquis de Vivarez, soit par quelque serviteur de Villefort.

Du reste, elle ne vit ni Gaston, ni Pierre.

Dans le premier accès de leur désespoir, pendant les jours qui suivirent le refus de la jeune fille, ils s'étaient renfermés chez eux, ne sortant pas, la tête en feu, enfiévrés, à demi-fous.

Ils se ressaisirent enfin, et comme elle était devenue nécessaire à leur vie, ils firent tous leurs efforts pour la revoir.

Ils réussirent parfois, elle ne s'en douta point.

Et elle ne se douta pas non plus que, chaque fois que les deux frères s'en allaient ainsi au hasard de la campagne pour la rencontrer, ils se trouvaient face à face à quelque détour du chemin.

Alors, tout un drame en une seconde, tout un drame de la haine.

L'expression d'amour et de tristesse disparaissait de leur visage ; leurs mains se crispaient et ils s'avançaient l'un vers l'autre, la rage gonflant leurs lèvres.

Les premières fois ce fut ainsi, et ils n'échangèrent pas un mot.

Puis un jour, dans le même élan, ils se précipitèrent, s'étreignirent.

C'était dans l'avenue où, en septembre, Roland avait coupé, à coups de cravache, la figure de leur père. C'était à l'endroit même où les deux chevaux, flanc contre flanc, s'étaient rejoints.

Leurs doigts enlacés s'écrasent et se brisent.

Leur souffle se mêle, tant ils sont près.

Et quelques mots rauques leur échappent :

— Je te hais !

— Ta haine n'égale pas la mienne !

— Je te défends d'essayer de la revoir !

— J'allais te le défendre également.

Un moment, on eût dit qu'ils allaient en venir aux prises.

Puis ils se détachèrent l'un de l'autre.

Ils se repoussèrent, comme ayant horreur d'eux-mêmes.

Et, les mains sur les yeux, ils s'enfuirent chacun de son côté.

C'était une vie d'enfer que cette vie de haine...

Cette haine, d'un seul coup, en était arrivée à sa plus grande intensité.

Elle ne pouvait plus s'augmenter, elle ne pouvait plus que décroître.

Et ce fut ce qui arriva.

Cette horreur d'eux-mêmes les poursuivit tout le reste du jour, puis durant toute la nuit. Un peu de remords naissait au fond de ces âmes. Ils ne se couchèrent point cette nuit-là, poursuivant les mêmes pensées.

Ils avaient été près d'en venir aux mains... Deux frères !... C'était horrible.

Pourquoi? Au lieu de se haïr, que ne mettaient-ils en commun leur amour, leurs efforts ?...

Ensuite, si, après longtemps, l'un des deux finissait par attendrir Colette, l'autre disparaîtrait, s'en irait, s'exilerait.

Ils cherchèrent.

Malgré tout, malgré ces remords, ils ne se revirent point. Il fallait un événement imprévu pour les réunir à nouveau, et de ces deux cerveaux, momentanément séparés, après avoir si longtemps nourri les mêmes pensées, n'en plus faire comme autrefois qu'un seul concentré sur un but unique... La haine était plus puissante chez eux que l'amour, et ce fut la haine, ravivée contre Villefort, qui les réunit de nouveau.

XV

LEQUEL DES DEUX !

Dans leurs sombres rêveries, c'était toujours l'image de Colette qui passait, non point hautaine et méprisante, non point joyeuse du refus orgueilleux par lequel la jeune fille accueillait leur passion, mais plutôt attristée par la peine même qu'elle savait leur causer par ce refus.

Alors, dans ces rêveries, revenaient à leurs souvenirs tous les incidents de leur vie, depuis dix mois, qui les avaient mis en présence de Colette.

Qui aime-t-elle? n'aime-t-elle vraiment personne? ou bien n'a-t-elle pas recours au mensonge pour cacher à tous un amour mystérieux?

Et peu à peu, en ce lent travail de mémoire, certaines choses se précisaient.

Jadis, ç'avait été l'apparition de Colette, pendant le duel, qui les avait infiniment troublés, et lorsqu'ils repensaient à elle, ils ne pouvaient se la figurer autrement qu'enveloppée, au milieu du bois, sur le tertre vert, par les branches maigres et flexibles des bruyères et des genêts.

Maintenant, ce n'était plus ainsi qu'ils la revoyaient.

Un souvenir prenait la place de tous les autres, une image de la charmeuse effaçait toutes les autres images.

C'était dans la forêt. Colette venait de rencontrer

Villefort qui, pareil aux deux Girodias, l'avait suivie
pour lui parler. Villefort déclarait son amour, ainsi
qu'avaient fait les deux frères ; il la pressait, la jeune
fille, de ses tendres supplications, voulant savoir s'il
était aimé. Et Colette le repoussait comme elle avait repoussé Pierre et Gaston. Alors, Horace s'en allait,
triste, abattu, ainsi qu'ils étaient partis, eux autres,
sans avoir deviné l'énigme de ce sphinx, le secret de
ce cœur de femme.

Mais, ce même jour, à la même minute, les deux
frères avaient vu ce qu'il n'avait pas vu, lui, Villefort,
et ce qui, peut-être, l'eût rendu fou de joie et délirant
de bonheur.

A peine avait-il disparu sous la futaie, que Colette,
chancelante, s'affaissait évanouie...

Ils l'avaient soignée, rappelée à la vie.

Et quand elle avait rouvert les yeux, ils s'étaient éloi-
gnés discrètement.

D'où venait, chez la jeune fille, une émotion si
brusque et si profonde ?

En s'affaissant, elle avait porté les deux mains à son
cœur, l'étreignant de toutes ses forces, comme pour y
comprimer une douleur terrible.

Pierre et Gaston se souvenaient, maintenant, et maintenant qu'ils avaient passé par les mêmes souffrances,
ils comprenaient mieux les souffrances des autres, et
les causes mystérieuses de ces tortures morales ne leur
échappaient plus. L'amour, l'amour seul, avait pu la
faire souffrir ainsi !

Elle aimait ! Donc, elle avait menti. Et qui donc aimait-elle ?

Qui, si ce n'est celui-là même devant lequel elle venait d'imposer sur son visage le masque de l'indifférence ?

Qui, si ce n'était Villefort lui-même ?

Le doute affreux entra dans leur esprit pour n'en plus sortir. Mais ce n'était qu'un doute, et ils voulaient une certitude.

Elle leur fut donnée bientôt.

Au château, Colette et le duc de Villefort semblaient, pour qui n'eût vu que les apparences, vivre comme presque deux ennemis.

Evitant toutes les occasions d'être ensemble, c'est à peine s'ils s'adressaient la parole, et ils ne le faisaient que lorsque leur silence eût pu faire deviner le drame douloureux d'amour qui se déroulait au fond d'eux-mêmes.

La réponse de Colette à Villefort, après l'aveu de celui-ci, avait été trop claire, trop précise, pour laisser place à quelque doute, à quelque espoir.

Horace en était désespéré, car ce refus n'avait fait qu'augmenter son amour pour la charmeuse.

Mais en même temps, chez lui ainsi que chez les frères Girodias, et pour les mêmes causes, était née la jalousie contre un être inconnu, invisible, l'autre... celui-là, l'homme qu'elle aimait peut-être... à cent lieues de se douter, le pauvre garçon, qu'il était jaloux de lui-même.

M. de Vivarez, avec prudence, les observait tous les deux.

Il commençait à juger que la situation devenait délicate et dangereuse. Ces deux jeunes gens s'aimaient avec passion. C'était une poudrière à laquelle la moindre étincelle pouvait mettre le feu. Qu'une imprudence de Colette soit commise et Villefort apprend aussitôt qu'il est aimé ; et quelle puissance au monde est capable d'arrêter l'élan de deux cœurs qui battent l'un pour l'autre !

Il n'y avait qu'un remède à ce mal :

Le départ de Colette.

Le marquis se l'avouait depuis quelque temps, mais tout en se disant que c'était une séparation nécessaire, il ne s'y résignait pas. Il s'était pris, on le sait, pour Colette, dès les premiers jours, d'une affection paternelle, et son cœur se déchirait à la pensée qu'il n'aurait plus désormais auprès de lui ces doux yeux et ce joli sourire. Il n'osait pas lui en parler.

Vingt fois il le voulut, il le tenta : ses lèvres restèrent closes.

Pendant ce temps-là, il voyait le duc s'énerver singulièrement. Lui, dont la vie avait toujours été si active, qui adorait tous les exercices de la campagne, qui, debout de bonne heure, se retrouvait déjà très loin de Villefort, à cheval ou à pied, lorsque le soleil venait à peine de se lever, il ne sortait plus, il ne montait plus à cheval ; il restait enfermé chez lui pendant des journées entières.

Vivarez avait l'air de ne concevoir aucun doute.

— Est-ce que tu t'ennuies auprès de nous?...

— Pourquoi?

— Je te vois bayer aux corneilles du matin jusqu'au soir...

Le duc ne répondait pas.

Chez lui, dans son appartement, il essayait bien de lire, de travailler, de chercher un but à sa vie, — désemparée depuis qu'on l'avait obligé de donner sa démission d'officier, — mais il ne trouvait rien. L'amour de Colette lui eût rendu l'équilibre qui lui manquait, mais Colette ne voulait pas l'aimer.

Roland avait pour son frère aîné une profonde tendresse. Il n'était pas sans s'apercevoir du changement survenu dans son caractère

Il chercha à en découvrir les causes.

En effet, lorsque les soupçons du meurtre de Girodias planaient encore sur le duc, celui-ci pouvait, malgré son innocence, en être attristé... Mais aujourd'hui, bien que ce meurtre en lui-même restât toujours enveloppé de mystère, certaines circonstances qui l'avaient accompagné éloignaient le soupçon qui avait si long-temps pesé sur Villefort... A la place de la certitude, existant dès le premier jour dans l'opinion publique, il n'y avait plus maintenant que de l'indécision, et le duc pouvait espérer qu'un événement quelconque survenant à l'improviste achèverait de le réhabiliter. La situation était donc bien changée depuis le mois de septembre de l'année précédente. Dans ces conditions, pourquoi Villefort paraissait-il de plus en plus triste et sombre ? Jamais, au temps où le pays était soulevé contre lui, on ne l'avait vu découragé. Son énergie, sa confiance, réconfortaient les autres. D'où venait, dès lors, cette tristesse secrète ? L'esprit de Roland était en éveil. Il voulut savoir, en interrogeant son frère.

Mais à lui moins qu'à tout autre Horace eût dit la vérité.

Roland n'avait pas désarmé contre Colette : seulement, sa haine restait inactive ; même un travail se faisait dans son esprit : une lutte sourde entre ses anciennes rancunes et un sentiment de justice qui criait à son cœur combien il s'était montré cruel vis-à-vis de la jeune fille. Ce nouveau sentiment était né chez lui après que fut découvert le vol des acrobates de la fête de Clisson. Cette découverte, à qui la devait-on, si ce n'était à Colette ? Et il lui en avait su gré. Mais entre ce sentiment et l'aveu de ses torts, c'est-à-dire l'humiliation devant la charmeuse et l'abaissement de son orgueil, il y avait un abîme.

Elle était trop pénétrante, la gentille Colette, pour ne
point s'apercevoir toutefois du changement qui, petit à
petit, s'opérait chez le jeune garçon.

Elle n'y prenait pas garde, sachant trop que le remarquer c'eût été le faire disparaître et perdre le béné-
fice de tous ses constants efforts.

Elle ne s'était jamais départie, envers lui, de la plus
extrême douceur.

Elle était douce, toujours...

Parfois, il la regardait à la dérobée lorsqu'il assistait aux leçons de Louise.

Il était surpris de la découvrir ainsi qu'il la voyait
maintenant, et lentement il se sentait attiré, influencé
par le charme qui se dégageait d'elle.

Quelque chose aussi avait fondu la glace de ce cœur :
la mort de Michelle.

Colette avait pleuré de vraies larmes sur cette mort.

Il les avait surprises, un jour, ces larmes. Et il en
avait été bouleversé, vraiment surpris, comme d'une
chose qui n'était pas possible, à laquelle il ne s'attendait pas et qu'il regrettait presque.

Vivant un peu plus de la vie de Colette, il finit par
s'apercevoir qu'elle était parfois triste et que souvent,
quand elle arrivait à la leçon, ses yeux étaient rouges.

Mais, au château, tout le monde l'aimait, cette jeune
fille.

Louise aussi, imitant son cousin, était obéissante et
travailleuse.

Seul, jadis, Roland l'avait fait pleurer.

Or, il ne se reprochait aucune dureté depuis longtemps. Dès lors, pourquoi cette tristesse? pourquoi ces
larmes ?

Sans deviner encore, il pensait pourtant que Villefort, de son côté, lui offrait le même spectacle.

Et sans tirer, grâce à sa jeunesse, aucune conclusion du rapprochement qu'il faisait ainsi, il se disait :

— Qu'ont-ils donc, tous les deux, à être si changés ?

Il n'était pas sans se rappeler aussi qu'un soir, il y
avait déjà longtemps, dans les premiers mois qui
avaient suivi l'arrivée de Colette à Villefort, lui et
Louise, une fois, en l'espionnant, avaient pénétré tout
à coup dans la chambre de la jeune fille.

Colette ne les avait pas entendus.

Elle était ensevelie dans une profonde rêverie.

Dans son fauteuil, les yeux fermés, plus rien de la
vie extérieure, en cet instant-là, n'arrivait jusqu'à son
âme.

Elle n'écoutait, elle n'entendait plus que son cœur.

Les deux jeunes gens — Roland et Louise — étaient
restés pendant quelques minutes sur le seuil, silencieux,
retenant leur souffle, essayant de trouver contre l'inof-
fensive une nouvelle méchanceté.

Et tout à coup, comme s'éveillant de son rêve, Colette
avait murmuré, répondant aux épouvantes qui venaient
de l'assaillir :

— Mon Dieu ! mon Dieu ! est-ce que je l'aimerais ?

De qui parlait-elle ?

Ils ne se le demandèrent même point.

Cela parut à leur cruauté tout simplement burlesque
et leur offrait, entre eux, trop de matière à plaisanterie
pour qu'ils ne s'emparassent point de cette parole et
n'en fissent des gorges chaudes.

Quant à la pensée que l'homme, dont l'image passait
ainsi devant les yeux de Colette, pouvait être le duc
Horace, elle ne leur vint pas.

Ils se reculèrent donc en ricanant.

Et l'un des deux, en étouffant de rire, disait :

— L'institutrice amoureuse ! Ah ! ah !

C'était à Paris, sans doute, qu'elle avait laissé cet amour-là, un amour malheureux ! Et voilà pourquoi elle avait accepté avec tant d'empressement, à cette époque, l'offre faite par la duchesse de venir s'installer au château de Villefort.

Ils l'éprouvèrent encore pendant les jours qui suivirent.

Ils allèrent même jusqu'à guetter sa correspondance.

Mais leurs méchancetés échouèrent, car Colette n'écrivait qu'à sa famille.

Alors, au bout de quelques jours, ils n'y pensèrent plus.

Ce souvenir revenait maintenant à Roland.

— Est-ce son amour qui la rend triste ?

Et qui donc aimait-elle ?

Jadis, Horace, en voyant Roland si sombre et si triste, l'avait interrogé fréquemment, l'avait pressé de questions afin de savoir quel secret se cachait dans cette âme d'enfant.

Roland, au prix de sa vie, n'aurait pas voulu faire connaître le secret qu'il avait surpris de la honte maternelle.

Il n'avait pas répondu.

A présent, c'était au tour d'Horace de cacher un secret. Au tour de Roland de l'interroger.

Il le faisait, câlin, tendre, toutes les fois que l'occasion s'en présentait.

Horace fuyait ces questions, mais Roland revenait à la charge.

— Autrefois, tu me demandais avec insistance pourquoi j'étais triste...

— Et tu évitais de me répondre.

— Soit, mais peut-être n'auras-tu pas les mêmes raisons que moi pour garder le silence...

— J'en ai sans doute, puisque je ne te dis rien.

— Et si je devinais ?

— Devine !

Et le duc haussa les épaules.

— Bon. Je tâcherai, fit Roland.

Et il ajouta aussitôt :

— Tu n'es pas le seul, du reste, à présenter ce visage de carême...

— Que veux-tu dire ?

— Je veux dire que l'institutrice, non plus, n'est pas gaie tous les jours...

Horace regarda Roland avec attention.

Mais Roland n'avait aucun soupçon de ces deux amours, nous l'avons dit. Et il n'y pensait pas.

Alors, Horace demanda :

— Et sais-tu d'où lui vient sa tristesse, à elle ?

— Peut-être...

— Ah !

Horace prit le bras de son frère. Ses yeux s'animaient.

Le jeune garçon le remarqua.

— Tiens, qu'as tu donc ? Cela t'intéresse, à présent, les potins du château ? Autrefois, ta grandeur était au-dessus de tout cela...

— Parle, voyons... Tu as quelque chose à dire...

— Ma foi, non... Je disais simplement que mademoiselle et toi vous êtes tristes comme des bonnets de nuit, et j'ajoutais que si je n'ai pas deviné la cause de ton chagrin à toi, il y a des chances pour que j'aie deviné la cause de sa tristesse à elle...

— Et cette cause...

— Je vais te dire quelque chose de très drôle.

— Dis...

— Et qui te fera bien rire...

— Eh bien ?

— Eh bien, avec ses airs de sainte Nitouche...

— Roland, je te défends de mal parler de cette jeune fille...

— Soit... Tu as toujours eu, je ne sais pourquoi, un faible pour elle... Donc, je disais que, avec ses airs de modestie, l'institutrice est amoureuse.

Horace reçut un coup violent au cœur.

Son bras trembla sur le bras de son frère.

Et d'une voix qui était altérée, malgré ses efforts pour rester calme :

— Qu'en sais-tu ?

— Je le sais.

— La preuve ?

Roland raconta ce qu'il avait surpris, des mois aupa-ravant, en y ajoutant des commentaires. Evidemment, Colette avait laissé quelque amour à Paris.

— Oui, oui, pensait Horace, cela doit être, cela est !

Il était si persuadé que Colette ne l'aimait pas, que l'idée ne lui vint pas que l'homme qu'elle aimait c'était lui !...

Chaque fois qu'il avait voulu pénétrer jusqu'à son âme, n'avait-elle pas répondu de manière à le décou-rager ?

La révélation apportée par Roland était un nouvel aliment à son regret de n'être pas aimé.

La jalousie était née en lui depuis longtemps, mais une jalousie vague, sans but, sans rival connu.

Et voilà que le rival allait se découvrir peut-être...

La jalousie au cœur de l'homme ne va pas sans un peu de rancune contre la femme, quelque innocente qu'elle soit.

Horace rongea son frein pendant cinq ou six jours.

Mais le secret lui échappa, avec des paroles mé-

chantes, un soir qu'il surprit Colette dans les ruines,
où elle aimait, par les belles nuits éclairées des **rayons**
lunaires, aller chercher un peu de solitude, afin de se
retrouver en plus grande intimité avec ses rêves.

Elle ne l'avait pas vu venir.

Elle fut très émue en l'apercevant tout à coup lorsqu'il surgit devant elle, et elle eut un premier mouvement pour s'enfuir.

Il l'arrêta d'un geste et d'un mot :

— Pourquoi ? dit-il.

Sa frayeur, en effet, était enfantine.

Elle en rougit et resta.

Elle connaissait trop le duc pour avoir à redouter de
lui un manque de respect.

— Je remarque que vous êtes triste...

— Vous vous trompez.

Il secoua la tête.

— Je ne suis pas seul à l'avoir remarqué.

— Qui encore ?

— Tout le monde autour de vous... Est-ce l'aveu que
je vous ai fait qui cause votre tristesse, en vous gê-
nant et en rendant votre situation plus difficile au milieu de nous ?...

— Je partirai si vous le désirez.

— Si je n'étais pas sûr de moi, je vous dirais : « Oui,
partez ! » mais bien que votre refus soit une souffrance
pour moi, je vous prie de rester...

— A une condition, monsieur de Villefort.

— J'y souscris d'avance.

— Jamais vous ne me parlerez de votre amour.

— Vous me détestez donc bien ?

Elle joignit les mains dans un geste qu'elle ne put
réprimer.

— Moi, vous détester, oh ! monsieur !...

— Tranquillisez-vous... jamais plus je ne vous en parlerai... Mais... en dehors de cet amour... veuillez toujours me considérer comme votre ami le plus affectueux, le plus dévoué.

— Oui, dit-elle, oui, mon ami... Et je serai heureuse et fière de votre amitié.

— Et au nom de cette amitié que je vous offre et que vous voulez bien accepter, me permettez-vous de solliciter un peu vos confidences et de vous adresser quelques questions, comme le frère que je suis pour vous se permettrait de les adresser à la sœur que vous êtes pour moi ?

— Dites...

Il se recueillit.

On eût dit qu'il hésitait au dernier moment.

— Il y a quelques mois, un soir, mon frère passait devant votre chambre, et, voyant la porte ouverte, il s'arrêtait. Vous étiez là et votre rêverie était si profonde que vous n'aviez plus conscience de ce qui se passait autour de vous... Et vous avez laissé échapper quelques mots que mon frère, en ce temps-là, recueillit, dont il s'est toujours souvenu et qu'il m'a rapportés...

Elle étendit la main vers lui, dans un geste timide, pour l'empêcher de parler.

— Ces paroles, voulez-vous que je vous les redise ?

— Non.

— Vous avez donc laissé découvrir le secret de votre cœur ?...

— Ce secret n'appartient qu'à moi.

— Qui songe à vous le disputer ?

— Ce secret mourra avec moi.

— Je vous respecte trop pour vous demander de m'en faire l'aveu complet... Et cet aveu, si vous con-

sentiez à me le faire, me causerait trop de peine... Je
suis donc venu seulement vous dire que mon amour
est si puissant qu'il est prêt, pour votre bonheur, à favoriser même l'amour d'un autre... N'oubliez pas que
je suis votre frère en ce moment. Est-il au pouvoir de
votre frère d'essayer de vous rendre heureuse ?

— Non.

— Bien vrai ?

— Je vous le jure.

— Par n'importe quelles démarches ? Par n'importe
quels moyens ?

— N'insistez pas, monsieur de Villefort, je vous en
prie.

— Un mot, pourtant, un mot encore...

— Mon Dieu ! murmura-t-elle, lassée.

N'aurait-il pas compassion d'elle ?

Il reprit :

— Celui dont nous parlons... celui-là dont vous évo-
quiez le souvenir dans les ombres de votre chambre,
certain soir... celui-là vous a-t-il remarquée ?...

Elle secoua la tête.

— Vous aime-t-il ?

— Non, dit-elle, mentant.

— Et sait-il que vous l'aimez ?...

— Il l'ignore, il l'ignorera toujours.

Elle tomba sur le coin d'un mur en ruines.

Elle tremblait.

Elle était sur le point d'avoir une crise de nerfs.

Pendant quelques instants ils se turent.

Malgré tout, malgré ce qu'il venait de dire, Horace
n'était qu'un homme, et la jalousie montait en lui avec
un peu d'irritation contre Colette, contre cette réserve
incompréhensible, contre ce mystère.

Et il ne put s'empêcher de dire, à voix basse :

— Il faut que vous ayez bien peu d'affection pour
nous... puisque vous nous mettez ainsi en dehors de
votre vie...

Le reproche lui alla droit au cœur.

Mais elle ne voulut rien répondre.

L'irritation de Villefort s'augmenta de ce silence
obstiné.

Un mauvais désir germait en lui, celui de se venger
de son dédain, de son orgueil, par quelque amertume.

Un peu de dépit d'être ainsi dédaigné se mêlait à la
douleur de ne pas avoir réussi à émouvoir ce cœur de
jeune fille.

— Vous avez pourtant trouvé auprès de nous une
famille... Ma mère et mon oncle vous aiment... Mon
oncle ne vous considère-t-il pas véritablement comme
si vous étiez sa fille?... Avec quelle chaleur, avec quelle
tendresse il parle de vous!... Et si vous n'avez pas
rencontré en arrivant, de la part de mon frère, les
égards qui vous sont dus, reconnaissez du moins que
vous avez eu en moi un défenseur énergique... et Roland, aujourd'hui, n'est plus comme autrefois une menace pour vous et ne trouble plus votre vie.

— Oui, oui! balbutia-t-elle, vous êtes bons et je
n'oublierai jamais les bienfaits que j'aurai reçus de
vous.

Il haussa les épaules.

La colère montait.

— Qui songe à vous reprocher des bienfaits? Et de
quels bienfaits peut-il être question? Je vous parle
tendresse et vous me répondez reconnaissance... Je
fais appel à votre cœur et vous me répondez avec votre
raison... Ce n'est pas bien, non, ce n'est pas bien...

— Si je vous ai dit quelque chose qui ait pu vous
offenser, monsieur, fit-elle avec une douceur qui atten-

drit Villefort et brisa sa colère, je vous en demande pardon.

Il murmura d'une voix toute tremblante :

— Je crois bien, au contraire, que c'est moi, mademoiselle, qui ai quelque chose à me faire pardonner...

Ce fut ainsi qu'il la quitta, plus désespéré que jamais.

Cette scène n'était pas faite pour adoucir les souffrances de Colette, et elle comprit que la situation à Villefort devenait très difficile pour elle.

Ce n'était pas la première fois que cette pensée lui venait.

Et chaque fois elle l'avait envisagée avec terreur.

Partir ! s'éloigner de lui à jamais !

En partant, retrouverait-elle le calme de son esprit ?

Ne verrait-elle pas augmenter sa torture morale, au contraire, par l'absence de celui dont elle serait séparée désormais ?

Qu'importe ! C'était, pour elle comme pour lui, son devoir de partir.

Et la prudence aussi le demandait.

Oui, la prudence !

Elle était femme et amoureuse !... Parfois, elle sentait faiblir toutes ses belles résolutions de défense, s'évanouir toutes ses promesses de se taire, lorsqu'elle le voyait si tendre, si triste...

Alors, elle avait envie de se jeter dans les bras d'Horace et de lui dire, en pleurant :

— Tu ne devines donc pas ? Tu ne vois donc pas que je t'aime ?

Tout un flot de passion lui montait aux lèvres, et l'effort qu'elle faisait pour se taire, pour voiler son amour, paraître indifférente, se montrer insensible, cet effort la rendait malade.

Elle sentait bien qu'elle était à la merci d'un accès de nerfs, et ce serait fini, elle ne se défendrait plus.

Horace deviendrait son maître, disposerait d'elle, ferait de la gentille charmeuse sa chose et son bien.

Elle serait sa maîtrese ou elle serait sa femme, selon qu'il le voudrait, et elle s'abandonnerait sans plus de résistance.

Et cela, Colette, dans une suprême révolte de sa fierté, ne le voulait pas. Ni sa femme, ni sa maîtresse ! Elle avait promis le secret sur son amour. Ce secret, elle l'emporterait au loin et elle vivrait toute sa vie avec le souvenir de l'année écoulée dans ce château.

Il fallait partir.

Le confident de son projet devait être tout naturellement le marquis de Vivarez. Cependant, sachant combien il allait en être malheureux, elle hésita bien des jours avant de tout lui apprendre.

Ce fut le marquis, lui-même, qui finit par deviner.

Il la surprit, un soir, tout en larmes, assise auprès de ce kiosque qu'elle aimait, dans les profondeurs du bois, sur la hauteur d'où son regard embrassait le joli paysage des rives de la Sèvre et de la Moine. C'était un dimanche, jour de liberté pour elle. Et c'étaient ces jours-là les plus redoutables. Dans la semaine, son travail quotidien l'occupait loin de Villefort, et son esprit se détachait de sa pensée persistante. Celle-ci revenait le voir seulement quand Colette se retrouvait seule. Mais le dimanche, Villefort semblait prendre comme un plaisir méchant à la rechercher, à reparaître devant elle. Il passait la journée entière au château. Elle ne pouvait pas sortir de chez elle, mettre le pied au jardin, sans la menace de le voir surgir tout à coup à son côté, toujours tendre, toujours respectueux, mais avec l'éternel reproche de ses yeux tristes.

Alors, elle restait enfermée.

Ou bien, à force de ruses, elle finissait parfois par s'échapper de Villefort sans être vue et s'en allait vers la forêt. Elle y respirait librement.

Ce fut là que le marquis l'aperçut.

Il s'en venait lentement, appuyé sur sa canne, et ses pas prudents, bien qu'un peu lourds, ne faisaient aucun bruit dans l'herbe et la mousse de l'avenue ombragée de frênes et d'ormes.

Elle lui tournait le dos.

Il put ainsi s'approcher d'elle, sans qu'elle le vit.

Il souriait.

Il ne remarquait pas encore qu'elle pleurait.

Il la toucha légèrement du doigt sur l'épaule, en disant avec gaieté :

— Je vous y prends, rêveuse !

Elle tressaillit, se retourna brusquement.

Et, en se retournant, elle montra ainsi au vieillard son visage inondé de larmes. Il laissa tomber sa canne tant il fut surpris.

— Ah! mon Dieu, Colette, qu'avez-vous donc, mon enfant ?

Brusquement ses larmes augmentèrent.

Elle se jeta dans les bras du marquis, en proie a une crise de sanglots.

— Calmez-vous, voyons, calmez-vous!

Et il la caressait, lui serrait les mains, l'embrassait au front.

En la crise où elle était, Colette ne pouvait pas se défendre.

Elle n'y songea même pas.

Elle s'abandonnait sur l'épaule du vieillard et disait :

— Oh! mon ami, mon ami, si vous saviez combien je suis malheureuse !

Alors, elle lui décrivit l'état de sa pauvre âme.

Elle lui dit que, de jour en jour, elle sentait son énergie faiblir et que le moment viendrait où devant les larmes, les supplications, les reproches, l'amour et la jalousie de M. de Villefort, elle se trouverait impuissante.

Il l'écoutait, très troublé.

— Que faire, ma pauvre enfant, que faire ?

— Je ne sais. Je voulais vous demander conseil.

— Quel conseil vous donner ? Moi, je perds la tête.

— Voyez-vous, mon ami, il n'y a qu'un moyen pour moi d'échapper au danger que je sens, que je vois, qui s'approche et devant lequel je serais sans défense.

— Ce moyen ?...

— Mon départ.

— Vous dites, Colette ? fit-il en tremblant.

Le grand mot était dit.

Elle reprenait peu à peu son courage.

— Le départ, oui ; il faut que je m'en aille, que je ne le voie plus, que tout soit fini... Ce sera douloureux, mais c'est nécessaire.

— Vous n'y songez pas ? dit-il atterré.

— Hélas ! depuis longtemps.

— Vous êtes une ingrate.

— Oh ! non, non, mon ami ; mais si vous saviez, si vous pouviez comprendre... c'est atroce, ce que je souffre... Ah ! s'il pouvait m'oublier, penser, s'attacher à une autre, ne plus me montrer que de l'indifférence... j'aimerais mieux cela... je le jure... De cette façon, au moins, je serais seule à souffrir... Mais je vois sa tristesse... je surprendrais, si je voulais, ses larmes... La jalousie, oui, la jalousie, le torture... Jaloux de lui-même... Et cette jalousie l'amènera, sans qu'il y prenne garde, à être cruel, à être injuste envers moi... Je ne veux pas souffrir davantage et je ne veux pas lui laisser ce remords. J'aime mieux partir.

— Et moi, mon enfant... Il n'y a pas seulement Horace dans ce château... il y a moi qui vous ai voué une affection toute paternelle... Que deviendrai-je sans vous? Je suis vieux... Un jour ou l'autre, l'infirmité de l'an dernier peut me reprendre, me réduire à l'immobilité, pour longtemps sans doute, pour toujours peut-être... Que deviendrai-je si je n'ai pas auprès de moi pour me consoler, vos jolis yeux et votre gentil sourire?... Ne vous souvenez-vous pas que vous m'avez plu tout de suite et du premier coup, lorsque vous vous êtes présentée au château, en cette triste et pluvieuse soirée, il y aura bientôt un an ?

— Je me souviens de votre accueil, mon ami..., et je n'oublierai jamais votre tendresse...

— Des mots ! des mots ! puisque vous songez à m'abandonner.

— Mon ami... ayez pitié de moi...

Il allait de long en large dans l'avenue, en proie à la plus vive agitation.

Le départ de Colette, c'était le renversement de ses plus douces, de ses plus chères habitudes. C'était une vie nouvelle à se créer. Et comment? Où retrouver une compagne de sa vieillesse comme cette charmeuse? Les vieillards sont forcément un peu égoïstes, si bons qu'ils soient. C'était à lui-même que M. Vivarez pensait tout d'abord. Mais ce sentiment mauvais ne tint pas longtemps.

Il n'eut qu'à regarder Colette, à voir ces beaux yeux tout mouillés de larmes, ce visage fatigué par la tristesse des insomnies.

Et il fut vaincu.

— Oui, dit-il, je comprends que vous ne pouvez sa-

crifier votre tranquillité et que vous avez besoin de retrouver un peu de repos...

— Je ne songe pas à moi seulement, mon ami, dit-
elle... je pense surtout à lui...

— A lui !

Il haussa les épaules et dit un peu brusquement :

— Eh bien ! je vous dirai là-dessus mon avis tout net.
Je connais mon neveu. Il vous aime trop. Et je crains
fort que votre départ ne change pas le moins du monde
la situation que cet amour a créée. Vous partirez, soit,
mais vous n'irez jamais si loin qu'il ne sache où vous
êtes... Alors...

— Alors, mon ami ? fit-elle anxieuse.

— Eh ! ne comprenez-vous pas qu'il est prêt à toutes
les folies ?

— Mon Dieu ! mon Dieu !

Ses larmes redoublèrent.

— Notez bien que je comprends parfaitement qu'il
vous aime... J'en aurais fait, pardieu ! tout autant, si
j'avais eu son âge... Enfin, enfin, il faut partir, n'en
parlons plus... Puisque c'est le seul moyen, il faut l'employer...

Ils restèrent silencieux pendant quelques secondes.

— Prenez mon bras, ou plutôt donnez-moi le vôtre
pour rentrer au château. Nous causerons en chemin.

Il vint s'appuyer sur elle.

— Dans tous les cas, mon enfant, dit-il, avec une
bonté au fond de laquelle on devinait une supplication,
vous ne pouvez point vous en aller ainsi tout de suite,
brusquement. Cela ressemblerait à une fuite et paraî-
trait inexplicable à tout le monde. Il faut préparer la
duchesse et les autres... Petit à petit, on se fera à cette
idée... Ne refusez pas, ne refusez pas. Si vous ne voulez
pas y consentir pour les autres... faites-le pour moi...

pour moi, mon enfant... Être privé de vous comme cela, du jour au lendemain, ce serait vraiment cruel.

Elle baissa la tête.

— Je vous obéirai en tout, mon ami. Je remets ma vie entre vos mains.

Il répliqua d'un ton singulier, avec un demi-sourire et un long regard affectueux :

— Vous faites bien ! oui, ma parole, vous faites bien !

Ils s'éloignèrent.

Et, au risque d'être aperçus par Colette et par M. de Vivarez, sans plus se soucier du bruit qu'ils faisaient, deux hommes apparurent tout à coup, se soulevant des broussailles où, pareils à des fauves guettant une proie, ils avaient épié Colette.

Pierre et Gaston Girodias !

Prêts à se haïr plus tard, une communauté d'intérêts les rapprochait maintenant.

Et en regardant au loin disparaître la jeune fille, lentement, ayant à son bras le vieillard, leurs yeux brillaient d'une joie mauvaise.

— Tu l'as entendue ?

— Oui...

— Tu as compris toutes ses paroles ?

— Elle aime !

— Et celui qu'elle aime...

— Villefort !

— Voilà son secret... Et son secret nous appartient...

— Elle est à nous !

— Oui, elle est à nous !

Pourquoi, comment ce secret, surpris par les deux frères, pouvait-il leur livrer la jeune fille ? Quel projet nouveau germait en eux, subitement ?

— A nous ! dirent-ils.

Et ils se regardèrent, la haine dans les yeux.

— A l'un de nous, du moins !

— Lequel?

C'était la lutte, désormais, la lutte terrible.

Ils retournèrent aux Grandes-Roches.

Et le chemin se fit sans qu'ils échangeassent un seul mot. Ce jour-là, comme jadis lorsqu'ils s'aimaient, ils s'étaient compris sans avoir besoin d'une parole.

Le même projet bouillonnait dans ces cerveaux passionnés.

Et ce projet ?

Odieux, sans doute, mais ils ne doutaient pas de son succès.

Puisque Colette aimait Villefort, elle sacrifierait tout sa vie et son bonheur, à la réhabilitation complète du duc.

Or, cette réhabilitation, les deux frères n'en disposaient-ils pas?

Ne possédaient-ils pas la révélation de Michelle à son lit de mort, preuve suprême de l'innocence d'Horace?

Cette preuve, ils l'avaient gardée jusqu'à ce jour, ne pouvant se résoudre à s'en séparer.

Elle allait leur servir maintenant.

Ils iraient trouver Colette, lui offriraient ce marché : l'honneur rendu à Villefort sans plus d'incertitude, l'honneur éclatant en pleine lumière, la vérité enfin connue.

Mais pour prix de cette vérité, Colette aurait à choisir son mari entre les deux frères.

Tel était ce projet, simple, en effet, et lâche.

Mais, emportés par leur passion insensée, les frères ne raisonnaient plus, ils étaient fous...

Et ce fut ainsi qu'ils rentrèrent aux Grandes-Roches.

La pauvre Colette était perdue.

XVI

CHOISISSEZ !

Ils se présentèrent à elle dès le lendemain. Elle refusa de les recevoir.

Sur leurs cartes, ils écrivirent au crayon :

« Il s'agit d'une affaire de haute importance et mademoiselle Nathalier pourrait regretter de ne nous avoir point reçus. »

Elle les fit entrer dans un des petits salons du château, au rez-de-chaussée, et en même temps on avertit M. de Vivarez.

Elle ne voulait pas se trouver seule avec les deux frères.

Mais alors, et lorsqu'ils eurent compris que le marquis allait assister à leur entretien, ils se levèrent pour partir.

— Mademoiselle, dit Pierre, c'est à vous que nous venons parler... nous n'avons pas affaire à M. de Vivarez.

— Je n'ai point de secrets pour le marquis.

— Vous, peut-être... mais nous, c'est différent.

— M. le marquis doit pouvoir entendre ce que vous allez me dire...

— C'est votre avis, ce n'est pas le nôtre. Vous ignorez ce qui nous amène... Comment pouvez-vous deviner...

— Je devine que vous allez me renouveler la demande que vous m'avez faite... à laquelle j'aurais la tristesse de ne pouvoir répondre autrement que je l'ai fait...

— Ce n'est pas tout à fait exact... il sera bien question de notre amour, mais incidemment...

Colette s'impatienta.

— Enfin, messieurs, choisissez... M. de Vivarez assistera à notre entretien ou bien...

— Peut-être changerez-vous d'avis lorsque vous saurez de quoi il sera question.

— Que m'importe !...

On entendait les pas de M. de Vivarez qui, lentement, lourdement, descendait l'escalier.

— Il sera question de M. de Villefort, dans cette conversation, autant que de vous, mademoiselle.

Elle tressaillit. Elle vit la haine dans leurs yeux et une farouche résolution.

Elle eut peur pour le duc.

Et comme le marquis entrait, surpris à la vue de Pierre et de Gaston, elle s'avança vers lui, tremblante :

— Mon ami, je vous prie de m'excuser... Je vous ai dérangé inutilement. C'est à moi que ces messieurs veulent parler...

— Mais...

— A moi seule, mon ami.

Le marquis parut avoir un moment d'hésitation. Il regardait Colette et les deux frères alternativement, essayant de deviner.

Puis il dit :

— J'ai confiance ; ils ne peuvent vous manquer de respect.

Pierre et Gaston rougirent sous le regard sévère du marquis.

Le vieillard avait confiance en eux, et ce qu'ils rêvaient contre la jeune fille était une chose infâme.

Mais l'amour les aveuglait.

Le marquis se retira.

— Maintenant, dit Colette, nous sommes seuls, parlez...

Ce fut Pierre, résolu, qui prit la parole :

— Mademoiselle, nous serons brefs... Je ne vous rappellerai point les causes de la haine qui a divisé la famille Girodias et celle des Villefort. Vous avez assisté à bien des événements depuis une année. Je vous dirai seulement que cette haine, si elle existe toujours, n'a plus les mêmes raisons que celle d'autrefois... Nous haïssons toujours le duc de Villefort, non plus parce que nous l'accusons d'avoir assassiné notre père... mais parce qu'il vous aime...

Elle se leva brusquement, **prête à leur** défendre de continuer.

Pierre, très calme, reprit :

— Nous avons besoin d'établir nettement cette situation avant d'en arriver aux propositions que nous venons vous faire. Le duc de Villefort n'a pas assassiné notre père. Nous le savons, nous en avons la preuve.

— Ah ! la preuve ?... La preuve, dites-vous ?

Et une expression de bonheur se voyait sur ses traits.

— Oui... une preuve... contre laquelle nul ne pourra s'inscrire en faux.

— Et vous ne l'avez pas rendue publique ?...

— Patience... C'est un plaisir que nous nous sommes refusé en effet, jusqu'aujourd'hui, et que nous vous réservons.

— Vous me réservez, à moi, de faire connaître cette preuve, au duc, à sa famille ?...

— Au monde entier, si cela vous plaît.

— Mais ce devoir n'est pas le mien : c'est le vôtre...

— Ecoutez, mademoiselle, et pesez bien mes paroles... Nous n'entreprendrons plus rien maintenant contre le duc, qui nous a sauvé la vie sur le radeau de la *Némésis* et qui nous a recueillis sur la *Minerve*. Et nous allions le réhabiliter hautement, nous qui avons depuis tant de

mois rêvé sa mort, lorsque nous avons deviné le secret
de son amour pour vous... Alors, nous avons hésité,
nous avons patienté, nous n'avons rien dit...

— C'est infâme.

— Oui, je le sais bien, c'est infâme. Du moins, nous
sommes résolus à parler et nous n'attendons plus, pour
proclamer la vérité, que votre plaisir et votre bonne volonté...

— Je ne vous comprends pas...

— Nous sommes convaincus, mon frère et moi, que...
ce serait pour vous... une grande, une très grande joie,
si vous pouviez être utile à M. de Villefort...

— C'est vrai !... et n'est-ce pas tout naturel ?

— Nous venons vous en offrir le moyen.

Elle attendit, un peu craintive, que l'explication fût
complète.

— Gaston et moi, nous vous aimons, mademoiselle,
et ni l'un ni l'autre, nous n'avons renoncé à l'espérance
de ce bonheur inouï que l'un de nous éprouvera lors
qu'il lui sera donné de vous appeler sa femme.

Dans ces paroles, elle sentit une menace.

Ils eussent imploré qu'elle aurait eu pitié de leur
tristesse.

Ils menaçaient, elle se révolta

— Je vous ai dit : jamais !...

Pierre répliqua, très calme, avec un sourire :

— Et moi, je vous dis : Peut-être !... Je reprends...
Je vous ai dit tout à l'heure que nous possédions la
preuve de l'innocence, de l'innocence absolue, éclatante,
de M. de Villefort. Cette preuve, nous venons vous
l'offrir, à vous, mademoiselle...

— A moi ?

— Oui... mais à une condition... une seule...

— Dites... Je prévois, en effet, une infamie.

— Vous posséderez cette preuve le jour même de votre mariage avec l'un de nous, soit Gaston, soit moi.

Un voile passa devant les yeux de Colette.

Elle chancela, retint un sanglot, puis se remit :

— C'est plus qu'une infamie, dit-elle, c'est une lâcheté...

— Soit...

— Ainsi, vous voulez...

— Nous voulons !

— Ah ! Dieu, ah ! Dieu, dit-elle.

Et elle joignait les mains, suppliante.

— Mais je ne vous aime pas...

— L'amour viendra.

— Jamais je ne vous aimerai, jamais !

— Qui peut répondre du lendemain ?

— Mais c'est abominable !

— Il faut s'attendre à tout de la part de la folie... et l'amour que nous ressentons pour vous et que vous méprisez nous a rendus fous.

Elle ne pleurait pas.

L'horreur même de cette situation la rendait courageuse.

— Rien ne vous fléchira ?

— Rien.

— Et si je refuse ?

— Nous détruirons la preuve de l'innocence de M. de Villefort et le duc restera toute sa vie, sinon accusé, du moins sous le persistant soupçon d'avoir commis un crime.

Elle resta longtemps silencieuse.

Ils attendaient qu'elle parlât, très calmes.

— Je ne puis prendre sur moi de vous répondre sur-le-champ, dit-elle ; cela est horrible... Laissez-moi, oui, laissez-moi... Je réfléchirai... Il faut que je m'habitue à cette pensée...

Ils la saluèrent respectueusement.

Puis, ils se retirèrent.

— Nous attendrons, dit Pierre.

Et quand ils furent dehors, Colette tomba évanouie.

En quelles angoisses elle passa le reste de cette journée !

Vainement elle cherchait **partout le salut** ! Elle ne le voyait nulle part.

Les deux frères avaient eu raison de compter sur son cœur, sur son sacrifice, sur son dévouement.

Elle aimait trop le duc pour songer à hésiter.

Et si l'abandon d'elle-même ainsi, et la perte de tout son bonheur étaient vraiment effroyables, si le sacrifice était si grand qu'il dépassait presque ses forces, ce sacrifice lui-même, quelque terrible qu'il fût, n'était pas sans lui causer une mystérieuse joie, puisque c'était pour Villefort, pour l'élu de son cœur, qu'elle se perdait.

La journée se **passa**, la journée du lendemain aussi.

Elle ne pouvait prendre sur elle, malgré tout, d'aboutir à une résolution.

Elle voulait dire oui !...

Mais quand elle aurait dit oui, c'en était fait d'elle, pour toujours.

— Mon Dieu ! qui viendra à mon aide ? Qui me sauvera ?

Elle ne révéla rien au marquis de ce qui avait été dit dans son entretien avec les frères Girodias.

Il ne lui posa, du reste, aucune question.

Les yeux du vieillard seulement interrogèrent.

Elle fit semblant **de ne pas comprendre** et détourna les siens.

Il ne fit pas d'autre tentative, mais cette attitude nouvelle de Colette le laissa un peu surpris et alarmé.

Le duc était absent du château, lorsque les Girodias se présentèrent.

Ce fut à son retour qu'il apprit leur visite.

Cette insistance à se rapprocher de Colette augmenta sa jalousie, son irritation contre elle.

Il ne put s'empêcher de lui faire une allusion.

— Vous choisissez étrangement vos nouveaux amis...

Que lui répondre ? Elle voyait sa colère, elle voyait aussi sa douleur.

Elle se tut.

Cependant, les Girodias attendaient.

Une après-midi, son cours fait, elle se dirigea lentement vers les Grandes-Roches. Qu'allait-elle leur dire ?

Était-ce vraiment fini ?

Les deux frères venaient de rentrer. Ils l'aperçurent chacun de son côté. Colette se trouvait embarrassée devant cette maison jadis commune aux deux jeunes gens, et où chacun des deux, maintenant, habitait à part. Chez lequel des deux irait-elle frapper ? Pourquoi l'un plutôt que l'autre ? A présent qu'ils l'avaient ainsi mise en demeure, elle les haïssait, de toutes ses forces, l'un comme l'autre.

Ils comprirent ses hésitations et la tirèrent d'embarras.

Tous deux vinrent à sa rencontre et ils se promenèrent dans une grande avenue plantée d'ormes, sans entrer dans les jardins des Grandes-Roches, divisés en deux par les querelles des deux frères.

— Vous avez réfléchi, mademoiselle ?

— Oui, mais avant de vous dire ce que j'ai résolu, je voudrais faire appel à votre honneur, à votre probité...

Gaston secoua la tête.

— Honneur, probité, nous avons connu cela autrefois et nous les retrouverons certainement quelque jour... En ce moment, nous aimons... et il faut que vous ne vous rendiez pas compte de la puissance de notre amour pour croire qu'il nous sera possible de le faire céder devant les considérations que vous invoquez.

— Ce que dit mon frère est vrai, mademoiselle... Regardez !

Il montra d'un geste large les Grandes-Roches et les jardins :

— Jadis nous nous aimions et tout cela était en commun, et nous n'avions jamais pensé qu'un jour viendrait où la haine, une haine qui irait jusqu'au crime au besoin, remplacerait notre affection. Notre vie était si étroite et si intimement liée que nous n'avions pas besoin d'échanger nos pensées pour les connaître... Un jour, vous êtes venue, mademoiselle, nous vous avons aimée et voilà ce que vous avez fait de nous... Regardez... chacun de nous vit à part... Pour ne plus nous voir, nous rencontrer, nous parler, nous avons fait murer des portes dans la maison de notre père... Nous avons partagé le jardin et les pelouses par un mur si haut que nous sommes très loin l'un de l'autre alors qu'à la même heure chacun de nous se promène de son côté... J'aurais donné jadis tout mon sang pour Gaston, et Gaston eût donné tout son sang pour moi... Aujourd'hui, nous nous haïssons...Il serait heureux de ma mort... et cela ne me causerait aucune peine de le voir mourir... Est-ce vrai, Gaston ?

— C'est vrai...

— Et moi je vous dis que tout cela est horrible, fit Colette épouvantée.

— C'est votre faute...

— On vous appelle la charmeuse, pourtant.

— Votre charme a opéré. Voilà ce que vous avez fait de nous...

— Deux rivaux.

— Deux ennemis.

Elle dit, navrée :

— Ai-je rien fait pour cela ? Ai-je encouragé votre amour ?

— Non.

— Dès lors, suis-je coupable ?

— Enfin, vous êtes venue nous trouver. Vous savez ce que nous voulons. Dites-nous, de votre côté, ce que vous avez résolu.

— Je désire vous demander... Rien ne vous fera revenir sur votre décision ? Rien ne peut vous émouvoir ?

— Rien.

— Vous n'ignorez pas que, même votre femme, je n'aimerai jamais celui de vous que j'aurai épousé...

— Celui-là s'arrangera, épousez-le d'abord...

— Rien ne vous fera fléchir ?

— Non.

— Bien. Dès lors, écoutez... Il ne faut pas qu'il y ait de secret entre nous... Vous pourriez, l'un ou l'autre, me reprocher plus tard de vous avoir caché la vérité... Celui dont je serai la femme voudra croire peut-être que si je ne l'aime pas, du moins je n'aime personne... Il se trompera... J'aime... J'aime de toutes les forces de mon cœur... Et celui-là que j'aime, pour lequel je donnerais ma vie et pour lequel je sacrifie en ce moment mes répugnances, ma haine, mon bonheur... celui-là...

Pierre dit, très calme, bien que l'âme torturée :

— Celui-là, nous le connaissons.

Elle dit, avec un sourire plein d'orgueil :

— Non, vous ne pouvez le connaître... car nul ne sait que je l'aime, et lui-même l'ignore et l'ignorera toujours...

— Celui-là, dit Gaston, c'est Villefort!

Elle pâlit, se troubla... puis un flot rouge lui couvrit le front.

On eût dit que ce simple mot venait de froisser sa pudeur.

— Qui vous l'a dit? Comment le savez-vous?

— Que vous importe?... Vous l'aimez et il vous aime... Voilà pourquoi nous n'avons pas hésité à venir vous demander le sacrifice de votre liberté en échange de son honneur...

— C'est un calcul infâme...

— Assurément.

— Vous êtes plus méprisables que je ne le pensais...

— Votre mépris n'égalera jamais celui que nous avons pour nous-mêmes.

—Alors, fit-elle après un court silence, voici ce que j'ai à vous dire... Vous voulez que j'épouse l'un de vous...

— L'un de nous... à votre choix...

—- Il m'importe peu que ce soit l'un ou l'autre... Pour l'un comme pour l'autre j'éprouve la même horreur...

— N'insistez pas... nous devinons cela.

— Je n'ai donc aucun choix à faire... et je n'en ferai pas...

— Cependant...

Elle répliqua, d'une voix plus haute et plus ferme :

— Je ne ferai aucun choix... Je vous laisse le soin de choisir vous-mêmes celui de vous deux qui me donnera son nom...

Elle ajouta, avec une ironie qui venait rarement sur ses lèvres, où ne fleurissaient jamais que la douceur et la bonté :

— Vous avez tant d'affection et d'estime l'un pour l'autre que ce choix ne vous sera pas difficile, je l'espère...

Elle les salua d'un léger signe de tête, prête à partir.

— J'attendrai maintenant votre choix...

Et elle s'éloigna, les laissant pâles, comme épouvantés.

Longtemps ils furent l'un auprès de l'autre, sans un mot, sans un geste, le regard fixé sur le sol et n'osant relever les yeux.

Enfin, sourdement, Gaston dit :

— Tu l'as entendue ?

— Oui.

— C'est nous qui devons choisir...

— Toi ou moi, l'un des deux...

— Lequel des deux ?...

— Alors, tu comprends ce qu'il reste à faire à l'un de nous deux ?

— Mourir, n'est-ce pas ?

— Il le faut, oui, mourir...

— Lequel de nous deux mourra ?

Ils se regardèrent longtemps, la haine dans les yeux...

A cette terrible question, il n'y eut pas ce jour-là de réponse.

Et ils se séparèrent lentement, absorbés, ne se regardant plus.

Mourir ?

Lorsqu'ils eurent accepté cette idée, ils se demandèrent :

— Comment ?

Se battraient-ils ? En duel, au sabre, au pistolet, à l'épée, jusqu'à ce que la mort s'ensuivît ? Mais on peut se faire de graves blessures, et ces blessures peuvent guérir! Ils avaient entendu dire, et ils avaient lu dans quelques romans, que des gens qui s'en voulaient à mort s'étaient battus, à bout portant, avec un seul pistolet chargé que l'on tirait au sort.

Oui, cela était possible, au besoin.

Pourtant, ce sang répandu, ce sang fraternel venu du même père et de la même mère, ce carnage accompli sous leurs yeux leur répugnait.

Ils cherchaient, ne trouvaient pas.

Lequel des deux?

Et leur haine, un moment adoucie, s'augmentait de nouveau. Elle s'exaspérait au fur et à mesure que le temps marchait, parce que toutes les heures écoulées rapprochaient celle où l'un des deux toucherait au dénouement, à la mort ou à l'amour

Lequel des deux?

Serait-ce lui, Gaston? Il frémissait en y pensant et il ne lui venait même pas à l'esprit, dans cette folie où lui et son frère vivaient, que ce serait, pour lui comme pour l'autre, un enfer véritable que l'existence passée auprès de cette Colette haineuse, de Colette dont on aurait fait une esclave et une martyre, de Colette qui se souviendrait toujours et ne pardonnerait jamais.

Lequel des deux?

Serait-ce lui, Pierre, l'aîné? Son cœur farouche s'amollissait à cette pensée. Ah! comme il l'aimerait! comme il l'entourerait de tendresses! L'amour force l'amour... Quelles que fussent les répulsions de la jeune fille, il faudrait bien qu'elle oubliât le passé et qu'elle le pardonnât devant l'unique exemple de cet amour qu'elle avait inspiré et qui était si grand, si passionné, si intense, qu'il n'avait pas reculé même devant un crime! Quelle qu'elle soit, une femme ne finit-elle pas par être fière d'avoir inspiré un pareil amour, et pourquoi Colette ne serait-elle pas cette femme-là?

Lequel des deux?

Et comment choisir?

Un soir, Gaston sortit de chez lui.

Il fit le tour du jardin, entra chez son frère, alla frapper à la porte.

Ce fut l'aîné des Girodias qui lui-même se présenta.

— Tu as trouvé?

— Oui.

— Le moyen ?

— Oui

— Un moyen sûr, prompt, juste?

— Sûr, prompt et juste.

— Parle !

— Tu vas jouer ta vie contre la mienne, je jouerai ma vie contre la tienne.

— En effet, c'est une idée. Le perdant?...

— Mourra le lendemain du jour où le gagnant épousera Colette.

— Entendu.

— A quoi jouerons-nous?

— Aux cartes, si tu veux.

— C'est bien long.

— L'enjeu en vaut la peine.

— Je te propose les dés...

— Soit.

— Le genre de mort?

— Au choix du perdant... Qu'importe, pourvu qu'il meure!... Il se fera sauter la cervelle, ira se noyer dans un trou de la Sèvre, se pendra dans un coin de la forêt... Il n'y a que l'embarras du choix,...

— C'est dit.

— Entre donc... Chez moi nous trouverons les dés

Gaston entra.

C'était dans cette partie de la maison divisée en deux que se trouvait le cabinet de travail du père Girodias, échu à Pierre.

Ils s'installèrent dans le cabinet.

Jadis ils n'y fussent point entrés sans un respect religieux, sans une crainte superstitieuse.

Maintenant, ils n'y pensaient plus.

Le père était mort d'une mort sanglante, terrible.

Mais sa mort avait été un châtiment, et c'était une victime qui l'avait frappé.

La confession de Michelle, reçue par les deux frères au lit de mort de la jeune fille, se trouvait dans le coffre-fort.

Pierre le rappela à Gaston.

Gaston dit, ironique :

— Je ne l'avais pas oublié.

Pierre alla chercher un cornet avec les dés.

Il revint, s'assit en face de son frère, posa le cornet sur le bureau.

Ils se regardèrent.

Ni l'un ni l'autre ne tremblaient.

Sur ces visages farouches, il eût été impossible de deviner la moindre hésitation, la plus légère frayeur.

Rien que la haine.

Et l'on eût dit que cette partie qu'ils entamaient n'avait que le but frivole de les amuser pendant quelques secondes.

Pierre agita les dés dans le fond du cornet.

C'était la vie de son frère ou la sienne qu'il tenait ainsi.

— En plusieurs coups, ou en un seul?

— A quoi bon plusieurs coups?

— Soit, en un seul.

Les dés s'agitèrent encore.

Le cornet se retourna, s'abattit.

Les dés roulèrent sur la table.

— Six et trois...

— Six et trois...

Ils le dirent ensemble.

Et vraiment le son de leur voix n'exprimait que de l'indifférence.

S'ils étaient émus, tout au fond d'eux-mêmes, l'on n'en voyait rien et ils se possédaient admirablement.

Gaston prit les dés à son tour.

Il les remua, tenant à son tour sa vie et la vie de son frère.

Il les abattit.

Et, sans que rien changeât sur leur physionomie, ils dirent ensemble, du même son de voix :

— Six et quatre...

— Six et quatre...

Gaston avait gagné

C'était Pierre qui allait mourir...

— Voilà une affaire entendue, dit-il très calme.

Il se leva, bourra sa pipe, l'alluma.

— Je n'ai plus qu'à patienter jusqu'au jour de ton mariage.

Ils se séparèrent sans un regard, sans un mot, sans un élan.

Du granit à la place de ces cœurs.

Mais Gaston, en traversant le jardin qui lui avait été attribué dans le partage, Gaston, à l'abri des regards de son frère aîné, Gaston chancelait comme un homme ivre.

Et c'était de l'ivresse en effet.

Il était le maître de Colette.

Colette avait promis d'être à l'un des deux !

Le choix était fait.

— Est-ce vrai? murmurait-il. Est-ce vrai?

Il ne croyait pas à son bonheur.

Dans le courant de la journée, il reçut, sous enveloppe cachetée, un papier que lui envoyait son frère.

C'était la confession de Michelle.

Ce papier était désormais inutile à l'aîné.

Gaston seul devait en disposer à son gré.

Celui-ci le prit et le serra précieusement.

Le soir même il écrivait à Colette :

« Vous nous avez dit : « Choisissez... je ne puis vous épouser tous les deux... » Notre choix est fait... il s'est porté sur moi... »

Il fit remettre la lettre par un domestique.

Et il s'endormit dans des rêves un peu fiévreux.

XVII

DERNIÈRES ANGOISSES

Le duc de Villefort, dans sa jalousie tous les jours grandissante, surveillait trop les moindres actions de Colette pour ne s'être pas aperçu de la démarche qu'elle avait faite chez les frères Girodias.

Ainsi les relations semblaient devenir plus étroite. entre les deux frères et la jeune fille et une sorte d'intimité s'établissait entre eux.

Pourquoi? D'où cela était-il venu?

Cela ne lui semblait pas possible et cependant il était bien obligé de se rendre à l'évidence.

Ils étaient d'accord. Sur quoi s'était fait cet accord?

Il n'avait pu s'empêcher d'en parler à Colette.

— Vous êtes allée aux Grandes-Roches?...

Elle ne songea même pas à mentir.

— C'est vrai.

— Un peu hasardé, ce que vous avez fait là, mademoiselle...

Elle rougit, baissa la tête, voilant le reproche triste de son regard.

Il reprit, cruel :

— Le monde est méchant. Les paysans ont mauvaise langue. Comme on ne connaîtra pas le vrai motif de votre visite, pas plus que je ne le connais moi-même, on inventera... Bien vite, dans nos campagnes, des légendes se créent, se perpétuent, se répètent obstinément et acquièrent la force de la vérité!... Je souhaite que vous n'en fassiez point l'expérience... Avant de commettre ce que j'appellerai une imprudence, avez-vous demandé conseil à votre ami, à mon oncle ?

— Non.

— Pourquoi ?

— Ce que j'avais à dire aux Girodias et ce que j'avais à entendre d'eux ne pouvait souffrir de témoins.

Le visage de Villefort exprima une douleur subite.

— Mais quel est donc le secret qui vous rapproche de ces hommes ?

Elle resta silencieuse.

— Votre silence peut être mal interprété

— Vous êtes libre.

— Vous me forcez à toutes les suppositions.

— Supposez ce que vous voudrez, monsieur.

— Voyons, c'est à devenir fou... Colette, Colette, vous que j'aime !

— Monsieur de Villefort !

— Oui, je dirai tout. Je suis jaloux, entendez-vous?...

jaloux, et je ne veux pas que vous revoyiez ces gens...
Vous me le promettez?...

— Je ne puis vous le promettre.

Il serra les poings, plein de colère devant cette insensibilité apparente.

— Alors, je vais deviner.

— Devinez, monsieur.

— Vous aimez l'un des frères Girodias.

— Il se peut.

— Pierre, sans doute?...

— Pierre, sans doute.

— Ou Gaston, peut-être?

— Ou Gaston, peut-être.

— Mais parlez, parlez donc!...

— Je n'ai rien à vous dire.

— Et moi, je veux savoir.

— De quel droit, monsieur de Villefort?

— C'est vrai... oui, de quel droit? Que suis-je, moi,
pour vous? Rien... Ce que je vous reproche, voyez-
vous, ce n'est pas cet amour... Vous êtes bien libre de
disposer de votre cœur comme vous l'entendez... Ce
que je vous reproche, c'est le mystère dont vous vous
entourez et qui fait que, depuis longtemps, au milieu
de nous qui vous aimons, vous vous tenez ainsi qu'une
étrangère... On dirait vraiment, à vous voir, à voir
votre indifférence, que rien ne vous touche de ce qui
se passe autour de vous et que vous n'y comprenez
rien, ne parlant pas la même langue.

Cette scène se passait dans le salon du rez-de-chaussée.

Le duc marchait de long en large, à grands pas, très
nerveux.

Tout à coup il s'arrêta devant une fenêtre ouverte.

Il se pencha et laissa échapper une exclamation de
colère.

Colette se tourna vers lui et, suivant le regard de Villefort, elle aperçut un homme qui, franchissant la grille, traversait la cour et se dirigeait vers le château.

Et cet homme, c'était Gaston Girodias.

Gaston, c'était l'élu ! c'était le mari de demain.

Gaston, qui, sans doute, venait réclamer la parole donnée, demander l'exécution de l'engagement pris.

Elle eut un éblouissement, pâle, un peu de sueur au front.

Le duc s'était penché. Il semblait dévorer son ennemi du regard. Il se redressa.

— Mademoiselle, balbutia-t-il... s'il est vrai que vous l'aimiez, celui-là, je vous serai obligé, désormais, de prendre avec lui vos rendez-vous autre part que sous mon toit...

Il se dirigea vers la porte

Il chancelait sous le coup d'une trop forte émotion.

Elle tendit les mains, l'arrêtant :

— Restez !

— Vous voulez?...

— Je veux que vous assistiez à ce qui va être dit... Après quoi, je le sais, il me faudra quitter votre maison...

— Soit. Je reste.

Ils attendirent, sans plus un mot, l'arrivée de Gaston qu'un domestique introduisait.

Le jeune homme eut un geste de surprise en apercevant Villefort.

Il parut même déconcerté.

Etait-ce un piège ?

L'air embarrassé de Colette, sa pâleur, la pâleur d'Horace également, semblaient présager une tempête.

— Mademoiselle, dit-il crânement... avec un défi vers le duc, vous n'ignorez pas ce qui m'amène...

Et désignant le duc :

— Monsieur est de trop...

— Permettez à M. de Villefort d'entendre ce que vous allez me dire... Cela vaudra mieux, je vous assure, et pour nous deux et pour lui...

Gaston hésita un peu.

Mais une hésitation, cela pouvait passer pour une crainte, et Gaston était inaccessible à la crainte.

— Puisque tel est votre désir, mademoiselle, j'y consens.

Il s'était tenu, depuis son entrée au salon, sur le seuil de la porte. Il se rapprocha de Colette, passant entre la jeune fille et M. de Villefort.

Et, d'une voix qui parut profondément émue :

— Mademoiselle, vous n'ignorez pas que je vous aime et vous m'avez laissé espérer, depuis quelques jours, que vous ne seriez pas, peut-être, insensible à la tendresse passionnée que vous m'avez inspirée.

Colette écoutait, les yeux fermés.

Horace, blême, avait les lèvres sanglantes sous la morsure de ses dents.

— Mademoiselle, reprit Gaston, estimez-vous que le jour est venu où vous pourrez me rendre infiniment heureux en consentant à prendre mon nom, le nom que je vous offre, tremblant, je vous assure... tremblant de tout mon cœur... que je voudrais vous offrir à genoux ?...

Horace eut le courage de dire :

— Alors, Colette, Colette ?

Elle n'y voyait plus. Elle n'entendait plus.

C'était, tout cela, une sorte de cauchemar terrible où elle passait, elle, si douce, elle, toute de bonté et de tendresse et de charme et de pardon, jouant un rôle néfaste.

— Colette, est-ce vrai?

Même silence. Mêmes supplications.

— Colette... il ment, n'est-ce pas? Colette, il se trompe... Vous ne lui avez rien promis... vous ne lui avez rien laissé espérer?...

Elle se tait.

Lui, Gaston, voit bien tout ce qui se passe dans ces deux cœurs.

Il sait combien s'aiment Villefort et Colette.

Il assiste à leurs souffrances, et cela doit être atroce.

Mais lui-même souffre autant qu'eux, d'une torture plus terrible encore, celle de n'être pas aimé.

Et cela le rend insensible aux autres.

Et il s'obstine, immuable, dans le mal qu'il fait.

— Mademoiselle, dit-il, si vous hésitiez à répondre, votre silence me ferait croire à quelque regret...

Et, parlant à mots couverts :

— Vous rappelez-vous ce qui a été dit?...

— Oui.

— Ce qui a été promis?

— Je me souviens...

— Dès lors, votre réponse...

— Vous la connaissez... voici ma main!

Et elle tendit sa main, glacée, agitée de frissons.

Gaston prit cette main.

Il y posa les lèvres, respectueux.

Le duc écoutait cela, presque sans comprendre.

Elle se donnait ainsi, devant lui?... Elle disposait d'elle-même!... Et c'était un raffinement complet de cruauté et d'ingratitude.

Il ne trouva rien à leur dire.

Il était anéanti.

Gaston murmurait :

— Mademoiselle, j'étais bien sûr que vous vous souviendriez de votre promesse, **et pourtant**, vous le voyez, malgré tout, malgré cette certitude, j'hésitais, j'avais peur qu'au dernier moment quelque influence étrangère ne pesât sur votre volonté... Je suis bien heureux, infiniment heureux, mademoiselle, je vous jure !

Elle ne répondit rien.

Elle avait les yeux fermés pour ne plus rien voir de ces deux émotions terribles chez Gaston, chez Horace, trop de bonheur chez l'un, un trop grand désespoir chez l'autre.

Lorsque Girodias parut vouloir se retirer, Colette en éprouva un soulagement immense.

Elle ne respirait plus. Elle redoutait de la part de Villefort un éclat de sa colère, un outrage terrible peut-être et irréparable. Elle se trompait.

Pour si troublé qu'il fût, Villefort ne laissa pas échapper un mot à l'adresse de Girodias.

Il n'en avait pas le droit.

Cet homme avait le bonheur d'être aimé de Colette... Que pouvait-il y faire, lui, Horace ?...

Aimé de Colette !...

Etait-ce bien vrai ? Etait-ce possible ?

Et une voix lui disait au fond de l'âme :

— Non, ce n'est pas possible... Regarde-la donc ! Vois donc ce visage décomposé, ces larmes prêtes à jaillir... ces lèvres qui sont prêtes à s'ouvrir pour des sanglots... Est-ce que tout cela trahit l'amour ? Est-ce que tout cela ne trahit pas, au contraire, l'accablement, le mystère d'un secret meurtrier ?

Gaston disparu, quand Colette elle-même veut partir, il s'y oppose.

— Colette, vous allez me dire la vérité...

— Ne savez-vous pas maintenant tout ce que vous vouliez connaître ?

— Non, car je suis persuadé au contraire que vous venez de mentir.

— Monsieur de Villefort, vous m'offensez.

— Oui, dit-il avec rage, vous avez menti... Tout à l'heure, je vous regardais, je ne vous perdais pas de vue... eh bien, à plusieurs reprises, j'ai cru que vous alliez pleurer...

— Les larmes versées ne sont pas toujours des larmes de douleur.

— Larmes de joie, alors ?

— Peut-être.

— Vous mentez, vous dis-je, vous mentez ! Osez donc me répéter que vous l'aimez, cet homme ?

— Je l'aime !

Il eut un geste fou de ses deux poings à son front.

Ses ongles le déchirèrent en un mouvement de colère et le sang jaillit.

— Où l'avez-vous donc rencontré, pour l'aimer d'un si profond amour ? Il vous a fallu des rendez-vous ? Où se donnaient-ils ? Alors, vous me trompiez ? Vous trompiez ma mère ? Vous trompiez tout le monde ?

— Oui, je vous trompais.

— Répondez. Ces rencontres ? Ces rendez-vous ?

— Je n'ai rien à vous dire.

— Ah ! Colette, Colette, que vous me faites de peine !

Et brusquement, dans une détente de tous ses nerfs, il tomba sur un canapé, se cacha la tête dans les mains et éclata en sanglots.

La jeune fille fut bouleversée.

Elle était préparée à sa colère, à ses reproches, aux cruautés.

Mais elle n'avait pas prévu ces larmes...

Et en écoutant ces sanglots profonds, ces sanglots d'enfant qu'ont parfois les hommes, tout son courage s'évanouit, elle sentit se fondre toute son énergie.

Ses yeux se mouillèrent.

Instinctivement, elle fit un pas vers lui.

Elle lui tendit les bras.

Un cri montait à ses lèvres, lourdes de toutes les tendresses et de tous les baisers qu'elle eût voulu lui donner :

— Mais je t'aime ! mais je t'aime !

Elle s'approchait doucement de lui.

Heureusement il ne relevait pas les yeux, ne la voyait pas.

Elle le touchait presque.

Elle se penchait vers cette tête chérie qui l'attirait, vers cette douleur qui était son œuvre à elle, et qu'un mot pouvait si aisément changer en une joie folle.

Sur ce front qu'elle entrevoyait déchiré par les ongles, en un accès de jalouse fureur, elle était tentée de mettre un baiser chaste.

Une porte qui s'ouvrit, un peu de bruit qu'elle entendit derrière elle la fit se redresser, mit fin à l'enchantement.

Elle se retourna.

C'était le marquis de Vivarez.

M. de Villefort ne l'entendit point et continua de pleurer.

Interdit, le marquis regarda Colette, l'interrogeant ainsi.

Colette joignit les mains en un geste de supplication muette.

Le vieillard appuya sa main sur le front de son neveu, l'obligea ainsi à relever la tête, à lui montrer son visage bouleversé par cette crise et tout trempé par ses larmes.

Il reconnut son oncle.

Sa douleur devint plus navrante. Les pleurs redoublèrent et il eut un geste enfantin, comme pour se
cacher contre le vieillard.

Décontenancé, le marquis tâchait de dissimuler son
émotion sous une apparente brusquerie.

— Eh bien, quoi ? Eh bien, quoi ?

Horace désigna Colette d'un signe de tête.

— Demandez-lui, — elle vous dira tout...

— Qu'avez-vous à m'apprendre, Colette ?

Elle se tut.

Elle n'osait dire la vérité à cet homme qui savait son
secret.

Et Villefort, avec un rire nerveux :

— Elle n'osera ! elle n'osera !... Vous voyez bien...

— Dites, Colette, fit le vieillard avec douceur, dites,
mon enfant.

— M. de Villefort vient d'apprendre mon prochain
mariage.

— Votre mariage, Colette !

Et le regard du marquis exprimait la surprise, la
douleur et tout à la fois l'incrédulité.

— Oui...

— Il y a longtemps que vous avez pris cette... si
grave résolution ?

— Il y a quelques jours seulement.

— Avec qui vous mariez-vous ?

— Avec M. Gaston Girodias !

— Ah !

Le marquis ne fit aucune réflexion.

Il s'assit, comme pris d'une soudaine fatigue.

La tête penchée sur ses deux mains et celles-ci
réunies sur sa canne, il pensait, essayait de saisir le
mystère nouveau.

Pourquoi le brusque mariage de cette fille, qui

aimait Horace, avec Gaston Girodias, auquel elle ne
pensait certes pas et qu'elle n'aimait point ?

Il s'y perdait.

Du moins il avait droit aux confidences de Colette.

M. de Villefort se leva.

Ses larmes étaient effacées. Plus de traces de cette
crise.

Il semblait maintenant honteux de s'y être abandonné, honteux d'avoir pleuré.

Il sortit, fier, dédaigneux.

Et aussitôt, le marquis :

— Voyons, Colette, ce n'est pas vrai ?

— C'est vrai.

— Alors, la vérité ! Que cache ce mariage ?

Elle secoua la tête. Le marquis insista :

— Vous ne me direz pas, à moi, que vous aimez ce
Girodias ?

— Je n'ai pas le droit de vous le dire et vous auriez
le droit de ne me pas croire...

— Eh bien ?

— Vous ne saurez rien de plus.

— Et ce mariage ?

— Se fera, mon ami.

— Il le faut ?... Vous le voulez ?

— Je le veux !

Le marquis tapa un coup de canne sur le parquet
avec colère.

— C'est à y perdre la tête. ma parole, dit-il.

Et il sortit furieux.

Il était sorti furieux, mais sa colère tomba bientôt.

Il n'eut qu'à se rappeler, pour cela, combien Colette
avait souffert, avec quel courage elle avait gardé depuis longtemps le secret de son amour.

Certes, elle ne pouvait avoir changé, cette enfant;

son cœur devait être toujours le même et son amour pour Horace toujours aussi puissant.

Et, tout à coup, voilà que Colette choisissait, pour se marier, l'un des deux hommes dont la haine, à peine désarmée, avait passionnément poursuivi la famille de Villefort! l'un des deux hommes qui, à plusieurs reprises, avaient préparé la mort d'Horace !...

Sans rien deviner — mais à force de réflexions — le marquis de Vivarez entrevoyait pourtant le mystère.

La loyauté de la jeune fille ne pouvait se ternir d'un soupçon.

Or, pour qu'elle en arrivât à cette funeste extrémité, c'était donc par dévouement? N'était-ce pas une nouvelle preuve d'amour qu'elle donnait ainsi?

Mais dans quel but?

C'est là où M. de Vivarez se perdait.

Depuis les événements de la *Némésis*, depuis surtout les révélations apportées par les deux acrobates, Gabarit et Lahache, les deux Girodias avaient abandonné toute poursuite.

La vie de Villefort n'était donc plus en danger.

Dès lors, pourquoi ce dévouement de Colette? pourquoi un pareil sacrifice?

Ces dernières scènes, ce mariage, que Colette elle-même ne cachait pas, devaient précipiter son départ de Villefort.

Le marquis n'était pas sans y songer aussi, et il en éprouvait un gros serrement de cœur. Il avait espéré que des événements surviendraient qui retarderaient, empêcheraient peut-être ce départ. Quels événements? Il ne savait.

Il fut donc profondément malheureux.

Il ne restait qu'un moyen de sortir de cette situation.

Le mariage de Colette et de Villefort.

Il n'y répugnait pas ; il eût accepté ce moyen sans enthousiasme, malgré sa profonde affection pour la jeune fille. Certains préjugés de caste, certaines traditions, certains scrupules demeuraient en lui malgré tout, et ce n'était pas, certes, ce mariage qu'il avait rêvé pour son neveu. Mais préjugés et scrupules s'étaient en somme singulièrement modifiés depuis un an, depuis les malheurs injustes tombés sur les Villefort. En outre, quand il s'agit du bonheur d'êtres que l'on aime, les traditions ont beau parler tout au fond du cœur et essayer encore quelques révoltes, on ne les écoute plus.

C'est ainsi qu'il raisonnait en montant chez la duchesse.

Mais pour raisonner ainsi, il avait mis une année tout entière ; il lui avait fallu un an pour en arriver à l'état d'esprit avec lequel il allait se présenter chez madame de Villefort. Lorsqu'il avait appris autrefois l'amour de Colette pour Horace, prévoyant l'avenir, n'avait-il pas exigé de la jeune fille qu'elle gardât éternellement le secret de cet amour ? Il considérait donc ce mariage comme impossible. Dès lors, n'allait-il pas rencontrer les mêmes répugnances, le même refus impérieux, absolu, formel, chez la duchesse surprise et qui n'aurait pas eu, ainsi que lui, de longs mois pour se faire à cette idée ?

Il soupira...

Il prévoyait trop ce qui allait se passer.

La duchesse était chez elle.

Il entra, très ému, essayant de masquer son émotion avec un sourire qui tremblait sur ses lèvres de brave homme.

On eût dit qu'il s'agissait de lui-même.

La duchesse écrivait.

Elle se retourna, lui tendit la main, s'informa de sa santé.

Il s'assit, les doigts fiévreux posés sur la crosse de sa canne, et la regarda sans savoir comment aborder cette grave question.

Ne se doutant de rien, Édith continuait d'écrire.

Le silence de M. de Vivarez se prolongeant, elle releva les yeux, et tout à coup :

— Auriez-vous, par hasard, quelque chose à me dire ?

— Vous avez deviné juste, ma sœur.

— Quoi donc ? Quelque chose de grave ? de douloureux ?

— Peut-être... Douloureux ou joyeux... Cela va dépendre uniquement de la façon dont vous prendrez la chose.

Elle dit en souriant :

— Nous sommes trop habitués à la tristesse depuis longtemps. Si cela dépend de moi, je vous assure que le prendrai ce que vous allez me dire aussi gaiement qu'il se pourra.

Ce préambule, pour si consolant qu'il fût, ne rassura point le marquis.

Il connaissait trop bien sa sœur.

— Je le souhaite, je le souhaite, murmura-t-il.

La duchesse posa lentement sa plume, repoussa son papier et s'adossant à son fauteuil :

— Voyons... J'écoute la nouvelle.

— Ma sœur, n'avez-vous point remarqué les préoccupations d'Horace depuis quelque temps, les variations brusques de son humeur, lui dont le caractère était devenu si égal et si doux, ses tristesses même...

— Il est vrai.

— Vous avez remarqué cela ?

— J'ai même surpris une fois ses larmes.

— Et vous ne l'avez pas interrogé ?

— Je l'ai fait, mais sans succès.

— Eh bien, ce qu'il vous a caché, je puis vous le dire, moi...

— Comment se fait-il que ce soit vous qu'il ait choisi pour confident et non pas moi. sa mère ? dit-elle avec regret.

— Il y a des secrets que l'on se confie mieux d'homme à homme... en outre, celui-là, je l'ai deviné.

— Et ce secret ?

— Horace est amoureux.

— Tant mieux.

— N'est-ce pas ? dit le marquis naïvement.

Et tout à coup, oubliant ses premières craintes, se laissant emporter par toute son affection pour Colette :

— Et quand vous la connaîtrez, celle qu'il aime, vous serez doublement heureuse de l'appeler votre fille.

— Vous le connaissez donc. vous, mon frère ?

— Oui.

La duchesse de Villefort cherchait.

— C'est singulier, dit-elle, j'ai beau me souvenir, faire la revue de toutes les jeunes filles que nous avons reçues ou dont les familles ont été nos amies, je ne vois personne qui vaille la peine d'être distingué par mon fils.

Le marquis fût repris par ses inquiétudes.

— C'est que peut-être, dit-il, vous regardez trop loin.

Édith chercha encore.

— Décidément, rien, je ne vois rien... Dites-moi le nom, mon frère ? Puisqu'elle vous a plu, — car il me semble bien qu'elle vous a plu, n'est-ce pas ?

— Infiniment.

— Eh bien! puisqu'il en est ainsi, elle me plaira aussi, certainement.

— Colette...

La duchesse n'entendit pas, ou si elle entendit, ne comprit pas.

— Vous dites, mon frère?

Il répéta plus distinctement, mais son cœur était douloureusement serré :

— Colette.

— Mademoiselle Nathalier?

— Oui.

— L'institutrice?

— Oui.

La duchesse s'était levée brusquement.

Et tout à coup, éclatant de rire :

— Qu'est-ce que vous me chantez là, mon frère?

— Ces deux jeunes gens s'aiment profondément.

— Eh ! je ne les en empêche pas.

— Alors, vous consentez?

— A quoi?

— Au mariage !

— Vous êtes fou !

Madame de Villefort reprit place dans son fauteuil.

— Voyons, mon frère, vous ne me dites pas la vérité ?

— Mon Dieu, si...

— Du moins toute la vérité ?

— La vérité tout entière.

— Et moi, je devine qu'il y a autre chose... allons, soyez franc... Je suis une vieille femme, vous pouvez tout me dire...

— A mon tour de ne pas comprendre.

— Colette est jolie, très jolie. Horace est beau garçon... Il a été frappé injustement, malheureux sans avoir mérité de l'être... Cela met autour de lui une atmosphère romanesque... Mademoiselle Nathalier a été attirée par toutes ces choses-là comme un papillon est attiré par la flamme... Et... elle s'y est brulée, n'est-ce pas?... Disons les mots... Colette est devenue la maîtresse de mon fils?... Et après m'avoir caché cette imprudence... je **devine que** le moment arrive où cette imprudence va devenir visible pour tout le monde?...

— Ma sœur, fit Vivarez douloureusement, vous venez de commettre une bien mauvaise action.

— Mon frère !

— Oui... en accusant cette jeune fille — et bien gratuitement, en vérité, — d'une faute dont elle est incapable...

— Alors, c'est qu'elle n'aime pas mon fils... L'amour et la passion excusent bien des fautes.

Son cœur battit un peu plus fort en prononçant ces paroles.

— De telle sorte, ma sœur, que si la faute, excusable, soit, avait été commise, et si elle devait devenir visible aux yeux de tous, vous permettriez ce mariage?

La duchesse sursauta.

— Ai-je dit cela?

— J'ai cru le comprendre.

— Eh bien, vous vous êtes mépris, mon frère.

— Votre pensée, Édith?

— Ma pensée ne se devine donc pas?

— Elle me paraît si éloignée de mon secret désir que je n'ose point la deviner, en effet...

— Jamais ce mariage ne se fera.

— Jamais?

— J'ai dit. J'avais cru, ma foi, à une plaisanterie. Je la trouvais d'assez mauvais goût, vous l'avouerai-je? Puisque c'est sérieux, brisons là et n'en parlons plus.

— Ma sœur, je vous répète que ces jeunes gens s'adorent.

— Cela passera.

— Vous n'avez donc jamais été amoureuse, vous, Édith ?

— Je ne suis pas en cause.

— Horace est capable de bien des folies.

— Horace est un fils obéissant et soumis. Lorsque je lui dirai de ne plus penser à cette fille, il n'y pensera plus.

Le marquis haussa les épaules, navré et impatienté.

— Je souhaite que vous ne fassiez pas l'expérience du contraire.

— Et pour commencer, afin de couper court à cette aimable intrigue dont j'étais loin de me douter, mademoiselle Nathalier partira.

— Elle s'y dispose.

— Elle prévoyait donc ma réponse ? Elle est intelligente.

— Mademoiselle Nathalier n'a jamais avoué son amour à votre fils. Si je le connais, cet amour, c'est par surprise et après l'avoir surpris, je suis devenu le confident de la pauvre fille. Elle a juré que jamais Horace ne connaîtrait son secret. Elle tiendra son serment.

— C'est bien. Je retire ce que j'ai dit. Elle est honnête... à moins que nous n'ayons affaire tout simplement à une rouée et à une ambitieuse.

Le marquis eut un sourire triste :

— Ma sœur, vous reconnaissez bien mal les dévouements qui vous entourent. Enfin, pour vous mettre au courant de tout, j'achève : lorsque j'affirme l'amour de Colette pour mon neveu, je ne vous permets pas de mettre en doute cette affirmation...

— La ruse des femmes en a trompé de plus fins que
vous, mon frère.

— Cette ruse va donc jusqu'au sacrifice absolu,
puisque Colette, dans un but que nous ne connaissons
pas, et tout simplement peut-être pour élever éternellement une barrière entre elle et votre fils, consent à
épouser prochainement Gaston Girodias ?

— Vous dites ?

Il répéta. Alors, la duchesse, froidement :

— Je vois plus clair que vous dans le cœur des
femmes... Ce mariage, dont je n'avais jamais entendu
parler, est une preuve de plus de ce que je vous disais
tout à l'heure ; cette fille est une intrigante... Elle a
essayé de tendre sa toile autour de mon fils... Et vraiment, il me paraît bien que sans moi elle eût réussi à
le prendre... puisqu'elle a su inspirer, à lui, de l'amour,
à vous, une si entière confiance... Son dernier atout
sans doute pour me forcer la main en amenant mon fils
à quelque extravagance, est ce mariage avec Gaston
Girodias... Elle se gardait cette poire pour la soif...
Habilement joué, en vérité... Elle ira loin, cette enfant...
Vous la complimenterez, mon frère, car pour moi je ne
veux pas la revoir... Et comme je ne veux pas, malgré
tout, qu'elle se trouve sans argent en quittant votre
maison, vous lui ferez donner six mois de ses gages...

— Ma sœur, dit le marquis d'une voix qu'une grande
émotion rendait sourde, je ne vous savais pas le cœur
aussi cruel.

— Tâchez qu'elle parte bientôt... Son départ, je l'espère, rétablira le calme dans cette maison...

— C'est votre dernier mot, ma sœur ?

— Hé ! mon frère, fit la duchesse en riant, on dirait
vraiment que vous êtes comme mon fils, amoureux de
cette fille ?...

Il répliqua, très net :

— Pardieu ! ma sœur, je l'épouserais à coup sûr si j'avais seulement trente ans de moins et si elle voulait de moi...

— Voilà une intrigante qui a bouleversé tout dans cette maison.

— De plus, ma sœur, dit le vieillard, plus ferme encore et plus grave, si je comprends qu'une femme comme vous, dont la vie a été sans la moindre tache parce que, peut-être, elle a été sans amour, se montre à ce point insensible à deux cœurs qui souffrent, je ne vous permettrai pas cependant de parler devant moi de Colette avec le mépris que vous affectez. Colette est une noble fille, en tout digne d'être la femme de mon neveu, quelles que soient mes répugnances personnelles à mésallier Villefort. N'oubliez donc pas que le duc l'aime, cette enfant, à en être fou : mépriser Colette, c'est rabaisser le duc.

Il la laissa, un peu interdite de cette sortie dont elle devinait la violence dans la gravité émue des paroles.

Cette conversation n'avançait pas beaucoup les choses.

Au contraire, elle ne pouvait avoir pour résultat certain que d'avancer encore le départ de Colette.

Un plus long séjour de la jeune fille au château devenait impossible.

Jusque-là, on avait tenu secrets tous ces événements.

Mais comment les cacher désormais?

La nouvelle, au château, dans le pays, auprès de tous, éclata comme un coup de tonnerre.

— Mademoiselle Colette va nous quitter ! mademoiselle Colette va partir !...

A la première surprise succéda une véritable tristesse.

Et si madame de Villefort avait pu assister à cette tristesse, elle se fût dit, sans doute, qu'il avait fallu bien des efforts, bien des ruses, bien des pièges tendus e bien des mensonges, pour que l'intrigante en arrivât à se faire aimer et regretter ainsi.

Horace le connaissait, ce projet de départ.

Malgré tout, il espérait, sans savoir quoi.

Quand la nouvelle devint publique, **il en fut atterré.**

— Elle part! mon Dieu, elle part !

Depuis longtemps, les révoltes de Louise, l'élève de Colette, avait cessé. Si la jeune fille ne s'était pas mise à aimer sa maîtresse comme tout le monde, c'est que la sécheresse de son cœur s'y refusait.

Du moins, elle était obéissante et travailleuse.

Colette ne lui en demandait pas davantage, s'étant rendu compte bien vite qu'elle ne pourrait conquérir cette affection.

Louise eut pourtant du chagrin.

Mais un chagrin égoïste, évoluant pour ainsi dire dans le cercle très étroit des intérêts qui se rapportaient à sa petite personne.

On lui donnerait une autre maîtresse.

Une nouvelle figure, de nouvelles manières, de nouvelles habitudes.

Il faudrait se faire à tout cela.

Elle était accoutumée à mademoiselle Nathalier. Pourquoi lui changeait-on mademoiselle Nathalier ?

Elle exprima ce sentiment à Colette avec naïveté.

Colette sourit :

— Ce n'est pas précisément la tendresse qui vous fait parler ainsi, mademoiselle. Du reste, je ne vous en demandais pas tant. Il me suffit que vous ayez quelque regret de me voir partir...

— Beaucoup de regret.

— Merci. Dès lors, je n'aurai pas perdu mon temps.

Colette avait demandé à M. de Vivarez :

— Puis-je parler à madame de Villefort ?

— J'ai prévenu ma sœur... Elle ne vous recevra pas.

Colette eut des larmes dans les yeux.

— Elle me croit ingrate... Dites-lui, mon ami, dites-lui...

Elle n'acheva pas. Les sanglots étouffaient sa voix.

— Oui, oui, je lui ai déjà dit... Je lui dirai tout ce qu'il faut... Ayez confiance en moi...

— Et qu'elle ne sache pas, surtout qu'elle ne sache pas... mon secret...

Le marquis se gratta l'oreille.

— Non, non... dit-il, gêné, elle ne le saura pas...

— Vous le promettez ?

— Hum ! hum ! oui, oui, je vous le promets... je ne lui en parlerai plus...

Elle ne comprit pas la nuance...

Il ne mentait pas... puisqu'il lui en avait parlé.

Ce furent des jours fiévreux et pleins d'angoisse qui suivirent.

Pour le duc de Villefort surtout.

Son visage blême, ses yeux sombres, toute son attitude trahissait en lui un désespoir si intense que le marquis de Vivarez en était effrayé.

Il le montrait parfois à la duchesse, quand Horace ne pouvait se douter qu'on le regardait.

— Voyez, ma sœur.

— Oui, en effet, il est triste.

— Ah ! vous appelez cela de la tristesse, vous ? dit le vieillard avec colère. Eh bien, prenez garde qu'elle n'aboutisse à quelque catastrophe qui laissera dans votre vie un remords éternel.

Elle ne croyait pas le mal si grand.

— Réfléchissez, disait-il, réfléchissez !

Elle restait insensible, son orgueil de race se révoltant à la seule pensée d'un pareil mariage. Sa légèreté, son caprice, sa coquetterie s'étaient accommodés autrefois de l'amour de Girodias, parce que cet amour avait été entouré du plus profond mystère ; du jour où, par un mariage avec le riche paysan, il aurait fallu proclamer cette liaison, la liaison s'était rompue, sous le poids de l'orgueil. Certes, elle eût mieux aimé sacrifier sa vie que de reconnaître cet amour à la face de tous. Et Girodias n'avait plus existé pour elle.

Elle aimait pourtant son fils aîné d'une affection profonde. Et cette affection même s'était augmentée depuis le jour où elle s'était vue devinée et menacée par Roland dans le secret de ses amours.

La frayeur avait alors remplacé dans son âme sa tendresse pour son plus jeune fils et cette tendresse s'était reportée sur l'aîné.

Roland, de son côté, n'était pas le moins troublé par toutes ces nouvelles tombées soudain sur Villefort.

Le désespoir visible de son frère hantait ses rêveries.

Quelle en était la raison ? Depuis longtemps il cherchait. Nous le savons, il avait interrogé Horace, et Horace n'avait rien répondu ; mais le jeune garçon ne se résignait pas. Il cherchait toujours.

Puis d'autres nouvelles, le jetant de surprise en surprise :

Le projet de mariage de Colette avec Gaston Girodias.

Le départ de l'institutrice à bref délai.

Alors, celui-là qu'elle aimait, celui-là dont elle parlait en son rêve un soir, quand Louise et Roland entraient chez elle, celui-là, c'était Gaston Girodias ? Etait-ce possible ? même vraisemblable ? A cette époque, Colette n'avait même pas dû les voir, si ce n'est le lendemain même de son arrivée à Villefort, quand les deux jeunes gens s'étaient présentés au château pour faire connaître au duc leur sentence de mort.

Et cette entrevue rapide avait suffi ?

Roland ne le croyait pas.

Du reste, une partie du secret lui fut bientôt révélée : il n'était plus possible de cacher aux gens du château, même les plus indifférents, l'état d'esprit de Villefort... son amour était visible, éclatait à tous les yeux. Tout le monde en parlait et Roland, s'il avait tardé à l'apprendre, eût été le seul à ne le point connaître. On eût dit, du reste, que toutes les actions de Villefort, dans un coup de folie, tendaient à proclamer qu'il aimait cette fille, et que cette fille ne voulait pas de lui.

— Il aime Colette et elle le dédaigne. Il l'aime, et au lieu de lui, si bon, dont le cœur est si haut placé, dont toutes les pensées sont si généreuses, c'est un des Girodias qu'elle a choisi...

Il chassa l'air de ses deux mains, comme s'il venait de s'offenser de quelque chose d'immonde :

— Pouah ! pouah !

Et sa haine pour Colette, amortie depuis quelque temps, renaissait tout à coup plus vive

— Je l'avais bien dit, que cette fille nous porterait malheur !

C'est vrai, il l'avait dit. Toute sa haine venait de ce pressentiment.

A présent que ce pressentiment se réalisait, Roland triomphait.

Il rencontra Horace, se jeta dans ses bras :

— On ! mon pauvre frère, je sais pourquoi tu es malheureux !

Ils pleurèrent ensemble, Horace n'ayant plus la force de nier.

Puis, la haine l'emportant, Roland s'écria :

— Tu vois combien j'avais raison ! Ah ! si l'on m'avait écouté autrefois ! Depuis longtemps elle serait loin d'ici. Depuis longtemps personne ne penserait plus à elle. Et tu ne serais pas malheureux !

Horace lui dit à voix basse :

— Je te défends de rien tenter contre elle... Tout le mal que tu lui ferais retomberait sur mon cœur... Et je souffre déjà bien assez sans que tu ajoutes encore à mes souffrances.

Il promit.

Colette avait demandé à Gaston, lors de leur dernière entrevue, de ne plus se présenter à Villefort.

Gaston obéissait et ne venait plus.

Mais il était trop amoureux, et son amour était trop impatient, pour qu'il lui fût possible de rester ainsi près de Colette sans la voir.

Il demanda des rendez-vous ; elle les refusa.

Dans une dernière lettre elle lui écrivait, refusant toujours :

« J'ai promis. Je tiendrai ma promesse ! Je serai votre femme... Et quand vous aurez exécuté, vous, votre engagement, ce sera fini entre nous... Nous concluons un marché... Le lendemain du jour où je porterai votre nom, je vous jure que je trouverai le moyen de me tuer. »

C'était un garçon des Grandes-Roches qui apportait au château de Villefort les lettres de Gaston et d'ordinaire attendait et remportait les réponses.

Ce manège de lettres entre les Grandes-Roches et le château de Villefort, Roland n'avait pas été sans le remarquer depuis quelque temps.

Qui sait si ces lettres ne contenaient pas, peut-être, l'explication de ce drame d'amour qui attristait maintenant le château, après tant d'autres drames ?

Il avait surpris l'arrivée du messager.

Il guetta son départ.

L'homme prit les avenues du parc, se dirigeant vers la vallée, sans se douter qu'on le suivait.

Il baguenaudait en route, musait, perdait son temps, coupait une branche d'arbre, la taillait avec son couteau, le tout pour s'amuser.

Il allait quitter le parc et reprendre le coteau au pied duquel coule la rivière, lorsqu'il se retourna tout à coup.

Quelqu'un dont les pas amortis par la mousse n'avaient point annoncé la présence venait de s'approcher de lui et lui frappait sur l'épaule.

C'était Roland de Villefort.

L'homme salua poliment, la main au chapeau de paille.

— Monsieur le comte, bien le bonjour.

Roland l'attaqua sans préambule.

— Mon garçon, vous portiez une lettre aux Grandes-Roches ?

— C'est la vérité, monsieur le comte. Une lettre de la demoiselle en réponse à une autre de mon maître. Rien d'extraordinaire à cela, n'est-ce pas ? puisqu'ils vont se marier, à ce qu'on raconte.

— C'est juste... Dites-moi... Je ne vous connais pas... Vous n'êtes pas du pays ?

— Non, je suis de la Beauce.

— Et y a-t-il longtemps que vous êtes au service de Gaston Girodias ?

— Trois semaines.

— Alors, vous ne devez pas encore l'aimer beaucoup.

— S'agit point pour moi de l'aimer, s'agit de le servir.

— Et il vous paie bien ?

— Vingt-cinq francs.

— En voici quarante.

Le paysan ouvrit des yeux ébahis, une large bouche édentée déjà.

— Quarante francs, quasi deux mois de gages.

— Oui.

— Et, sauf respect, pour quelle commission ?

— C'est bien simple. Je vous demande seulement de me confier pendant une minute la lettre que vous avez dans votre poche.

— La lettre de mam'selle Nathalier ?

Le paysan se gratta l'oreille.

— Vous refusez ?

— Je ne dis ni oui ni non... Je dis seulement que ça ne me paraît pas très catholique, ce que vous me demandez là...

— Je ne ferai que la lire...

— Et vous me la rendrez...?

— Aussitôt.

— Mais, pour la lire, faut déchirer l'enveloppe... on s'apercevra que l'enveloppe est déchirée... on m'interrogera... qu'est-ce que je dirai ?

— Vous n'aurez aucune explication à donner, car voici une enveloppe dans laquelle je remettrai la lettre. Il n'y aura pas d'adresse sur l'enveloppe, mais cela n'a point d'importance...

— D'autant moins d'importance, monsieur le comte, que la lettre que j'apporte n'a point d'adresse, ce qui était inutile, puisque je sais à qui je dois la remettre.

— Dès lors, vous n'avez plus à hésiter.

Le jeune comte tira deux louis de son gousset.

Les yeux du paysan brillèrent.

Il tira la lettre de sa poche.

— Donnant, donnant, dit-il en tendant le papier.

Il ne lâcha la lettre, qu'il retenait de la main gauche, que lorsqu'il eut senti tomber les deux louis dans sa main droite.

Roland brisa l'enveloppe, lut fiévreusement.

Devant son émotion, en voyant sa pâleur, son trouble, le paysan cria :

— Ça vous intéresse donc, ce qu'il y a d'écrit?...

— Non... Je me trompais... Cela n'a aucun intérêt pour moi.

Il remit la lettre sous enveloppe, la lui rendit :

— Voilà... Allez... Je vous remercie...

— Il n'y a pas de quoi, monsieur le comte; c'est moi qui suis votre obligé...

Et le jeune garçon dégringola le coteau, faisant sonner ses sabots à toutes les pierrailles du chemin.

Roland restait immobile, bouleversé.

Bouleversé par ce qu'il venait d'apprendre, par le contenu de cette lettre et par tout ce que ne disait pas cette lettre, mais qu'elle laissait deviner.

Il en répétait tout haut les termes :

« Nous concluons un marché... Le lendemain du jour où je porterai votre nom, je vous jure que je trouverai le moyen de me tuer... »

Un marché? Lequel? Pourquoi?

Nouveau mystère.

Elle se mariait donc de force? On avait influé sur sa volonté? Elle n'aimait pas Gaston Girodias... Et il fallait que le mariage fût un bien grand désespoir pour la jeune fille, puisqu'elle ne reculait pas, au lendemain de l'accomplissement de ce mariage, devant le suicide.

« J'ai promis! Je tiendrai ma promesse! »

— Elle a promis d'être sa femme... Mais pourquoi? Quel drame intime se cache sous une pareille promesse, arrachée certes par la violence?

Roland s'y perdait.

« Quand vous aurez exécuté, vous, votre engagement, ce sera fini entre nous!... »

Une promesse de la part de Colette...

Un engagement de la part de Gaston Girodias...

Dans quel but? Qui cela intéressait-il? Seulement Colette?

Il revint lentement au château.

Il ne s'était donc pas trompé, l'autre jour, lorsqu'il avait pensé que l'amour de Colette pour un des Girodias était invraisemblable?

Qu'allait-il faire de ce secret ainsi deviné?

Il hésitait.

Mais l'affection qu'il avait pour son frère l'emportait, en ce moment, sur toute autre préoccupation.

Certes, ce n'était pas l'explication du mystère qu'il apportait, mais qui sait s'il n'y avait pas là, pour le duc, comme pour le marquis, un indice qui leur ferait découvrir la vérité cachée tout au fond de ce cœur de femme?

Il vint trouver Villefort.

Le duc l'écouta avec une ardente curiosité.

— Est-ce vrai? Es-tu certain d'avoir bien lu?

— J'ai bien lu et je te récite la lettre sans oublier un seul mot.

— Alors, elle ne l'aime pas?

— On ne peut plus en douter...

Le duc était tout frémissant de joie, d'une espérance nouvelle, soudain germée en lui. Ce n'était pas une raison, parce que Colette haïssait Gaston Girodias, pour que ce fût lui-même qu'elle aimât.

Il ne raisonnait pas.

Il espérait.

— Il ne faut pas que ce mariage se fasse, dit-il... ce serait un crime...

Il courut trouver le marquis de Vivarez.

Le marquis lui fit répéter deux fois cette histoire.

— Quel engagement de la part de Girodias? se demandait-il. Et quelle promesse de la part de Colette? Cette promesse, cela me paraît évident, est celle de sa main... Elle se donne... Voilà un côté du marché. Mais l'autre côté! Je soupçonne dans tout cela quelque sacrifice nouveau, quelque dévouement dont une femme comme elle seule peut être capable.

Mais ni l'un ni l'autre ne devinait.

Sars rien dire à son neveu et à Roland, il voulut questionner Colette.

Elle fut alarmée de savoir une partie de son secret déjà connue.

Et quand elle sut que sa lettre à Gaston avait été interceptée par Roland, ses yeux s'emplirent de larmes :

— Ah! dit-elle, je croyais que sa haine était morte... Je vois qu'elle est aussi vivace qu'autrefois.

Le marquis la détrompa.

— Roland, en agissant comme il l'a fait, n'a pas voulu vous nuire. Il n'est pas encore, vis à-vis de vous, dans la situation d'esprit d'un homme qui ne demande qu'à vous être utile... mais il a désarmé, j'en suis sûr, — et il y a une chose qui combat pour vous, dans son cœur... sans qu'il s'en doute... C'est qu'il soupçonne, je crois en être sûr, que Villefort vous aime et que vous aimez Villefort... Or, il voit son frère malheureux et il adore son frère... Ne redoutez plus rien de Roland.

Et lui prenant la main :

— Dites-moi le secret de ce mariage, mon enfant !...

Elle secoua la tête.

Il reprit d'une voix tremblante :

— Du moins, laissez-moi espérer que la menace contenue dans votre lettre était faite seulement pour effrayer Gaston Girodias et l'empêcher d'exiger de vous votre sacrifice jusqu'au bout. .

— Il faut que ce mariage se fasse.

— Ce n'est pas du mariage que je veux parler.

— De quoi donc, mon ami ?

— De la menace de votre mort.

Elle baissa la tête.

— Comment pourrais-je vivre auprès de cet homme que je hais et à qui j'appartiendrai, alors que vous savez bien que j'en aime un autre.

Le marquis, en lui tenant, en lui serrant doucement la main, la regarda longtemps avec une tendresse pleine de reproches.

Elle les comprenait, ces reproches.

Mais il lui avait dit autrefois :

— Il ne faut pas que l'on connaisse cet amour, lui surtout !

Elle avait promis, elle avait juré.

Elle était fidèle à son serment.

Très bas, M. de Vivarez murmurait :

— J'ai dit à ma sœur que mon neveu vous aime...

Elle tressaillit.

— Voilà pourquoi la duchesse ne veut même pas que je lui fasse mes adieux et que je la remercie de ses bontés pour moi ?...

— C'est ma faute.

— Et lui avez-vous dit aussi...

— Je lui ai dit également le profond amour d'Horace pour vous... J'ai fait cela... Je ne m'en repens point... Je suis en contradiction avec ce que j'ai exigé de vous

l'année dernière, lorsque je me suis aperçu que votre
cœur n'était plus libre. Mais aujourd'hui je ne raisonne
plus de la même façon... L'an dernier, je n'aurais pas
voulu d'une mésalliance... En ce moment, du diable
si j'y songe ! Je ne vois de tous les côtés que des larmes
qu'une seule parole, une seule, réussirait à sécher...
Je suis prêt à la dire, cette parole...

— Mon ami !

— Oui, je suis prêt à dire à Villefort : « Ouvre donc
les yeux et regarde. Tu ne vois donc pas que c'est toi
qu'elle aime, cette jeune fille ? »

— Et moi, je vous le défends, mon ami... dit-elle
d'une voix ferme. Je vous le défends, à mon tour...
Madame de Villefort ne consentira jamais au mariage
de son fils avec une pauvre fille comme moi... Et moi je
ne consentirai jamais à me marier contre sa volonté...
Du reste, je connais le duc... Lui aussi refuserait !...

M. de Vivarez savait qu'elle ne se trompait pas.

Il était profondément triste et découragé.

Il n'insista plus.

Colette, dès ce moment, pressa son départ.

Depuis quelques jours, profitant de la permission
qu'on lui avait donnée jadis, elle ne descendait plus à la
salle à manger aux heures des repas. Cela était trop
douloureux pour elle de se trouver devant le visage sévère et méprisant de madame de Villefort, qui affectait
de ne plus lui adresser la parole. Cela était plus douloureux encore de se trouver devant le visage fatigué et
pâli de Villefort, ses yeux rouges de larmes... devant
le spectacle de cette désolation intime.

Elle aimait mieux rester chez elle.

Elle s'y faisait servir.

Elle annonça au marquis de Vivarez qu'elle partirait
le lendemain. Elle était prête. Elle désirait retourner à

Paris auprès de ses parents. C'est là que se ferait le mariage.

En même temps elle écrivit à Gaston Girodias pour le prévenir, loyale en sa promesse, fidèle à son sacrifice jusqu'à la mort.

— C'est demain qu'elle s'en va ! dit le marquis à Villefort.

Villefort ne répondit pas. Depuis quelques jours il s'attendait à cette nouvelle, et tous les matins, quand il apercevait Colette par hasard, il s'étonnait de la retrouver au château.

Elle ne se coucha point.

Elle n'avait pas trop de ces heures dernières pour repasser en son esprit, devant ce paysage qu'elle aimait, par cette nuit si calme et si douce, les événements qui avaient empli sa vie depuis un an qu'elle était arrivée au château,

Elle aurait pu faire l'histoire de chacune des journées vécues à Villefort, tant le souvenir des moindres et des plus menus faits était resté présent en elle. Elle s'était mise à aimer tout ce qu'elle voyait là, tout ce qui avait été autour d'elle, les arbres, les fleurs, les coteaux, les deux jolies rivières qui semblaient onduler, au pied du château, au fond de la vallée, pour le plaisir de ses yeux, les grands bois et la campagne plantureuse, et les ruines majestueuses de ce qui avait été le manoir de Clisson.

Elle avait vécu au milieu de tout cela pendant une année ; elle y avait été parfois heureuse ; elle y avait senti, pour la première fois, battre son cœur ; elle y avait aimé, pleuré, souffert...

Et, elle y avait vu, autour d'elle, d'autres aimer aussi, pleurer aussi, souffrir aussi.

Elle allait quitter cela.

Un grand vide se faisait dans sa vie.

Un éternel regret se préparait, car le temps a beau adoucir les souffrances, effacer les souvenirs, étendre sur le passé, heureux ou triste, son brouillard, Colette n'oublierait jamais...

Elle ne se plaignait pas : elle était résignée.

Puis, ne savait-elle pas qu'elle allait mourir ? Sa volonté n'était-elle pas arrêtée ? Et n'échapperait-elle pas au regret par le néant ?

Comme cette nuit était sombre !

Le ciel était très pur. Pas un nuage. Des étoiles innombrables brillaient. Mais l'obscurité était si grande qu'on pouvait à peine distinguer les massifs au milieu du jardin et que les arbres eux-mêmes n'apparaissaient que comme des masses d'ombres plus noires parmi les ténèbres.

A l'église de Clisson, au loin, elle entendait sonner les heures.

Comme le temps passait vite !

Bientôt les ténèbres vont devenir moins épaisses... une lueur grise va estomper la cime des arbres... crépuscule du matin...

Et le jour se lèvera qui verra son départ... Sa fuite !

Son cœur se serrait, malgré tout son courage.

Comme tout est tranquille auprès d'elle ! Comme la nature est calme ! Comme ce château, surtout, est enseveli dans un sommeil profond ! Cela lui semble injuste ! Elle est donc seule à n'y point dormir ! seule à penser ! seule à souffrir !

Et lui, Horace ? Il en avait pris son parti, de ce départ... Une fois Colette loin de Villefort, Colette n'existerait plus...

Son cœur se serra un peu plus... sa gorge se contracta.

Peu lui importait, cependant !

Elle n'aimait pas pour être aimée ; elle aimait !...

Elle se pencha au-dessus du balcon, pour regarder dans le jardin. Il lui semblait qu'elle avait entendu marcher. Elle écouta. Elle se trompait. Rien. C'était bien la solitude. Personne ne pensait à elle. La vie s'écoulait dans son uniformité immuable, emportant les vies, distribuant les haines et les amours. Elle s'en allait dans ce tourbillon, atome au milieu de l'infini. Qu'était-elle, la douce et gentille charmeuse, pour ces gens? Une étrangère qui passe et qui ne marquerait même pas d'un souvenir l'année qu'elle aurait vécu près d'eux.

Colette soupira.

Trois heures sonnèrent là-bas, derrière les arbres, à l'église.

Ainsi, aucun événement n'allait surgir qui empêcherait ce départ? qui, sans l'empêcher, du moins le retarderait ?...

Elle avait fixé, pour partir, ce jour-là, dont l'aube se levait à l'horizon, au milieu des voiles humides de la forêt et des brouillards des deux rivières silencieuses.

Mais comme elle eût été heureuse que quelque chose d'imprévu, tout à coup, l'obligeât à rester un peu plus !

Pourtant, à quoi bon ?

Est-ce qu'un événement pouvait rien changer a sa destinée?

L'aube devint plus claire. Les brouillards continuaient d'être très denses et immobiles. Mais une barre rouge raya le ciel et le globe en feu apparut. Alors le jour vint. Des frissons de réveil passèrent dans la nature. Des oiseaux remuèrent, un peu engourdis sous les feuilles humides. Un peu de vent agita les légères ramures, secouant la rosée. Un coq chanta, non loin

d'elle, dans la basse-cour, et un faisan parut lui répondre en se débranchant d'un chêne, en face d'elle

La jeune fille était assise dans un fauteuil.

Elle appuya son bras sur la fenêtre, posa sa tête
pâlie sur son bras, et, fatiguée par cette nuit sans sommeil, elle s'endormit doucement à la fraîcheur mati-
nale.

XVIII

LE DÉPART

Depuis le jour où un coup de dés avait condamné à
mort Pierre Girodias, celui-ci était devenu invisible
pour tous.

Il n'était pas sorti une seule fois des Grandes-Roches.

Déjà il était mort.

Il n'attendait plus, pour s'exécuter, que la consom-
mation de ce mariage.

Mais si résolu qu'il fût, si énergique, il ne pouvait
retrancher de son âme, enlever de son cerveau enfiévré
par les approches de cette mort, le souvenir de tout ce
qu'il allait quitter.

Il ne regrettait rien de la vie, mais une jalousie furieuse s'emparait de lui lorsqu'il pensait au bonheur
qu'il donnait à son frère !

Malgré tout, celui-là serait heureux !

Il avait beau se dire : « Elle ne l'aime pas ! Elle ne
l'aimera jamais ! » quelque chose répondait, une af-
freuse crainte : « Le temps marchera. Elle oubliera Villefort. Elle aimera ! »

Et lui-même, que serait-il devenu ?

Aurait-il encore une pensée dans ce cœur fraternel, où toute sa vie il avait régné en maître, comme, dans le cœur de l'aîné, toute sa vie avait régné le plus jeune?

Non, pas même une pensée!

Cette pensée-là serait importune. On la chasserait...

Et voilà ce qu'il ne voulait pas, dans sa haine de Gaston.

Il voulait laisser, dans le bonheur qu'il entrevoyait, une image lugubre, qui, à la longue, planant comme un fantôme sur ce bonheur, le rendrait impossible.

Ils avaient juré l'un et l'autre, l'un pour l'autre, de ne point mettre d'obstacle au mariage de Colette avec l'un des deux.

Pierre ne songeait pas à enfreindre son serment.

Mais bien qu'il eût été convenu qu'il mourrait au lendemain du mariage, rien, en somme, ne l'empêchait d'avancer sa mort de quelques jours. Ce mariage était maintenant certain. Gaston le lui avait écrit; Colette acceptait tout. Elle allait quitter le château, quitter le pays, et Gaston la rejoindrait à Paris, où aurait lieu la cérémonie.

Sans Gaston, Pierre n'eût rien connu de ces détails.

Mais Gaston les lui donnait journellement, torturant ce cœur comme à plaisir. Et c'est ainsi renseigné qu'il vit approcher le jour du départ.

— Gaston parti, il m'échappe !

Comment faire ?

De même que Colette à sa fenêtre, pendant la dernière nuit passée à Villefort, avait espéré jusqu'au dernier moment qu'un événement quelconque interviendrait tout à coup pour empêcher ou retarder son départ, de même, en ces suprêmes heures, la jalousie de Girodias se demandait si, enfin, **quelque chose ne se** produirait pas qui renverserait l'échafaudage de tous ces projets.

Mais rien... il ne voyait rien.

Il sortit, ce matin-là, pendant qu'à la même heure, au moment où se levait le soleil, Colette s'endormait enfin, près de sa fenêtre.

Il sortit, la tête en feu.

Il fit deux ou trois fois le tour du jardin.

Il souffrait trop.

Ce n'était vraiment pas la peine d'attendre la conclusion de ce mariage.

Il avait résolu d'en finir, sans plus retarder.

Quel genre de mort ?

Il n'avait pas choisi. Il n'y avait pas encore pensé. Qu'importait ? Une noyade dans la Sèvre ? Un coup de revolver dans la tête ? Un coup de poignard en plein cœur, avec le poignard qui avait tué le père ?

Tout à coup, il vit Gaston qui sortait et descendait le coteau.

Il se dirigeait vers le parc qui avoisine Villefort.

— Il va la voir avant qu'elle parte ! se dit Pierre. Il va prendre rendez-vous avec elle pour la retrouver à Paris.

C'était vrai.

Pierre s'assit sur un banc, accablé.

— Oui, murmura-t-il... sûrement, je n'attendrai pas davantage.

Et soudain, se levant avec un rire sinistre :

— Ah ! le fantôme !... oui !... j'ai trouvé le moyen de laisser ce fantôme dans sa vie... peut-être... peut-être...

Il rentra chez lui.

Il commença par mettre de l'ordre dans ses affaires écrivit quelques lettres ; tout était prêt, du reste, pour sa mort, depuis longtemps, et il n'avait pas attendu l'heure suprême pour s'en occuper.

Quand il eut fini, il chercha une corde solide.

— Je vais me pendre chez lui... Quand il rentrera, c'est moi qu'il trouvera. Quelle surprise !

Il y avait deux domestiques chez Gaston, mais la femme était à sa cuisine d'où elle ne sortait guère, et l'autre — le garçon qui avait livré à Roland la lettre de Colette — venait de partir pour faire des courses chez les fournisseurs du village. Pierre entrerait donc là sans être inquiété.

Au moment où il sortait de son jardin pour entrer dans celui de Gaston, il s'arrêta.

Il venait d'entendre au-dessus de sa tête un bruit singulier.

Il leva les yeux, regarda partout.

Et il se mit à rire.

Le vent, un vent léger, soufflait du nord-est, et là-haut, sur son belvédère, faisait tourner et grincer la girouette où pendait l'ancêtre des Girodias !...

Il traversa le jardin de Gaston.

La porte de la maison était ouverte.

Une fois entré, il la repoussa derrière lui pour ne pas être dérangé dans son œuvre lugubre.

Il se trouvait dans un petit vestibule où Gaston avait accroché quelques armes, des trophées de chasse.

Il enleva une tête de sanglier, la jeta dans un coin.

Et, monté sur un tabouret, il essaya la résistance du clou auquel était accrochée cette tête.

Le clou était solide et ne bougea point.

Il y noua sa corde.

Il en mesura la longueur.

Et, comme si vraiment il se fût amusé à cette besogne, il fit et défit, à plusieurs reprises, le nœud coulant, s'assurant qu'il fonctionnait bien, en le faisant glisser autour de son poignet.

En face de lui, la porte.

La première apparition que Gaston aurait tout à l'heure, lorsqu'il rentrerait chez lui, serait celle de son frère.

De son frère pendu.

Pendu chez Gaston, pour que ce hideux fantôme devînt la vision de toutes les nuits du jeune homme, troublât sa vie désormais, mît obstacle même à son bonheur, rendît impossible son amour.

Et Pierre souriait en faisant ces préparatifs.

Quand tout fut prêt, il entr'ouvrit la porte.

Il voulait jouir une dernière fois de la lumière, du soleil, des oiseaux, des fleurs, de la nature entière.

Il respira largement, à pleins poumons.

A cette heure, que faisait Gaston ?

Il avait vu Colette. Et il revenait aux Grandes Roches !...

Et si Colette se laissait attendrir ? Ce serait le bonheur pour eux ?... Non, non, il ne voulait pas cela !...

Il rentra, referma la porte.

La corde l'attendait. Il y passa le cou.

Et brusquement, d'un coup de pied, sans plus réfléchir, sans plus penser, et comme s'il avait redouté d'avoir quelque hésitation, s'il tardait davantage, il repoussa l'escabeau sur lequel il était grimpé.

Il retomba.

. . . .

Gaston, en effet, était allé au château de Villefort.

Il désirait voir Colette, mais il se heurta à une obstination que rien ne put vaincre.

La jeune fille resta invisible.

Il réussit à savoir pourtant que son départ était fixé

à ce jour même et que la jeune fille devait prendre à la gare de Clisson le train de Nantes.

De Nantes, elle gagnerait Paris.

Colette, si elle refusait de le voir à Villefort, ne pourrait empêcher Gaston de se trouver à la gare, à cette même heure.

Il s'y rendrait donc, décidé à tout.

Il avait toute sa journée libre, mais ses préoccupations étaient trop grandes, trop tristes, pour qu'il songeât à quelque promenade qui l'eût éloigné des Grandes-Roches.

Il reprit le chemin de la maison.

Il allait lentement, s'arrêtant souvent, regardant sans voir, rêvant à tous ces étranges événements qui le précipitaient dans une vie qu'il envisageait avec une certaine terreur.

La dernière lettre de Colette l'avait, malgré tout, bouleversé.

La mort! Le suicide!

Voilà ce qu'elle lui faisait entrevoir, cette jeune fille qu'il adorait.

Au premier moment il s'était dit :

— Que m'importe?... Elle ne sera pas à d'autres.

Puis, l'ironique scepticisme qui ajoutait :

— Elle se débat jusqu'à la fin, mais elle cédera...

Cependant, si elle exécutait sa menace !

Sous le fardeau de ces pensées, il reprend le chemin des Grandes-Roches, lentement, très lentement, et la passion est si intense chez lui, que pas une seule fois il n'a songé au désespoir fraternel.

Il arrive aux Grandes-Roches.

Là, un dernier flot de haine, débordant :

— Si j'allais trouver Pierre et si je lui disais...

Mais il hausse les épaules.

L'autre — l'aîné — doit être assez malheureux déjà...
Il ne peut être possible d'augmenter son désespoir...
Dès lors, à quoi bon ?

Dans son jardin, il fait le tour des massifs.

Il admire ses fleurs, rectifie quelques rosiers qui se
penchent et met des tuteurs à des dahlias que les derniers vents ont courbés.

Il pique une fleur à sa boutonnière.

En chantonnant, il rentre chez lui, monte le perron.

Et, chose bizarre, ce qu'il chante, c'est la vieille
chanson des chouans, celle que chantaient les partisans
de Villefort, dans les landes et les chemins creux, en
1793, celle que fredonnait souvent Michelle :

Monsieur d'Charette a dit à ceux d'Clisson...

Sur la dernière marche, il s'arrêta.

C'est là, tout à l'heure, il y a quelques secondes à
peine, que Pierre, lui aussi, vient de sortir pour prendre
un peu de cette chaude atmosphère que le soleil emplit
de tout son éclat.

Il tire sa pipe, la bourre, l'allume.

Enfin, quand elle est allumée, il tourne le bouton de
la porte. Et le voilà dans le vestibule.

Là, il reste soudain affolé, ne comprenant pas, ne se
rendant pas compte, croyant à quelque terrible rêve.

Près de lui, à portée de sa main, s'agitant encore
contre la muraille où les pieds essayent de s'accrocher
désespérément dans les spasmes suprêmes de l'agonie,
un pendu.

Et ce pendu, son frère...

La figure est violette, le cou tiraillé, les lèvres bleues,
la bouche entr'ouverte, comme dans un ricanement
atroce, et laissant voir les dents.

Horrible !

Un cri étouffé :

— Pierre ! Pierre !

Il ne réfléchit plus, il ne pense plus. Tous les drames des dernières semaines s'effacent en une seconde.

Il ne voit plus qu'une chose, devant ses yeux un spectacle inouï :

Son frère vient de se tuer.

Son frère agonise !

Il relève l'escabeau, monte, coupe la corde et soutient le corps dans ses robustes bras.

Puis, autour du cou, il desserre ce terrible nœud enfoncé dans les chairs, où les chairs se tuméfiaient, rougissaient par-dessus le chanvre.

Alors, une désolation s'empare de cet homme.

Un remords ! Et quel remords !

— Pierre ! Pierre !

Est-il mort ?

Il ne faut pas qu'il meure !

Vraiment, tous deux ont donc été fous en préparant ainsi de gaieté de cœur cette chose contre laquelle plus jamais rien ne peut :

La mort !

— Pierre ! Pierre !

Et l'autre ne bouge pas.

Les yeux sont largement ouverts

Le même rictus de la bouche, large, effrayant, étalant toutes les dents blanches.

C'est la terreur d'abord qui s'empare de Gaston.

Mais la terreur passe.

Et survient la pitié dans son cortège, rapide comme la passée d'un éclair, de tous les souvenirs d'enfance, de toutes les tendresses de jadis.

Et un mot plus doux tombe enfin de ses lèvres, depuis si longtemps fermées aux effusions :

— Mon frère ! mon frère !

Mais l'autre a les yeux ternes et fixes, des yeux terribles.

Gaston applique la bouche sur la bouche de son frère.

Il y souffle lentement pour y rendre un peu la respiration aux poumons s'il en est encore temps.

Et tout en faisant cela, il est pénétré d'horreur.

Il a tout oublié, et sa haine de cet homme, et son amour pour Colette.

Sur les ruines de sa vie, il ne subsiste en ce moment que le souvenir de ce qu'ils ont été tous deux, Pierre et Gaston, l'un pour l'autre, avant l'arrivée de Colette à Villefort.

On citait leur tendresse fraternelle dans tout le pays.

Jamais deux frères ne s'étaient adorés comme s'adoraient ces deux grands garçons que l'on rencontrait ensemble toujours, toujours d'accord.

Peines et joies, ils avaient mis tout en commun, jadis.

Jamais l'un n'avait cherché une distraction, surtout un plaisir, lorsque l'autre avait un motif d'être triste.

Mais lorsqu'il y avait pour l'un des deux une cause de grande joie, l'autre en prenait sa part.

Dès leur extrême enfance, ils s'étaient aimés ainsi : ils n'avaient point connu la jalousie ; les jouets qu'on leur donnait, ils se les partageaient ; quand l'un était puni, l'autre n'avait pas, il est vrai, le droit de partager et d'alléger ainsi cette punition, mais il refusait de son côté toute récompense.

On avait pris l'habitude de leur faire les mêmes cadeaux.

Ensemble, ils avaient eu fusils pareils, pistolets pareils, chevaux pareils.

Vêtus de même, pendant longtemps, bien qu'ils ne fussent point jumeaux.

On avait dit, en riant, lorsqu'ils étaient revenus du service militaire :

— Ils n'épouseront pourtant point la même femme!

Et l'on avait dit cela sans savoir que ce serait justement la femme qui ferait naître en eux la première discorde.

Tout cela revenait à l'esprit de Gaston devant cette figure terrible.

Et il s'écria, lamentable :

— Mon frère est mort! mon frère est mort!

Il ouvre la porte pour qu'il y ait plus d'air.

Il s'assied sur la dernière marche du perron.

Il prend le corps sur ses genoux et le berce comme un enfant.

Le frère aîné ne bouge pas.

Gaston lève vers le ciel un regard navré.

Et son regard embrasse cette nature, toute cette jolie campagne des bords de la Moine et de la Sèvre où s'est écoulée leur vie à tous les deux.

Pas un arbre où ils n'eussent grimpé et déniché des nids.

Pas un hêtre où ils n'eussent tiré quelque écureuil effarouché.

Pas un sentier, si inconnu, si étroit, si embroussaillé qu'il fût, où ils n'eussent couru, déchirant leurs vêtements et se bousculant.

Pas une fontaine où ils n'eussent tendu des lacets aux oiseaux.

La Sèvre et la Moine elles-mêmes, miroitant au soleil de cette belle journée, lui rappr   des souvenirs, les uns gais, les autres tragiques.

Que de parties de pêche! que de promenades en ba-

teau ! que d'éclats de rire sur leurs lèvres d'enfants ou
de jeunes garçons, si sonores et si frais qu'ils faisaient
envie à tous les oiseaux d'alentour !...

Et un jour Gaston était tombé à l'eau.

Il savait nager, il est vrai, mais il s'était embarrassé
les jambes dans les longues tiges flexibles et envelop-
pantes et résistantes des nénuphars.

Il allait mourir...

Déjà il sentait l'asphyxie bourdonner à ses oreilles,
et, comme pris dans les inextricables mailles d'un gigantesque filet au fond de la rivière, il s'abandonnait et
ne faisait plus d'effort.

Pierre s'était jeté à son secours.

Il risquait lui-même d'être pris dans cet enveloppe-
ment, mais il eut l'adresse et la force de dégager son
frère et il le ramena dans le bateau, presque mourant.

Gaston avait cherché à rendre service à son frère, afin
d'être quitte. Que de fois il lui avait dit :

— Tâche donc d'être en danger de mort pour que je
te sauve !

— Et si tu ne me sauvais pas?

— Eh bien, j'y resterais avec toi... Tu sais bien que
je ne pourrais pas vivre sans toi...

— Pas plus que je ne pourrais vivre sans toi.

L'occasion ne s'était pas offerte.

Et le service rendu à seize ans, Gaston ne l'avait jamais payé à son frère. Aujourd'hui, le frère venait de
se pendre, et il se pendait à cause de Gaston !... C'était
Gaston qui le tuait !...

— Mon frère est mort! Mon frère est mort!

Cependant il lui semble remarquer qu'un peu de vie
revient à ce visage.

Au cri qu'il vient de pousser, il s'imagine que Pierre
a répondu par un léger mouvement des doigts.

Les lèvres aussi ont remué.

Distendues jusqu'à présent, elles se ferment.

Et les paupières ont un léger battement sur les yeux fatigués.

— Mon frère! mon frère!

C'est peut-être ce cri qui, du fond de la tombe, a rappelé l'autre avec la promesse d'une tendresse nouvelle et de l'oubli pour tout ce qui s'est passé, et d'une vie qui serait heureuse comme celle d'autrefois.

Il n'est pas mort, en effet.

Gaston lui prodigue ses soins, en un accès de fièvre et de folie, et des mots sans suite, où il demande pardon, où il supplie son frère de ne pas mourir!...

Pierre a fermé les yeux, mais il vit.

Cela se voit!... Le sang, un moment arrêté, circule dans les artères.

Il rouvre les yeux.

Il ne comprend pas encore ce qui s'est passé, mais, peu à peu, les événements repassent devant son esprit.

Il s'est pendu chez son frère.

Il a voulu mourir et que sa mort restât comme une éternelle épouvante en cette âme fraternelle

Il se soulève, veut se tenir debout.

Il veut fuir!

Mais il n'a pas assez de force.

Gaston le soutient.

— Tu veux partir?...

— Oui.

— Tu ne veux plus que nous nous aimions?...

— Comme autrefois?

— Oui, comme autrefois.

— Et toi, tu le veux donc?

— Dis un mot, un seul mot... ou plutôt tends-moi les bras seulement, et je saurai ce que cela signifie...

— Et ce serait fini ?

— Ce serait fini...

— Mais... elle ?... elle ?...

— Tends-moi les bras, te dis-je .. Et embrasse-moi, veux-tu ?

Alors, en tremblant, Pierre tend ses mains fiévreuses.

Gaston l'étreint contre sa poitrine.

— Mon frère !

— Mon frère !

— Je te croyais perdu pour toujours

— Et je te retrouve enfin.

Ils se regardent longuement.

Ils s'étreignent de nouveau.

Ils ont un sourire triste ; dans leur sourire, il y a des larmes.

Pierre murmure en baissant la tête :

— C'est horrible ce que je suis venu faire chez toi !

— C'est horrible, cela est vrai, et pourtant je ne puis te le reprocher puisque c'est de là que part notre réconciliation...

— Alors, tu m'aimes donc encore ?

— Et toi?... autant que par le passé ?

— Oui... et davantage, parce que je viendrai te faire oublier cette haine atroce qui nous a divisés et qui a failli nous rendre criminels.

— C'est comme moi, frère. Je redoublerai d'affection, je le jure...

Un silence, de nouveau.

Ils ont tant de choses à se dire que mille aveux arrivent à leurs lèvres. Il y en a trop. Ils se taisent.

Mais s'ils sourient encore, il n'y a plus de larmes déjà.

Pierre hoche la tête :

— Auras-tu le courage de renoncer à elle ?

— J'aurai ce courage. Et toi, auras-tu assez d'empire sur toi-même pour ne plus penser à elle ?

— Je l'aurai !

— Tu me le jures ?

— Je te le jure.

Ils s'embrassent.

— Qu'allons-nous faire ?... Ton mariage ?

— N'aura pas lieu... Ce mariage était un crime...

— Et pour commencer, n'est-ce pas ?... nous irons trouver Colette et nous lui rendrons sa parole.

— Oui, et nous lui demanderons pardon.

— Et nous remettrons entre ses mains la confession suprême que nous avons reçue de Michelle au moment de sa mort !

— Certes...

— Ce sera justice !

— Tarderons-nous ?

— A quoi bon ?

— Tout à l'heure, veux-tu ?

— Oui, dès que mes forces seront revenues, dès que je pourrai marcher.

Mais la secousse avait été rude.

Il resta longtemps sans se remettre complètement.

Chaque fois qu'il voulait se tenir debout, même avec l'aide de son frère, il avait une faiblesse.

Ce fut dans l'après-midi seulement qu'il dit enfin :

— Je me sens mieux. Je respire sans difficulté.

— Veux-tu essayer de faire quelques pas ?

— Oui.

Ils descendirent dans le jardin.

Les premiers pas furent chancelants, puis peu à peu s'affermirent.

— Laisse-moi marcher seul,

Il y réussit.

De temps en temps, il s'arrêtait, respirait largement.

Gaston le suivait de tout près, pour le recevoir dans ses bras en cas de nouvelle faiblesse.

Pierre se tournait vers lui et lui souriait.

Au bout du jardin, ils prirent place sur un banc, tous les deux.

— Cela te fatiguerait d'aller à pied jusqu'à Villefort.

— Non, je t'assure. . C'est tout à fait fini...

— Alors, partons.

— Sans regrets ?

— Sans regrets.

Leurs yeux devinrent humides.

Ils se regardèrent un moment à travers le brouillard de leurs larmes.

Puis ils se tendirent les bras.

Et ils s'étreignirent en sanglotant, comme des enfants.

— Va, dit Pierre, va chercher maintenant la confession de Michelle...

Gaston s'éloigna en s'essuyant les yeux.

Il revint presque aussitôt.

Pierre se leva, s'appuya sur le bras de son frère.

— Ainsi tu ne veux pas que je fasse atteler

— Inutile. Tu vas voir comme je suis fort.

Lentement, ils descendirent le coteau.

Ils ne se parlaient plus. Trop de réflexions se heurtaient dans leur cerveau.

Comment avaient-ils pu se haïr à ce point? Même pour une femme? En cet instant, ils éprouvaient un bonheur inouï. Ils se sentaient légers. C'était bien véritablement un fardeau enlevé de leur cœur. Et voilà pourquoi ils ne trouvaient rien à se dire. Chacun était assailli par les mêmes pensées. Ils redevenaient ce qu'ils avaient été autrefois, partageant ainsi la même vie, les mêmes désirs, les mêmes peines et les mêmes joies. Ils échangeaient un regard et c'était suffisant; ils se comprenaient. Ils échangeaient un sourire et c'était suffisant : ils étaient heureux.

En bas du coteau, ils traversèrent la rivière.

Gaston s'arrêta net sur le pont.

Il montra du doigt à son frère un paquet de nénuphars dont les fleurs blanches et les fleurs jaunes émergeaient comme des camélias au-dessus de l'eau tranquille.

— C'est là ! dit-il.

C'était dans ces herbes, en effet, que Gaston avait failli mourir et au milieu d'elles que Pierre était allé le chercher.

Ils remontèrent le coteau opposé, prirent la grande avenue du parc.

Et, tout à coup, avec un frisson, ils restèrent debout, au milieu, tout près d'une sorte de petite clairière où il y a un tertre tout encombré de broussailles, de hautes bruyères et de genêts flexibles.

Le vent léger les fait se balancer.

Pierre dit :

— Te souviens-tu ?

— Oui, c'est là que nous l'avons vue pour la première fois...

— C'est là que nous l'avons aimée.

— Et c'est là, sans nous en douter encore à cette heure, que nous avons commencé à nous haïr...

— Hélas !

Ils passèrent devant le tertre, la tête basse.

On eût dit qu'ils étaient honteux d'eux-mêmes.

Leurs bras se serrèrent un peu plus.

Leurs mains se cherchèrent.

Devant le château, ils eurent une suprême hésitation. Elle ne dura pas.

— Il le faut.

— La justice et la probité nous l'ordonnent.

Ils entrèrent.

Pas un être humain, en apparence, dans ce château.

Il semblait aussi désert que les ruines tragiques du donjon féodal dont les murailles noires se haussaient, sinistres, par-dessus la maison moderne, comme pour la protéger encore.

Le concierge-jardinier n'était pas là

Ils sonnèrent.

La cloche retentit : personne ne l'entendit, car personne ne vint.

La grille était entr'ouverte.

Ils la poussèrent et entrèrent.

— Qu'avons-nous à craindre ?

— Rien.

— Nous sommes des messagers de paix.

— Nous apportons le bonheur.

On venait d'entendre sonner cinq heures à l'église de Clisson.

Quelques minutes auparavant, Colette était descendue de chez elle.

La gentille charmeuse avait revêtu le costume qu'elle portait un an auparavant, lorsqu'elle était arrivée dans le pays ; seul, le capuchon de son manteau n'était pas rabattu sur ses yeux.

Le marquis de Vivarez venait de l'embrasser.

Il aurait voulu l'accompagner jusqu'à la gare, mais son émotion était si grande qu'il avait été pris de faiblesse. Il dut renoncer à cette dernière joie.

La duchesse ne l'avait pas revue.

Horace lui-même n'avait point paru devant elle depuis

deux jours. Cependant, il n'avait pas quitté le château.
Il était là.

Roland et Louise lui avaient fait leurs adieux.

Roland, très bas, lui avait dit :

— Pourquoi partez-vous ?

— Je le dois.

— Tout le monde est triste de votre départ.

— Je dois partir.

— Ne gardez pas de moi un trop mauvais souvenir.

— Et vous, pardonnez-moi si j'ai été un peu sévère.

Le marquis avait mis sa voiture à sa disposition.
Elle refusa.

— Je veux m'en aller comme je suis venue.

Elle avait écrit à la gare et un homme, avec une
brouette, avait emporté sa malle, ainsi qu'un an auparavant, quand elle était arrivée sous la pluie battante et
la rafale.

Elle traversa le jardin d'un pas lourd, sans tourner
la tête.

Elle avait, certes, des sanglots bien près des lèvres et
il lui fallait tout son courage pour les contenir.

Elle passa la grille.

Elle s'engagea dans le petit chemin creux.

L'homme poussait la brouette devant elle.

Une fois il s'arrêta, regarda Colette.

Elle avait le front plissé, les yeux rouges, les lèvres
lourdes des enfants qui vont pleurer.

Il eut compassion. Il haussa les épaules.

— Vous rappelez-vous ? Il y a juste un an que je con-
duisais votre malle à Villefort...

— Ah ! c'était vous ?

— Oui, c'était moi... Et je vous ai dit que vous n'y
rigoleriez pas tous les jours, au château.

— C'est vrai !... Je me souviens.

— Je ne me suis pas trompé, hein ?

— Non.

L'homme haussa de nouveau les épaules.

— Qué misère ! Si gentille ! Ils lui auront fait tourner les sangs...

Il cracha dans ses mains, reprit sa brouette et donna un coup de reins. Il dévalait, cahotait, par les cailloux, dans les ornières.

On ne rencontra pas un passant.

Sûre de ne pas être vue, puisque l'homme marchait devant elle, Colette se retourna.

Déjà le château n'était plus visible.

Seule, la crête dentelée des plus hautes ruines.

Dans le chemin creux, personne.

Personne ne l'avait suivie...

Personne n'accourait pour l'empêcher de partir.

Elle reprit sa descente, trébuchant dans les pierres.

Bientôt la gare fut visible au bout de la grande rue.

Elle consulta sa montre.

Elle était en avance de vingt minutes au moins.

En vingt minutes, il pouvait se passer tant de choses !

Au château, on allait s'apercevoir qu'elle était enfin partie... Un événement se produirait .. on l'enverrait chercher !... Quel espoir ! Sur quel événement pouvait-, elle compter ?... Elle ne savait .. C'était l'espérance instinctive... la foi dans un hasard...

Elle arriva, entra...

— Pour quelle station faut-il enregistrer ? demanda l'homme.

— Paris.

— Bon.

— Vous avez votre billet ?

— Non.

— Je vais vous le prendre.

— Pás encore.

— Ah !

Puisqu'il restait vingt minutes, rien ne pressait. En vingt minutes, que de choses peuvent se passer !

Les minutes s'écoulèrent.

Aucun voyageur ne se présenta.

Colette resta seule dans la gare, sa malle attendant sur la bascule.

Dehors, sur le seuil, les yeux fixés au loin sur la route poussiéreuse, éclairée par un soleil très chaud, elle regardait dans la direction de Villefort.

Des voitures apparurent.

Mais elles véhiculaient des paysans qui tournèrent et prirent à gauche la direction de Machecoul.

Des hommes et des femmes sortirent des maisons, se rassemblèrent un instant sur la route, causèrent entre eux, puis se dispersèrent.

Le village parut de nouveau désert.

Elle consulta l'horloge de la gare.

Il n'y avait plus que cinq minutes avant l'arrivée du train.

Le facteur revint auprès d'elle :

— Faut-il peser la malle ?

— Oui.

— Alors, prenez votre billet.

Elle ne pouvait plus attendre. Il fallait s'exécuter.

— Une troisième pour Paris.

Elle paya et sortit sur le quai.

Les cinq minutes passèrent.

Le chef de gare se promenait près d'elle.

Elle demanda, contenant son émotion :

— Il n'y a pas de retard annoncé ?

— Non, mademoiselle, rassurez vous.

Le chef mit la main en abat-jour devant ses yeux et consulta la ligne droite des rails qui s'enfuyaient à l'horizon.

Colette soupira.

Elle avait espéré aussi que le train serait en retard.

Une colonne de fumée mobile et rapide s'élevait dans le lointain.

— Voilà le train, mademoiselle.

Elle s'approcha de la barrière et pour la dernière fois consulta la route blanche qui traversait Clisson et au bout de laquelle grimpait le sentier rude qui aboutissait au château.

Une victoria à deux chevaux venait de surgir.

Le cœur de Colette battit... Elle y appuya les mains. Elle souffrait à en mourir.

C'était une voiture du château.

Elle la reconnaissait aux deux chevaux noirs lancés à fond de train, comme emportés.

Le cocher l'empêchait de distinguer s'il y avait quelqu'un dans la voiture.

Et puis, qu'est-ce que cela prouvait?

On attendait du château quelque voyageur sans doute, et la voiture venait le chercher à la station.

Le train approchait.

Le cocher s'en aperçut, car il fouetta les chevaux ; il tournait la tête légèrement, vers son maître probablement, qui lui donnait des ordres, car jamais il n'eût pris sur lui de conduire ces nobles bêtes à une pareille allure.

A une courbe légère de la route elle aperçut Horace.

C'était lui qui venait !

Pour qui ? Était-ce pour elle ?

Elle se sentait toute défaillante.

Le train entra en gare.

Elle vit passer sa malle sur une brouette; l'homme l'emportait vers le fourgon des bagages.

Le train s'arrêta.

Deux portières s'ouvrirent d'un wagon de troisième classe.

Il ne descendit que deux paysans qui s'en revenaient de Nantes.

— Allons, mademoiselle, il faut monter.

La voiture de Villefort venait de s'arrêter devant la barrière.

Horace se précipita sur le quai.

Il était pâle, dans une agitation extraordinaire.

Le chef de gare se mit à rire.

— Il était temps, monsieur de Villefort... Pour quelle station ?

Horace ne fit pas attention à ce qu'on lui disait.

Il ne voyait, il ne regardait que Colette

Et Colette montait en wagon.

Il s'élance vers elle, et à voix basse :

— Ne partez pas... Tous nous vous en prions... Pierre et Gaston Girodias viennent d'arriver au château. Ils vous demandent. Ils ont des choses importantes à vous dire...

— Mais...

— Revenez au moins pour une journée. Vous partirez demain si vous le voulez toujours.

Le chef de train accourut.

— Montez-vous, mademoiselle ?

Elle n'eut pas la force de répondre.

Elle resta debout sur le quai, et ce qui se passa ensuite, ce fut comme en un rêve. Elle ne se rendit compte de rien. Elle entendit un coup de sifflet du chef, auquel répondit le sifflement de la machine. Le train s'ébranla, fila, disparut.

Et lorsqu'elle retrouva un peu de présence d'esprit elle était dans la victoria, près d'Horace silencieux, et les deux chevaux l'emportaient de leur trot relevé du côté de Villefort.

— Mon Dieu, mon Dieu! murmura-t-elle. Qu'ai-je fait?

La route se fit rapidement.

Le duc ne lui adressa pas une seule fois la parole.

Ce silence pesait sur le cœur de Colette.

Ce fut elle qui le rompit.

— Monsieur, expliquez-moi...

— Je ne puis rien vous expliquer, mademoiselle; je ne sais rien...

— Cependant... vous m'avez dit que les frères Girodias...

— Les frères Girodias se sont présentés au château et vous ont demandée. Ils ont dit qu'il s'agissait de votre bonheur, de votre vie. Leur haine l'un pour l'autre semblait morte et leur ancienne affection réciproque revenue. Nous leur avons appris votre départ. Ils ont été désespérés. Pierre me dit :

— Courez, monsieur, arrêtez-la, qu'elle ne parte point...

— Vous me jurez qu'il s'agit de son bonheur?

— Je vous le jure !

Je n'en ai pas entendu davantage. J'ai fait atteler et je suis accouru.

Elle n'interrogea plus.

Et Villefort, détournant les yeux pour ne point rencontrer le regard de Colette, semblait décidé à ne plus parler.

Ce fut ainsi qu'ils arrivèrent à la grille...

Ils descendirent, entrèrent au château, se dirigèren vers le salon.

Le cœur de Colette battait de plus en plus fort.

C'était toujours un rêve qui continuait. Comment finirait-il ?

Au salon, le marquis de Vivarez, encore très faible, se leva péniblement pour venir au-devant d'elle. Roland et Louise la saluèrent.

Seule, la duchesse de Villefort parut ne point la remarquer.

Elle resta le buste droit dans son fauteuil, le front hautain, les yeux durs, la figure méprisante.

Colette ne pouvait s'attendre à rien de bon de ce côté-là.

Gaston et Pierre Girodias étaient debout, attendant anxieusement son arrivée.

Et c'était comme autrefois dans ce même salon, presque jour pour jour, une année auparavant ; ils se tenaient par la main, dans une attitude charmante qu'ils avaient conservée de leur enfance et qui leur était favorite ; jadis, c'était ainsi qu'ils étaient venus déclarer la guerre à ce château en condamnant à mort le duc Horace ; aujourd'hui, toujours les mains s'étreignant, s'aimant toujours, puisque la crise de haine était passée, ils revenaient dans ce même château apporter la paix, calmer les regrets, rasséréner les âmes.

D'un premier regard, Colette comprit qu'elle n'avait plus en eux des ennemis : leurs yeux étaient tristes, mais très doux.

Il y eut un long silence gêné entre tous ceux qui étaient là.

Ce fut la charmeuse qui, appelant à elle tout son courage :

— Que me voulez-vous et pourquoi m'avez-vous retenue ?

Gaston s'avança :

— Mademoiselle, dit-il, j'étais sur le point de commettre une mauvaise action dont vous alliez être victime... Je vous en demande pardon... Vous aviez engagé votre parole et vous seriez devenue ma femme, sans amour pour moi, et par dévouement envers celui que vous aimez... Je suis venu pour vous rendre votre parole et je ne veux pas que ce sacrifice de vous-même s'accomplisse.

Sur le joli visage de Colette, une expression de joie ineffable.

Mais elle se tut.

Elle attendait que Gaston eût exprimé sa pensée tout entière.

— L'explication que nous vous donnons à tous sera complète. Il le faut. Voici donc ce qui nous est arrivé et ce qui s'est passé dans notre maison des Grandes-Roches, entre Michelle Soubise et nous, quelque temps après notre retour d'Amérique... Il faut, pour que vous compreniez nos actes, que vous écoutiez le récit de ces événements.

Gaston raconta alors au milieu de quelles circonstances s'était produite la mort de Michelle; son retour à la raison tout d'abord, et sa crise nerveuse déterminée par le spectacle des choses qu'elle avait trouvées dans le cabinet de travail de Girodias et qui lui avaient rappelé des souvenirs terribles.

Enfin, la suprême révélation que les deux frères avaient reçue.

C'était Michelle qui avait assassiné leur père.

A cette révélation, qui expliquait à tous ce mystère inextricable au milieu duquel ils vivaient depuis une année, ils ne purent retenir des exclamations de surprise et de joie.

Seule, la duchesse restait muette, pareille à une énigme vivante.

Le duc s'élance vers les deux frères :

— Ah ! je vous pardonne ; oui, je vous pardonne tout ce que vous avez fait pour le bonheur que vous apportez dans cette maison et pour l'honneur que vous me rendez... indéniable cette fois, éclatant aux yeux de tous. Merci, merci !...

Et les trois hommes deviennent enfin amis..

Gaston reprend, essayant de surmonter son émotion :

— Lorsque Michelle eut terminé cette confession nous avons voulu qu'elle la recommençât, qu'elle l'écrivît et la signât pour réparer, dans la mesure de ce qui était possible, le mal qu'elle avait fait, le mal que nous avions fait nous-mêmes... Elle ne songea pas à s'y refuser... Cette confession suprême, la voici :

Il la tendit à Villefort :

— Elle vous appartient. Mais nous n'avons pas tout dit...

Baissant la tête :

— Mon frère et moi nous avions conçu pour mademoiselle Nathalier un amour que nous avons essayé vainement d'arracher de notre cœur... Nous savions que nous n'étions pas aimés et que nous ne le serions jamais... Alors, dans la folie de notre passion, nous avons voulu commettre une mauvaise action, une lâcheté indigne de nous et dont nous rougirons toute notre vie...

Il s'adressa à Villefort :

— Monsieur, il se peut que vous ignoriez ce que le hasard nous a révélé, à nous autres... Mademoiselle Nathalier aime...

— Et savez-vous qui elle aime ?

— Vous l'ignorez donc?

— Je vous le jure.

— Celui-là, heureux entre tous... celui-là...

Colette joignit les mains.

— Par pitié, monsieur, supplia-t-elle, ce secret n'est pas le vôtre !

— Parlez, parlez! disait le duc.

Mais Gaston, interdit, se taisait.

Le marquis de Vivarez se souleva lourdement de son fauteuil.

— Eh! pardieu! est-ce que ce n'est pas visible pour tout le monde?... Celui qu'elle aime, c'est toi... Voilà! Je l'ai dit!... Ma sœur en sait là-dessus autant que moi, et il y a assez longtemps que ce secret m'étouffe.

Horace, chancelant, regardait Colette :

— Elle m'aime ! Elle m'aime !

Colette se laissa tomber dans un fauteuil.

Elle était si blanche, ses lèvres étaient si décolorées, qu'on eût dit qu'elle allait mourir.

— Colette ! Colette !

Il se précipita vers elle pour la secourir.

Mais la jeune fille se soulève tout à coup.

Elle lui montre la duchesse, d'un geste épouvanté :

— Votre mère !

Madame de Villefort s'est levée.

Elle se dirige vers la porte, la tête droite, marchant automatiquement et sur le seuil :

— Tout ce qui m'intéresse m'a été dit... Le reste ne me regarde pas !

Gaston reprit, après un instant :

— Nous savions que mademoiselle Nathalier vous aimait. Et nous avons voulu profiter de cet amour pour favoriser le nôtre... Puisqu'elle vous aimait, elle ne **pouvait refuser de se sacrifier pour vous...** Tel fut

notre calcul, notre projet criminel... Alors, nous lui
offrîmes de choisir... ou cette confession de Michelle
resterait à jamais lettre morte, personne ne la connaîtrait, et malgré tout pèserait sur le duc de Villefort
l'éternel soupçon d'avoir assassiné notre père...

— C'est odieux, fit Horace à mi-voix...

— Comment avez-vous pu !... fit le marquis.

— Ne nous accablez pas, dit Pierre ; nous sommes
coupables, mais nous avons été si malheureux !

— J'ai dit, fit Gaston, que nous lui avions offert de
choisir... Ou cette confession resterait inconnue si mademoiselle Nathalier refusait de prendre l'un de nous
deux pour mari... ou cette confession lui serait remise
à elle-même ou à M. de Villefort, selon qu'elle le voudrait, le lendemain du mariage...

— Et Colette accepta...

— Elle accepta non sans avoir supplié, non sans avoir
prié !...

— La noble et généreuse enfant ! murmura le marquis.

Quant à Horace, il ne trouvait aucun mot pour
peindre son bonheur.

Il dévorait Colette des yeux.

— Il fallut choisir entre nous deux. Il fut résolu que
nous nous en remettrions au hasard, ce fut moi que le
hasard désigna... Et ce même hasard ; de par nos con-
ventions, condamnait à mort le rival, celui qui ne devait pas être le mari de mademoiselle Nathalier.

Gaston entoura Pierre de ses bras.

Il l'étreignit passionnément.

— Regardez-le... Il a voulu mourir... Tout à l'heure,
en rentrant chez moi, je l'ai trouvé pendu dans le vestibule.

Ils eurent un cri d'horreur.

— Heureusement, il était encore temps de le sauver et je l'ai sauvé. Alors, je fus épouvanté de cet abîme où nous roulions depuis quelque temps et. brusquement, comme deux êtres qui ne se sont point vus depuis longtemps et qui se retrouvent à l'improviste, nous nous sommes embrassés. Cette réconciliation devait avoir pour effet immédiat et naturel de réparer au plus tôt le mal que nous étions près de commettre... et voilà pourquoi nous sommes ici, honteux, repentants, et cependant heureux, n'est-ce pas, frère? heureux du bonheur que nous apportons, que nous voyons autour de nous...

— Oui, oui, heureux !...

Horace prit les mains de Colette :

— Colette, leur pardonnez-vous?

— Oui, car ils ont beaucoup souffert...

Les deux frères s'inclinaient devant elle.

— Vous serez heureuse, mademoiselle... Vous êtes digne de l'être, et notre présence dans le pays ne viendra même pas jeter une ombre sur votre bonheur, car nous avons résolu de partir... Nous irons, nous ne savons pas encore en quelle contrée... le plus loin possible... Nous y chercherons des aventures, et du travail, et de la fatigue... pour oublier...

Horace leur dit, loyal, les mains tendues :

— Revenez vite... revenez guéris...

Et montrant Colette :

— Vous aurez ici des amis qui vous attendront.

Ils se retirèrent.

Par les fenêtres ouvertes, où entraient les rayons rouges du soleil couchant, on les vit qui se dirigeaient vers la grille.

Là, ils se retournèrent.

On leur fit un signe d'adieu avec la main

Ils gardaient le même sourire triste, fatigué du pénible devoir accompli.

Lorsqu'ils eurent disparu, Horace porta à ses lèvres les doigts tremblants de la gentille Colette :

— Et maintenant, puisque je vous aime et puisque vous m'aimez, voulez-vous être ma femme ?

Pour la seconde fois, Colette eut le même geste de frayeur, en obligeant Villefort à regarder... Villefort se redressa... Edith venait de rentrer... et elle avait entendu...

— Demandez à votre mère, monsieur... fit la jeune fille toute pâlie.

Le duc, implorant, les yeux pleins de bonheur :

— Mère ! mère !...

Et la duchesse, froide, glacée, laissa tomber ce seul mot :

— Jamais !

XIX

LE SECRET DE ROLAND

Cette scène s'était passée depuis une heure à peine, lorsque madame de Villefort fit prier le duc Horace de venir la rejoindre chez elle.

Horace connaissait sa mère. Il savait combien elle était inflexible sur certaines questions, mais il savait aussi combien profondément il en était aimé, de telle sorte que malgré ce terrible mot jeté par elle tout à l'heure entre son amour et celui de Colette, il n'avait pas perdu toute espérance de la fléchir.

Il entra chez Edith et s'avança vers elle respectueusement.

Il voulut lui prendre la main et la porter à ses lèvres.

Elle s'y refusa en la retirant.

Et d'un geste qui ne faisait prévoir rien de bon, elle lui fit signe de s'asseoir devant elle.

Il obéit, attendant qu'elle parlât.

— Horace, dit-elle, mon frère m'a conté, il y a quelque temps, toute cette intrigue qui s'est passée au château depuis l'arrivée chez nous de mademoiselle Nathalier, Je n'aurais, au besoin, qu'à vous renvoyer au marquis pour vous renseigner sur ce que je lui ai répondu. Je tiens, au contraire, à avoir avec vous une explication qui est nécessaire. Elle sera courte, du reste, car je n'ai qu'à vous répéter ce que je vous ai dit, il y a une heure, au salon : je ne veux pas et je ne voudrai jamais que vous soyez le mari de cette jeune fille.

— Pourquoi ? dit-il simplement.

— Parce que je ne veux pas me rendre ridicule.

— Vous ne voulez pas vous rendre ridicule ? aux yeux de qui ? Ce n'est pas, je suppose, aux yeux des gens qui peuvent être du même rang social que Colette ? C'est donc aux yeux des gens qui sont nos égaux. Eh bien, ma mère, je voudrais vous dire là-dessus ce que je pense. Chez qui avons-nous trouvé quelque bonté, quelque justice, un encouragement, un peu d'espérance ou même de compassion, il y a un an, lorsque j'eus à supporter cette accusation infâme ? Pas un ne me défendit, si ce n'est ce pauvre et bon général de Brincourt qui, seul entre tous, me tendit ses mains d'infirme... Pas un de ceux-là qui sont nos égaux, et de l'alliance desquels vous seriez sans doute si fière...

— Certes...

— Pas moi... Aucun de ceux-là, dis-je, n'éleva même une protestation en ma faveur lorsque je fus arrêté. Et cependant, dans notre caste si resserrée, si étroite, il y a tellement de solidarité que lorsqu'un membre est atteint il semblerait que le corps entier soit frappé. On me laissa me débattre au milieu des infamies dont on m'accusait. Ces gens-là auraient pu dire, sans pour cela apporter de preuves, que je n'étais pas capable d'un crime pareil. Ils n'ont rien dit. Et je fus acquitté en dépit de tout. Alors, mère, vous vous en souvenez sûrement, — pourquoi faut-il que je sois obligé de vous rappeler ce dur calvaire du lendemain de mon retour? — alors, je voulus aller embrasser mes parents, nos amis. J'étais heureux de ma liberté, allégé par cet acquittement qui aurait dû être une réhabilitation et qui fut le vrai commencement de mes souffrances, et pas un d'eux ne voulut me recevoir. Ils me fermèrent leur porte comme on ferme sa porte à un vagabond, et l'un d'eux, que je venais d'apercevoir fumant un cigare à sa fenêtre, eut la cruelle insolence de me faire dire qu'il était absent.

Le duc s'arrêta, ému malgré lui au souvenir de cette torture.

— Vous souvenez-vous, mère? dit-il ensuite.

— Je me souviens, mais que m'importe!

— Il m'importe, à moi, et je ne leur pardonnerai jamais. Et je ne me considère plus comme un des leurs... vous entendez bien, ma mère? Ils ont été trop durement égoïstes et injustes, ils m'ont trop fait souffrir en ce jour-là... Je ne les connais plus .. Ils n'existent plus pour moi et je ne veux en rien me soucier de l'effet que pourra faire dans leur monde l'annonce de mon mariage avec Colette...

— Ce mariage ne se fera pas.

— Mère !

— Ou bien il se fera contre ma volonté.

— Mère, vous savez bien que votre volonté sera toujours sacrée pour moi, et que Colette, elle-même, ne consentirait pas à la mépriser... mais vous aurez pitié d'elle et de moi... Vous ne pouvez pas douter de son amour. Vous en avez eu des preuves sous les yeux. Cet amour est si grand, mère, qu'il allait jusqu'au sacrifice complet, jusqu'au dévouement absolu... il allait jusqu'à la mort !

Edith haussa les épaules.

— Oui, oui, murmura-t-elle, c'est une intrigante de premier ordre !

— Oh ! mère ! mère ! dit-il avec un douloureux reproche.

Et il n'essaya même point de la défendre.

La défendre de ce soupçon, la protéger contre une accusation pareille, c'était indigne d'elle, c'était indigne de lui.

Il se contenta de lui dire :

— C'est grâce à elle, mère, que nous savons la vérité sur ce qui s'est passé aux Grandes-Roches, le jour de l'assassinat de Girodias... Grâce à sa bonté, grâce au charme pénétrant qui émane d'elle et dont ceux qui l'approchent reçoivent l'influence, elle a connu d'abord le vol inexplicable commis dans le cabinet des Girodias par les saltimbanques...

— On l'eût appris quelque jour, autrement.

— Qu'en savez-vous ?

— Son intervention est due au hasard.

— Le hasard se serait-il produit si Colette n'avait pas soigné, dans son taudis, à l'auberge du Carrefour, la petite mendiante qui s'est prise, avec ses compagnons, d'une si grande amitié pour elle ?

Madame de Villefort eut un geste d'impatience.

Il était évident que lorsqu'elle serait à bout de réponses aux arguments de son fils, elle lui opposerait son refus, simplement.

Horace le comprit.

Néanmoins il persista.

— Sans l'aveu des frères Girodias, vous reconnaîtrez cependant, ma mère, que ma réhabilitation n'eût jamais été complète...

— C'est aux Girodias, alors, qu'il faut prouver votre reconnaissance et non point à cette fille qui n'est rien dans leur action.

— Vous ne pouvez refuser à Colette d'avoir voulu acheter par le sacrifice d'elle-même cette preuve de mon innocence...

— Pas si bête, après tout... A défaut du duc de Villefort, qui porte un beau nom mais n'a pas grande fortune, elle épousait Gaston Girodias, le plus riche parti de la Vendée...

— Vous la soupçonnez de ce calcul odieux?

— Certes !

— Vous croyez Colette capable de cette bassesse ?

— Chacun arrange sa vie comme il lui convient.

— Je vous plains, ma mère !

— Je n'ai nul besoin de votre pitié, mon fils...

— Colette se serait tuée au lendemain de son mariage.

— A d'autres !

— Elle l'a écrit !

— Ruse...

— Moi, je ne doute pas, ma mère.

— Vous êtes aveuglé par votre passion.

— Ainsi, ma mère, rien ne vous fléchira?

— Rien.

— Ni les prières... ni les larmes... ni la tristesse de tous ceux qui vous entourent et qui seraient si heureux de ce mariage ?...

— Des fous !

— Ma mère, ce ne peut être votre dernière volonté ?

— Non... ma volonté dernière est celle-ci : vous avez rappelé mademoiselle Nathalier au moment où elle se disposait à s'éloigner pour toujours, je veux, j'ordonne que demain elle ne soit plus au château...

Le duc répondit, et sa voix était profondément altérée :

— Vous serez obéie, ma mère, comme vous l'avez toujours été... Seulement, je ne puis vous cacher que vous me causez une peine profonde.

— Cela passera.

— Non, ma mère... Je ne puis vous cacher non plus que votre injustice cruelle vis-à-vis de Colette, sans diminuer le respect que je vous dois et auquel je n'ai jamais manqué, diminue un peu l'ardente et pure tendresse que j'ai toujours éprouvée pour vous...

La duchesse fit un mouvement.

Le mot lui était allé droit au cœur.

Mais elle se raidit, inébranlable dans son orgueil, et se tut.

— Enfin, je ne vous cacherai pas que votre volonté, en chassant Colette d'auprès de nous, m'en éloigne moi-même...

— Vous êtes libre.

Il se recueillit, et soudain, à voix basse :

— Je vous disais tout à l'heure que les ténèbres qui avaient obscurci le meurtre de Girodias s'étaient éclairées enfin, grâce à Colette et qu'aucun mystère n'existait plus autour de ce meurtre... Ce n'est pas tout à fait exact, il reste une circonstance de cette funeste journée

que je n'ai pas comprise et qu'il vous appartient, à
vous, ma mère, de m'expliquer avant que je parte... De
cette façon, et lorsque vous m'aurez donné l'explication
que je réclame de vous, il ne restera aucune ombre sur
ce crime... et les moindres événements qui l'ont accompagné deviendront lumineux...

Édith releva les yeux sur son fils.

Elle parut inquiète.

Il poursuivit :

— Lorsque je me présentai jadis chez Girodias pour
lui payer toutes les créances qu'il possédait contre moi,
Girodias, vous vous en souvenez, voulut traiter cette
affaire avec vous et ne recevoir cet argent que de vous-
même...

La duchesse, brusquement, avait baissé les yeux.

Une profonde pâleur s'était répandue sur son visage.

— Je remis donc l'affaire entre vos mains. Et quelle
ne fut pas ma surprise, quelle ne fut pas mon inquiétude,
lorsque vous me dites que Girodias, contre remise de
cette somme de quatre cent vingt mille francs, vous
avait donné les preuves d'une faute déshonorante
qu'aurait commise le duc de Villefort, votre mari, mon
père...

Et comme Édith se taisait :

— Vous vous rappelez, ma mère ?

— Oui.

— Je vous priai, à cette époque, de vouloir bien me
confier, à moi qui suis le chef de la famille, comment
cette faute avait été commise et en quoi elle consistait.
Vous avez refusé. Je vous aimais trop pour insister, car
vous paraissiez très émue, très troublée... Et lorsque je
fus arrêté, lorsque des allusions furent faites à ces
créances, lorsque des semblants de preuves, graves, si
graves qu'ils constituaient presque des preuves, furent

réunis contre moi, lorsque j'eus à me débattre contre cet effroyable danger, je n'eus garde de prononcer votre nom, ma mère, et de vous jeter, vous et votre secret, au milieu de ces gens acharnés à me trouver coupable. On vous eût interrogée à votre tour. On vous eût pressée de questions. On eût trouvé étranges vos réticences. On eût mal interprété votre silence et l'on aurait eu le spectacle de votre embarras, de votre désespoir à ne point pouvoir parler. Je ne l'ai pas voulu.

— Vous avez fait votre devoir de fils...

— Soit. Eh bien ! vous, maintenant, faites votre devoir de mère...

— Comment ?

— J'ai le droit de connaître ce qui s'est passé entre vous et Girodias.

— Il appartient à moi seule de juger si je dois ou non faire connaître ce secret.

— Ainsi, vous refusez encore ?

— Comme autrefois.

Le duc dit à voix basse :

— Il faut donc que ce soit bien infâme !

La duchesse était, devant son fils soupçonneux et irrité, à demi-morte de honte et d'épouvante.

— Mère, en me taisant jadis devant le conseil de guerre, en ne voulant point rejeter sur vous la responsabilité de certains actes singuliers accomplis en cette journée et dont l'explication loyale m'eût sauvé peut-être, j'ai failli être condamné... j'ai failli être votre victime... Je ne vous fais et je ne vous ai jamais fait aucun reproche... mais j'en appelle à votre tendresse pour vous supplier une dernière fois de me répondre, — car en vous obstinant dans votre silence, vous me condamnerez à toutes les suppositions...

Elle se leva et dit, accablée :

— Cet entretien me fatigue, mon fils... veuillez me
aisser, je vous prie...

— Ainsi, mère?...

— Je n'ai rien à changer à ce que j'ai ordonné.

— Colette?

— Je veux que demain elle ne soit plus à Villefort.

Il y eut dans les yeux d'Horace de la douleur et de
la colère.

Un reste de respect le contint.

Il s'inclina devant la duchesse et sortit, dans une
surexcitation extrême.

Dehors, il rencontra Roland.

Devant le jeune garçon, il s'abandonna et pleura.

— Tu as vu notre mère?...

— Oui.

— Elle n'a pas voulu entendre raison?

— Elle refuse et refusera toujours.

— Et toi, que comptes-tu faire?

— Je ne sais pas. Je suis très malheureux !

Roland était bouleversé par ces larmes.

Il rentra chez lui et s'enferma dans sa chambre.

Il avait besoin d'être seul; il avait besoin de réfléchir.

C'est qu'il venait de comprendre que, soudainement,
toutes les situations de ce drame qui se jouait autour
de lui se concentraient, se resserraient dans ses seules
mains.

De lui dépendait le sort de Colette et de lui dépendait
le bonheur d'Horace.

Sa mère était maîtresse au château.

Mais lui, Roland, ne commandait-il pas à sa mère?

Qu'allait-il faire?

Il était irrésolu.

Cela lui répugnait, au souvenir de la haine dont il

avait poursuivi la jeune fille, de la servir maintenant.

Car c'était la servir, lui être utile, agir avec elle en ami, que d'influer auprès de la duchesse et d'employer les arguments redoutables que le hasard, autrefois, lui avait livrés.

Pouvait-il ainsi renier ce passé ?

Il avait été cruel, barbare même envers Colette, et si injuste ! Il allait donc reconnaitre ses torts ?

Un dernier orgueil se révoltait en lui.

Il avait eu aussi une autre pensée.

Cette mésalliance !

Mais elle s'était évanouie presque aussitôt qu'apparue.

Et il avait eu un sourire douloureux.

Etait-ce bien à lui, Roland, à s'opposer, comme le faisait la duchesse, à une union entre Horace et Colette, sous prétexte que Colette était trop bas et qu'Horace était trop haut ?

Il appartenait à Villefort seul de le dire.

Et c'était justement Villefort qui demandait cette union.

Quant à la duchesse, vraiment, cela eût prêté à rire si cela n'eût pas été aussi triste : elle, si cruelle, si froide, si dédaigneuse, osait parler de mésalliance, quand elle n'avait pas hésité à être la maîtresse de Girodias !

Et lui, Roland, n'était-il pas le fils de cet adultère ?

N'était-il pas le fils de Girodias ?

N'avait-il pas dans les veines le sang robuste du paysan, plus près de la terre, plus nouveau, plus généreux ?

Il haussa les épaules, pendant qu'un peu de rougeur venait à son front.

Non, assurément, ce n'était pas cette considération-là qui pouvait l'arrêter.

Alors, quoi?

Il cherchait encore, se débattant dans ses dernières hésitations.

Un reste d'orgueil, nous l'avons dit, car c'était s'avouer vaincu devant la jeune fille.

Vaincu par sa bonté et par sa douceur!

Vaincu par son angélique patience!

Vaincu par son charme enfin!

Ce fut une soirée pénible que celle-là pour Roland, pendant laquelle il passa des heures à trouver des arguments qui l'amenaient vers Colette et d'autres aussitôt qui l'en éloignaient.

Il ne resta point chez lui; il étouffait dans sa chambre.

Il essaya de se promener dans le jardin, dans le parc.

Son énervement, son inquiétude, une sorte d'angoisse intime qui venait du mécontentement de lui-même, l'y poursuivit.

Il rentra.

Il vit de la lumière chez le marquis de Vivarez.

C'étaient les seules fenêtres éclairées.

Et devant les fenêtres des ombres passaient : le duc, le vieillard.

Il monta, fatigué d'être seul, ayant besoin de revoir son frère.

Il n'y avait pas là seulement M. de Vivarez et le duc Horace.

Colette s'y trouvait aussi.

Colette et Horace avaient les yeux rouges. Ils venaient de pleurer. Ils pleuraient encore. Les larmes coulaient intarissables, navrantes.

Horace venait de rendre compte de son entrevue avec la duchesse.

Et la charmeuse avait simplement répondu :

— Je partirai. Il faut obéir à votre mère.

Certes, dans l'état d'exaltation et de fièvre où vivait Horace, une seule parole de Colette eût suffi pour faire éclater en lui la révolte.

La révolte contre la volonté maternelle.

Il eût passé outre à cette volonté.

Mais cette parole, Colette ne voulut point la dire.

Elle avait juré, dans sa probité inattaquable, qu'elle ne la dirait jamais.

Elle partirait, désespérée, mais soumise.

Roland alla s'asseoir dans un coin, timidement, comme s'il avait redouté que sa présence fût gênante dans cette douleur.

Un instant, comme si vaguement elle avait compris qu'un peu de secours pouvait venir de lui, elle leva sur le comte ses beaux yeux éplorés, si doux, ses yeux charmeurs...

Et il en fut troublé.

Ce fut comme une caresse sur son cœur.

Alors, sans réfléchir, dans un de ces élans d'enfant nerveux auxquels il était sujet, il se leva tout à coup.

Il s'approcha de Colette.

Il lui prit la main avec une tendresse touchante, avec une grâce infinie qui disait le respect enfin conquis, l'affection triomphante.

Et sur les doigts qui frémirent, il déposa un baiser léger.

Puis il se retira, cet acte de soumission accompli.

Chez lui, il ne songea même pas au repos.

Sa tête était en feu. Une fièvre brûlante le dévorait.

Il ouvrit une fenêtre, se pencha, regarda vers l'appartement de la duchesse.

— Je la verrai demain, murmura Roland... Oui, il

le faut... Tout ce qui se passe est injuste... Mon frère est si malheureux qu'il serait capable de quelque acte de désespoir... Je veux intervenir...

La nuit fut longue.

Le matin, il attendit que sa mère fût levée.

Roland fit demander à la femme de chambre de madame de Villefort de l'avertir dès que la duchesse pourrait le recevoir.

Vers dix heures, on le prévint.

— Madame la duchesse attend M. le comte.

Madame de Villefort, quand il entra chez elle, le regarda d'un air qu'elle essayait bien de rendre très doux, mais qui était craintif et embarrassé.

Depuis longtemps, il n'y avait eu aucune allusion entre eux sur ce qui s'était passé autrefois.

Mais elle redoutait son intervention malgré tout.

— Heureusement, il hait Colette, se disait-elle... et c'est un allié que j'aurai en lui, non un ennemi.

Elle fut vite détrompée.

— Ma mère, dit le jeune garçon, je viens vous entretenir de choses graves.

— A votre âge, mon enfant, dit-elle en essayant d'être gaie, les choses graves ne le restent pas longtemps.

— C'est qu'il ne s'agit pas de moi, ma mère.

— De qui s'agit-il ?

— De mademoiselle Nathalier et de mon frère.

— Ceci, mon enfant, est une affaire délicate et ne vous regarde en aucune façon. Ce ne peut donc être la chose grave dont vous avez à me parler.

— Excusez-moi, ma mère.

— En ce cas, mon enfant, je vous dirai que je ne comprends pas votre intervention ; vous connaissez ma volonté, je n'en changerai jamais.

— Ma mère, je vous en supplie pour eux...

— Je croyais que vous n'éprouviez pour cette fille d'autre sentiment que celui de la haine... Cette haine, vous l'avez manifestée devant moi à plusieurs reprises. Comment se peut-il que vous ayez changé à ce point ?

— J'ai fait comme tout le monde, ma mère.

— Comme tout le monde ?

— Oui, je me suis mis à aimer Colette... et puisqu'il s'agit de mon frère que j'adore, de Colette que j'aime, comment voulez-vous, mère, que je ne fasse pas tout ce qu'il est possible de faire dans l'intérêt de leur bonheur ?

— Et que voulez-vous faire, Roland ?

— Je viens vous prier de donner votre consentement à leur mariage.

— Je refuse.

— J'ai dit deux fois déjà, mère, que je venais vous supplier...

— Eh bien ! deux fois je vous ai répondu.

— Il me semblait, mère, que votre tendresse particulière pour moi vous ferait hésiter dans un dernier refus.

Elle ne répondit rien, cette fois.

Elle prévoyait quelque dureté.

Et tout au fond d'elle-même, malgré l'apparence du calme et de la froideur, une épouvante, une angoisse.

Lui-même, l'enfant, sachant combien était redoutable ce qu'il allait dire, reculait devant la parole à prononcer.

Quelques secondes se passèrent ainsi, dans le silence.

Il reprit, très bas :

— Ma mère, je désire de tout mon cœur que ce mariage se fasse.

Elle se tut, pâlie, tremblante.

Plus bas encore, il continua :

— Mère, je veux que ce mariage se fasse.

Elle tressaillit. Sa pâleur augmenta.

— Ainsi, mon fils, vous m'imposez votre volonté?...

— J'aurais bien désiré que vous écoutiez ma prière, plutôt.

— Ainsi, mon fils, je dois vous obéir?

Il garda le silence. Elle attendit. Entre le respect qu'il devait à sa mère et son amour fraternel, il combattait, souffrait de cette situation sans issue.

— Et si, malgré votre volonté si brutalement exprimée...

— Oh ! mère !...

Il protestait.

— Et si, malgré votre volonté, je persistais dans mon refus?... Sans doute vous prendriez une résolution désespérée?...

Il dit d'une voix étouffée :

— Oui, mère, cette résolution, je la prendrais.

— Et quelle serait cette résolution? Que feriez-vous?

— Notre malheur à tous, puisque c'est ainsi que vous en auriez décidé.

— Ce qui veut dire?

— Vous me comprenez à demi-mot.

— Je veux ne pas comprendre.

— Mère, ce m'est une souffrance très grande que de vous parler comme je le fais en ce moment. Epargnez-moi donc....

— Je tiens à ce que vous vous expliquiez !...

— Quelle que soit la honte?...

— Quelle qu'elle soit...

— Si vous refusez, mère, j'irai trouver Horace et je lui dirai qu'il n'a pas besoin de tenir compte de votre volonté... qu'il peut se marier avec Colette... que nulle opposition ne viendra de vous, car il ne peut y avoir de mésalliance entre cette jeune fille et le fils de celle qui n'a pas craint dans sa jeunesse... d'aimer le plus implacable ennemi de notre famille... Girodias...

— Vous ne ferez pas cela, dit-elle frémissante.

— Je le ferai, mère...

Il leva la main.

— Je le jure !... Je ne veux pas que mon frère souffre plus longtemps à cause de vous... Et si vous pouviez lire clairement dans le désespoir de son pauvre cœur, il vous viendrait des épouvantes, mère, car je ne sais vraiment si Horace ne pense pas au suicide !

— Vous n'avez plus rien à ajouter ?

— Rien...

— Et vous désirez sans doute savoir ce que j'ai résolu, après avoir entendu ce que vous venez de me dire... après avoir constaté qu'il n'y avait plus en vous ni respect, ni affection pour moi ?

— Vous vous trompez, ma mère... Je vous aime toujours et j'ai une très grande pitié de vous, parce que vous devez beaucoup souffrir, aussi bien dans votre tendresse pour nous que dans votre orgueil.

Elle se redressa.

— Je ne céderai point à vos menaces, Roland... J'ai donc résolu de ne point en tenir compte...

— Ainsi, mère ?...

— Ainsi, ce mariage ne se fera pas.

— Alors, je parlerai.

— J'espère qu'au dernier moment la honte de cette révélation vous arrêtera, car ce serait terrible, mon fils, car ce serait abominable...

— Je le sais.

— Et, si vous n'êtes point arrêté par cette honte, quelque chose peut-être renfoncera ce secret jusqu'au plus profond de votre cœur... la crainte de me voir mourir...

— Mourir

— Je mourrai de cette révélation, mon fils... Je n'y survivrai pas une heure, pas une minute... Je me tuerai...

— Ah ! mère ! mère !

— Dites-vous bien cela, mon fils... et tenez-vous-le pour bien dit !... Vous avez maintenant à choisir... Il s'agit pour vous comme pour votre frère aîné de me prouver votre obéissance. Il faut que votre frère renonce à ce mariage... Si vous voulez me contraindre à l'accepter, vous serez en deuil de moi, lorsque le duc conduira sa fiancée à l'autel.

— Vous êtes impitoyable.

Elle eut un sourire superbe.

Elle avait reconquis toute sa sécurité.

Elle savait bien que, ce choix, Roland ne le ferait pas. Et du moment qu'une parole de lui devait tuer sa mère, cette parole, elle savait bien qu'il ne la prononcerait jamais.

Elle triomphait de nouveau.

Roland se retira, effaré.

Il ne rendit pas compte à son frère de cette dernière scène.

Il aurait fallu expliquer à Horace les raisons de son intervention et de son insistance.

Et cela, il ne le pouvait pas. Comment faire ?

Il ne voyait aucun moyen de sortir de cette situation sans issue. Il connaissait assez la duchesse pour être certain qu'elle exécuterait son sinistre projet.

Dès lors, il était tenu au silence.

Les heures de cette journée s'écoulèrent tristement.

Le duc ne quittait pas Colette et Roland, qui, de même que la veille, était allé les retrouver dans l'appartement du marquis.

Ils ne pleuraient plus. Ils avaient trop versé de larmes

en ces derniers jours, la source en était tarie. Leurs
yeux enflammés disaient leur fièvre, leur égarement,
leur désespérance sans limite.

Cette fois, Colette avait bien voulu qu'on fît atteler
pour la conduire à la gare : du reste, elle se sentait si
faible qu'elle n'eût pas eu la force de marcher.

Horace, Roland et le marquis se promettaient de l'accompagner.

Vers deux heures, une heure avant le départ, Horace
sortit sans rien dire.

Dans ce silence singulier et obstiné de ces trois
hommes — de Villefort, de Roland et du marquis —
semblait germer tout un drame, la recherche d'une dernière et suprême ressource qui devait les sauver tous

Ils n'avaient pas échangé une idée.

Mais, remontant aux mêmes causes, ils allaient arriver au même résultat.

Dans ces trois têtes, dans ces trois cœurs en détresse venait de surgir la même résolution.

Horace monta chez sa mère. Elle était près d'une fenêtre, travaillant à des ouvrages de laine pour les
pauvres, et guettant en même temps le départ de la
charmeuse.

Elle était si attentive à ce qui pouvait se passer dans
la cour qu'elle n'entendit pas l'entrée de Villefort.

Elle tressaillit en se retournant, lorsqu'il parla :

— Ma mère... je ne viens plus vous implorer, sachant
trop que toute prière serait inutile. Je viens vous faire
connaître seulement ce que j'ai résolu. J'ai résolu, ma
mère, de quitter ce château où je ne reparaîtrai jamais.
J'ai sollicité de rentrer dans l'armée avec mon grade,
ce qui est de toute justice et ce qui me sera accordé
sans hésitation. Je changerai de corps et prendrai du
service aux colonies.

Elle ne répondit rien. Droite, blême, elle recevait le coup.

— Je partirai ce soir même et je vous fais mes adieux.

Il sortit, sans qu'elle eût donné un signe d'émotion.

A peine était-il sorti depuis cinq minutes que l'on frappait de nouveau.

Ce n'était pas le duc de Villefort, cette fois.

C'était Roland.

— Mère, je viens d'apprendre que mon frère quitte Villefort ce soir... Je le suivrai, ne vous en déplaise, et je ne remettrai jamais les pieds dans ce château. Je sais, ma mère, que je ne suis qu'un enfant, et que vous auriez le droit de me retenir... mais vous n'userez pas de ce droit... car si vous êtes bien ma mère, je ne devrais pas, moi, porter le nom des Villefort... Je vous fais mes adieux, ma mère.

Il disparut.

Édith passa lentement la main sur son front.

Un peu de folie frappait là.

Abandonnée par ses deux fils !.. Quel châtiment de sa faute !... Heureusement il lui restait le marquis, son frère... Au moins, la solitude ne serait pas complète... Car elle serait lourde, insupportable, la solitude en ce château, près de ces ruines tristes, au milieu de tous ces souvenirs, surtout au milieu de tous ses remords.

Le marquis entra, s'appuyant sur ses deux cannes.

— Ma sœur, je viens d'apprendre que Roland et le duc se sont arrangés pour vivre ensemble loin de Villefort... Je les aime beaucoup, ces enfants, vous le savez. Vous ne trouverez donc pas mauvais que j'aille les rejoindre et vivre avec eux... Je compte seulement sur votre obligeance pour me faire envoyer ce qui m'appartient à l'adresse que j'aurai soin de vous indiquer dans quelques jours...

Et avec une émotion contenue :

— Ma sœur... je ne vous reverrai sans doute point...
car je suis vieux. Je prends donc congé de vous et
vous fais mes adieux.

Un peu courbé et les jambes tremblantes il sortit
lentement.

Alors, quand elle fut seule, le visage de la duchesse
se contracta. Elle ne versa pas une larme, mais elle se
mit à sangloter nerveusement.

Un peu après trois heures, on entendit le roulement
d'une voiture dans la remise.

C'était le cocher qui attelait.

Puis, dans la cour, descendirent le marquis et Roland.

Horace était auprès de Colette, lui tenait la main, ne
la quittait pas.

Il faisait très beau, comme la veille.

Le soleil étincelait et il n'y avait pas un nuage dans
le ciel.

En certaines heures, la tristesse se double ainsi de la
gaieté de la nature.

Le duc tourna son regard vers les fenêtres de l'appartement de sa mère.

Il n'y vit rien d'anormal.

Comme le soleil y donnait en plein, les persiennes
étaient fermées, de telle sorte qu'il était impossible de
savoir si madame de Villefort assistait invisible à ce
départ.

Le cocher était très long à atteler.

En général, il avait fini en dix minutes.

Et il y avait bien un quart d'heure qu'il était là, allant
et venant autour de ses chevaux, resserrant une boucle,
desserrant une autre.

On eût dit qu'il se donnait à tâche, en gagnant quelques minutes, de faire manquer le train à Colette.

Personne ne s'apercevait de son manège : on le laissait faire.

Enfin l'heure sonna.

— Il faut partir.

Le cocher était sur son siège.

Ils montèrent tous quatre dans la voiture.

Le cocher rendit la main : les chevaux allèrent au pas, dans la cour.

Ils arrivaient à la grille.

La voiture allait tourner brusquement, disparaître tout à coup, et c'était fini : Colette était perdue à jamais.

Mais, à ce moment, une persienne s'ouvrit comme avec colère, et claqua contre le mur avec un bruit éclatant.

D'instinct, le cocher s'arrêta.

Tous se tournèrent vers le château.

A l'une de ses fenêtres, la duchesse, éplorée, toute pâle et toute défaillante, tendait les bras.

Elle était enfin vaincue !

Le duc et son frère sautent hors de la voiture, s'élancent vers le château, rejoignent leur mère, tombent à ses genoux :

— Oh ! maman !... maman !

Le marquis apparaît presque aussitôt, il s'appuie sur le bras de Colette.

Alors, la duchesse va au-devant de la jeune fille.

Son orgueil plie devant ce charme et devant cette candeur.

Elle lui prend doucement la tête, penche ce front chaste et l'embrasse en murmurant très bas le mot qui rassérène et réconcilie, détruit les colères, fait germer l'amour et ramène le bonheur, un mot qui faisait prévoir que toute résistance chez elle s'évanouissait et qu'enfin la douce et gentille charmeuse devenait sa fille :

— Pardon !

FIN

TABLE DES MATIÈRES

IMPRIMERIE DE CHOISY-LE-ROI